SARAH HARVEY

Eine Braut zu viel

Buch

Genau ein Jahr, acht Monate und sechs Tage hat Felicity gebraucht, um zu merken, dass sie Richard nicht nur nicht liebt, sondern eigentlich sogar ziemlich fürchterlich findet. Das allein ist noch keine Katastrophe, schließlich gibt es außer ihr noch ein paar andere Leute, die Richard für eine Nulpe halten. Aber die müssen ihn nicht in sechs Wochen heiraten! Die Hochzeit ist bis ins letzte Detail geplant, und Felicity steht vor einer unangenehmen Entscheidung. Es hilft alles nichts: Sie löst das Verlöbnis, was ihr nicht nur Richards vollendetes Unverständnis, sondern auch den geballten Zorn ihrer Mutter einträgt. Die sieht in Richard nämlich den idealen Schwiegersohn. Wenigstens hält ihre Schwester Sally-Anne zu ihr und verspricht, sich um sämtliche Absagen für die Hochzeit zu kümmern, damit Felicity zu ihrer Freundin Caro aufs Land flüchten kann. Dank der liebevollen Fürsorge durch Caro und ihren Mann David findet sie langsam wieder zu sich selbst. Doch dann muss sie bei einer Dinnerparty feststellen, dass Caro und David offenbar ein ziemlich entspanntes Verhältnis zum Thema Gruppensex haben, und flieht in Panik nach London zurück –, um dort vom Regen in die Traufe zu geraten. Während ihrer Abwesenheit wurde keineswegs die Hochzeit abgesagt, sondern lediglich die Braut ausgewechselt. Statt Felicity wird nun einfach ihre Schwester Sally-Anne Richards Frau. Felicity traut dem Frieden nicht. Denn sie wird den Verdacht nicht los, dass Richard ihre Schwester nur heiratet, um sich an ihr zu rächen. Und dann ist da noch Richards Exfreundin Kat, die ihren Verflossenen um jeden Preis zurückhaben will. Bei ihren Wiedereroberungsversuchen stört sie sich wenig daran, dass Richard nun mit Sally-Anne verlobt ist, genauso wenig wie an der Tatsache, dass sie selbst verheiratet ist – mit dem attraktiven Alex, der Felicity geradezu alarmierend gut gefällt …

Autorin

Sarah Harvey ist Ende zwanzig und lebt in Leicester. Sie arbeitete als Journalistin, bis sie mit ihrem ersten Roman »Wachgeküsst« ihren Durchbruch als Autorin feierte. Seither wurden alle ihre frech-romantischen Bücher internationale Erfolge.

Von Sarah Harvey außerdem erschienen:

Wachgeküsst. Roman (54171)
Die Hochzeit meiner besten Freundin (54158)
Drei Frauen und ein Bräutigam (54163)

Sarah Harvey

Eine Braut zu viel

Roman

Aus dem Englischen
von Susanne Engelhardt

GOLDMANN
MANHATTAN

Die Originalausgabe erschien 2001 unter dem Titel
»Long Division«
bei Headline Publishing, London.

Umwelthinweis:
Alle bedruckten Materialien dieses Taschenbuches
sind chlorfrei und umweltschonend.

Manhattan Bücher erscheinen im Goldmann Verlag,
einem Unternehmen der Verlagsgruppe Random House GmbH.

Deutsche Erstveröffentlichung Januar 2003

Die Nutzung des Labels Manhattan
erfolgt mit freundlicher Genehmigung
des Hans-im-Glück-Verlags, München
Umschlaggestaltung: Design Team München
Umschlagfoto: Photonica/Fujiwara
Satz: Uhl + Massopust, Aalen
Druck: Elsnerdruck, Berlin
Verlagsnummer: 54184
JE – Herstellung: Katharina Storz/Str
Redaktion: Andrea Brandl
Made in Germany
ISBN 3-442-54184-0
www.goldmann-verlag.de

1 3 5 7 9 10 8 6 4 2

Für Terry,
immer… und immer wieder…

Kapitel 1

Das Leben ist wie ein Pfeffersteak, sinniere ich und spiele mit den verkohlten Überresten des Hornviechs auf meinem Teller. Da meint man, der ganze Mist obendrauf sei gut, aber schmeckt das Teil dadurch wirklich besser?

Ich blicke auf und sehe meinen Verlobten Richard, der mir gegenüber sitzt.

Gerade ist er dabei, den Ober von oben herab zu behandeln.

Richard behandelt jeden von oben herab, ein ausgezeichneter Trick für jemanden, der so klein ist. Klein von Statur, kleingeistig und, kaum wage ich es zu sagen… nun, sagen wir einfach, auch andere, *ziemlich* wichtige Bereiche fallen bei ihm klein aus.

Richard ist meine Pfeffersoße, meine Garnierung, mein sich ringelndes Stück Lollo Rosso, das am Tellerrand klebt. Sieht ja recht appetitlich aus, schmeckt aber bemerkenswert bitter. Als kleiner Mann umgibt sich Richard ganz besonders gern mit großen Dingen. Große Wohnung (Penthouse, klar), großes Auto, große Brieftasche und das entsprechend große Selbstbewusstsein.

Er ist ein Idiot, aber meine Mutter liebt ihn. Ich habe genau ein Jahr, acht Monate und sechs Tage gebraucht, um festzustellen, dass ich ihn nicht liebe. Ich werfe einen Blick auf meine Armbanduhr. Machen Sie ein Jahr, acht Monate, sechs Tage, drei Stunden und dreizehn Minuten daraus. Die Sekunden lasse ich weg, ich habe sowieso schon zu viel Zeit vergeudet. Ich stehe auf und greife nach meiner Handtasche.

Richard lächelt flüchtig. Er rechnet mit einem weiteren Besuch auf der Damentoilette, um mich für ihn herauszuputzen. Ich würde ihn als Ego-Hedonisten bezeichnen – nur an seinem eigenen Vergnügen interessiert. Er ist vergnügungssüchtig, aber nicht vergnüglich. In Richards Leben kreist alles um … Richard.

Er hat sein ganzes Leben sich selbst gewidmet und erwartet von allen anderen in seiner Umgebung, seinem Beispiel zu folgen. Genau das mache ich heute Abend. Und er hat gnädig befunden, dass ich zum Anbeißen aussehe.

Herausputzen: dieses Wort berauscht und erregt ihn. Das ganze Drumherum, die Kerzen im Restaurant und der teure Wein, ist eine Farce, die seiner Meinung nach den Schlüssel zum zweiten Teil des Abends enthält, zum wichtigen Teil des Abends, zum sexuellen Teil des Abends. Seine Belohnung dafür, dass er das Gelaber, die Langeweile und das nervige, peinlich genau durchgeführte Werberitual hinter sich gebracht hat.

Ich öffne meine Handtasche. In dem Durcheinander aus zerknüllten Taschentüchern, Kleingeld, Schlüsseln, angeknabberten Lippenstiften und Röhren mit vertrockneter Wimperntusche liegt eine Packung Kondome.

Mit Noppen.

Auch meine Gedanken schweifen zum späteren Teil des Abends, wo ich wie üblich werde versuchen müssen, Richards kleinen Pimmel irgendwie in einen geringfügig größeren Pimmel zu verwandeln, während Richard sich mit diesem selbstgefälligen Grinsen auf dem Gesicht zurücklehnt, als würde er mir eine große Ehre zuteil werden lassen.

Meine Entschlossenheit wächst. Ich atme tief durch und taste in meiner Tasche nach den Schlüsseln zu Richards Wohnung, den Schlüsseln zu Richards Leben.

»Richard«, probe ich im Kopf, »ich will nicht mehr mit dir zusammensein, und ich gehe jetzt.«

Ich öffne den Mund.

»Richard …«, vernehme ich meine eigene Stimme, die sich jedoch anhört, als käme sie aus weiter Ferne. »Ich will nicht … äh … ich will nicht.«

»Was willst du nicht?«, schnauzt er mich an, verärgert darüber, dass ich stotternd seine Beschwerde über das Essen unterbrochen habe.

Wieder öffne ich den Mund, doch diesmal kommt gar nichts heraus.

»Also?«, drängt er gereizt, weil er es eilig hat, den eingeschüchterten kleinen französischen Ober weiter runterzuputzen.

»Ich will nichts zum Nachtisch, und ich muss mal.«

Atemlos stoße ich die Worte hervor und schiebe meinen Stuhl zurück. Dann stürze ich quer durch das Restaurant, als stünde mein Hintern in Flammen. Dabei sind die einzigen Backen, die brennen, die in meinem Gesicht.

Auf der Toilette lehne ich meine glühende Stirn gegen den Spiegel und beobachte, wie die glatte, makellos saubere Fläche unter meinem Atem beschlägt. In dem unscharfen Spiegelbild kann ich mein Gesicht erkennen, das vertraut und doch völlig fremd wirkt. Warum sieht man eigentlich nie so aus, wie man glaubt auszusehen? Manchmal komme ich an meinem eigenen Spiegelbild vorbei und lächele, weil die Person, die meinen Blick erwidert, mir vage bekannt vorkommt. Ich starre die seltsamen dunklen Augen an, die ziemlich verschwommen zurückstarren. Ist das wirklich mein Gesicht? Das einzige, was ich wiedererkenne, ist meine Angst. Die Angst vor dem Alleinsein. Als Teil eines Paares wird man als normaler Mensch betrachtet. Als Single ist man plötzlich Teil einer Statistik.

Wie wohl das Leben ohne Richard ist? Gab es je ein Leben ohne Richard? Manchmal kommt es mir nicht so vor. Gibt es denn ein Leben nach Richard? Ebenso wie das Leben nach dem Tod ist es ein unbekanntes Phänomen. Doch eines weiß ich ganz genau: Ich bin zu jung zum Sterben. Es mag ja ein Leben nach Richard geben, doch falls ich versuchen sollte, dieses unbekannte Terrain zu erkunden, bringt meine Mutter mich um.

Ich glaube, ich leide unter der typischen Krankheit des Jahrzehnts.

Ich weiß, dass ich etwas will, aber ich weiß nicht wirklich, was dieses Etwas ist. Etwas Besseres? Etwas anderes?

Einen Moment lang denke ich nach. Etwas Besseres, etwas anderes… auf jeden Fall etwas Größeres!

Bei diesem Gedanken muss ich laut kichern.

Ich kehre zum Tisch zurück. Meine Pfeffersoße ist erkaltet und erstarrt, genau wie mein Liebesleben. Jetzt oder nie. Ich nehme noch einen Schluck Burgunder, wappne mich innerlich, nehme all meinen Mut zusammen und öffne den Mund.

»Richard…«, setze ich an.

»Richard? Richard Trevelyan!«

Eine elegante Brünette, die von Kopf bis Fuß in Versace gehüllt ist und gerade von einem Ober zu ihrem Tisch geführt wird, bleibt abrupt stehen und späht durch den dezent beleuchteten Raum zu unserem Tisch herüber.

»Na klar ist er es, nicht wahr?« Sie wirft ihre schwarzbraune Mähne zurück, schiebt den Ober beiseite, der prompt einem anderen Gast auf den Fuß tritt, und stürmt auf uns zu. Im Schlepptau hat sie einen ziemlich gut aussehenden, offensichtlich peinlich berührten Mann.

»Wusste ich es doch. Habe ich nicht gleich gesagt, dass da Richard Trevelyan sitzt, Alex, hm?«, redet sie auf ihren Begleiter ein. »Lang, lang ist's her…«

Sie stürzt sich auf Richard und küsst ihn entschlossen gleich links neben den Mund. Zurück bleibt ein fetter roter Abdruck. Sie hätte ihn genau auf die Lippen getroffen, hätte er den Kopf nicht leicht abgewandt. Ich weiß, dass er das nur getan hat, weil er Knoblauch gegessen hat. Völlig in Ordnung, mich damit zu verpesten, aber sicher kein anderes Mitglied des weiblichen Geschlechts.

»Wie geht's? Immer noch ganz der gerissene Firmenanwalt?«

Sie lacht, dieses typisch kultivierte Lachen, das leicht und melodiös klingen soll, wie das Klingeln eines Glasglöckchens. Doch es ist genauso falsch wie die Nägel an ihren schmalen, eleganten Händen. Richard lacht ebenfalls. Auch er hat ein falsches Lachen, eine Art Röhren, dieses tiefe, herzliche Lachen nach dem Motto, »Was bin ich doch für ein netter Kerl«. Genau die Art, die durch den ganzen Raum schallt wie ein Gummiball, der schon so manches Glas zu Bruch hat gehen lassen.

»Aber nicht doch, Katharina die Große – was für eine wundervolle Überraschung. Du siehst einfach umwerfend aus, aber das hast du ja schon immer.«

Umständlich erhebt Richard sich und küsst ihr die Hand (Wieder der Knoblauch, er ist nämlich alles andere als ein Kavalier.)

»Und Alex. Wie geht's dir, alter Freund?« Richard wendet sich an ihren Begleiter, ergreift seine ausgestreckte Rechte mit beiden Händen und schüttelt sie energisch. Er ist davon überzeugt, dass die Stärke des Handschlags die Stärke der Persönlichkeit widerspiegelt.

»Freut mich riesig, euch beide zu sehen. Ist ja eine Ewigkeit her.«

Der Mann namens Alex lächelt mir zu und wartet darauf, vorgestellt zu werden. Doch so höflich ist Richard nicht. Er ist bekannt dafür, sich mit Bekannten in lange Gespräche zu vertiefen, ohne auch nur meinen Namen zu erwähnen, während ich direkt neben ihm stehe.

Doch Alex' Frau kann ihre Neugier nicht länger zähmen.

»Wer ist denn deine kleine Freundin da, Ricky?«

Ricky! Trotz der Tatsache, dass ich gerade in einem ziemlich wichtigen Moment meines Lebens unterbrochen wurde, kann ich nur mühsam ein lautes Lachen unterdrücken.

»Das ist Felicity«, sagt er.

Anmutig streckt die Frau mir ihre elegante Hand entgegen. Ich bemerke, dass sie an sämtlichen Fingern Ringe trägt. Irgendwo habe ich gelesen, dies sei ein Zeichen dafür, dass eine Frau von einem Mann beherrscht werden will. An dieser Hand funkeln so viele Diamanten, dass es aussieht, als hätte sie sich eine ganze Mine angesteckt. Das Ganze erinnert an einen unerhört ausgefallenen Schlagring – wohl kaum ein Hinweis auf eine schwache

Natur, es sei denn, diese schließt eine Schwäche für teure Klunker ein.

»Meine Verlobte«, fährt Richard fort.

Sofort zieht sie ihre Hand zurück und fingert nervös an ihrem dunkelbraunen Haar herum, das so stark glänzt, als nähme sie die gleichen Vitaminpillen, mit denen mein Vater seinen Labrador füttert.

Auf den viel zu perfekten Gesichtszügen der jungen Frau zeichnet sich echtes Entsetzen ab, doch es dauert nicht lange, bis sie sich wieder unter Kontrolle hat.

»Also wirklich, du Schlingel.« Die aufgesetzte Lockerheit ist wieder da, doch ihre Stimme klingt unnatürlich. »Da hast du immer behauptet, Heiraten wäre nicht dein Ding.« Wieder versucht sie ihr Lachen, doch es klingt noch falscher als beim ersten Mal. »Aber ich wusste ja, dass du dich früher oder später einfangen lässt.«

Richard grinst breit. Ich weiß nicht warum, aber ich habe das Gefühl, dass hier unterschwellig etwas vorgeht.

»Tja, auch mein Stündchen musste einmal schlagen«, verkündet er strahlend und in dem Versuch, geistreich zu sein. »Weißt du, Kat, es tut echt gut, dich zu sehen. Unser letztes Treffen muss ja Ewigkeiten her sein. Wir haben Jahre nachzuholen. Ich sag dir was«, er reibt sich die Hände wie ein alter Geizhals beim Anblick eines Schatzes, »wie wär's, wenn ihr euch einfach zu uns setzt?«

Ich unterdrücke ein Stöhnen. In diesem Fall werde ich nie den Mut aufbringen, alles abzusagen; ich kann wohl kaum vor Publikum verkünden, dass ich nicht die Absicht habe, Richard zu heiraten.

Zu meinem Entsetzen strahlt Katherine und will die Einladung annehmen.

»Oh, was für eine gute Idee …«

Dieses Mal unterbricht ihr Mann sie. Entweder ist er einfühlsamer als sie oder er hat meinen bestürzten Blick bemerkt. Wahrscheinlich hält er mich für ziemlich unhöflich.

»Danke, Richard. Das ist wirklich freundlich von dir. Vielleicht ein andermal.« Er hat eine sympathische Stimme, warm, aber nicht zu herzlich, gebildet, aber nicht abgehackt oder falsch.

»Das wäre nett«, sage ich hastig und werfe ihm ein entschuldigendes und dankbares Lächeln zu.

»Ja, wir sollten uns wirklich mal wieder sehen«, sagt Kat zu Richard. Ich habe den Eindruck, dass die Einladung mich nicht einschließt. »Wie du bereits sagtest, es ist wirklich *ewig* her.« Sie sagt das mit großem Nachdruck, und eine Reihe unglaublich kleiner, gerader weißer Zähne blitzt auf, die zu ihrer unglaublich kleinen geraden Nase passen.

»Das wäre *nett.*« Richard wiederholt meine Worte, wenn auch in einem völlig anderen Tonfall. »Wir müssen in Kontakt bleiben, jetzt, da wir uns schon wiedergetroffen haben. Moment mal«, er sieht zu mir herüber, und sein Grinsen ist jetzt so breit, dass sein ach so kantiges Kinn im nächsten Augenblick bersten sollte, »ich habe eine himmlische Idee.« Er beugt sich über den Tisch und legt eine Hand auf meine. Schockiert sehe ich nach unten, als hätte ich gerade eine ungewöhnliche und unerwartete Wucherung darauf entdeckt.

»Warum kommt ihr nicht zu unserer Hochzeit?«

»Hochzeit?« Das laserscharfe Lächeln flackert erneut auf und erlischt wieder.

»Tja, die kommt üblicherweise nach einer Verlobung.« Richard lacht.

Wenn du wüsstest, fährt es mir durch den Kopf.

»Am siebenundzwanzigsten August – nur noch sieben Wochen, nicht wahr, Schätzchen? Morgen in sieben Wochen, um genau zu sein.« Zärtlich lächelt er mir zu. Jetzt weiß ich mit Gewissheit, dass etwas nicht stimmt.

»Ihr müsst kommen, ich bestehe darauf. Wenn ihr Fliss eure Adresse gebt, schickt sie euch umgehend eine Einladung, nicht wahr, Schätzchen?«

Zwei Schätzchen innerhalb von zwanzig Sekunden. Das ist nicht der Richard, den ich kenne und verabscheue.

»Alexander und Katherine Christian, 16 Belvoir…« Schicke Adresse. Ich überfliege die Karte, die eine äußerst verstimmte Katherine Christian Richard in die Hand gedrückt hat, während sie ihm ein »Ruf mich an« zuflüsterte, das ihr Mann, das halbe Restaurant und ich hatten hören können.

»Nettes Mädchen, findest du nicht auch?«, bemerkt Richard, sobald sie außer Hörweite sind.

Finde ich nicht, aber ich werde ihm nicht die Gelegenheit verschaffen, meine spontane Antipathie gegen Katherine Christian als Eifersucht zu missverstehen.

»Wer ist sie, Richard?«

»Eine Ex.« Er fällt mit chirurgischer Präzision über seine *Haricots verts* her.

So viel war mir auch schon klar.

»Wie ex?« Ich bin nicht gereizt, nur neugierig.

»Och, ist jetzt schon ein paar Jahre her.«

»Was ist passiert?«

»Sie wollte mehr, als ich zu der Zeit zu geben bereit war.« Er sieht mich aus klaren braunen Augen an, den Mund voller Bohnen und Seezunge. »Sie war am Boden zerstört, als ich die Beziehung beendet habe«, fügt er hinzu.

Er wartet auf eine Reaktion. Ich weigere mich, ihm eine zu zeigen und schweige.

Er versucht es erneut. »Sie hat mich angebetet, weißt du.«

Wenn du so toll bist, warum hat sie dann einen anderen geheiratet?, denke ich wütend.

»Natürlich hat sie ihn nur geheiratet, um sich über mich hinwegzutrösten«, erklärt er selbstgefällig, womit er unwissentlich meine Frage beantwortet.

Ich sehe zu ihrem Tisch hinüber. Alex Christian fängt meinen Blick auf und lächelt. Er hat ein sehr nettes Lächeln. Außerdem hat er ein nettes Gesicht, einen athletischen Körper – geschmeidig und muskulös –, und trägt einen tadellos geschnittenen dunkelgrauen Anzug von Armani, der ihm extrem gut steht.

»Er sieht sehr nett aus«, sage ich herausfordernd und werfe noch einen verstohlenen Blick hinüber. Ehrlich gesagt hätte ich nichts dagegen, mich mit jemandem wie Alex Christian über Richard hinwegzutrösten. Wie hat Katherine den bloß an Land gezogen? Stimmt, sie ist schön, aber aus dem, was ich in der kurzen Zeit von ihr gesehen habe, schließe ich, dass diese Schönheit so tief reicht, wie ein hauchdünnes Blatt Papier dick ist. Ich mag mich irren, und es ist vermutlich nicht fair, Leute, die man kaum kennt, so schnell abzuurteilen. Aber ich bin seit vier Jahren Lehrerin und habe die Erfahrung gemacht, dass erste Eindrücke oft zutreffen. Obwohl auch ich mich schon getäuscht habe – ein Beispiel dafür sitzt mir gerade gegenüber. Und natürlich stimmt Richard nur widerstrebend zu, dass Alex Christian in der Tat ein sehr netter Mann ist.

»Oh, das ist er«, räumt Richard ein. »Ein anständiger Kerl, wirklich. Ziemlich erfolgreich. Hat eine kleine, aber recht gut gehende Werbeagentur.«

Er misst den Wert eines Menschen stets an seiner sozialen Stellung, aber wie üblich widerstrebt es ihm, andere als seine eigenen Leistungen anzuerkennen. Ein »ziemlich erfolgreich« aus Richards Mund ist gleichbedeutend mit dem »sehr erfolgreich« anderer.

»Warum um Himmels willen hast du sie eingeladen?«

»Warum nicht? Schließlich sind sie alte Freunde. Wenn ich genauer darüber nachdenke, hätte ich sie eigentlich längst auf die Gästeliste setzen sollen. Was ist los, Felicity? Willst du etwa nicht, dass eine Ex von mir zu unserer Hochzeit kommt? Du bist doch nicht etwa eifersüchtig?«

Ja, das würde ihm gefallen, das dürfen Sie mir glauben. Ein bisschen Eifersucht ist Balsam für sein Ego, das sowieso schon unverhältnismäßig verhätschelt wird.

»Sie ist einfach Atem beraubend, nicht wahr?« Jetzt ist er nicht mehr zu halten. »Eine richtige Schönheit.«

»Wenn man auf so was steht«, murmele ich gelassen und fahre mit dem Finger über die stumpfe Klinge meines Buttermessers. »Auf mich hat sie eher ein bisschen künstlich gewirkt. Irgendwie falsch. Falsche Nägel, falsche Wimpern, falsches Lachen. Da fragt man sich doch, ob andere Teile ihrer…« Ich deute auf mein eigenes, durchaus echtes Dekolleté.

»Oh, ich kann dir versichern, *die* sind echt.« Richard grinst. »Ich habe schließlich Erfahrungen erster Güte.«

»Wohl eher Güteklasse 1A«, entgegne ich und starre ihn wütend an. Ich bin nicht sauer, weil er mich provoziert, sondern weil er *glaubt*, mich zu provozieren.

»Oho, sind wir also doch eifersüchtig!«, kräht er zufrieden, um dann gönnerhaft hinzuzufügen: »Mach dir nichts draus, Schätzchen. Denk einfach dran, dass ich ja trotzdem dich heirate.«

»Das denkst du«, würde ich ihm am liebsten entgegenbrüllen, doch inzwischen bin ich doch wankelmütig, und der Augenblick der Enthüllung ist somit erst einmal vorbei. Ich arbeite mich stetig bis zum Boden einer weiteren Flasche Wein vor, während ich darauf warte, dass Richard sein Mahl beendet. Er kaut jeden Bissen immer erst hundert Mal, bevor er schluckt. Er erinnert mich an ein ewig wiederkäuendes Rind.

Nach dem Dessert, das ich auslasse, und dem Kaffee, den ich nicht hätte auslassen sollen, wenn man bedenkt, wie viel Wein ich in der Zwischenzeit intus habe, verlangt Richard endlich die Rechnung. Mit einer schwungvollen Bewegung reicht er dem Ober seine Platinum-Kreditkarte und erklärt dann, dass er nur schnell Katherine und Alex auf Wiedersehen sagen will.

Ich kann sehen, wie er sein extrasauberes braunes Haar glatt streicht, als er in den goldgerahmten Spiegel an der gegenüber liegenden Wand blickt, während er sich zwischen den Tischen hindurchschlängelt.

In meinen Augen ist Richard der Inbegriff von Eitelkeit. Er hat eine lang anhaltende Liebesbeziehung zu Spiegeln und verbringt vor dem Weggehen mehr Zeit im Badezimmer, als ich es je tun würde.

Ich kann nicht umhin zuzugeben, dass er sehr attraktiv ist. Als er den Raum durchquert, folgen ihm mehrere weibliche Blicke. Das Problem ist nur, dass ich ihn in etwa so attraktiv wie Wochen alten Hüttenkäse finde. Was ich dann noch mit dem Kerl mache, fragen Sie sich? Wie kann sich eine junge Frau mit jemandem verloben, dem sie am liebsten die Visage polieren würde, weil er alles andere als unsterbliche Liebe und Hingabe in ihr hervorruft?

Tja, als ich Richard zum ersten Mal begegnet bin, hat er mich einfach umgehauen, wortwörtlich sozusagen.

Richard ist Rechtsanwalt.

Ich bin Lehrerin.

Und ich bin eine schreckliche Autofahrerin.

Er hat mich vertreten, als aus einem kleinen Unfall ein riesiger Rechtsstreit wurde. Bis die abschließende Anhörung vor Gericht stattfand, war es ihm irgendwie gelungen, nicht nur den Richter von meiner Unschuld zu überzeugen, sondern auch mich davon, dass es eine echt gute Idee sei, meine Dankbarkeit zu beweisen, indem ich schnurstracks mit ihm in die Kiste steige.

Ich muss zugeben, dass er vor Gericht wirklich beeindruckend war.

Schade, dass er im Bett nicht genauso beeindruckend ist. Doch zu diesem Zeitpunkt hat mich das ganze ritterliche Tamtam so »umgehauen«, dass ich sogar bereit war, die Tatsache zu übersehen, dass er bei unserem ersten Matratzen-Rendezvous nicht nur die Socken anbehalten hat, sondern auch seine lächerliche weiß gepuderte Lockenperücke. Nichtsdestotrotz und obwohl seine Anmache in einem reichlich derben »das Gericht mag dich für unschuldig befunden haben, doch ich befinde dich für schuldig, mein Herz gestohlen zu haben« bestand, was ich zum damaligen Zeitpunkt schrecklich romantisch fand, heute aber für den

Gipfel der Peinlichkeit erachte, muss ich beschämt zugeben, dass ich verdammt leicht flachzulegen war.

Die Lässigkeit, mit der Richard mich ins Bett gekriegt hat, mag auch etwas mit der Tatsache zu tun haben, dass ich in der Schule immer diejenige war, die nie einen Jungen abgekriegt hat. Ich hatte jede Menge guter Kumpels, aber ganz entschieden keine heißen Dates.

Dass es sich um eine reine Mädchenschule handelte, hat meine Chancen auch nicht gerade erhöht. Doch wenn man bedenkt, dass ich sie mit achtzehn verlassen habe und dass Richard mit sechsundzwanzig wirklich der erste Mann war, der ein dauerhaftes Interesse an mir zeigte, dann kann man mir keinen Vorwurf daraus machen, dass ich denke, etwas an mir stimme nicht (eine Meinung, die regelmäßig von meiner heiratswütigen Mutter vertreten wird). Und ebenso wenig dafür, dass ich die Gelegenheit zu einer Beziehung mit jemandem beim Schopfe ergriffen habe, der zumindest rein äußerlich alles zu haben schien, was eine Frau sich nur wünschen kann.

Zum ersten Mal im Leben konnte ich mich in mütterlicher Anerkennung sonnen, etwas, das meine Mutter nie zuvor ausgestrahlt hatte. Zumindest nicht in meine Richtung.

Ihre übergewichtige, unterdurchschnittliche Tochter hatte sich endlich einen Kerl geangelt. Und zwar keinen x-beliebigen, sondern einen, mit dem man vor Familie und Freunden prahlen konnte.

Obwohl Richard alles zu haben scheint, was eine Frau sich nur wünschen kann – Aussehen, Charme, Geist, Erfolg und einen halbwegs guten Geschmack –, kam leider nie etwas davon mir zugute. Er gehört zu den Männern, die einen auf der Tanzfläche bei einem romantischen Slow in die Arme ziehen, um dann den ganzen Song lang über die Schulter hinweg einer anderen hinterher zu gaffen.

Vermutlich ist es nicht seine alleinige Schuld. Wie heißt es so schön: Dazu gehören immer zwei. Vielleicht habe ich ihn nicht so glücklich gemacht, wie ich es hätte tun können. Vielleicht habe ich mich auch nicht als der Mensch entpuppt, für den er mich hielt.

Vielleicht liegt es an ihm, vielleicht an mir. Geht es aber darum, ob wir füreinander bestimmt sind, gibt es kein Vielleicht mehr. Da, meine Lieben, gibt es nur noch ein klares Nein.

Er braucht eine halbe Stunde, um sich zu verabschieden. Mit jeder Minute werde ich wütender und betrunkener. In regelmäßigen Abständen erschallen das falsche, klirrende Lachen und das herzhafte Röhren.

Alex Christian ist auffällig ruhig, obwohl von meinem Platz aus schwer zu beurteilen ist, ob er von den zweien absichtlich oder unabsichtlich ausgeschlossen wird, oder ob er es so will. Schließlich kehrt Richard an unseren Tisch zurück. Er schnurrt wie eine zufriedene Katze.

»Nettes Paar. Eine Schande, dass wir den Kontakt verloren hatten. Wir müssen sie mal zum Essen einladen.« Er greift nach ihrer Visitenkarte, die neben meinem leeren Glas liegt, und lässt sie in der Brusttasche seines Sakkos verschwinden.

Bei Katherine und Alex Christian drängt sich das Thema Essen geradezu auf.

Sie ist zum Kotzen, er zum Anbeißen.

Ich rotte jede Spur meiner Identität aus, indem ich mich entspanne und an Richard Gere in einer weißen Uniform denke. Er trägt mich ins Schlafzimmer, ohne zu murren – mich und meine vierundsechzig Kilo. Er legt mich auf das breite Bett und bewundert meinen prachtvollen Körper (Cellulite existiert nicht auf Zelluloid). Er beugt sich vor, um mich zu küssen. Seine Züge verschwimmen. Er wird zu dem vertrauten Unbekannten mit dem unsichtbaren Gesicht und der leidenschaftlichen Umarmung. Ist diese Traumgestalt derjenige, nach dem ich suche? Wie soll ich einen Gesichtslosen wiedererkennen? Ich öffne die Augen, und ein leibhaftiger Richard zittert einen Moment lang über mir wie ein hartnäckiger Terrier, der einen Setter besteigt.

Er erstarrt, seufzt und verschwindet aus meinem Blickfeld. Innerhalb weniger Sekunden ist er eingeschlafen. Ich bleibe zurück und schnappe frustriert nach Luft wie ein Fisch auf dem Trockenen. Es mag verrückt sein, etwas Gutes aufzugeben, doch sicher ist es vollkommen irre, an etwas Schlechtem festzuhalten.

Ich greife nach dem Glas Wein neben meinem Bett. Ich rauche nicht, also gönne ich es mir, gelegentlich zu viel zu trinken. Heute ist so eine Gelegenheit. Allmählich fühle ich mich wieder umwerfend mutig und frei. Ich bin bereit, die Fesseln der Langeweile und Angepasstheit abzustreifen und zur Freiheit zu streben.

Zu Richard-freier Freiheit.

Ich sehe zu ihm hinüber, auf sein Gesicht, das so verwundbar im Schlaf aussieht. Empfand ich früher bei diesem Anblick Zärtlichkeit, so bin ich jetzt nur noch angeödet. Richard ist eine schlechte Angewohnheit, und ich bin entschlossen, mich davon zu befreien. Ich schnappe mir meine allseits präsente Handtasche, die neben dem Bett steht. Ich habe weder Stift noch Papier, also behelfe ich mich mit einem Kassenzettel und einem dunkelrosa Lipliner.

Ich bin mir nicht sicher, was ich schreiben soll. Nachdem ich mein Sprüchlein Wochen lang im Geiste geübt habe, ist mein Hirn ziemlich leer. Nur über eines bin ich mir in diesem Durcheinander hundertprozentig sicher: Richard und ich sind nicht dazu bestimmt, den Rest unseres Lebens miteinander zu verbringen.

Ich hatte mir einen wundervollen Vortrag über verschiedene Werte und eine bessere Zukunft für uns beide zurechtgelegt, wenn wir getrennte Wege gehen, aber das kommt mir in diesem Augenblick viel zu abgedroschen vor. Und viel zu freundlich.

Es ist typisch Frau, aber auch ich nehme immer die Schuld für alles, was schief läuft, auf mich und entschuldige mich überschwänglich für jede Unannehmlichkeit. Ich bin netter, wenn ich nüchtern bin, doch im Augenblick bin ich alles andere als nüchtern, dafür aber bereit, meine schlechten Eigenschaften zu übersehen und die ganze Banalität unserer Beziehung ihm anzulasten, ob das nun fair ist oder nicht.

Du bist ein kleiner Schlaffi, Richard. Leb wohl.

Dieser Abschiedsbrief ist kurz, aber erfreulich durchtrieben. Ich lese die Zeile noch einmal und kichere, aber nicht zu laut, schließlich will ich ja unseren schlafenden kleinen Rüpel nicht aufwecken. Leise stehe ich auf und tappe auf meinen Achtunddreißigersohlen über den fickfreundlichen Teppich. Richards Schlafzimmer ist prunkvoll, doch unpersönlich. Beherrscht wird es von dem überdimensionalen, ovalen Bett, das mitten im Zimmer auf einer Art Podest steht, auf dem man normalerweise einen Thron erwarten würde.

Es hat mich immer gewundert, dass er keine verspiegelte Decke hat. Er ist ein Mann für Spiegeldecken. Er kann an keinem Schaufenster vorbeigehen, ohne sein eigenes Spiegelbild begutachtet und sich selbstgefällig zugelächelt zu haben. Andererseits ist er ziemlich orgasmusgeil. Ich vermute, dass es ihn aus dem Takt bringen würde, alle fünf Sekunden innehalten zu müssen, um seinen perfekt gebauten Körper im Spiegel über sich zu bewundern.

Eine als Schrankfront verkleidete Tapetentür führt zum benachbarten Bad mit dem weiß gefliesten Boden und den goldenen Armaturen. Es ist sehr spartanisch eingerichtet. Auf der Glasablage unter dem großen Badezimmerspiegel steht *Safari for Men* in diversen Varianten: als Aftershave, Deodorant, Körperlotion und Duschgel. Diese Flaschen und einige flauschige weiße Handtücher sind die einzigen Beweise für eine menschliche Existenz in diesem Raum. Im Abfluss sind keine Haare, auf dem Boden liegen keine leeren Klopapierrollen, in der Ecke stapelt sich keine Dreckwäsche. Der Toilettendeckel ist heruntergeklappt, und die Handtücher hängen ordentlich auf den heizbaren Haltern.

Ich spritze mir kaltes Wasser ins Gesicht, benetze meine Achselhöhlen mit Richards Aftershave und schmiere mir mit einem

Finger Zahnpasta auf meine Schneidezähne. Dann wische ich mir aus purer Gemeinheit meine immer noch pflaumenroten Lippen – Richard küsst selten – an dem schneeweißen, jungfräulichen Handtuch ab und hinterlasse eine lange rote Schliere; die Jungfrau ist entjungfert.

Ich kenne Richard jetzt so lange, und noch immer sind keine Sachen von mir in seiner Wohnung. Entschuldigung, in seinem *Penthouse*. Er hat mir nie verboten, ihr meinen persönlichen Stempel aufzudrücken, aber er hat mich auch nie dazu ermuntert. Ich weiß, die meisten Menschen würden eine Einladung gar nicht erst abwarten, sondern dafür sorgen, dass sie wenigstens alles Notwendige zur Sicherheit dort haben. Doch aus irgendeinem Grund habe ich nie etwas hierher gebracht. Nicht mal eine Zahnbürste. Ich kehre ins Schlafzimmer zurück und ziehe mich an. Als ich mich aufs Bett setze, um meine Schuhe anzuziehen, dreht sich Richard irritiert zur Seite, wobei er die Decke mit eisernem Griff mitreißt und laut furzt.

Inzwischen ist es drei Uhr früh. Die Straßen von Oxford sind verlassen. Meine Wohnung, mein Heim, ist das totale Gegenstück zu Richards Wohnung; sie ist klein, doch sehr persönlich. Hier herrscht das Chaos. Das ist mir eigentlich nicht recht, doch nach achtundzwanzig Jahren unter der Fuchtel einer tyrannischen Mutter ist Schlampigkeit ein willkommener Weg, um die eigene Unabhängigkeit zu betonen.

Ich fühle mich schuldig, doch befreit, und schenke mir mein übliches Ritual des Duschens und sorgfältigen Abschminkens. Stattdessen lasse ich mich angezogen aufs Bett fallen und futtere einen Riegel Mars, den ich mir aus dem Kühlschrank geholt habe. Aus irgendeinem Grund kriege ich immer Heißhunger, wenn ich blau bin.

Mir ist klar, dass ich am nächsten Morgen beim Aufwachen aussehen werde wie ein Panda, mit der Wimperntusche, dem pflaumenfarbenen Lidschatten und dem schwarzen Kajal um meine blutunterlaufenen Augen, aber ausnahmsweise ist mir das egal. Zum Teufel mit dem Versuch, mein Aussehen um meines Liebeslebens und meines zukünftigen, hoffentlich faltenfreien Glücks willen zu bewahren – zumindest das, was ich an Aussehen habe.

Eine gute Seele sagte einst zu meiner Mutter: »Fliss wird nie hübsch sein, aber es gibt Augenblicke, da sieht sie schön aus.«

Ist es nicht seltsam, wie manche Bemerkungen, ganz egal wie gedankenlos sie hingeworfen wurden, einen ein Leben lang brandmarken?

Ich habe versucht, einen dieser seltenen Augenblicke festzuhalten, in denen ich zwar nicht hübsch bin, aber als schön bezeichnet werden könnte, um ihn dann ganz nach Belieben zu reproduzieren, doch es funktioniert nicht. Man sollte meinen, in letzter Zeit hätte ich mehr Glück gehabt, bei allen Hätscheleien, denen ich mich in Vorbereitung auf das »große Ereignis« unterworfen habe. All die Maniküren, Sauerstoffampullen, Cellulite-Massagen, die Pediküren, die Algenwickel, der grässliche Schmerz beim Epilieren… O Mann, vor ein paar Wochen wollte meine Mutter mich sogar dazu überreden, mir die Lippen aufspritzen zu lassen. Aber wahrscheinlich kann ich von Glück sagen, dass sie mir nicht gleich eine Ganzkörpermodellage mit Hilfe der plastischen Chirurgie vorgeschlagen hat.

Sie hat mich für den Tag gedrillt – na ja, versucht zu drillen trifft es wohl eher –, an dem von jeder Frau erwartet wird, strahlend schön zu sein, nämlich ihren Hochzeitstag – *meinen* Hochzeitstag –, und das seit meiner Geburt. Es war ihre Idee, mich Felicity zu nennen. Einen mädchenhafteren Namen gibt es wohl kaum. Er passt nicht wirklich zu mir, denn ich bin nicht besonders mädchenhaft.

Ich denke, darin liegt einer der Hauptgründe, warum wir uns nie wirklich verstanden haben.

Sie wollte ein Püppchen, dem sie rosa Kleider anziehen konnte, mit Locken und einem engelsgleichen Lächeln. Etwas, das sie vorzeigen, auf das sie wahnsinnig stolz sein und das sie zu Ballettstunden schleppen konnte.

Stattdessen bekam sie einen ungelenken Wildfang, der schneller aufschoss als ein beim Jäten entgangenes Unkraut im schönsten Teil des Gartens, pausenlos Jeans trug, in den ersten, androgynen Jahren häufig für einen Jungen gehalten wurde und glücklich war, sich auf einem durchschnittlichen Schulniveau durchzuschlagen statt die luftigen Höhen zu erreichen, von denen die Frau Mama träumte.

Ziemlich lange habe ich mir tatsächlich sehnlichst gewünscht, ein Junge zu sein, sodass ich mit meinem Vater fischen gehen oder im Garten bis zu den Achselhöhlen im Dreck hätte wühlen können – sein liebster Zeitvertreib –, ohne mir den Zorn meiner Mutter zuzuziehen. Mit ungefähr vierzehn habe ich schließlich in Form einer reichlich unkontrollierten Schwärmerei für Bono von U2 die Jungs für mich entdeckt. Und plötzlich war ich sehr froh, ein Mädchen zu sein.

Meine Mutter gehört zu den Frauen, an denen die sexuelle Revolution einfach vorbeigegangen ist. Sie wuchs zu einer Zeit auf, als man von Frauen erwartete, die Schule abzuschließen und zu heiraten. Und das war's. Keine Karriere, keine Wahl und nichts zu sagen in der Zukunft, die einem vorherbestimmt war. Von frühester Kindheit an war ihr eingetrichtert worden – obwohl ich bezweifle, dass sie es jemals wirklich geglaubt hat, daher ihr Groll –, dass Frauen nur für eines gut sind.

Fürs Heiraten.

Zumindest die meisten Frauen. Bei mir ist das was anderes.

Meine Mutter hatte die Hoffnung fast aufgegeben, mich je noch loswerden zu können.

Im Gegensatz zu meiner jüngeren Schwester, Sally-Anne, die hübsch, zierlich und in jeder Hinsicht weiblich ist und immer scharenweise Verehrer hatte, seit sie im zarten Alter von drei Jahren gelernt hat, mit ihren langen schwarzen Wimpern zu klimpern, bin ich etwas zu groß, um anmutig zu wirken, total süchtig nach Schokolade, die ich in meinem Kühlschrank und auf meinen Hüften horte, total unbeleckt von der wundervollen Gabe weiblicher Tücke und laut meiner Mutter ein hoffnungsloser Fall.

Deshalb liebt sie auch Richard so sehr. Das ist, als würde man seine Tochter in der Erwartung an einem Schönheitswettbewerb teilnehmen lassen, einen kläglichen letzten Platz zu belegen, um dann herauszufinden, dass sie den ersten Preis gewonnen hat. Und dieser erste Preis ist Richard Trevelyan.

Als ich ihm begegnet bin, konnte meine Mutter ihr Glück kaum fassen. Er hatte alles, was ein Mann ihrer Meinung nach haben musste. Sie liebt ihn, meine Schwester Sally liebt ihn, und nur mein wunderbar einfühlsamer Vater findet, er sei ein Arschloch. Aber seit wann zählt Dads Meinung? Ich glaube, meine Mutter würde Richard selbst heiraten, wenn sie könnte.

Ich kann nicht glauben, dass ich ihn je heiraten wollte. Eine Hochzeit in Weiß, mit allem Drum und Dran, und ich sehe aus wie ein Himbeerbaiser in dem Fummel, den meine Mutter ausgesucht hat. Jetzt hängt er da, gleich hinter der Tür, und verhöhnt mich wie der Geist von Miss Havisham in *Große Erwartungen* von Charles Dickens.

Nicht dass ich je *große Erwartungen* in Bezug auf ein Leben mit Richard gehabt hätte. Er ist der leichte Weg, die vernünftige Wahl. Aber was ist mit dem Glück, diesem ekstatischen Hochgefühl, das man empfinden sollte, wenn man kurz davor steht, den Mann seiner Träume zu heiraten? Was ist mit dem Romantikfaktor? Was mit den pochenden Herzen und den aufspringenden Blusen? Ich fürchte, gar nichts.

Wenn ich an Richard denke, verspüre ich nicht das Verlangen, lyrisch zu werden oder Berge zu versetzen. Ich will keine Kinder von ihm, und ich will nicht einmal seine Schmutzwäsche waschen – ein wahrer Härtetest für die Liebe.

Wenn ich Richard ansehe, will ich sein Gesicht nicht mit Küssen bedecken. Ich will nicht über ihn herfallen und ihm die

Klamotten vom Leib reißen. Stattdessen würde ich ihm viel lieber dieses ewige, selbstgefällige Idiotengrinsen ausprügeln.

Es ist wohl nicht weiter überraschend, dass ich zu dem Schluss gelangt bin, ihn nicht zu lieben.

Die einzige Euphorie, die ich seit langem fühle, stellt sich ein, wenn ich dieses Kleid ansehe und mir vor Augen halte, dass ich das verdammte Ding doch nicht tragen muss.

Allein sein Anblick löste normalerweise schon ein ungutes Gefühl in mir aus. Traurig, nicht wahr? Einer Hochzeit sieht man doch sonst freudig entgegen, insbesondere der eigenen. Welcher Teufel mich geritten hat, der Heirat mit Richard zuzustimmen, höre ich Sie fragen, wenn doch allein der Gedanke an seine Atemgeräusche Mordgelüste in mir auslöst?

Ich glaube, zum Teil liegt es an meinem Selbstwertgefühl oder vielmehr dem Mangel daran. Ich hatte ernsthaft angefangen zu glauben, dass ich keinen abkriegen würde. Meine Mutter hatte es mir so lange eingebläut. Als Richard dann um mich anhielt – begehrenswert, erfolgreich, klein, dunkel und gut aussehend, wie er war –, ergriff ich die Gelegenheit beim Schopf. Und wenn man sich so danach sehnt, verliebt zu sein, ist es sehr leicht, sich einzubilden, man sei es tatsächlich.

Und warum jetzt die Kehrtwendung? Eine Frage des Selbstschutzes. Ich bin wie ein kleines Dorf, das vom Walfisch Großstadt verschluckt wird und die eigene Individualität verliert. Oder wie das Steak, das von der Pfeffersoße ertränkt, ausgelaugt und verfälscht wird und dabei seinen Eigengeschmack völlig verliert. Allerdings hat mir jemand einen Rettungsring zugeworfen und mich an Land gezogen.

Dieser Jemand war Caro.

Ich bin seit vier Jahren Lehrerin an der hiesigen Mädchenschule, wo Caro seit neuestem Schauspiel unterrichtet.

Außerdem ist sie eine Freundin aus Kindertagen, die ich zuletzt als rappeldürre, pferdenärrische Elfjährige gesehen hatte. Ich verlor den Kontakt zu ihr, als ihr Vater, ein ziemlich hohes

Tier im diplomatischen Korps, eine Stelle in Hongkong antrat. Sie ist vier Jahre älter als ich und hat mich immer schrecklich herumkommandiert, doch ich habe sie unterwürfig verehrt und Wochen lang geheult, als sie weggezogen ist. Viel hat sich nicht geändert seit unserer Kindheit, nur dass sie nicht mehr so lautstark herumkommandiert.

Seit sie wieder in mein Leben getreten ist, hat Caro mir eine neue Perspektive im Dasein gegeben. Sie ist inzwischen selbst glücklich mit einem wundervollen Landwirt namens David verheiratet, dessen Ländereien an der Grenze zu den Chiltern-Hügeln liegen. Er ist fünfzehn Jahre älter als Caroline. Gemeinsam kümmern sie sich um seine beiden Kinder aus erster Ehe im Teenageralter, einen Hund, eine Schar Gänse im Garten und die wunderbarste und idyllischste Beziehung, die man sich nur vorstellen kann. Ich habe andere Freunde, die glücklich verheiratet zu sein scheinen, doch Caro und David haben das gewisse Extra.

Sie sind dicke Freunde. Sie foppen, unterhalten und ergänzen sich. Dabei sind sie völlig verschieden. Caro ist extrovertiert, lebhaft, künstlerisch, David solide und verlässlich, doch gleichzeitig einfühlsam und fantasievoll – ein seltenes Exemplar von einem Mann. Sie passen perfekt zueinander. Sie zusammen zu sehen hat gereicht, um mir klar zu machen, dass auch ich mehr will.

Ich will jemanden, der mit mir bis zum Morgengrauen über gemeinsame Leidenschaften redet; jemanden, der für seine Frau und deren Freundin ein umwerfendes Essen zaubert, um dann zu verschwinden, ohne es auch nur gekostet zu haben, damit sie in Ruhe quatschen können; jemanden, der mit mir im Mondschein tanzt.

Als ich das letzte Mal bei Caro und David war, hatten wir eine herrlich milde Sommernacht von der Sorte, wo man um Mitternacht die Decke von sich wirft und bei weit geöffnetem Fenster daliegt. Man genießt einfach die leichte Brise, die sacht über den nackten Körper streicht, und lauscht den gedämpften Geräuschen der Nacht.

Nun, in dieser Nacht wurden die gedämpften Geräusche auf freche, aber erfreuliche Weise von Sarah Vaughan unterbrochen, deren Stimme aus einem alten Grammophon drang. Als ich, angelockt von der Musik, auf nackten Sohlen über die glänzenden Dielen zum Fenster schlich, sah ich sie unten, eng umschlungen, wie sie im Obstgarten tanzten. Durch die offenen Balkontüren fiel das Licht auf sie und hüllte sie ein wie ein Bühnenscheinwerfer.

David streichelte Caro über das goldene Haar, während seine andere Hand freundlich, aber mit Nachdruck auf ihrem Hintern ruhte. Ich konnte hören, wie er ihr zur Musik leise »Misty« ins Ohr sang. Von den Obstbäumen rieselten Blütenblätter wie Konfetti bei einer Hochzeit.

Kitschig? Vielleicht.

Romantisch? Auf jeden Fall.

In diesem Moment habe ich mich entschieden. Ich will jemanden, der um Mitternacht mit mir zu alten Schnulzen tanzt, der mir ins Ohr singt, der mich wie eine Freundin und wie eine Geliebte behandelt und für den ich das Wertvollste auf der Welt bin. Verlange ich zu viel? Mag sein, doch ich weiß jetzt, dass Richard und ich das nicht haben und dass ich mehr wert bin. Auf jeden Fall mehr als eine hoffnungslose Beziehung mit jemandem, der ein Verhältnis von neunundneunzig zu eins für ausgeglichen hält.

Nachdem ich mich einmal entschieden hatte, kam es mir vor, als wäre eine tonnenschwere Last von mir genommen. Meine Mutter mault immer, ich solle keinen Rundrücken machen – ich bin gewohnt, Richards Mangel an Zentimetern zu kompensieren –, doch ich bin mir sicher, meine Schultern haben sich unter der Last all meiner Sorgen gebeugt. Bin ich jetzt aufrechter? Ich rappele mich unsicher vom Bett hoch, ziehe mich aus und stelle mich nackt vor den Ganzkörperspiegel, der immer dann kippt, wenn man es nicht will, und der Sally fast eine Gehirnerschütterung einbrachte, als sie in ihrem rosa Brautjungfernkleid davor posierte.

Rosa – würg! Mir gefällt Rosa nicht einmal.

Ich werfe den Kopf zurück und straffe die Schultern. Meine langen braunen Haare fallen bis auf die Schulterblätter. Meine Haut wirkt im Licht der Lampe dunkler. Braune Haare, braune Augen, braune Haut… alles braun, wie bei einer Zigeunerin. Leicht rundlich, aber nicht unattraktiv: volle Brüste, pralles Hinterteil, lange Beine. Gar nicht so übel, denke ich, betrunken wie ich bin und in dem trüben Licht.

Ich richte mich auf, um den Spiegel dazu zu bringen, nicht nur mich, sondern auch meine neue Entschlossenheit zu zeigen.

Doch, ich bin sicher, dass ich mehrere Zentimeter größer bin. Morgen muss ich groß sein, wenn ich Mutter gegenübertrete. Ich werde ihr geradewegs in die eisblauen Augen sehen und ihr sagen, dass die Hochzeit gestorben ist. Sie wird eine neue Fliss erleben, eine starke Fliss, eine, die weiß, was sie will, und mit beiden Händen zugreift. Eine Fliss, die sich einen Dreck darum schert, was ihrer Mutter gefällt oder nicht… Eine Fliss, die sich selbst etwas vormacht und in eben diesem Moment darüber nachdenkt, ob sie nicht lieber ganz schnell zu Richard zurückfahren und den hastig geschriebenen Zettel vernichten soll, der ihrem Leben mit einem Schlag eine ganz neue Richtung geben wird.

Die wunderbare, trunkene Seifenblase droht zu platzen. Ein furchtbares Gefühl der Panik macht sich breit. Soll ich Zuflucht im Schlaf oder in einer weiteren Flasche Wein suchen? Ach, was soll's, ich kann ja doch nicht schlafen. In der Küche öffne ich eine Flasche guten australischen Shiraz, den ich für eine besondere Gelegenheit aufbewahrt hatte.

Meine Katze Hastings (diesen Namen hat sie, weil das Leben mit ihr eine lange Willensschlacht ist), die sowieso schon angewidert ist, weil ich so spät dran bin und ihr nur eine alte Dose Sardinen in Tomatensoße zum Abendessen anbieten konnte, verfolgt mich aus dem Winkel eines ihrer verschlafenen grünen Augen.

Hätte sie Augenbrauen, würde sie sie bis in den Himmel hochziehen. Könnte sie sprechen, würde sie vorwurfsvoll »schon wieder betrunken« sagen. Stattdessen stapft sie, da ich sie von ihrem Platz zwischen dem Weinregal und dem Toaster vertrieben habe, von dannen und rächt sich, indem sie besagte Sardinen in meine Pantoffeln erbricht und anschließend ihre Schnauze an meiner Bettwäsche abputzt.

Kapitel 2

Um halb acht werde ich vom Klingeln des Telefons geweckt. Es gibt nur einen Menschen, der mich so früh an einem Samstag anrufen würde. Einen Menschen, der statt seines üblichen Samstagmorgenrituals, bestehend aus einem heißen Frühstück und lauwarmem Sex, nur ein leeres Bett vorgefunden hat.

»Bist du das, Fliss?«

Mein Schädel hämmert, ich habe einen gewaltigen Kater, Katzenkotze im Haar und kann mich vage daran erinnern, dass ich etwas haarsträubend Unerhörtes getan habe.

»Nein, hier ist die chinesische Wäscherei.«

Angeekelt streiche ich die betroffene Haarsträhne aus meinem Gesicht, klemme mir den Hörer auf die saubere Gesichtsseite und taumele ins Bad.

»Lass den Blödsinn.« Er klingt verärgert. »Was um Himmels willen hast du angestellt?«

»Ich habe geschlafen. Und du?«

»Felicity!«

Oho, mein voller Name. Jetzt weiß ich, dass er verärgert ist.

»Was zum Teufel ist los? Warum bist du nicht hier, und was soll dieser Zettel?«

Zettel? *Au Backe*. Meine Erinnerung wacht fünf Minuten nach dem Rest meines Gehirns auf. Ich habe ihm einen Zettel geschrieben, nicht wahr? Daran kann ich mich noch erinnern, aber mir will ums Verrecken nicht einfallen, was ich geschrieben habe, beziehungsweise was die zwei Flaschen exzellenten Burgunders für mich geschrieben haben, um genau zu sein.

Ich stecke die linke Kopfhälfte unter die Dusche und fange an, drauflos zu plappern.

»Dieser Zettel? Tja, ja, äh … Ich weiß, es ist feige, einfach eine Nachricht zu hinterlassen, aber ich bin einfach redegewandter, wenn ich die Dinge aufschreibe … Moment mal, kurzer Wechsel.«

Ich klemme mir den Hörer ans rechte Ohr und wasche die linke Seite.

»Felicity!«, donnert Richard, als ich für einen Moment verstumme.

»Tut mir Leid, bin schon fertig … Was hast du gerade gesagt? Ach, ja … ja, also … wie ich schon sagte … wenn ich jemandem ins Gesicht sehe und versuche, etwas Wichtiges zu sagen, ist mein Kopf auf einmal wie leer gefegt. All die sorgfältig einstudierten Sätze sind wie weggewischt, wie verrückte Lemminge, die sich über die Klippen meines Geistes stürzen …«

»Das hier würde ich kaum redegewandt nennen«, faucht er. »Hör auf, so einen Unsinn zu reden. Ich habe dich etwas gefragt, und ich verlange eine Antwort. Was soll dieser Zettel?«

Seine Verärgerung schlägt in Zorn um. Ich höre, dass sein Tonfall harscher wird.

»Nun, die Nachricht spricht doch für sich selbst, oder?«, schlage ich lahm vor. Ich sehe den Inhalt verschwommen vor mir, kann mich aber nach wie vor nicht an den genauen Wortlaut erinnern.

»Felicity!« Vor Entrüstung steigt seine Stimme um eine Oktave. »Ich verlange, dass du mir erklärst, was dieser Zettel soll!«

Er erinnert mich an einen hartnäckigen, lästigen Papagei, der nur einen Satz beherrscht.

Ich denke angestrengt nach. Ja, klar, jetzt fällt es mir wieder ein. Mein vom Kater vernebelter Kopf hüllt mich nicht mehr in Unwissenheit, und plötzlich erscheint die Zeile von letzter Nacht in fetten roten Neonbuchstaben vor meinem inneren Auge.

Ich bin selbst überrascht.

Habe ich das wirklich geschrieben?

Und es überrascht mich, dass ich eher zufrieden mit mir bin statt entsetzt.

»Felicity!« Er brüllt jetzt förmlich wie eine große, hungrige Raubkatze. Ich bin sicher, dass er mich entweder schütteln oder erwürgen würde, wenn er mit den Händen durch die Leitung greifen könnte.

»Tja, Richard«, sage ich langsam, damit er mich auch versteht, denn ich habe nicht die Absicht, alles zu wiederholen. Außerdem ist dann das Zittern in meiner Stimme nicht mehr so deutlich zu hören. »Frei übersetzt würde ich sagen, es bedeutet: Verpiss dich, du langweiliger kleiner Arsch.«

»Ich sehe, was da *steht*!«, brüllt er. »Aber ich will wissen, was es *bedeutet*.«

Einen Moment lang zögere ich, doch der Moment ist sehr kurz.

Jetzt oder nie, der alles entscheidende Punkt. Ich atme tief durch.

»Es bedeutet, dass es vorbei ist, Richard, aus und vorbei, finito. Ist das deutlich genug für dich?«

»Was?«

»Ich habe genug. Ich will dich nicht heiraten.«

Endlich komme ich zum Punkt. Gott sei Dank, es hat lange genug gedauert.

»Was?«, wiederholt er ungläubig.

»Die Hochzeit ist abgeblasen. Ich werde dich nicht heiraten. Die ganze Sache ist verflucht noch mal vorbei…«

Gott sei Dank gibt es das Telefon. Von Angesicht zu Angesicht wäre ich sicher nicht so direkt.

»Das ist doch verrückt. Bist du krank?«, fällt er mir ins Wort. »Das muss es sein. Ich komme zu dir.«

»Nein! Das halte ich für keine gute Idee…«, widerspreche ich, da ich weiß, dass eine direkte Konfrontation im Augenblick meine Kräfte übersteigen würde. Doch es ist zu spät, er hat bereits aufgelegt.

Richard kommt hierher!

Hilfe!

Panisch fege ich in der Wohnung auf und ab, wie eine Wespe,

die in einer Limonadenflasche gefangen ist. Wie Sie ja bereits wissen, ist der gewaltige Mut der vergangenen Nacht dem gewaltigen Kater des heutigen Morgens gewichen, was vernünftigem Denken nicht gerade förderlich ist.

Ich wage nicht, Richard gegenüberzutreten.

Wenn ich es gewagt hätte, dann hätte ich nicht den verdammten Zettel geschrieben, sondern es ihm ins Gesicht gesagt und mir enorme Genugtuung verschafft, indem ich hätte beobachten können, wie der selbstgefällige Ausdruck für einen Moment verschwindet.

Ich schnappe das Telefon und wähle Caros Nummer. Sie wird mir Mut zusprechen, mir erklären, dass ich das Richtige getan habe, und mir dann hoffentlich verraten, was ich jetzt tun soll. Dann aber fällt mir ein, dass der Schauspielkurs wegen der alljährlichen Examensarbeiten früher geendet hatte und sie deshalb schon nach Südfrankreich abgedampft ist.

Vielleicht sollte ich es genauso machen. Vielleicht sollte ich einfach eine Zeit lang verschwinden, bis Gras über die Sache gewachsen ist. Die Mongolei soll um diese Jahreszeit sehr schön sein. Wie lange ich wohl zum Packen brauche?

Er kommt nach zwanzig Minuten der Panik. In der Zwischenzeit habe ich zweimal einen Koffer ein- und wieder ausgepackt. Zweimal habe ich beschlossen, die Flucht zu ergreifen, und zweimal, zu bleiben und alles durchzustehen. Gerade bin ich in einer Durchstehphase, doch mein Mut sinkt bedrohlich, als ich Richard vorfahren sehe.

Da er nie allein in den Kampf zieht, hat er zum Aufmarsch geblasen. Voller Entsetzen sehe ich, dass sein fetter metallicgrauer BMW voll bis unters Dach ist.

Auf dem Beifahrersitz kauert meine Mutter wie ein boshafter kleiner Vogel, dessen Federn reichlich zerzaust sind. Meine Schwester, die süchtig nach Seifenopern ist und ein ordentliches Melodrama schon immer zu schätzen wusste, sitzt hinter Richard. Ihre Wangen glühen vor Aufregung und Besorgnis.

Sogar mein armer Dad ist vom Frühstückstisch fortgerissen worden und trägt noch seine karierten Pantoffeln. Es hätte mich nicht gewundert, wenn Roger, der fette, aber liebenswerte Labrador meines Vaters, hechelnd aus dem Fenster geschaut hätte.

Ich beobachte ihre Ankunft vom Wohnzimmerfenster aus. Ich kann es nicht fassen, dass Richard meine Familie anschleppt. Und ich kann es nicht fassen, wie gelähmt vor Angst ich beim Anblick meiner Mutter bin. Es ist traurig zu wissen, dass ich zwar achtundzwanzig und vor neun Jahren zu Hause ausgezogen bin, aber immer noch Angst vor ihr habe. Ich bin versucht, sie gar nicht erst hereinzulassen. Ich könnte so tun, als sei ich nicht da. Oder ich könnte versuchen, über die wackelige eiserne Feuertreppe zu fliehen, die hinunter in den Hof und die Freiheit führt.

Oder ich tue doch so, als sei ich nicht da.

Da mir das bei weitem als die beste Alternative erscheint, flitze ich zum hinteren Teil meiner Wohnung, um mich im Schlafzimmer zu verkriechen.

Nachdem Richard fünf Minuten an der Haustür Sturm geklingelt hat, fällt ihm ein, dass er einen Schlüssel hat. Ich höre, wie sie über die Holztreppe in den ersten Stock hinaufsteigen. Es klingt wie ein nahender Militärtrupp. Jedes Knacken eines Schuhs auf den Eichenbohlen dröhnt in meinem armen, schmerzenden Kopf wie ein Gewehrschuss.

Ich beschließe zum dritten Mal auszubüchsen.

Ich lege einen Sprint hin, der diverse Olympiaanwärter blass aussehen ließe, stürze zu einem der Schlafzimmerfenster und rüttele verzweifelt am farbverkrusteten Fensterrahmen, einem hartnäckigen Hindernis, das sich zwischen mich und die Freiheit versprechende Feuertreppe stellt.

Jetzt stehen sie vor der Wohnungstür. Ich kann hören, wie sie mit dem klemmenden Schloss kämpfen. Hätte ich doch nur den Riegel vorgelegt. Doch dann wäre offensichtlich gewesen, dass ich zu Hause bin, obwohl ich so getan habe, als sei ich es nicht.

Die Tür gibt nach, und meine Mutter stürzt herein wie ein

leibhaftiger Geier auf Beutejagd. Sie ruft meinen Namen mit einer tiefen, heiseren Stimme, die mehr als nur ein wenig an Margaret Thatcher erinnert und jetzt obendrein genauso bedrohlich klingt. Endlich geht das Fenster auf.

Als Richard und seine Truppen ins Schlafzimmer platzen, begrüße ich sie mit einem zaghaften Lächeln vom Fensterbrett aus, auf dem ich mit gespreizten Beinen balanciere. Am linken Fuß trage ich einen rosa Turnschuh, am anderen einen Pantoffel, der geradezu unheimlich nach einem Zigarre rauchenden Jimi Hendrix aussieht. Ich habe noch immer meinen Morgenmantel an, der peinlicherweise offen steht, und ich trage keine Unterhose. Jimi Hendrix verabschiedet sich von meinem Fuß, segelt abwärts und landet verkehrt herum in einer Pfütze Dreckwasser im regennassen Garten unter mir. Ich blicke ihm in der dumpfen Vorahnung hinterher, dass ich ihm vielleicht bald folge, da in Mutters Augen pure Mordlust blitzt. Ihr eisiger Blick sagt mehr als tausend beleidigende Worte.

Es wird eine lange Sitzung.

Richard ist gönnerhaft und glaubt mir kein Wort.

Sally ist den Tränen nahe, weichherzig und glaubt mir kein Wort. Sie ist hin- und hergerissen zwischen dem Bedürfnis, mich zu trösten, und dem – wie es scheint – stärkeren Bedürfnis, Richard zu trösten, der den zutiefst Verletzten mimt.

Meine Mutter ist völlig perplex und sprachlos, eine absolute Premiere, und Dad schaut sich auf dem tragbaren Fernseher in der Küche heimlich die Höhepunkte von Wimbledon an, während er uns den x-ten Tee zubereitet.

Aus irgendeinem Grund hat meine Mutter den bösen Zettel in die Hände bekommen und hält ihn jetzt zerknittert in der geballten Faust, als wolle sie sie im nächsten Augenblick zum Schlag erheben.

Ich gebe mir die größte Mühe, sie alle davon zu überzeugen, dass dies kein vorübergehender Anfall geistiger Umnachtung ist und dass ich Richard wirklich nicht heiraten will. Doch wenigstens zwei Mitglieder meiner Familie, und natürlich Richard selbst, haben damit ein massives Problem.

Ich hätte wissen müssen, dass Mutter und Sally sich auf seine Seite schlagen würden. Richard hat sich genauso leicht in ihre Herzen geschlichen wie ein Bandwurm sich in den Darm und nährt sich jetzt von ihrer beider Bewunderung. Mutter, die leider mit enttäuschender Geschwindigkeit die Sprache wiedergefunden hat, beharrt darauf, einen Arzt kommen zu lassen, weil ich offensichtlich vorübergehend unzurechnungsfähig bin. Also halte ich mich an Sally-Anne, die hoffentlich etwas zugänglicher ist.

»Ehrlich, Sal, du musst mir glauben, ich will ihn wirklich nicht heiraten.« Ich flehe sie an, etwas zu fassen, was anscheinend unfassbar ist.

»Aber warum denn nicht?« Ihre schmalen Brauen wirken wie Fragezeichen auf der glatten, hellen Stirn.

»Nun, um es ganz offen zu sagen, ich liebe Richard nicht.«

»Aber warum denn nicht?«

»Tja ...« Ich versuche, mich höflich auszudrücken. »Ich glaube einfach nicht, dass wir zueinander passen.«

»Aber warum denn nicht?«

Allmählich geht sie mir auf den Keks.

»Brauchst du eine Aufzählung?«

Sally nimmt das gefährliche Funkeln in meinen Augen wahr und tritt hastig den Rückzug an.

»Ähm, ich glaube, ich helfe Dad ein bisschen mit dem Tee.« Sie flieht in die Küche.

Zurück bleiben Mutter, Richard und ich.

Wer ist als Nächstes dran?

Sie beschließen, beide zur selben Zeit zu reden.

»Also, ich finde das absolut krank!«, platzen sie gleichzeitig heraus.

Wie raffiniert – synchrones Auszanken. Sie harmonieren bis aufs Wort miteinander. Sogar die Mischung aus Ungläubigkeit und Ärger auf ihren Gesichtern ist identisch. Jetzt weiß ich, warum ich Richard nicht heiraten kann: Er erinnert mich an meine Mutter. Wahrscheinlich mag sie ihn deshalb so sehr. Er ist eine zweite Miriam Blakeney. Wo sie aufgehört hat, über mich zu bestimmen und mein Leben zu ruinieren, kann er übernehmen.

Meine Entschlossenheit wächst. Als Dad und Sally mit Tee und Keksen aus der Küche kommen, atme ich tief durch und behaupte meinen Platz.

»Hört mal, es tut mir wirklich Leid. Ich weiß, dass ich euch eine Menge Ärger und Aufregung bereite. Ihr habt euch alle so für die Hochzeit und das ganze Drum und Dran ins Zeug gelegt. Aber ich bin wirklich davon überzeugt, dass es ein riesiger Fehler wäre, die Sache durchzuziehen.«

Dad stellt das Teetablett auf den Wohnzimmertisch und tätschelt mir beruhigend die Schulter.

»Das ist schon in Ordnung, Liebes, wir verstehen dich.«

»Nein, das tun wir nicht!«, wütet Mutter. »Wir verstehen dich *überhaupt* nicht! Die Hochzeit ist in sieben Wochen, man kann sie nicht mehr absagen. Ich kann einfach nicht fassen, dass du auch nur an solch eine Dummheit denkst!«

»Aber ich will ihn nicht heiraten«, wiederhole ich zum hundertsten Mal. »Eine Dummheit wäre es doch, die Sache durchzuziehen, obwohl ich gar nicht will.«

»Aber warum denn nicht?«, fragt Sally erneut.

Also wirklich, so sehr ich auch an meiner süßen, kleinen Schwester hänge, wenn sie nicht sofort eine andere Platte auflegt, fängt sie eine.

»Weil ich den Mann nicht liebe, den ich heiraten soll, so Leid es mir tut.«

»Mach dich nicht lächerlich«, sagt Richard, als wäre es unvorstellbar, ihn nicht zu lieben.

Ich versuche, es zu erklären.

»Bei uns gibt es keine Leidenschaft, keine Poesie, keine Romantik.«

»Bei einer Ehe geht es um mehr als *Romantik*, Kind«, knurrt Mutter verächtlich.

»Mutter hat Recht«, erklärt Sally, die erst mich und dann Richard viel zu strahlend anlächelt.

»Das weiß ich auch, ich bin ja nicht blöd, aber…«

»In diesem Augenblick fällt es mir schwer, *das* zu glauben«, faucht meine Mutter.

Ich beschließe, diesen Seitenhieb zu überhören, und wende mich direkt an Richard.

»Es tut mir Leid, Richard. Wenn es nur um die fehlende Romantik gegangen wäre, hätte ich ja vielleicht nichts gesagt. Aber leider fehlen auch eine ganze Menge anderer Dinge.«

»Als da wären?«, fragt er entrüstet, da er sich eigener Mängel natürlich überhaupt nicht bewusst ist.

»Tja…« Ich blicke auf seinen Schritt, hinter dem sich Beweisstück »A« verbirgt. Dann sehe ich zu meiner Mutter, die säuerlich auf einem meiner Schokokekse herumkaut, als hätte sie Angst, sich zu vergiften.

Das ist doch lächerlich.

»Müssen wir das denn vor Publikum klären? Ich kann es ehrlich gesagt, nicht fassen, dass du sie mitgebracht hast.«

»Ganz richtig, ganz richtig«, sagt Dad erleichtert und hievt seinen hoch gewachsenen Körper vom Sofa hoch. »Ich finde, wir sollten die beiden sich selbst überlassen, nicht wahr?«

Als er Richtung Tür geht, wird mir bewusst, dass ich alles will, nur nicht mit Richard allein sein. Ich wünschte, ich hätte den Mund gehalten. Doch es gibt keinen Anlass zur Sorge. Mutter hat natürlich nicht im entferntesten die Absicht zu gehen.

»Setz dich wieder, Drew. Richard wollte, dass wir mitkommen.« Es gelingt ihr, gleichzeitig ein aufmunterndes Lächeln in Richards Richtung zu werfen und einen finsteren Blick in meine.

Dad setzt sich wieder.

»Es tut mir aufrichtig Leid«, sage ich zum hundertsten Mal, »wirklich, aber ist es nicht besser, dass ich es jetzt bemerke statt sechs Monate nach der Hochzeit? Ich weiß, es wirkt grausam von mir, aber es ist das einzig Richtige, glaubt mir.«

Mit Entrüstung und Verärgerung hat Richard es bereits probiert. Jetzt wählt er eine neue Taktik.

»Also wirklich, Felicity, ich verstehe das einfach nicht«, säuselt er und setzt den Blick des verlorenen kleinen Jungen auf, den er immer benutzt, um Klienten, alte ehrwürdige Richter und unentschlossene Geschworene zu bezirzen. Den Blick, mit dem er mich auch ins Bett gekriegt hat; große braune Augen sehen unter dichten schwarzen Wimpern zu mir auf. Der meine Knie und diverse andere Teile meines Körpers zum Schmelzen brachte. Und der mich jetzt nur noch ankotzt.

»*Ich* auch nicht«, stimmt meine Mutter nachdrücklich zu. »Sieh dir nur mal an, was du da wegwirfst, sieh es dir genau an. Und dann sag mir, dass du immer noch überzeugt bist, das Richtige zu tun!«

»Ich respektiere dich nicht, Richard. Wie kann ich jemanden heiraten, vor dem ich keinen Respekt habe?«

»Aber er ist Anwalt«, sagt Mutter, als mache diese Tatsache den Mangel an Respekt sofort wieder wett. »Himmel, Mädchen, was ist nur los? Ist dir nicht klar, was du da wegwirfst?«, fährt sie fort, als ich nur ungläubig den Kopf schüttle. Allmählich klingt sie hysterisch. »Richard ist brillant, wunderbar und talentiert. Und er ist der geborene Gentleman. Anscheinend weißt du gar nicht, was für ein Glück du hattest, ihn zu finden.«

Sally nickt zustimmend. Mir platzt der Kragen.

»Und er ist der geborene Schwächling! Ein Gentleman ist in der Lage, seine eigenen Schlachten zu schlagen. Er versteckt sich nicht hinter dem Rockzipfel seiner zukünftigen Schwiegermama. Entschuldigung, seiner ehemaligen zukünftigen Schwiegermama.«

»Wie kannst du es wagen, so mit mir zu reden?«, tobt sie und läuft knallrot an, während ich vor dem mörderischen Funkeln ihrer Augen zurückzucke.

Hilfe naht aus einer gänzlich unerwarteten Richtung.

»Schon gut, Miriam.« Zu meiner Überraschung erhebt sich Richard vom Sofa, an dem er bisher mit Sekundenkleber festgeschweißt schien. »Danke, dass du für mich Partei ergreifst, aber ich denke, Felicity hat ihre Gefühle mehr als deutlich zum Ausdruck gebracht. Es ist eklatant, wie sinnlos es wäre, dieses Gespräch fortzusetzen.«

Verdutzt starre ich ihn an.

Wenn das nicht die schnellste Kehrtwendung in der Geschichte war!

Er wirkt seltsam würdevoll, und ich erhasche einen flüchtigen Blick auf den Mann, für den ich ihn hielt, als wir uns begegneten. Er hält mir die Hand hin.

»Ich respektiere Felicitys Entscheidung, auch wenn ich sie keine Sekunde verstehe. Leb wohl, Felicity.«

Widerspruchslos ergreife ich sie. Sein Griff ist fest, seine Hand warm, sein Blick stetig. Eine Sekunde lang frage ich mich, ob ich das Richtige tue, doch dann kommt der wahre Richard zum Vorschein.

»Aber bilde dir nicht ein, du könntest wieder angekrochen kommen, wenn du kapierst, was für einen entsetzlichen Fehler du gemacht hast.«

Er schlendert zur Tür. Endlich verschwindet er. Ich kann nicht widerstehen und hebe mit einem reichlich kindischen, aber ekstatischen Gefühl der Befreiung die Hand zum Victory-Zeichen. Mit dem Ausdruck blanken Ekels hastet meine Mutter, dicht gefolgt von Sally, ihm nach.

»Tja…« Ich blicke zu Dad, auf der Suche nach Billigung durch den einzigen Menschen, dessen Meinung wirklich zählt, da er der einzige Mensch ist, dessen Meinung auf der Sorge um mein Wohlergehen gründet und nicht von eigenen Vorlieben beeinträchtigt wird.

Er sieht mich unter dichten, hochgezogenen Brauen an.

»Was hast du getan, Fliss?« Er klingt nicht vorwurfsvoll.

»Etwas, das ich schon vor langer Zeit hätte tun sollen«, entgegne ich und stelle erleichtert fest, dass sich ein breites Grinsen auf dem Gesicht meines Vaters ausbreitet.

»Hauptsache, du bist glücklich, hm? Konnte den Kerl sowieso nie leiden.« Er schlingt seine langen Arme um mich, drückt mir einen zärtlichen Kuss auf den Scheitel und folgt mit einem fast unmerklichen Augenzwinkern meiner Mutter (die ich in Rage die Treppe hinunterhasten hören kann, wobei sie Richards Namen ruft). Er murmelt »langweiliger kleiner Scheißer« und grinst sich einen.

Gott segne meinen Vater.

Richard legt einen übereilten Abgang hin und rast mit quietschenden Reifen die Straße entlang. Obwohl er meine Familie mitgebracht hatte, hat er anscheinend nicht vor, sie auch wieder zurückzufahren.

Es hätte mich nicht gewundert, wenn Mutter sich vor ihm auf die Motorhaube geworfen hätte, als er losfuhr. Stattdessen kommt Dad wieder herauf, um ein Taxi zu rufen. Mutter weigert sich, sich von mir nach Hause fahren zu lassen oder in meiner Wohnung zu warten. Im Augenblick wünscht sie nicht, mit mir zu sprechen. Ich sehe, wie sie wütend zu meinem Fenster hinaufstarrt. Während sie noch auf das Taxi wartet, beginnt es zu regnen. Auch das ist natürlich meine Schuld.

Die Wohnung wirkt seltsam ruhig, nachdem alle fort sind. Wie in dem Augenblick nach einer Party, wenn der letzte Gast gerade gegangen ist und man nicht weiß, ob man jetzt aufräumen oder lieber gleich ins Bett gehen soll. Mir ist ganz sicher nicht danach zumute, den Scherbenhaufen aufzuräumen, den ich (laut Mutter) anscheinend gerade angerichtet habe, also lasse ich mir ein Bad ein.

Normalerweise singe ich in der Badewanne. Peinlich, ich weiß, umso mehr, da ich eine Stimme wie eine asthmatische Kuh habe, die gerade von der Schaufel eines Schaufelbaggers zu Tode gequetscht wird. Heute aber bin ich mucksmäuschenstill. Ich fühle mich ausgelaugt, leer. Ich versuche, mich auf meine aufregende, neue Zukunft zu konzentrieren, bis mir klar wird, dass ich so lange damit zugebracht habe, das Ende meines alten Lebens zu planen, dass ich über das neue nicht einmal nachdenken konnte. Ich glaube, wenn ich ehrlich bin, hätte ich nie geglaubt, den Mut aufbringen zu können, all das hier durchzuziehen.

Das Telefon klingelt. Ich hechte aus der Wanne, während seifige Schaumfetzen über meinen nassen Körper gleiten, und laufe in die Diele.

Einen Moment lang starre ich den Apparat an, dann strecke ich die Hand nach dem Hörer aus. Ich bin mir nicht sicher, ob ich abheben soll. Es könnte Richard sein, oder – schlimmer noch – meine Mutter. In diesem Moment klingelt es auch an der Tür. Ich wähle das kleinere der beiden Übel und zwinge mich, den Hörer abzunehmen. Zu meiner Überraschung ist es Sally.

»Hallo, Fliss.« Ihre Stimme ist kaum mehr als ein Flüstern. »Hör mal, das mit vorhin tut mir wirklich Leid. Ich wollte dir nur sagen, dass ich finde, du hast das Richtige getan. Ihr passt nicht zusammen. Mach dir keine Sorgen wegen Mum, sie kommt schon drüber weg.«

»Ach, Sal, ich bin ja so froh, dass du das sagst«, seufze ich erleichtert. »Findest du wirklich, ich habe mich richtig verhalten?«

»Absolut«, entgegnet sie fest. »Je länger ich darüber nachdenke, desto klarer wird mir, dass es so wirklich am besten ist.«

»Du glaubst gar nicht, wie gut es tut, das zu hören, Sal. Ich dachte schon, ich hätte eine meiner engsten Verbündeten verloren …«

»Red keinen Unsinn. Ich werde immer für dich da sein, Fliss, das weißt du doch. Ganz egal, was …«

Ich bin so erleichtert, dass ich ohne nachzudenken die Tür öffne und damit den Milchmann völlig überrumpele. Er betrachtet meinen nackten, seifigen Körper von oben bis unten, und ein

Grinsen, das von einem Ohr zum anderen reicht, erscheint auf seinem wettergegerbten alten Gesicht.

»Macht dann vier zwanzig, bitte schön«, kichert er. »In bar, wenn's recht ist. Für 'ne andere Art Bezahlung bin ich ein bisschen zu alt.«

Am Montag darauf beginnt die letzte Schulwoche vor den Sommerferien, die sich endlos hinzicht. Obwohl Donnerstag der letzte Schultag ist, kommt es mir vor, als wären es vier Jahre und nicht nur vier Tage. Die Neuigkeit verbreitet sich blitzschnell im Lehrerzimmer, doch glücklicher- und unerwarteterweise nicht unter den Schülerinnen. Meine engsten Kollegen sind nicht besonders überrascht, dass Richard und ich uns getrennt haben. Die Reaktionen sind ganz unterschiedlich. Manche halten mich für völlig verrückt, andere für höchst vernünftig, doch alle sind unabhängig von ihrer Meinung dankenswert diskret.

Meine zwei engsten Freundinnen neben Caroline, die Richard nie gemocht und daraus auch nie ein Hehl gemacht hat, sind einer Meinung.

Wiggy (Wilhelmina – dafür hasst sie ihre Eltern), die Wandersfrau, eine unverbesserliche Rucksacktouristin, schickt mir eine Glückwunschkarte aus Australien, die beim Öffnen immer und immer wieder »I believe in Miracles« dudelt. »Bin ja so froh, dass du es endlich kapiert hast«, hat sie in ihrer großzügigen Handschrift darunter gekritzelt.

Die sensible Sasha hinterlässt mir eine Nachricht auf dem Anrufbeantworter.

»Fliss, hier ist Sash. Es geht das Gerücht, du hättest endlich Vernunft angenommen und diesen Fiesling in die Wüste geschickt. Ruf mich an. Ich will wissen, ob es stimmt. Schließlich will ich keine teure Flasche Schampus verschwenden, um etwas zu feiern, was vielleicht gar nicht wahr ist. Falls es stimmt, umso besser. Und ruf bloß an, altes Haus, damit ich dir noch ein bisschen gut zureden kann, nur für den Fall, dass du es dir doch noch anders überlegst.«

Ich wusste ja, dass Wiggy nie sonderlich angetan war von meinem Exverlobten, aber ich hatte geglaubt, Sasha könne Richard leiden. Aus diesem Grund hatte ich auch noch nicht angerufen, um ihr die Neuigkeit von unserer Trennung zu berichten.

Hätte ich geahnt, dass er bei ihr ebenfalls nicht hoch im Kurs stand, wäre ich vielleicht so kühn gewesen, etwas früher mit ihm zu brechen. Es ist großartig zu wissen, dass es jetzt einen Menschen weniger gibt, der mich für mein Handeln hasst. Ist es nicht traurig, wie viele Einschränkungen man sich auferlegt, nur weil man den Zorn anderer fürchtet?

Wenn ich genauer darüber nachdenke, gibt es eigentlich nur noch zwei Menschen, die gegen mich sind: Richard, der bezeichnenderweise überall herumposaunt hat, er habe mich verlassen und nicht umgekehrt, und meine Mutter.

Während ich alles daran gesetzt habe, Richard aus meinem Kopf zu verbannen, indem ich mir sage, mein Leben sei jetzt eine Richard-freie Zone, hat es sich doch als recht schwierig herausgestellt, die Tatsache zu ignorieren, dass meine eigene Mutter sich noch immer weigert, mit mir zu sprechen.

Ich habe versucht, mich versöhnlich zu zeigen, doch das ist schwierig, wenn derjenige, mit dem man sich versöhnen will, sich weigert, einen wahrzunehmen. Meine Mutter ist der Papst, und ich wurde aus der Kirche ausgeschlossen.

Doch dies hat, wie Heinrich VIII. bereits betonte, durchaus Vorteile: totale Ungebundenheit in seinem Fall und totale Freiheit zu tun, was immer ich will, ohne Vergeltung oder offene Missbilligung befürchten zu müssen, in meinem.

Dennoch bin ich realistisch genug, um zu erkennen, dass dieser Zustand keinesfalls ideal ist. Deshalb wollte ich wiederholt vorsichtig einen Ölzweig überreichen, der jedes Mal prompt von der Schärfe ihrer Ablehnung zu einem Bogen zurechtgestutzt und auf mich abgefeuert wurde.

Doch allein die Tatsache, dass niemand behaupten kann, ich hätte es nicht versucht, trägt erheblich dazu bei, mein Gewissen in dieser Hinsicht zu erleichtern. Darum war es mir auch möglich, mich halbwegs auf die letzte Unterrichtswoche zu konzentrieren.

Am letzten Schultag gratuliere ich mir dazu, dass alles relativ glatt gelaufen ist, obwohl mir durchaus klar ist, dass es auch eine ziemlich üble Woche hätte werden können. Doch als ich versuche, mich aus dem Klassenraum zu stehlen und mit einem Karton voller Unterlagen auf den Parkplatz zu entkommen, werde ich dummerweise von einer Gesandtschaft lächelnder Fünfzehnjähriger umringt. Meine Mädchen haben mir ein Hochzeitsgeschenk gekauft, das sie sorgfältig eingepackt haben und mir jetzt mit einer vorab einstudierten Ansprache darüber überreichen, dass sie bloß nicht vergessen dürfen, mich mit Mrs. Trevelyan anzusprechen, wenn wir uns im Herbst wiedersehen.

Am liebsten würde ich sterben.

Sie bestehen darauf, dass ich ihr Geschenk sofort aufmache. Sie wollen mein Gesicht sehen und meine Freude teilen. Leider spiegelt mein Gesicht just in diesem Moment ein ganz anderes Gefühl wider. Ich glaube, das Wort Entsetzen wäre hier angebrachter. Gerade setze ich zu einer Erklärung an, als Mrs. Monkton, die Direktorin, die die ganze Szene verfolgt hat, warnend den Kopf schüttelt, sodass ich nur unter Tränen »Danke« murmele.

Sie sehen meinen belämmerten Gesichtsausdruck und denken netterweise, ich sei von ihrer Freundlichkeit gerührt und überwältigt. Glücklich und zufrieden mit sich und der Tatsache, dass nun endlich Sommerferien sind, brechen sie unter lautem Geschnatter und zahlreichen Glückwünschen auf. Sie rufen mir lachend Bemerkungen über Flitterwochen und die drei S zu, die man dafür unbedingt braucht.

Soeben Single, sorry.

Mrs. Monkton und ich bleiben allein im Klassenzimmer zurück.

Sie ist eine strenge Vorgesetzte, mit stahlgrauen Haaren, entsprechenden Augen und entsprechender Persönlichkeit, doch gleichzeitig freundlich und klug. Sie legt ihre runzlige Hand auf meinen Arm, ein eindeutiger Beweis der Zuneigung.

»Jetzt ist nicht der richtige Zeitpunkt für Erklärungen, Felicity«, sagt sie ruhig. »Jetzt sind Ferien, also entspannen Sie sich und genießen Sie den Sommer. Vielleicht fahren Sie ja eine Weile weg. Im Herbst sieht dann alles ganz anders aus. Dann beginnt ein neues Schuljahr – weg mit dem alten, her mit dem neuen.« Sie lächelt mir aufmunternd zu.

Draußen auf dem Parkplatz, der an das Hockeyfeld grenzt, auf dem einige entschlossene und disziplinierte Schüler noch immer trainieren, schickt die Sonne zaghaft einige warme Strahlen durch die aufreißende Wolkendecke.

Ich lade den Karton mit Unterlagen und Büchern, die ich für die Vorbereitung aufs nächste Schuljahr brauche, in den Kofferraum. Als ich einsteige und das Steuer umklammere, um das Zittern meiner Hände zu unterdrücken, trifft ein Sonnenstrahl auf die Steine, die in den Platinring an meinem Ringfinger eingelassen sind. Da wird mir klar, dass ich immer noch meinen Verlobungsring trage.

The Beeches in der Clayton Avenue ist ein altes, gedrungenes Haus, das aus der Regierungszeit der alten und ähnlich gedrungenen Königin Victoria stammt. Hier wurde ich vor achtundzwanzig Jahren geboren – eine schmerzhafte Geburt, die sich laut meiner Mutter ganze drei Tage hinzog. Für diesen Schmerz hat sie mich seitdem dreifach büßen lassen. Wir sind noch nie miteinander ausgekommen, und nachdem ich Richard so gedanken- und herzlos zurückgewiesen habe, hat sich ihre alles andere als stille Unzufriedenheit darüber, wie ich mein Leben bisher gestaltet habe und wie ich gegen alles rebelliere, was ihr wichtig ist, in rachsüchtigen Hass verwandelt. Ich habe das ganze Wochenende gebraucht, um den Mut aufzubringen, vorbeizufahren. Eigentlich hätte ich schon vor einer Stunde zu Caroline aufbrechen sollen, doch ich habe noch nicht einmal fertig gepackt. Ich weiß, wenn ich es jetzt nicht hinter mich bringe, dann verliere ich die Nerven und schaffe es nie mehr.

Schüchtern klopfe ich an das verzogene und abblätternde Holz der Eingangstür. Glücklicherweise verbringt Sally-Anne ihren freien Tag wie erhofft als Muttersitterin. Ich sehe, wie sie die schweren Spitzenvorhänge hochhebt, als sie aus dem Fenster blickt, und dann eilig verschwindet, um mich hereinzulassen.

»Ist sie da?« Zu allem Überfluss flüstere ich.

Um diese Tageszeit ist meine Mutter immer da. Sie hat nie gearbeitet, dafür aber ihren tadellos organisierten Haushalt mit der Effizienz eines Offiziers geführt. Mein Vater, der seine Karriere bei der königlichen Luftwaffe begonnen und dann als Ingenieur gearbeitet hat, ist vor zwei Jahren frühpensioniert worden. Sie pflegen kaum gesellschaftlichen Umgang. Also, zumindest nicht gemeinsam. Dad ist selten im Haus. Er hat immer noch seinen Garten und das Angeln und hier und da ein Golfwochenende. Und Roger scheint in den Genuss einer Menge außergewöhnlich langer Spaziergänge zu kommen. Mutter ist bei den örtlichen Landfrauen, wo sie die effizienteste Sekretärin abgibt, die Oxfordshire je erlebt hat.

Sally legt einen Finger an die Lippen und deutet nach oben. Seit vergangenem Samstag hat Mutter uns mit einem Nervenzusammenbruch gedroht und sich in ihr Bett zurückgezogen wie Jane Austens Mrs. Bennet. Sie weigert sich, nach unten zu kommen, sondern lässt sich sämtliche Mahlzeiten auf einem Tablett servieren und schimpft auf das Leben im Allgemeinen und auf mich im Besonderen.

Sally drückt meine Hand, eine zärtliche, höchst willkommene Geste.

»Komm ins Wohnzimmer«, sagt sie leise. »Es ist besser, wenn wir sie nicht stören. Sie hat immer noch grauenhafte Laune.«

Wir gehen ins Wohnzimmer. Es ist bedrohlich still, bis auf das

Ticken der Standuhr in der Nische neben der Tür. Im Haus meiner Eltern fühle ich mich immer um ein Jahrhundert zurückversetzt. Ich setze mich auf das Chintzsofa aus den Fünfzigern, das modernste Möbelstück im Raum. Sally hat den Nachmittagstee vorbereitet und serviert ihn in Tassen aus hauchdünnem Porzellan.

»Ich wollte nur schnell vorbeikommen und Bescheid sagen, dass ich für eine Weile verreise«, erkläre ich und nehme dankend eine dampfende Tasse entgegen. »Caro ist wieder da. Sie hat mich zu sich eingeladen. Deshalb fahre ich für ein paar Wochen nach Angels Court. Bis Gras über die Sache gewachsen ist und wir alle wieder normal sind.«

»Was verstehst du unter normal?«, fragt Sally trocken.

»Dass Mutter einfach wieder schrecklich zu mir ist statt absolut und total unausstehlich«, entgegne ich spöttisch. »Andererseits könnte ich mich durchaus daran gewöhnen, dass sie nicht mit mir spricht. Wenn ich nur sicher sein könnte, dass es dabei bleibt.«

Sally blickt verängstigt zur Decke, als könne Mutter genau in diesem Moment lauschen.

Ich stelle meine Teetasse auf den Couchtisch, wühle in meiner Handtasche und ziehe eine kleine schwarze Lederschachtel hervor, die ich Sally-Anne entgegenstrecke.

»Ich brauche deine Hilfe, Sal. Ich verstehe es, wenn du ablehnst, aber du würdest mir wirklich einen Gefallen damit tun.«

Ich schweige, doch sie lächelt mir nur ermutigend zu.

»Würdest du das Richard geben ..., bitte?« Ich gerate ins Stocken. »Ich möchte ihn im Augenblick nicht sehen – genauso wenig wie er mich, vermute ich. Er war stinksauer, was?«

»Er war nicht gerade glücklich, nein, aber jetzt scheint es ihm besser zu gehen«, murmelt Sally und nimmt die Schachtel entgegen. Sie holt den Ring heraus und legt ihn auf ihre Handfläche.

»Hast du ihn etwa gesehen?«, frage ich überrascht.

»Mhm.« Sie nickt, steckt sich beiläufig den Ring an den Finger und betrachtet die Diamanten, in denen sich das Licht bricht, das durch die Gardinen einfällt. »Er hat gestern Abend vorbeigesehen.«

Er hat vorbeigesehen?

»Was zum Teufel hatte Richard hier zu suchen?«

»Ich glaube, er wollte mal mit jemandem reden.«

Sally sieht mich an, lächelt verlegen und streift den Ring wieder ab. Sie steckt ihn zurück in die kleine Lederschachtel, die mit einem scharfen Laut zuschnappt.

»Worüber?«

»Na ja, natürlich darüber, was passiert ist«, antwortet Sally und sieht mich mit hochgezogenen Brauen an. »Unter anderem …«

Offensichtlich erstaunt es sie, dass *ich* erstaunt bin, weil Richard jemandem sein Herz ausschütten wollte. Ich glaube, insgeheim hatte ich damit gerechnet, er wäre genauso erleichtert wie ich, dass unsere Beziehung endlich beendet ist. Er hat mir nie wirklich Anlass zu der Überzeugung gegeben, ich könne ihm fehlen. Ich bin wohl davon ausgegangen, für ihn genau die Gewohnheit zu sein, die er für mich war, und dass ich ihm also einen Gefallen getan habe, indem ich die Hochzeit abblies.

Insgeheim war ich immer davon überzeugt, er hätte mir im Eifer des Gefechts einen Antrag gemacht. Er hatte noch nicht einmal einen Ring in der Tasche, als er mit der Frage herausplatzte, und ich weiß nicht, wer von uns beiden überraschter aussah, als er fragte.

Für mich war der Antrag sowieso wie aus heiterem Himmel gekommen. Für meine Begriffe kamen Richard und ich zu dieser Zeit nicht gerade blendend miteinander aus. Er hatte mich mehrmals unter fadenscheinigen Ausreden versetzt, und ich hatte ihn bis zu dem Abend des Kniefalls kaum noch gesehen.

Zum ersten Mal seit Ewigkeiten verbrachten wir einen halbwegs netten Abend miteinander.

Das könnte etwas mit der Tatsache zu tun haben, dass wir beide schon etwas getrunken hatten, bevor wir uns trafen. Ich hatte mir einen genehmigt, weil wir zu einem Familienessen erwartet wurden und ein Gläschen Alkohol den Abend immer auflockert. Ich habe keine Ahnung, warum Richard angesäuselt war, doch wir beide haben Mutters lauwarmer Liebfraumilch mit wesentlich mehr Enthusiasmus zugesprochen als sonst.

Also haben wir uns gut amüsiert, doch als er näherrückte und mir zuflüsterte, er habe mir etwas zu sagen, dachte ich, ehrlich gesagt, an alles, nur nicht an einen Antrag.

Und es war irgendwie unglücklich, dass meine Familie Zeuge war. Bevor ich danach hätte behaupten können, »Vergiss es, ich war besoffen«, hatte meine Mutter es bereits via Lokalzeitung in die Welt hinausposaunt und ein Familientreffen mit Champagner, Ansprachen und Verlobungsgeschenken organisiert. Ich war gezwungen, eine Beziehung offiziell zu machen, die in meinen Augen bereits auf Grund gelaufen war. Also setzten wir unter einem Feuerwerk aus Luftschlangen und knallenden Korken erneut Segel, um in den Hafen der Ehe einzulaufen.

Ich hätte wirklich nicht gedacht, dass es Richard nach der Trennung so schwer fallen würde, sein Leben weiterzuführen.

»Was hat er gesagt?«, frage ich besorgt.

»Er schien wirklich traurig zu sein, Fliss.« Sally lächelt mitfühlend.

»Ja, klar«, entgegne ich bitter, »ich sehe es förmlich vor mir: Er macht auf geprügelter Hund, das wirkt immer. Lässt mich noch schlechter dastehen, als ich es ohnehin schon tue.«

»So war es nicht, Fliss, ehrlich. Im Gegenteil. Er schien sich selbst größere Vorwürfe zu machen als dir. Er wollte sichergehen, dass nicht alles sein Fehler war.«

»Und was hast du ihm geantwortet? Ich vermute, Mutter hat allein mir die Schuld in die Schuhe geschoben, oder?«

Verlegen zuckt Sally die Achseln.

»Du weißt doch, wie sie ist.«

»Nur zu gut«, seufze ich. »Also war er hier, um sich bei dir auszuheulen. War das alles?«

»Na ja, dann hat er noch gesagt, dass wir ja nicht den Kontakt abreißen lassen müssten, nur weil er nicht mehr mit dir zusammen ist.«

»Das hat er gesagt?«

»Ganz richtig, das hat er gesagt!«, faucht eine vertraute Stimme.

Erschrocken sehe ich auf. Mein Magen krampft sich vor Angst zusammen. In der Tür steht Mutter.

»Ich weiß gar nicht, warum es dich so überrascht.«

Ich wünschte, ich könnte des perversen Gefühls der Panik und der Furcht Herr werden, das sie immer in mir auslöst. Schließlich bin ich erwachsen und für mich selbst verantwortlich. Warum also schafft sie es immer wieder, dass ich mir wie eine Zehnjährige vorkomme, der eine Standpauke bevorsteht?

Sie stützt sich gegen den Türrahmen, als seien ihre Beine zu schwach, um sie zu tragen. Sie sieht blass aus und hat den Handrücken melodramatisch an die Stirn gelegt. Es ist vier Uhr nachmittags, doch sie läuft noch immer im Morgenmantel herum.

Ganz in Schwarz. Wie passend.

Sie stolziert durch das Zimmer wie eine Krähe, die gekommen ist, um an den Gebeinen eines Toten herumzupicken.

»Ihm liegt viel an dir, Felicity. Er hat keine eigene Familie – er hatte begonnen, uns als seine Familie zu betrachten, und du hast sie ihm weggenommen«, krächzt sie heiser.

Sie starrt mich wütend an. Dann stützt sie sich schwer auf das Sideboard, ignoriert den Tee und schenkt sich stattdessen einen großen Weinbrand ein.

»Es überrascht mich, dass du es noch wagst, hier aufzutauchen.«

»Ihr seid *meine* Familie«, stoße ich entrüstet hervor. »Ich glaube einfach nicht, dass ihr euch gegen mich verbündet. Ich brauche eure Unterstützung. Für mich war das Ganze auch schlimm, verstehst du.«

»Von mir hast du nichts zu erwarten.« Sie nippt an ihrem Glas und verzieht das Gesicht. Sie hat nie viel getrunken. Wahrscheinlich habe ich sie jetzt auch noch in den Suff getrieben.

»Wie man sich bettet…«

»So liegt man, ich weiß. Und du willst mich auch noch mit einem Kissen ersticken! Ich glaube, es ist besser, wenn ich jetzt gehe.« Ich erhebe mich vom Sofa. »Es war wohl ein Fehler zu kommen.«

»In letzter Zeit hast du eine Menge Fehler gemacht, findest du nicht, Felicity?«, giftet sie. »Aber das war ja nicht anders zu erwarten. Es war wohl nur eine Frage der Zeit, bis du und Richard euch trennt. Du warst einfach nicht gut genug für ihn. Genau genommen überrascht es mich sogar, dass eure Beziehung so lange gehalten hat, insbesondere nach allem, was er gestern Abend zu Sally-Anne gesagt hat!« Sie kippt den Rest des Brandys in einem Zug hinunter und starrt mich provozierend an.

»Ach ja, und was genau hat er gestern Abend gesagt? Wovon redest du überhaupt?«

Mutter schnaubt höhnisch. Doch statt einer Antwort schenkt sie sich nach.

»Was hat Richard gesagt?«, frage ich Sally.

»Nichts«, flüstert diese und schüttelt den Kopf. »Sie ist durcheinander, das ist alles.«

»Sally!«

Sie packt meinen Arm und versucht, mich aus dem Zimmer zu ziehen.

»Ignorier sie einfach, Fliss, du weißt doch, wie sie ist. Es ist besser, sie allein zu lassen.«

»Ja, lass nur gut sein, Fliss«, ruft Mutter mir spöttisch hinterher. »Lauf nur weg. Lauf weg, wie du es immer tust.«

Ich schüttele Sally ab und sehe Mutter an.

»Ich laufe überhaupt nicht weg! Ich versuche, das Richtige für mich zu tun, verstehst du das denn nicht?«, flehe ich und suche nach einem Hauch Mitleid oder Verständnis auf ihrem Gesicht. Es ist kalt, hart und verschlossen wie der Deckel einer Tiefkühltruhe.

»Willst du denn nicht, dass ich glücklich bin?«, beharre ich, doch sie antwortet nicht. Das muss sie auch gar nicht; ich kenne die Antwort bereits. Glück ist keine unabdingbare Voraussetzung für ein zufriedenstellendes Leben. Ob Pflicht, gesellschaftliche Stellung oder finanzielle Sicherheit, sie alle sind einem guten Leben weit förderlicher als Glück.

»Du bist meine Mutter, du müsstest zu mir halten. Wäre es dir lieber, ich würde den größten Fehler meines Lebens begehen, Richard heiraten, mich zweifelsohne wieder von Richard scheiden lassen und als einsame, verbitterte alte Hexe enden wie du?«

Mit funkelnden Augen kommt sie auf mich zu. Sie holt Schwung und schleudert den Brandy in meine Richtung. Ich spüre einen stechenden Schmerz, als er mir in die Augen spritzt und mir übers Gesicht läuft, um sich mit dem stetigen Strom aus Salzwasser zu mischen, der bereits an mir herunterfließt.

Kapitel 3

Gegen Abend erreiche ich endlich Angels Court. Das verwitterte alte Bauernhaus wirkt vertraut und beruhigend. Langsam versinkt der große gelbe Sonnenball hinter dem gezackten Dachfirst und wirft schräge Strahlen gegen meine Windschutzscheibe, die mich einen Moment lang blenden.

Meine Gefühle fahren mit der sprichwörtlichen Achterbahn. Die Auseinandersetzung von vorhin hat mich umgehauen. Mein Leben hat eine ganz neue Richtung genommen. Das wollte ich ja auch. Warum nur fühle ich mich dann so leer?

Caroline hält am Wohnzimmerfenster nach mir Ausschau. Zweifelsohne hat sie befürchtet, ich könnte es nicht bis hierher schaffen. Seit meinem unzusammenhängenden Anruf, dass ich jetzt auf dem Weg sei, ist sie völlig außer sich. Statt der üblichen Stunde habe ich zwei Stunden bis hierher gebraucht. Ich war so unkonzentriert, dass ich ständig Abzweigungen verpasst habe und mehrmals umkehren musste. Zum Ausgleich bin ich regelrecht gerast und habe das Leben eines jeden Hasen, der es wagte, mir über den Weg zu hoppeln, ernsthaft in Gefahr gebracht.

»Wo hast du nur gesteckt, Fliss?« Caro kommt aus der Tür gestürzt. Zuerst schimpft sie, dann umarmt sie mich. Ihre Zuneigung und der warme Hauch nach Chanel und sauberem blondem Haar umfangen mich.

»Meine Güte, du siehst völlig fertig aus! Sieh dich nur mal an.«

Sie hält mich auf Armeslänge von sich.

»Du klebst ja!«

Sie schnüffelt an meinem Haar und meiner Kleidung.

»Und du riechst wie eine ganze Brauerei. Du hast doch nicht

etwa getrunken? Du weißt doch, keinen Alkohol am Steuer, Fliss.«

Ich schüttele den Kopf.

»Natürlich nicht. Ich bin vielleicht blöd, aber so blöd auch wieder nicht. Ich habe den Fehler begangen, vor der Fahrt bei Mutter vorbeizuschauen. Sie wollte sich mit einem Brandy stärken, fand dann aber, es sei viel wirkungsvoller, ihn mir ins Gesicht zu kippen statt sich in den Rachen.«

»Diese Hexe!« Caro reißt die Augen auf und presst ihre zarten rosa Lippen empört zu einer schmalen Linie zusammen.

Mich in ihrem Mitleid aalend, schniefe ich jämmerlich.

»Für jemanden, der nicht mit mir redet, hatte sie eine ganze Menge zu sagen.«

»Wie das?« Auf Caros hübschen Zügen zeichnet sich teilnahmsvoller Ärger ab.

»Ach, was weiß ich. Richard hat mich überall in den Dreck gezogen, sich eingeschleimt und neue Anhänger für die Richard-Trevelyan-Partei angeworben. Sie hat raushängen lassen, dass es nur eine Frage der Zeit gewesen wäre, bis er mich fallen lässt, wenn ich nicht vorher ihn hätte sitzen lassen. Daraufhin hat sie mir ein volles Glas Rémy Martin ins Gesicht geschüttet und ist aus dem Zimmer marschiert.«

Empört schüttelt Caroline den Kopf und hakt sich bei mir unter.

»Jetzt bist du ja unter Freunden. Hier wandert der Alkohol garantiert in deine Kehle. Aber komm erst einmal rein. David kann dein Gepäck holen.«

Caro führt mich nach oben in eines der Gästezimmer, das inoffiziell längst mein Zimmer ist.

Mein Heiligtum.

Die warmen Terrakotta-Wände wirken im goldgelben Schimmer der untergehenden Sonne behaglich und einladend. Es gibt zwei Fenster, ein Bett, alte Kiefernholzmöbel und einen Dschungel aus Grünpflanzen.

Weiße Gazevorhänge blähen sich vor den offenen Fenstern in der leichten Brise, und ich kann den Abendgesang der Vögel unten im Obstgarten hören. Angels Court ist so schön, so friedlich, so paradiesisch, ein kleiner Garten Eden, in dem man sich ausruhen und abschalten kann.

Ich lasse mich auf das Bett aus verschnörkeltem Eisen plumpsen, das leise quietscht, während Caro im Badezimmer verschwindet. Ich kann hören, wie sie Wasser in die alte gusseiserne Wanne einlässt, und der Duft von Lavendel breitet sich aus, als sie Badesalz ins schäumende Wasser kippt. Ich rolle mich auf dem Bett zusammen wie ein Fötus im Mutterleib.

Dieses Haus ist ein Heim, so warm und lebendig, dass man fast glaubt, seinen Herzschlag hören zu können. Zum ersten Mal seit der Auseinandersetzung mit meiner Mutter hören meine Hände auf zu zittern.

Nach dem Bad fühle ich mich entschieden menschlicher. Caro hat mir einen ihrer Pullover und eine saubere Jeans aufs Bett gelegt. Die Jeans ist einen Hauch zu eng; sie war immer beneidenswert schlank.

Der Pulli ist aus dunkelblauer Angorawolle. Trotz des milden Abends bin ich dankbar für seine Wärme und seine Länge, die meine Taille kaschiert, da sie ein bisschen zu sehr über den engen Bund der Jeans quillt. Ich wette, es ist auch noch ihre größte. Ich seufze. Es wäre schön, wenn zu meinem neuen Leben auch eine neue Figur gehören würde. Andererseits bin ich noch immer offiziell in der Phase der Trostfresserei. Es wird schwer werden, die Trostpflaster wegzulassen, insbesondere, da es sich um berechtigte Trostpflaster handelt.

Als ich über die geschwungene, enge Rücktreppe nach unten komme, finde ich Caroline und David in der Küche. Sie hören Radio und haben eine Flasche Wein geöffnet. Caro beugt sich über riesige gusseiserne Pfannen auf dem Herd, während David am Küchentisch sitzt und mit gesenktem Kopf Erbsen pellt. Die halbrunde Brille ist ihm bis auf die Nasenspitze gerutscht, und er ist in die gestrige Ausgabe der *Sunday Times* vertieft. Er sieht auf und lächelt, als ich eintrete, dann blickt er zu Caroline hinüber.

Ich lasse mich auf einen der Stühle an dem langen, gescheuerten Küchentisch sinken. Darius, Davids Labrador, erhebt sich aus seinem Korb und wedelt so heftig mit dem buschigen Schwanz, dass sein ganzes Hinterteil wackelt. Er tappt über den roten Fliesenboden zu mir, und ich streichele seinen seidigen Kopf.

»Wenigstens einer, der mich liebt«, flüstere ich.

Ich spüre, wie meine Unterlippe erneut zu zittern beginnt.

David, der Diplomat, der zweifelsohne von Caroline eingeweiht wurde, entschuldigt sich, klemmt sich die Zeitung unter den Arm und verschwindet im Arbeitszimmer. Caroline wartet, bis er die Küche verlassen hat, dann dreht sie sich lächelnd zu mir um.

»Fühlst du dich besser?«

Ich nicke bedächtig.

Sie reicht mir ein Glas Wein.

»Eigentlich müssten wir Champagner trinken, um das zu feiern.« Sie prostet mir zu. »Meinen Glückwunsch, du hast es getan, du hast es wirklich getan. Endlich bist du frei.«

Sie hört sich erfreut an.

Ich sehe offensichtlich nicht gerade begeistert aus.

»Fliss … Erde an Fliss, alles in Ordnung, meine Liebe? Du bedauerst es doch nicht etwa, oder? Wegen der Hochzeit und so?«, fragt sie mit forschendem Blick

Ich springe auf wie ein Lachs, der gegen den Strom schwimmt.

»Ach du meine Güte, die Hochzeit!«

In all dem Durcheinander hatte ich sie völlig vergessen. Nicht die Heirat an sich – darum ging es ja schließlich bei dem ganzen verdammten Streit –, sondern das Drumherum, die Kirche, die Blumen, den Empfang für zweihundert Leute. Das Gefühl der Leere und der Lethargie weicht blinder Panik.

»Ich muss alles absagen, sonst kreuzen die Leute auf und erwarten eine Hochzeitsfeier!«

»Beruhige dich, Fliss.« Caro gießt einen weiteren Liter Rotwein in mein bauchiges, eimergroßes Glas. »Der Termin ist doch erst in sechs Wochen. Außerdem bin ich überzeugt, dass Miriam alles in die Hand nimmt. Warum rufst du sie nicht einfach an, damit du beruhigt bist? Ein kurzes Gespräch.«

Ich lege meinen armen, schmerzenden Kopf auf den Küchentisch. Das alte Holz ist warm und glatt. Beruhigend.

»Wir können nicht einfach so ein *kurzes Gespräch* führen«, stöhne ich. »Du weißt doch, dass sie nicht mit mir redet. Und du weißt, wie sehr sie Richard vergöttert. Während wir uns unterhalten, trauert sie. Ich sehe förmlich, wie sie sich in ein abgedunkeltes Zimmer zurückzieht, sich bitterlich über ihre fehlgeleitete und undankbare große Tochter beklagt und von vorn bis hinten von der guten alten Sally-Anne bedient wird. Du weißt doch, dass sie die Geduld einer Heiligen hat …«

»Ihre fehlgeleitete, undankbare und unsäglich *dumme* Tochter. Du hast das Dumm vergessen.«

»Hältst du mich etwa auch für dumm, Caroline?«, jammere ich. »Bitte sag mir, dass du das Ganze nicht für einen Riesenfehler hältst.«

»Ganz sicher nicht!«, entgegnet sie mit Nachdruck. »Glaubst du das etwa selber, Fliss? Glaubst du, es wäre ein Fehler gewesen, alles abzusagen?«

»Ich weiß es nicht«, jammere ich. »Ich bin ja sooooo durcheinander.«

Tränen strömen mir übers Gesicht. Das muss an dem vielen Alkohol liegen, den ich in den letzten Tagen getrunken habe. Deshalb laufe ich jetzt über. Caro verlässt den Herd und legt tröstend den Arm um mich. Der Chanelduft wird von Estragon überlagert.

»Ganz ruhig, ganz ruhig …« Sie spricht mit ihrer Lehrerstimme. »Lass alles raus.«

»Ich weine nicht um ihn«, schniefe ich, »sondern um mich. Ich bin fast dreißig, und nun sieh dir an, was aus mir geworden ist … Ich habe mein ganzes Leben ruiniert. Ich bin zu alt, um alles über den Haufen zu werfen. Ich werde als einsame alte Jungfer enden …«

»Jetzt spricht der Château Neuf du Pape aus dir, nicht du. Außerdem bist du achtundzwanzig – das würde ich kaum als alt bezeichnen. Wenn du schon alt bist, was bin dann ich erst? Ich bin fast dreiunddreißig.«

Caro setzt sich neben mich und ergreift meine Hand.

»Fliss, liebst du Richard?«

Ich höre auf zu weinen und sehe sie an.

»Nein. Nein, überhaupt nicht.«

»Na also, war doch ganz leicht, oder? Du hast nicht eine Sekunde gezögert. Wenn ich drauf und dran wäre, jemanden zu heiraten, den ich nicht liebe, diese heftigen Zweifel hätte und dich um Rat fragen würde, was würdest du mir raten?«

»Ich würde dir raten, es nicht zu tun«, höre ich mich vorsichtig sagen. Wie kommt es, dass Caroline immer alles so leicht zurechtrücken kann?

»Und jetzt frag ich dich noch einmal: Glaubst du wirklich, es wäre ein Fehler gewesen, alles abzusagen? Willst du den Rest deines Lebens mit einem aufgeblasenen Trottel verheiratet sein, der dich nur braucht, um sein Ego verhätscheln zu lassen?«

»Sein Ego ist zumindest das Größte, was er hat. Lieber würde ich das verhätscheln als andere Teile von ihm.« Ich kichere.

Caro grinst mich an.

»Siehst du? Wenigstens ist dein Sinn für Humor wieder da.«

David steckt den Kopf zur Tür herein und sieht seine Frau fragend an.

»Ist die Luft rein?«

»Ich glaube, unsere Patientin ist auf dem Wege der Besserung.« Caro deutet auf mich, während ich prustend über dem Küchentisch hänge. »Sie scheint mir recht fröhlich zu sein.«

»Ich dachte, sie hätte Richard die Ratte fallen lassen und sich nicht einer Persönlichkeitsveränderung unterzogen?«

»Na warte, du frecher…« Ich werfe mit einem Stück Brot nach ihm.

»Gnade, Gnade!« David hält schützend seine großen, schwieligen Hände hoch. »Ich freue mich, dass es dir besser geht, meine liebe Felicity. Es geht dir doch besser, oder?« Er blickt in meine geröteten Augen. »Hast du dich gefasst?«

Ich nicke.

»Gut, deine Mutter ist nämlich am Telefon.«

Zitternd greife ich nach dem Hörer. Das Letzte, was ich jetzt gebrauchen kann, ist eine weitere wüste Schimpftirade.

»Hallo?« Meine Stimme ist ein Flüstern.

»Bist du das, Fliss?«

Mein Herz hüpft wie ein Jojo, rutscht bis in die Schuhe und schnellt dann wieder zurück, als mir klar wird, dass es nicht Mutter ist, sondern Sally.

»Sally«, seufze ich erleichtert. »Gott sei Dank bist du es.«

»Alles in Ordnung, Fliss?«

»Ich glaube schon. David hat behauptet, du wärest Mutter. Wie geht's ihr denn?«

»Sie ist im Bett… Sie wollte nicht gemein sein, Fliss, nicht wirklich. Sie war nur furchtbar aufgewühlt.«

»Was du nicht sagst«, erwidere ich spöttisch.

Sally zögert einen Moment.

»Was die Hochzeit betrifft…«, setzt sie an.

»Die geplante Hochzeit, die nicht mehr auf dem Plan steht? Gerade habe ich Caro erzählt, dass ich losgefahren bin, ohne an die Feier zu denken. Ich muss alle Gäste benachrichtigen, die Geschenke zurückschicken, das Büffet absagen…«

Der Umfang der vor mir liegenden Aufgabe lässt meine Stimme vor Panik schrill klingen.

»Das ist einer der Gründe, warum ich dich anrufe, Fliss. Ich weiß doch, wie mitgenommen du im Augenblick bist – das Letzte, was du jetzt tun solltest, ist wie ein Idiot herumzurennen und die Hochzeitsfeier abzusagen. Ich will nicht, dass du dir den Kopf zerbrichst. Überlass das mir. Ich kümmere mich um alles. Was getan werden muss, das tue ich, okay?«

Was für ein verlockendes Angebot – ich könnte das ganze Fiasko einfach vergessen. Leider habe ich ein viel zu schlechtes Gewissen, um die Verantwortung einfach auf Sal abzuwälzen, wo sie doch obendrein noch alles andere am Hals hat. Ich habe mich einfach aus der Schusslinie begeben, sie aber steht noch mittendrin. Genau gesagt, mitten zwischen Mutter und Richard.

»Bist du dir sicher?«, frage ich sie. »Das wäre eine solche Verantwortung für dich, und es gibt so viel zu tun …«

»Ich bitte dich Fliss. Ich meine es ernst, überlass alles mir. Ich will, dass du dich entspannst und abschaltest, verstanden?«

Plötzlich bin ich meiner kleinen Schwester unendlich dankbar.

»Also, wenn du sicher bist …«

»Klar. Ich will nicht, dass du dir Sorgen machst. Überlass das mir.«

Gehobener Stimmung kehre ich in die Küche zurück.

Sally-Anne hat mir eine enorme Last von den Schultern genommen. Sie hat mich wirklich überrascht. Wir sind immer gut miteinander ausgekommen, aber wir standen uns nie nahe, wie man so schön sagt.

Ich war sieben, als Sally zur Welt kam. Ich stand nicht auf Puppen, also interessierte mich dieser süß duftende, glucksende Rauschgoldengel nicht besonders. Ich glaube, ich war sogar eher enttäuscht. Als Dad mir mitteilte, es gäbe Familienzuwachs, hoffte ich, er hätte vier Beine und fräße Heu.

Gebt mir das Kind, bis es sieben ist – dann gebe ich auf und bekomme ein zweites, das hoffentlich formbarer ist, lautete die Philosophie meiner Mutter.

Sally tat mir von Anfang an gut. Ihr verdanke ich, dass Mutter zum ersten Mal über Nacht nicht zu Hause war. Ich aber konnte den Abend allein mit Dad verbringen, der zwar anscheinend für die Empfängnis gebraucht wurde, nicht aber bei der Entbindung. Wir verbrachten einen herrlichen Abend, stopften uns mit Knabbergebäck voll und hingen bis spät nachts vor der Glotze.

Am Anfang machte mich der offensichtliche Unterschied im Verhalten meiner Mutter Sally gegenüber vielleicht ein bisschen eifersüchtig, doch schon nach kurzer Zeit ging mir auf, dass ich statt einer Rivalin eine Verbündete bekommen hatte. Sally konnte immer viel besser mit Mutters Launen umgehen als ich. Wahrscheinlich, weil ich diejenige war, die sie heraufbeschwor, wohingegen Sally glücklicherweise Mutters Bild der perfekten Tochter entsprach – angefangen von den rosa Kleidchen bis hin zu ihrem Job als Assistentin der Geschäftsführung in einer Bank. Mutters Vorstellung von der perfekten Karriere.

Außerdem modelt Sally zeitweise. Sie ist eines dieser mustergültigen, gesunden, properen Mädchen mit strahlend weißen Zähnen, die einen glücklich vom Cover der Zeitschrift *Woman's Weekly* anlächeln oder in der Strickrubrik von *People's Friend* engelsgleiche Kinder an sich drücken. Sie ist das menschliche Gegenstück zum Naschkätzchen auf einer Schokoladendose. Einfach bezaubernd.

Apropos, ich war immer der Meinung, wenn Richard ihr zuerst begegnet wäre, hätte er mich keines zweiten Blickes gewürdigt.

»Und?« Caro ist neugierig. »Was hat deine Mutter gesagt? Du siehst erstaunlich fröhlich aus für jemanden, der gerade ein Gespräch mit seiner Nemesis hatte.«

»Es war nicht Mutter, sondern Sally.«

»David!«, tadelt Caro ihren Mann. »Das war gemein von dir. Hast du Fliss' Gesicht gesehen, als du sagtest, es sei Miriam? Also wirklich, Liebling, dein Sinn für Humor kommt nicht gerade zur richtigen Zeit!«

Schützend hebt er die Hände und weicht zurück.

»Sie hat sich ehrlich wie Miriam angehört«, verteidigt er sich. »Ich wäre doch nicht so grausam ...«

»Das passiert leicht«, komme ich ihm zu Hilfe. »Sie hören sich fast gleich an.«

»Sie benehmen sich gleich«, bemerkt Caro, die sich wieder ihrem Stew zuwendet und ihn vorsichtig umrührt. Sie hält David den großen Holzlöffel zum Probieren hin. »Mehr Salz? Was meinst du?«

Er schüttelt den Kopf. »Perfekt wie immer, Liebling«, antwortet er und küsst sie auf die Stirn. »Genau wie du.«

Jetzt würden wohl die meisten Menschen die Spucktüte hervorholen. Doch David ist nicht Ekel erregend. Er ist nur nett. Die Aufrichtigkeit macht den Schmalz wett.

»Ich sollte wohl vom Zusehen lernen«, äußere ich neidisch. »Verratet ihr mir, worin das Geheimnis einer solch idyllischen Ehe liegt?«

»Idyllisch!« Caro und David lachen und wechseln einen Blick.

»Na los doch, ich will es wissen. Schließlich hätte ich eines Tages auch gern eine glückliche Familie. Mit dem richtigen Mann natürlich«, füge ich hastig hinzu. »Den Fehler von letztem Mal will ich nämlich nicht noch einmal machen.«

»Willst du ein paar Lektionen in Sachen Familienleben?«, fragt Caro.

»Ich glaube schon, ja.«

»Gut, die Kinder kommen Ende nächster Woche, dann kannst du sie unterhalten. Maura zieht sich für eine Woche nach Schottland zurück, deshalb bleiben sie fünf Tage.«

Da habe ich mir etwas eingebrockt.

Maura ist Davids Exfrau und der Nagel zu Caros Sarg. Ein alterndes Hippie-Mädchen, das an alternative Medizin, alternative Religion und alternative Wege der Kindererziehung glaubt. Hannah, gerade mal sechzehn, und Charlie, knapp achtzehn, sind nette Jugendliche, aber ziemlich wild. Da sie den totalen Disziplinmangel ihrer Mutter gewohnt sind, empfinden sie sogar das entspannte Regime in Angels Court als Zumutung. Das einzige Mal, dass ich David und Caro je habe streiten sehen, war wegen der Kinder. David versucht, Mauras laxe Haltung übermäßig zu kompensieren und neigt dazu, ihnen Vorschriften zu machen, regt sich dabei aber nur selber fürchterlich auf. Vielleicht habe ich den Zeitpunkt für meinen Besuch schlecht gewählt? Bin ich etwa vom Regen in die Traufe gekommen?

»Sie zieht sich zurück?« Ich lache verzagt. »Gibt's da noch freie Plätze? Ein Rückzug an einen netten, friedlichen Ort, wo ich meine Batterien wieder aufladen kann, würde mir auch nicht schaden.«

»Ich dachte, deshalb bist du zu uns gekommen«, sagt Caro entrüstet. »Keine Sorge, David hat versprochen, ganz entspannt und cool zu sein und über den Dingen zu stehen, nicht wahr, Liebling? Außerdem stehst du doch gar nicht auf Ruhe und Frieden, sondern auf das pralle Leben. Du musst dir vor Augen führen, was dir entgangen ist, damit du nicht wehmütig wirst. Man sieht die Vergangenheit allzu leicht in einem rosigen Licht, weißt du.«

»Nichts kann mich dazu bringen, Richard als eine rosige Erinnerung zu sehen. Aber weißt du was, es ist schön, ihn so bezeichnen zu können.«

»Als was?«

Ich hebe mein Glas.

»Als eine Erinnerung.«

Den größten Teil der nächsten Woche verschlafe ich.

Ich wache nur auf, um zu essen und ab und zu mit David eine Runde Schach zu spielen, die er mich, galant wie immer, in der Regel gewinnen lässt, obwohl er ein viel besserer Spieler ist. Ich schwelge stundenlang in nach Lavendel duftenden Bädern und schlendere gemächlich mit Darius durch die schöne Umgebung, wobei ich ein Paar Gummistiefel von David trage, die mir viel zu groß sind.

Erholung pur.

Caro umsorgt mich von vorn bis hinten, und ich genieße es ungeniert und in vollen Zügen.

Ich weiß, dass ich über meine Zukunft nachdenken muss, doch selbst das Nachdenken ist mir im Moment zu anstrengend. Der vorausplanende, praktische Teil meines Gehirns macht gerade einmal richtig Urlaub.

Mir ist klar, dass ich mich treiben lasse. Und ich genieße es.

Ich beschließe, mit dem Strom zu schwimmen. Was immer das Leben für mich bereithält, ich werde es annehmen. Eine durchaus passende Philosophie in Angels Court, wo es lediglich darum geht, sich beim Abendessen zwischen Rot- und Weißwein zu entscheiden.

Es ist herrlich, mit Menschen zusammenzusein, die meine Entscheidung, Richard zu verlassen, entschieden gutheißen.

Im Gegensatz zu Mutter und Sally-Anne konnte Caro Richard nie ausstehen; sie hatte noch vor mir die Fassade durchschaut und dahinter den hohlen Kerl, der er in Wahrheit ist, ausgemacht. Jedes Mal, wenn ich Gefahr laufe, die Vergangenheit durch die rosarote Brille zu sehen, tauscht sie diese schnell gegen ein Mikroskop aus, unter dem Richard, die Kröte, sein wahres Gesicht zeigt.

Alle sind schrecklich lieb zu mir. Allmählich denke ich, ich könnte für immer hier bleiben.

Wenn man anfängt, sich zu wohl zu fühlen und sich gehen zu lassen, lauert Gefahr, denn das ist immer der Moment, in dem mein überentwickeltes schlechtes Gewissen sich bemerkbar macht und alles zerstört.

Seit knapp einer Woche bin ich jetzt hier. Caro und ich genießen einen weiteren idyllischen Sommertag und aalen uns auf wackeligen alten Liegestühlen aus Holz im Garten.

Darius jagt die kleinen rosigen Äpfel, die von den Bäumen fallen und durchs Gras kullern. Die Ringeltauben, die sich auf dem Hausdach versammeln, gurren leise, die Luft ist schwer vom Geruch nach warmem Gras, Lavendel, Flieder und Bauernrosen – und wie üblich fange ich an, über das Chaos nachzudenken, das hinter mir liegt, während normale Menschen ihre Gedanken einfach schweifen lassen würden.

Die Tränen, das Theater, die Bestürzung und Betroffenheit, mit denen Sally-Anne fertig werden muss. Ich sauge die frische, vom süßen Blumenduft erfüllte Luft ein und seufze tief.

Mein schlechtes Gewissen siegt, wie immer.

»Es hilft nichts. Egal, wie sehr es mir davor graut, aber ich muss wirklich nach Hause«, erkläre ich Caro, die neben mir die Sonne anbetet. »Ich weiß, Sally hat gesagt, ich soll alles ihr überlassen, aber das wäre einfach nicht fair. Ich bin schuld an dem Durcheinander, also sollte ich es auch aufräumen.«

»Ich würde mir nicht den Kopf zerbrechen.« Caro räkelt sich und dreht sich auf den Bauch. »Ich bin sicher, dass Miriam die ganze Sache gekonnt unter den Teppich kehrt. Außerdem kannst du noch nicht weg, du hast versprochen, mir mit den Kindern zu helfen. Sie kommen Ende dieser Woche.«

»Ich weiß ja, aber ich finde, ich sollte …«

»Fliss!« Sie hält warnend eine Hand hoch wie ein Verkehrspolizist. »Hör sofort auf! Ich werde nicht zulassen, dass du so einen herrlichen Tag mit deinem schlechten Gewissen ruinierst.«

»Tut mir Leid, ich kann nicht anders. Jedes Mal, wenn ich die Augen schließe, sehe ich Hochzeitstorten und Blumenschmuck vor mir, die nach Hause geliefert werden. Wenn das passiert, kriegt Mutter einen Herzinfarkt.«

»Also, ich sehe ganz andere Sachen, wenn *ich* die Augen schließe.« Caro grinst. »Denk lieber darüber nach, was wir mit den Kindern machen. Du weißt doch, wie langweilig sie es hier finden. Nach der Abwechslung und den strahlenden Lichtern von London ist es ihnen hier immer viel zu ländlich.«

»Ich dachte, alle Kinder lieben das Land und vor allem Bauernhöfe.«

»Das war früher auch so, aber genau genommen sind sie ja keine Kinder mehr. Sie langweilen sich sehr schnell, vor allem Charlie. Früher hat er immer dem Verwalter, Mr. Macready, geholfen. Aber ich vermute, dass selbst das Traktorfahren seinen Reiz verloren hat, seit er den Führerschein macht.«

»Wir könnten doch etwas vorbereiten – einen Ausflug ans Meer zum Beispiel oder eine Schatzjagd?«

»Ob sie auf organisierte Ausflüge stehen? Das erinnert zu sehr an die Schule, könnte ich mir vorstellen. Und du weißt doch, wie Hannah im Moment drauf ist. Alles, was man vorschlägt, ist ›so kindisch‹.« Sie ahmt gekonnt Hannahs gelangweilten Flunsch nach. »Das Einzige, was ihr hier gefällt, sind die Pferde und ein paar der jungen Hilfsarbeiter auf dem Hof.«

»Wie wäre es mit einer Schatzjagd hoch zu Ross?«

»Zu kindisch.«

»Mir würde es gefallen. Bedeutet das, ich bin kindisch?«

»Sehr.« Caro sieht mich aus zusammengekniffenen Augen an und lacht über meinen Schmollmund. »Sieh es ein, Fliss, die nächsten Tage werden die Teenager-Hölle auf Erden. Außerdem streiten sie sich im Moment ständig. Sie sind jetzt in dem Alter, wo sie nicht mehr Freunde sind, sondern für die nächsten paar Jahre Gegner, bevor sie wieder zu echten Verbündeten werden, wenn sie alt genug sind, um sich gegenseitig zu schätzen … Kannst du mir mal den Rücken eincremen?« Sie deutet mit dem Fuß auf die Sonnenmilch. »Wenigstens ist das Wetter toll. Dann hocken sie nicht die ganze Zeit drinnen. Es ist so heiß, man könnte fast meinen, wir wären am Mittelmeer.«

»Mal abgesehen vom Strand, dem Käse und dem Wein und den knackigen, braun gebrannten Franzosen, hm?«

»Den Käse und den Wein können wir besorgen, kein Problem. Sogar ein paar Männer lassen sich organisieren, wenn du willst. Natürlich keine Franzosen, aber trotzdem knackig. Apropos, das ist es vermutlich, was du im Moment brauchst, um dich bei Laune zu halten.«

»Ich dachte, es geht hier um das Programm für die Kinder, und nicht um mich?«

»Na ja, wir könnten ja deine Schatzjagd hoch zu Ross in eine Männerjagd hoch zu Ross umwandeln. Dann wäret ihr beide glücklich, du und Hannah.«

»Achtzehnjährige Hilfsarbeiter sind nicht ganz mein Fall.«

»Hast du dir die achtzehnjährigen Arbeiter mal angesehen, die hier rumlaufen?« Caro stützt ihren goldblonden Kopf auf und sieht mich verschmitzt an. »Jung, braun gebrannt und muskelbepackt.«

Ich versuche vergeblich, mich für jung, braun gebrannt und muskelbepackt zu begeistern.

»Ich glaube, ich lasse Hannah den Vortritt«, bemerke ich trocken.

»Na ja, wir könnten vermutlich etwas Älteres und Kultivierteres für dich auftreiben, falls du das willst.«

»Zur Zeit will ich gar nichts, Caro. Ich hab genug von den Männern.«

»Bist du sicher?«, fragt sie wehmütig. »Ich würde so gern mal Amor spielen.«

»Bloß nicht, okay? Bloß keine Männer.«

Sie seufzt.

»Ich glaube nur, dass du genau das brauchst.«

»Nein, Caroline«, sage ich ihr so entschlossen wie möglich, »genau das brauche ich nicht. Lieber besorge ich mir einen Hund. Die sind anspruchsloser, treuer und zärtlicher. Keine Kuppelei, bitte. Versprochen?«

Sie verdreht die Augen.

»Keine Männer. Versprochen.«

Am Sonntag darauf komme ich von einem meiner einsamen Streifzüge zurück, den Arm voller Blumen, die ich aus dem Garten eines benachbarten, stattlichen, aber baufälligen Hauses stibitzt habe, als kleines Dankeschön für Caro, dass sie mich aufgenommen hat. In der Zwischenzeit sind Hannah und Charlie eingetroffen.

David, der sie in der Stadt vom Bahnhof abgeholt hat, war so aufmerksam, meinen Koffer aus dem Flur meiner Wohnung zu holen, sodass ich nun – Gottseidank – meine eigenen Klamotten habe. Außerdem hat er meine Post mitgebracht. Es ist eine ganze Hand voll. Eine horrende Kreditkartenrechnung, ein Brief, in dem mir mitgeteilt wird, ich hätte ein Gratisteppichshampoo gewonnen, ein Schreiben von der Versicherung und drei Zusagen von Hochzeitsgästen, die ich in einem Anfall von Sorglosigkeit prompt in den Mülleimer werfe. Und was, wenn sie zu einer Hochzeit aufkreuzen, die gar nicht stattfindet? Geschieht ihnen recht, wenn sie das u. A. w. g. nicht rechtzeitig einhalten.

Ich habe Hannah und Charlie seit über sechs Monaten nicht gesehen. Seit Weihnachten, um genau zu sein. Sie verbringen Weihnachten nämlich lieber bei Caro und David, die traditionell feiern. Maura, ihre Mutter, hat so bizarre und alles andere als wundervolle Vorstellungen über alternative Religion, dass sie sich weigert, die Geburt Jesu zu feiern und die gesamten Weihnachtsferien mit Fasten und Singen verbringt.

Charlie ist seit unserem letzten Treffen um gut dreißig Zentimeter gewachsen. Er kommt ganz nach seinem Vater – groß und dunkel, mit schläfrigen Augen, die nie zuviel über seine Gefühle verraten. Wie man mir sagte, sieht Hannah ganz wie ihre Mutter aus. Da ich nie das zweifelhafte Vergnügen hatte, Maura kennen zu lernen, kann ich das nicht beurteilen. Sie ist das komplette Gegenteil von Charlie, klein und zierlich, und hat umwerfend schöne Haare in der Farbe der Sonne, die über einem reifen Getreidefeld untergeht – eigenwillig, aber wunderschön.

Caro bezeichnet es als orange-blond, was Hannah überhaupt nicht mag. Im Gegensatz zu Charlie hat Hannah auch körperlich wenig Ähnlichkeit mit David. Er schwört, er würde sie nicht für seine Tochter halten, wenn sie nicht offensichtlich seinen Dickschädel und seine eigenwillig grauen Augen geerbt hätte.

Anscheinend hat David seine Kinder auf der Herfahrt über mich und meine kürzlich in die Hose gegangene Beziehung aufgeklärt. Sie sind nämlich zuerst viel zu höflich zu mir, bieten mir immer und immer wieder Kaffee an und lassen mich den Radiosender aussuchen, während wir das sonntägliche Essen zubereiten, obwohl sie beide ganz offensichtlich darauf brennen, die Charts zu hören.

Diese Besorgnis hält jedoch nicht lange an.

»Was du brauchst, ist ein anderer Mann«, platzt Hannah heraus, als wir uns zum Essen setzen.

»Das ist das Letzte, was ich brauche!« Ich verschlucke mich an einem Schluck Eiswasser. »Du hast mit Caroline geredet, stimmt's?«

»Überhaupt nicht«, entgegnet sie. »Aber wenn Caro das auch sagt, dann zu recht. Glaub mir, Fliss, der beste Weg, um über einen Mann hinwegzukommen, ist, sich einen anderen zu suchen.«

»Welch weise Worte aus einem so jungen Mund«, spottet David.

»Sei doch ruhig, Daddy. Nur weil du viel zu alt bist, um diese Dinge zu begreifen.«

»Zu alt?«, röhrt David. »Zu alt, du kleiner Frechdachs? Du bist nicht zu alt, um von mir übers Knie gelegt zu werden…«

»Verstehst du, was ich meine, Fliss?« Hannah gähnt demonstrativ, um ihren Vater zu ärgern. »Diese überholten Ansichten. Wir leben im einundzwanzigsten Jahrhundert, Daddy. Wenn du mich auch nur anrührst, verklage ich dich.«

»Ich muss nicht über Richard hinwegkommen«, verkünde ich mit Nachdruck, ihre Kabbelei ignorierend, »ich bin nämlich schon lange über ihn weg.«

»Und warum versteckst du dich dann hier draußen?«, fragt sie herausfordernd und spielt verächtlich mit ihren Karotten.

»Ich muss über die Konsequenzen daraus hinwegkommen, über Richard hinweggekommen zu sein.«

»Sie geht ihrer Mutter aus dem Weg«, erklärt Caroline.

»Der verrückten Miriam? Also wirklich, Fliss, es ist lächerlich, vor seiner eigenen Mutter Angst zu haben!«

»Hannah, werd nicht frech!«, schnappt David.

»Wieso, ich bin gerade mal sechzehn und habe keine Angst

vor Maura, und die ist sogar noch verrückter als die verrückte Miriam.«

»Du hast keine Angst vor Maura, weil du sie um den kleinen Finger wickelst. Sie lässt dir alles durchgehen.« Caro steht auf und fängt an abzuräumen.

»Mum glaubt an die Meinungsfreiheit!«, grinst Charlie.

»So nennt ihr das also, was?« Davids Stimme trieft vor Sarkasmus.

»Sie will nicht, dass wir unser wahres Ich unterdrücken. Sie glaubt, dass unsere Persönlichkeit frei sein sollte, um sich ohne schädlichen Einfluss von Elternseite zu entwickeln«, erklärt Hannah.

David erschaudert.

»Wie furchtbar. Wenn ich die Augen schließe, meint man fast, Maura wäre hier. Wenn ich mir eines für dich wünsche, dann, dass du nicht so wirst wie deine Mutter.«

»Warum nicht? Mutter ist ein Freigeist.« Hannah reißt in gespielter Unschuld die Augen auf. »Willst du denn nicht, dass ich ein Freigeist werde?«

»Deine Mutter mag ja ein Freigeist sein, aber sie ist auch ein freimütiger Schmarotzer, und ich will auf keinen Fall, dass du so wirst, meine Süße.«

»Es ist nicht nett, so etwas über die Frau zu sagen, die deine Kinder geboren hat.«

Vor Entrüstung läuft David rot an.

»Hör schon auf, deinen Vater zu provozieren«, geht Caro dazwischen. »Denk an seinen Blutdruck. Stress ist Gift für seine Falten.«

Hannah lacht. »Ja, ich vergesse immer, dass Dad jenseits von Gut und Böse ist«, erklärt sie genüsslich. »Wann kriegst du denn endlich Kinder, Caro? Du solltest dich beeilen, sonst ist Dad vielleicht nicht mehr in der Lage …«

David will ihr gerade widersprechen, sieht dann Caroline an, schüttelt den Kopf und schließt den Mund wieder.

»Ich kriege keine Kinder«, erklärt Caro entschieden und stapelt Töpfe in dem großen, weiß emaillierten Spülbecken.

»Warum denn nicht? Ich will mindestens sechs.«

»Sechs!«, platzt Charlie heraus, der gerade einen Rest Kartoffelbrei in Darius' Napf füllt. »Das glaube ich kaum. Du kannst nicht mal auf dich selbst aufpassen, geschweige denn auf sechs Kinder.«

»Ich will sie ja nicht sofort, du Dummkopf. Erst wenn ich viel älter bin, mindestens achtundzwanzig. Das ist doch alt, findest du nicht?« Lauernd sieht sie mich an. »Willst du Kinder, Fliss?«

»Wenn sie so werden wie du, will sie garantiert keine.« Charlie schnippt eine Erbse nach seiner Schwester.

David sieht sie beide warnend an. »Es reicht jetzt, ja?«

Caro sieht plötzlich müde und abgespannt aus.

David wirft seinen Kindern einen erneuten langen Blick zu, und sie verstummen. Caro räumt den Tisch vollends ab.

»Setz dich, Caro. Hannah und Charlie können abwaschen«, sagt David zu ihr.

»Aber wir wollten eine Runde mit Fliss spazieren gehen«, protestiert Hannah.

»Zuerst der Abwasch«, beharrt David.

»Caro macht das nichts aus, stimmt's, Caro? Sie ist keine böse Stiefmutter. Außerdem hast du doch selbst gesagt, wir sollen uns um Fliss kümmern.«

»Hannah!« Wieder sieht David sie warnend an.

Charlie, der Diplomat, greift ein.

»Ich wasche ab. Und die Teller kann ich auch allein in die Spülmaschine räumen.«

David schüttelt den Kopf und lenkt mit einem widerwilligen Achselzucken ein.

Hannah hakt sich bei mir unter, als wir hinaus in den warmen Abend treten. Die Sonne nähert sich langsam dem dunkelgrünen Wald hinter den Feldern, die den Hof umgeben. Wir folgen der Sonne und steuern auf ihn zu.

Hannah hüpft und tanzt zwischen den Bäumen hindurch und pflückt Blumen. Ihr dichtes Haar umgibt ihr Gesicht wie ein Heiligenschein aus goldenem Flachs.

»Wusstest du, dass Caroline eine Party für dich plant?«, fragt sie lachend und hüpft rückwärts, so dass sie mich ansehen kann. »Es ist Daddy auf dem Weg vom Bahnhof hierher rausgerutscht. Ich glaube, sie haben einen Kerl für dich ausgesucht. An deiner Stelle wäre ich auf der Hut. Caro hat einen eigenartigen Geschmack. Schließlich hat sie *ihn* geheiratet. Wusstest du, dass er fast sechzehn Jahre älter ist als sie? Das bedeutet, das Caro gerade erst geboren war, als er so alt war wie ich. War wohl nichts mit dem jugendlichen Lover! Dein Typ ist wahrscheinlich sechzig, hat eine Halbglatze und einen Schmerbauch. Aber dafür hat er vielleicht auch ein dickes Bankkonto. Ich will auch mal einen reichen Mann, einen, der mir den Lebensstil bieten kann, an den ich mich gar nicht erst gewöhnen soll, wenn es nach meinen Eltern geht. Wenn ich einen reichen, alten Knacker kriege, kann ich ihn durch viel Sex umbringen und dann als lustige Witwe leben.«

»Hannah!«, rufe ich amüsiert, aber auch leicht schockiert. »Im Leben gibt es Wichtigeres als eine volle Geldbörse. Glaub mir, ich spreche aus Erfahrung.«

»Das weiß ich doch«, sagt sie müde. »Ich mag zwar *jung* sein«, sie betont das Wort, als sei es eine Beleidigung, »aber ich bin nicht blöd. Ein älterer Mann hat noch viele andere Vorteile. Unter anderem hat er mehr Erfahrung auf sexuellem Gebiet.«

»Ich dachte, Sex wäre deine Geheimwaffe für ein verfrühtes, aber unglaublich lustiges Witwendasein?«, spotte ich.

»Oh, Sex kann auch Spaß machen«, sagt sie leichthin und mit der Kaltblütigkeit eines alten Hasen. »Ich möchte von jemandem eingeweiht werden, der weiß, was er tut. War Richard gut im Bett?«

»Hannah!«

»Wenn ich nicht frage, lerne ich nichts, und am meisten lernt man aus den Fehlern anderer.«

»Richard war sicher einer von denen. Zumindest, was mich betrifft.«

»Mhm«, stimmt Hannah zu. »Letzten Monat bin ich sechzehn geworden. Du könntest mich doch mit Richard bekannt machen, oder, Fliss? Er könnte ein bisschen Trost brauchen, jetzt, da du ihn verlassen hast. Er war vielleicht engstirnig, aber ich könnte ihn sicher überreden, sich ein bisschen locker zu machen. Wenn ich mich recht erinnere, sah er ziemlich gut aus, ein bisschen wie Tom Cruise.«

»Richard sieht überhaupt nicht wie Tom Cruise aus!«

»Na ja, beide sind klein, dunkel und ziemlich hübsch.«

»Genau, und damit hören die Gemeinsamkeiten auch schon auf.«

»Du hast meine Frage noch nicht beantwortet.« Sie sieht mich lauernd an. »War er gut im Bett?«

Sie wird nicht aufgeben, also beschließe ich, dass es besser ist, mit der Wahrheit herauszurücken.

»Ganz ehrlich? Er war verdammt nutzlos. Nicht dass ich viele Vergleichsmöglichkeiten hätte, aber mir hat er nicht viel gebracht.«

Schuldbewusst füge ich hinzu: »Das ist vermutlich nicht gerecht. Nur weil er mich nicht in Ekstase versetzt hat, heißt das nicht, dass er bei einer anderen nicht das Richtige tun könnte. Aber einen Rat gebe ich dir, Hannah. Was immer du tust, lass die Finger von egoistischen Kerlen.«

»Das versteht sich von selbst«, antwortet sie und schnappt sich einen Zweig, der auf dem Weg liegt, »ich bin selber viel zu egoistisch, um mir das anzutun. Ich will einen Mann, der mich auf Händen trägt, und das würde ein Egoist wohl kaum tun, oder? Und wenn es Richard im Bett nicht bringt, dann hat es sich sowieso erledigt. Hast du ihn abgeschossen, weil er eine Niete im Bett war?«

»Das war ein Grund, aber nicht der wichtigste«, entgegne ich wahrheitsgemäß. »Ich fand einfach, es sei keine gute Idee, den Rest meines Lebens mit einem Menschen zu verbringen, den ich nicht besonders mag.«

»Das macht echt Sinn«, stimmt sie zu.

»Und mir ist klar geworden, dass es gerechtfertigt ist, mehr zu verlangen. Ich muss mich nicht mit dem Zweitbesten zufrieden geben. Genau genommen war Richard nicht einmal der Zweitbeste, das ist viel zu freundlich. Er war das Letzte.«

»War er wirklich so schlimm? Ich weiß, Caro konnte ihn nicht leiden, aber du musst ihn doch irgendwie gemocht haben. Ich meine, um… du weißt schon…« Sie kichert. »Um mit ihm in die Kiste zu steigen.« Trotz ihrer bisherigen Offenheit flüstert sie die letzten Worte beinahe, als würden die Bäume lauschen und könnten schockiert sein.

»Man muss einen Menschen nicht mögen, um ihn zu lieben«, antworte ich vorsichtig.

Sie denkt eine Weile über meine Worte nach und nickt dann zustimmend. »Mag sein. Ich meine, im Moment geht mir Charlie so was von auf den Keks, aber ich glaube, ich liebe ihn trotzdem.« Sie fährt herum und droht mir mit erhobenem Zeigefinger. »Aber wehe, du verrätst es ihm. Kein Wort, versprochen? Sonst macht er sich nur über mich lustig.«

»Ich denke, er weiß es sowieso.« Ich lächele. »Aber du kannst dich auf mich verlassen. Von mir erfährt er kein Wort.«

Eine Weile gehen wir schweigend den abschüssigen Weg entlang und konzentrieren uns auf den Abstieg. Am Fuß der Böschung liegt der Fluss, der Davids Felder bewässert. Im Wald ist sein Bett ziemlich eng, kaum mehr als ein Bach, der fast vollkommen mit Schilf und grünen Algen zugewachsen ist, die in der Sonne gedeihen.

»Ich frage mich, wie dein nächster Freund wohl wird«, sinniert Hannah und lächelt mir geheimnisvoll zu. »Das heißt, falls du noch mal einen abbekommst«, zieht sie mich auf. »Schließlich bist du nicht mehr die Jüngste, was?« Sie läuft den Rest der Böschung hinunter. Als ich eine Handvoll Blätter nach ihr werfe, bricht sie kichernd zusammen und rutscht über das hohe Gras am Flussufer.

»Vielleicht ist der Typ, den Caro ausgesucht hat, ja dein Traummann«, murmelt sie mit vor Aufregung glänzenden Augen. »Wäre das nicht romantisch? Eure Blicke treffen sich in einem überfüllten Raum, er tritt neben dich, bietet dir etwas zu trinken an ...«

»Bitte!« Abwehrend hebe ich die Hände. »Caro musste mir versprechen, dass sie nicht kuppelt.«

Vorsichtig gehe ich den Abhang hinunter und atme erleichtert auf, als ich wieder ebenen Grund unter den Füßen habe. Dann setze ich mich neben Hannah, die ein Schilfrohr pellt.

»Wahrscheinlich hat sie die Finger gekreuzt«, bemerkt sie, ohne den Blick von ihrer Tätigkeit abzuwenden.

»Wie bitte?«

»Hast du ihre Hände gesehen, als sie es dir versprochen hat?«

»Nein. Ich hatte die Augen geschlossen, wegen der Sonne.«

»Dann hat sie wahrscheinlich die Finger gekreuzt.«

»Sie hat gelogen, meinst du wohl?«

»Ganz und gar nicht. Es ist völlig legitim, die Finger zu kreuzen, wenn man zu einem Versprechen gezwungen wird. Das bedeutet nur, dass man nicht daran gebunden ist.«

»Es wäre besser für sie, es nicht zu tun«, entgegne ich mürrisch. »Als ich sagte, keine Männer, habe ich das auch so gemeint.«

»Aber warum denn?«

»Weil sie eine Komplikation sind, die ich im Augenblick wirklich nicht gebrauchen kann.«

»Diese Bezeichnung habe ich für Männer noch nie gehört.« Hannah lacht. »Eine Menge anderer, weit *weit* schlimmerer, aber Komplikation? Nie.«

»Wart's ab. In ein paar Jahren verstehst du, was ich meine«, verspreche ich ihr.

Hannah legt das geschälte Schilfrohr zwischen die Daumen

und bläst hinein. Ein kleines schwarzes Moorhuhn flattert vor uns auf, aufgescheucht von dem hohen Pfeifton. Hannah lacht.

»Hört sich an wie Charlie nach einem von Mauras Currygerichten!« Sie dreht sich zu mir um. »Was ist das Geheimnis einer guten Beziehung, Fliss?«

»Das fragst du mich?«, sage ich ungläubig.

»H-hm.« Hannah nickt nachdrücklich.

»Ich habe keinen blassen Schimmer.« Ich lehne mich gegen die Böschung und spüre, wie die Sonne mein Gesicht und meine Haare wärmt, während die langen Gräser über meine nackten Beine streichen. »Ich bin die Letzte, die du fragen solltest. Die Antwort auf diese Frage wüsste ich selber gern. Warum fragst du nicht Caro oder deinen Vater? Sie haben eine wirklich gute Beziehung.«

»Dad muss sich beim zweiten Anlauf gebessert haben. Wie heißt es so schön? Übung macht den Meister. Mum behauptet nämlich, er wäre ein mieser Ehemann gewesen.«

Tja, und ich habe gehört, dass es die Hölle war, mit deiner Mutter verheiratet zu sein, denke ich, sage es aber nicht.

»Oh, mir scheint, sie kommen ziemlich gut klar. Es kann nicht schaden, sie zu beobachten und von ihrem Beispiel zu lernen«, sage ich stattdessen.

»Ich soll meinen eigenen Vater beobachten, wie er versucht, romantisch zu sein? Brrg!« Hannah schaudert. »Das ist doch pervers.«

Auf dem Rückweg kommen wir an den Stallungen vorbei. Die Sonne ist hinter dem Horizont versunken, lässt ihn aber noch in warmen Farben erglühen.

Jake, der Sohn des Verwalters Angus Macready, schwingt im Stall die Mistgabel. Sein nackter muskulöser Oberkörper ist von der Sonne gebräunt und schweißbedeckt. Als wir lautstark über den gepflasterten Hof gehen, hält er inne und sieht auf. Sein Blick streift mich, er lächelt grüßend, und dann sieht er zu Hannah.

Sie sind sich noch nie begegnet. Jake ist erst vor kurzem nach seinem Studium in Oxford hierher gekommen, das er begonnen hatte, bevor sein geschiedener Vater in Angels Court eintraf. Seine kurzen Besuche haben sich seltsamerweise nie mit denen Hannahs überschnitten.

Das muss Zufall gewesen sein. Seine großen dunklen Augen blitzen äußerst interessiert auf. Sie lächelt kokett, sieht ihn aus ihren eigenwillig grauen Augen an und klimpert mit den Lidern, als er fasziniert ihren gertenschlanken Körper, das hübsche Gesicht und die umwerfenden, seidigen, blonden Haare betrachtet. Als sie sich seiner Aufmerksamkeit sicher ist, wendet sie sich abrupt ab und geht verführerisch mit wiegenden Hüften hinüber zu einer der Boxen, ohne Notiz von ihm zu nehmen.

Mac, Davids edler Vollblüter, streckt den Kopf über die Tür, erkennt seine Freundin und schnaubt zärtlich in ihr Haar. Sie greift in die Tasche ihrer verblichenen, abgeschnittenen Jeans und zieht ein paar Leckereien hervor. Seine dicken, bärtigen Lippen fahren über ihre Handfläche, als er sie vorsichtig entgegennimmt.

Ungeduldig und hungrig sehen die anderen Pferde herüber, genau wie Jake. Ich habe das Gefühl, er würde ihr genauso gern aus der Hand fressen wie Mac.

Caroline und David sind in der Küche und sitzen auf dem verschlissenen alten Sofa, das in der Ecke neben dem Büffet voller Töpferwaren steht. Sie haben die Flasche Wein ausgetrunken, die wir zum Essen geöffnet hatten, und eine zweite bereits zur Hälfte geleert. Caros Kopf ruht auf Davids Schulter, und sie tuscheln miteinander. Caro lächelt, als David ihr etwas ins Ohr flüstert und die Gelegenheit nutzt, um sie zärtlich direkt dahinter zu küssen – auf den empfindlichen Teil des Nackens, der ein Kribbeln im ganzen Körper auslöst, wenn ein Mann ihn auf die richtige Weise liebkost.

Es ist schön, Caro wieder lächeln zu sehen. Der Austausch vorhin beim Essen war nicht nur verbaler Natur. Ich nehme mir vor, sie danach zu fragen, wenn sich die Möglichkeit ergibt. Ich will nicht aufdringlich sein, sondern bin nur besorgt. Caro ist meine Freundin, und eine von Hannahs Bemerkungen hat sie verletzt, das konnte ich an ihrem Gesichtsausdruck sehen. Außerdem nehme ich mir vor, noch einmal allein mit Hannah zu reden. Sie ist in ihrer Neugier zur Zeit so leichtsinnig, dass sie leicht Ärger bekommen könnte. Ich weiß, dass ich nicht für sie verantwortlich bin, doch die Tatsache, dass sie sich mir anvertraut hat, lässt es so erscheinen.

Zwei Abende später beschließt Hannah von sich aus, unser Gespräch fortzusetzen. Caro und David sind bei einem Essen, zu dem sie schon vor Monaten eingeladen wurden. Ich hüte die Kinder.

Es ist einer dieser zähen, ruhigen Abende, an denen die Langeweile in jeder Ecke des Zimmer lauert wie ein Fuchs auf die Hühner. Hannah ist launisch. Charlie verleiht dem Wort Apathie eine ganz neue Dimension. Das Video, das ich im Ort ausgeliehen habe, wird als Schrott abgetan, weil längst gesehen. Im Fernsehen läuft nichts Interessantes, und ein Kartenspiel ist innerhalb kürzester Zeit in geschwisterliches Gebrüll ausgeartet.

Ich habe es aufgegeben, den Alleinunterhalter und Schiedsrichter zu spielen und mich mit der letzten Ausgabe der *Cosmopolitan* in eine Ecke verkrümelt. Charlie versucht, eine Zigarette direkt aus der Packung in seinen Mund zu befördern, was ihm jedoch nicht gelingt. Hannah wandert rastlos im Zimmer auf und ab, nachdem sie sowohl den Batterien der Fernbedienung als auch meinen Augen mit ihrem endlosen Zappen den Rest gegeben hat.

»Was liest du da?«, fragt sie und starrt auf die Schlagzeilen auf dem Cover. »Sex und immer wieder Sex? Die richtige Sommerdiät? Steht zufällig auch ein Artikel über die Bekämpfung extremer Langeweile drin?«

»Ich lese einen Artikel darüber, wie ich den perfekten Mann finde«, entgegne ich, ohne nachzudenken.

»Ich dachte, du willst im Moment keinen?« Sie hört sich an, als rede sie von einem Riegel Schokolade.

»Nicht besonders.« Ich lege die Zeitschrift zur Seite. »Aber ganz besonders nicht einen speziellen nicht perfekten Mann. Ich dachte, ich könnte mir ein paar Tipps holen für die Zeit, wenn ich wieder einsatzfähig bin.«

»Einsatzfähig! Wie hört sich denn das an«, schnaubt Charlie.

»Beschreib mir deinen Traummann, Fliss«, drängt Hannah, ohne ihren Bruder zu beachten.

»Tja, ich bin mir immer noch nicht sicher, ob die Worte ›Traum und Mann‹ wirklich kompatibel sind«, antworte ich.

»Herzlichen Dank«, sagt Charlie entrüstet. »Weiber!« In gespielter Verzweiflung schlägt er sich mit der flachen Hand gegen die Stirn.

»Stimmt genau«, pflichtet Hannah mir bei und sieht ihren Bruder scharf an. »Also gut, welche Eigenschaften muss ein Mann haben, damit er in deinen Augen ein Traum ist?«

»Tja…«, sinniere ich. »Ich möchte jemanden mit Sinn für Humor. Richard hatte keinen Sinn für Humor. Zumindest keinen normalen.«

»Oh, genau wie ich«, stimmt Hannah zu. »Sinn für Humor ist echt wichtig.«

»Na klar«, höhnt Charlie, inhaliert den Zigarettenrauch und stößt ihn dann durch die Nase wieder aus. »Ein Kerl muss auch verdammt viel Sinn für Humor haben, um überhaupt mit einer von euch was anzufangen.«

»Das habe ich überhört«, Hannah sieht ihn hochmütig an, »denn ich weiß, dass du zu dumm bist, um intelligente Kommentare abzugeben.« Sie wendet sich wieder mir zu. »Weiter.«

»Es wäre vermutlich nett, jemanden zu haben, der sich für das interessiert, was ich tue. Richard hat immer nur an sich selbst gedacht. In unserem Leben hat sich alles um ihn gedreht. Wenn ihn etwas nicht direkt betraf, hat es ihn auch nicht interessiert. Ich möchte jemanden, mit dem ich reden kann.«

»Mac hat all die Qualitäten, die ein Mann haben sollte.« Hannah lächelt nachdenklich.

»Ach ja?« Ich grinse.

»Na ja, er ist gut erzogen, sieht gut aus, ist ein echter Gentleman und obendrein noch echt clever und lustig. Wenn man mit ihm redet, hat man echt den Eindruck, er hört einem zu. Aber das Beste ist, dass er nie widerspricht.« Sie lacht.

»Er ist ein Pferd«, höhnt Charlie. »Meine durchgeknallte Schwester will 'nen Gaul heiraten!«

Er baut sich auf seinen Quadratlatschen vor ihr auf.

»Ich fand dich schon immer seltsam, und ich hatte verdammt Recht!«, hänselt er.

»So habe ich das nicht gemeint, das weißt du ganz genau!«, schreit Hannah. »Aber wenn alle Männer so sind wie du, dann heirate ich lieber einen Esel, ein Schwein oder sogar ein fettes, stinkendes Nilpferd!«

»Würdest du nicht lieber Macs Stallknecht nehmen?«, necke ich sie in dem Versuch, den Streit abzuwenden.

Hannah sieht verlegen aus. »Vielleicht …«

»Weiber!«, höhnt Charlie noch lauter. »Worüber ihr euch den Kopf zerbrecht! Ehe ich mich hier zu Tode langweile, geh ich lieber 'ne Runde in den Pub.« Er wirft seine Lederjacke über. »Pumpst du mir einen Zehner, Fliss?«

»Du bist noch zu jung, um in den Pub zu gehen, Charlie.«

»Ach, komm schon, in drei Wochen habe ich Geburtstag. Wo ist der Unterschied? Mum lässt mich sowieso trinken.«

Ich sehe Hannah an. »Stimmt das?«

Sie nickt widerstrebend.

»Dann geh eben. Aber ich weiß von nichts, wenn dein Vater fragt, ist das klar?«

»Ich bin bei einem Freund«, entgegnet er grinsend. »Du bist ein Schatz, Fliss.«

Er steckt die Zehn-Pfund-Note ein, die ich ihm reiche.

»Bis später!«

Ich höre, wie seine Doc Martens lautstark über die Steinfliesen in der Diele trampeln, wie die Tür ins Schloss kracht und der Kies knirscht, als er die Zufahrt entlanggeht.

Hannah blickt ihm vom Fenster aus nach, ehe sie sich gereizt zu mir umdreht.

»Also, wenn er in den Pub darf, will ich auch was trinken«, verkündet sie und marschiert zu dem Schränkchen aus Rosenholz, in dem David seinen Whisky aufbewahrt.

»Hannah, du bist *entschieden* zu jung!«

»Ich hab dir doch gesagt, Mum lässt uns.«

»Kann sein, aber ich bin nicht deine Mutter.«

»Aber du hast Charlie ins Pub gelassen!«, ruft sie wütend.

Das habe ich. Die klassische Zwickmühle.

»Er ist fast achtzehn«, verteidige ich mich.

»Du sagst es.« Hannah sieht mich vorwurfsvoll an. »*Fast.*«

»Schon, aber das ist etwas anderes als gerade mal sechzehn.«

»Warum behandeln mich immer alle wie ein Kind?«, jammert sie. »Ich hasse es, wie ein Kind behandelt zu werden!«

»Aber Hannah …«

»Und ich hasse Heuchler«, wirft sie mir wütend vor und stürzt aus dem Zimmer.

Ich höre, wie sie die Hintertür zuknallt.

Ich mache mich auf die Suche nach Hannah, bewaffnet mit einer Flasche leichtem Wein, zwei Gläsern und einer Entschuldigung. Im Garten ist sie nicht, aber ich kann mir vorstellen, wo sie stecken könnte.

Ich umrunde das Haus, durchquere den kleinen Kräutergarten, in dem es nach Minze und Schnittlauch duftet, und trete unter dem steinernen Torbogen hinweg in den Hof vor den Stallungen. Die alte Uhr über meinem Kopf schlägt einmal. Halb zehn. Allmählich wird es dunkel.

Im Dämmerlicht kann ich Hannah erkennen, die über die untere Türhälfte von Macs Box gebeugt ist. Ich kann ihre leise Stimme vernehmen, als sie ihm etwas zuflüstert.

Gerade will ich sie rufen, als hinter ihr ein Schatten auftaucht.

Es ist Jake.

Erschrocken fährt Hannah herum. Als sie ihn erkennt, lächelt sie sanft. Ich bin hin und her gerissen zwischen freundschaftlicher Diskretion und gespielter elterlicher Fürsorge. Die Diskretion siegt, da ich immer noch nachsichtiger Stimmung bin. Also schleiche ich wieder durch den Torbogen und kehre zum Haus zurück.

Big Ben läutet gerade zu den Zehnuhrnachrichten, als ich erneut die Hintertür höre. Hannah steckt den Kopf zur Wohnzimmertür herein und grinst mich dümmlich an.

»Hi, Fliss. Tut mir Leid, dass ich mich vorhin so angestellt habe. Das ist keine Entschuldigung, ich weiß, aber ich bin wirklich müde, und dann bin ich immer gereizt. Ich geh dann wohl besser mal ins Bett.«

Charlie kommt knapp eine Stunde später zurück, ebenfalls mit besserer Laune. Wir schleppen den faulen Darius zu einer kurzen Gassirunde hinaus ins Mondlicht, und dann hilft er mir beim Abschließen.

Ich höre Caro und David zurückkommen. Es ist etwa zwei Uhr morgens. Anscheinend haben sie tüchtig gebechert. Caro singt leise, und David macht laut »Pssst«. Ein dumpfer Schlag ist zu hören, gefolgt von unterdrücktem Gelächter, als einer von ihnen auf der Treppe stolpert. Dann geht die Tür zu ihrem Schlafzimmer. Mehr Gelächter, ein quietschender Lattenrost, heftiges Kichern und zehn Minuten später ein leises Brummen, als David anfängt zu schnarchen.

Eine halbe Stunde liege ich wach. Es fällt mir immer schwer, wieder einzuschlafen, wenn ich mitten in der Nacht aufgewacht bin.

Nachdem ich endlose Schäfchen gezählt habe, dämmere ich gerade wieder einer glückseligen Bewusstlosigkeit entgegen, als ich plötzlich das schwache Klicken der Hintertür vernehme, die leise geöffnet und wieder geschlossen wird. Sofort bin ich so wach wie ein Jagdhund, der den Fuchs gewittert hat.

Ich sitze aufrecht da und lausche den Fußtritten, die leise über die Holztreppe kommen. Ich schlüpfe aus dem Bett, schnappe mir einen Schürhaken vom Kamin und schleiche zur Tür. Vorsichtig taste ich nach dem runden Holzknauf, drehe ihn ganz langsam und ziehe leise mit erhobenem Schürhaken die Tür auf, um einem eventuellen Einbrecher eins überziehen zu können, bevor er mir eins überzieht. Der Schatten am Kopf der Treppe erstarrt mitten im Schritt, wie ein zitternder Windhund, der die Pfeife seines Herrchens hört.

Auch ich zittere leicht. Wie es heißt, spukt es in Angels Court. Obwohl ich das natürlich lächerlich finde, kommt es einem nach Mitternacht wahrscheinlicher vor. Gespenster schleichen jedoch nicht mit abgetragenen roten Kickers in der Hand durchs Haus.

»Hannah!«, zische ich, und meine Erleichterung verwandelt sich in Wut. »Ich dachte, du bist schon vor Stunden zu Bett gegangen.«

Sie sieht erst mich und dann die geschlossene Tür von Caros und Davids Schlafzimmer an, das neben meinem liegt. Wieder quietscht der Lattenrost, als sich jemand bewegt. Wie zwei Verschwörer schlüpfen wir in mein Zimmer.

»Wo hast du gesteckt?«, flüstere ich verärgert und schließe leise die Tür hinter mir.

Sie setzt sich auf das Fußende meines Bettes.

»Was würdest du sagen, wenn ich dir erzähle, dass ich verliebt bin?«

»Ich würde sagen, dass das keine Antwort auf meine Frage ist.«

»Ich war in Woodman's Cottage.« Ihre Augen glänzen, und ihre Pupillen sind geweitet. Sie sieht aus, als hätte sie getrunken.

»Bei Jake?«

»Bei Jake«, bestätigt sie und bemüht sich um eine verlegene Miene, was ihr schmählich misslingt, da ein dreistes Grinsen ihr hübsches Gesicht schmückt.

»Vermute ich richtig, dass du meinst, du wärest in ihn verliebt?«

»Ich *meine* nicht, ich wäre in ihn verliebt, ich *bin* in ihn verliebt«, erklärt sie entschieden.

Oh, die Gewissheit der Jugend.

»Du kennst ihn gerade mal fünf Minuten!«

»Fast drei Tage, um genau zu sein.«

»Ach, und das ist also eine lange Zeit?«

»Mir war gar nicht bewusst, dass Zeit eine Voraussetzung ist, um sich zu verlieben«, entgegnet sie entrüstet. »Tut mir ja so Leid, Jake, aber ich kann mich nicht in dich verlieben, die obligatorischen sechs Monate sind noch nicht vorbei! Also wirklich, Fliss, ich hätte gedacht, du würdest mich verstehen. Normalerweise behandelst du mich wie eine Erwachsene. Ich dachte, du könntest mir vielleicht den einen oder anderen Tipp geben ... du weißt schon ... über Sex und solche Sachen.«

Ich muss schlucken. Der einzige Tipp, den ich Hannah in diesem Moment wirklich geben könnte, lautet *Hände weg*.

»Ich bin vermutlich nicht gerade die Richtige für diese Art von Fragen«, murmele ich, »du weißt schon, ich als verbitterte alte Zynikerin. Wäre es nicht sinnvoller, mit Caroline darüber zu reden?«

»Wieso? Sie ist doch nicht meine Mutter.«

»Wie wäre es dann mit deinem Vater?«

»Oh, ich weiß genau, was *der* sagen wird. Dass ich viel zu jung für eine Beziehung bin und dass Jake zu alt für mich ist.«

»Glaubst du nicht, dass er damit Recht haben könnte?«

»Ich glaube, das Alter spielt keine Rolle, wenn es um die Liebe geht«, seufzt sie und umschlingt ihre Knie.

»Wie alt ist er, Hannah?«

»Oh, ganz schön alt«, erwidert sie. »Weihnachten wird er dreiundzwanzig. Aber wie du ja weißt, stehe ich auf ältere Männer.«

»Ja, und Jake ist ein Greis«, spotte ich.

»Er ist sieben Jahre älter als ich«, sagt sie mit aufgerissenen Augen.

»Nun, dagegen kann David schlecht etwas einwenden, wenn man bedenkt, dass er sechzehn Jahre älter ist als Caroline, hm?«, sage ich gedankenlos.

Langsam breitet sich ein Lächeln auf ihrem Gesicht aus.

»Stimmt. Daran hatte ich gar nicht gedacht. Danke, Fliss, du warst echt eine große Hilfe.«

Sie gähnt laut, rutscht vom Bett, formt ein weiteres »Dankeschön« mit den Lippen und ist aus dem Zimmer, bevor ich etwas auf diese letzte Bemerkung erwidern kann.

Oh, Mann. Sie mag ja glauben, ich wäre eine große Hilfe, aber ich kann mir nicht vorstellen, dass Caro und David es genauso sehen. Sie hat sich die Waffe genommen, und ich habe ihr auch noch die Munition besorgt.

Das Frühstück am nächsten Morgen ist eine düstere Angelegenheit. Hannah ist still und wirft mir aus hohlen Augen flehende Blicke zu, ihren Ausflug von letzter Nacht nicht zu erwähnen.

Glücklicherweise sind Caro und David selber viel zu verkatert, um Hannahs Zustand zu bemerken. Caro stützt sich schwer auf den Küchentisch und umklammert eine Tasse schwarzen Kaffee; David kämpft mit seinen Stiefeln und beschwert sich, dass er viel zu spät zu seinem Treffen mit Angus Macready unten in Far Meadow kommen wird.

Charlie, der nach seinem Ausflug in den Pub noch immer bester Dinge ist, pfeift, während er sich spritzenden Speck, dunkle Champignons und goldgelbe Rühreier in einer gusseisernen Pfanne brutzelt, die die Ausmaße einer kleinen Satellitenschüssel hat.

Ich ringe immer noch mit mir. Ich mache mir Sorgen um Hannah. Sorgen darüber, dass sie eine Dummheit begehen könnte – sechzehn ist ein gutes Alter für so was. Ich erinnere mich daran, dass ich mit sechzehn alt genug war, Unfug zu treiben, aber noch zu jung, um mir Gedanken über die Folgen zu machen.

Ein gefährliches Alter.

Charlie lässt die fettige Masse von der Pfanne auf seinen Teller gleiten und knallt das Ganze auf den Tisch.

David kämpft sichtlich mit Brechreiz und stürzt aus der Küche, wobei er einen widerstrebenden, sabbernden Darius hinter sich herzieht.

Caro wirft nur einen Blick auf den Teller und stürzt zur Gästetoilette. Als sie fünf Minuten später wiederkommt, sieht sie krank aus. Sie ist leichenblass, und ihre Hände zittern.

»Du siehst aus wie der Geist von Angels Court«, bemerke ich und versuche, ein Lachen zu unterdrücken. Sie wirft mir einen giftigen Blick aus geröteten Augen zu.

»Ich gehe wieder ins Bett«, sagt sie mühsam, »ich glaube, ich habe eine leichte Lebensmittelvergiftung …«

»Meinst du nicht eher eine Alkoholvergiftung?«, fragt Charlie höflich.

»Ich weiß nicht, wovon du redest«, entgegnet sie beleidigt, weicht aber seinem spöttischen Blick aus.

»Tu nicht so, Caro.« Er grinst. »Wir haben euch alle gestern Nacht gehört. Ihr habt genug Lärm gemacht, um die Nachbarn zu wecken, wenn wir welche hätten.«

Völlig falsch singt er das Lied nach, das Caro letzte Nacht oder vielmehr heute Morgen auf der Treppe vor sich hin gesummt hat, und tanzt dazu um den Tisch.

Hannah und ich fangen an zu lachen, als er die protestierende Caro in seine Arme zieht und sie durch die Küche wirbelt, bis ihr Gesicht einen ungesunden Grünton annimmt.

»Muss ja 'ne klasse Party gewesen sein«, neckt er und gibt sie frei.

»Ich hoffe, das war es wert!«, fügt Hannah hinzu, als Caro sich hastig zurückzieht.

Lachend legt Hannah die Scheibe Toast weg, die sie seit mindestens zehn Minuten angestarrt hat, ohne davon zu essen.

»Okay, ich bin weg. Bis später.«

Und mit diesen Worten ist sie verschwunden. Ich muss nicht fragen, wohin.

»Alles in Ordnung, Fliss? Du siehst niedergeschlagen aus.«

Charlie kommt um den Tisch, um sich neben mich zu setzen.

»Du denkst doch nicht immer noch an Richard, den Riesentrottel, oder?«

Ich verschlucke mich fast an meinem Kaffee bei diesem neuen Spitznamen und bemühe mich nach Kräften, missbilligend dreinzusehen und das Lächeln zu unterdrücken, das sich auf meinem Gesicht auszubreiten droht.

»Ehrlich gesagt mache ich mir Sorgen um deine Schwester«, gestehe ich.

»Machen wir das nicht alle?«, seufzt er. »Aber die Ärzte behaupten, sie würde nie normal werden.«

»Nein, im Ernst, Charlie«, ich versetze ihm einen sanften Stoß in die Rippen, »ich brauche deinen Rat.«

»Ich bin ganz Ohr.« Er grinst. »Obwohl meine Freundin immer etwas ganz anderes behauptet …«

»Kannst du nicht mal einen Moment ernst sein?«, stöhne ich verzweifelt und stelle meine Tasse ab. »Ich bin wirklich besorgt.«

»Wegen ihr und Jake?«

»Du weißt Bescheid?«

»Na klar. Ich mag ja harmlos wirken, aber ich sehe und höre alles«, scherzt er.

»Charlie …«

»Keine Sorge, das geht vorbei, sie hatte schon unzählige Schwärme und hat sie alle überlebt.«

»Mag sein. Aber das hier macht mir Sorgen. Diesmal ist es

anders … Sie ist Feuer und Flamme, so ernsthaft, dass es einem Angst einjagt.«

»Vielleicht, aber damit muss sie allein klarkommen, Fliss, sie ist nicht dumm.«

»Ich weiß, aber sie ist *total* verknallt in ihn.«

»Du bist nicht für Hannah verantwortlich.«

»Nein, dein Vater und Caroline sind für sie verantwortlich. Deshalb sollte ich ihnen auch erzählen, was los ist.«

»Und dich völlig mit ihr zerstreiten? Wo ist das Problem? Warum willst du dich einmischen? Warum lässt du sie nicht einfach weitermachen, wenn sie scharf auf ihn ist? Sie hatte schon vorher Freunde.«

»Aber sie ist *zu* scharf auf ihn, Charlie. Ich habe Angst, dass sie eine Dummheit begeht.«

Er streicht sich die lange schwarze Mähne aus der Stirn und grinst mich lässig an.

»Zerbrich dir nicht den Kopf. Sie ist in Ordnung, lass sie einfach machen. Außerdem sind wir nur noch drei Tage hier. Am Freitag fahren wir nach London zurück, und dann vergisst sie ihn bestimmt. Sie ist doch sowieso viel zu jung für ihn. Wenn Jake schlau ist, schickt er sie in die Wüste, und wenn er irgendwelche Skrupel hat, nutzt er es auch nicht aus, dass sie total vernarrt ist in ihn.«

»Dreiundzwanzigjährige haben keine Skrupel, wenn es um Sex geht.«

»Ach nein?«, fragt Charlie, und seine Augen beginnen zu leuchten. »In diesem Fall überspring ich meinen achtzehnten Geburtstag und werde lieber gleich dreiundzwanzig!«

In den nächsten Tagen scheint es an der Jake-Front nichts Neues zu geben. Hannah wirkt in sich gekehrt und unglücklich. Schließlich gesteht sie mir, dass er ihr aus dem Weg zu gehen scheint. Schuldbewusst und gleichzeitig erleichtert seufze ich auf.

Als Sally wieder anruft, kommt es mir fast wie eine Belästigung vor. Das ist gemein, ich weiß, doch es war mir gelungen, Richard, Mutter und die abgesagte Hochzeit aus meinen Gedanken zu verbannen – ein durch und durch angenehmes Gefühl. Mit meiner Schwester zu sprechen, weckt nur ungute Erinnerungen.

Sie hört sich irgendwie seltsam an, doch als ich sie frage, schiebt sie es auf den Stress.

Mein schlechtes Gewissen wächst um das Zehnfache, da ich mir ziemlich sicher bin, das jeglicher Stress, dem Sally ausgesetzt ist, einen bestimmten Grund hat – mich.

Als ich sie bedränge, gesteht sie, dass mein Name in der Familie Blakeney immer noch tabu ist, dass Mutter jedoch erstaunlich leicht aus ihrem von mir verschuldeten Elend aufzutauchen scheint. Was genau die Ursache für diese wundersame Genesung ist, bleibt unklar. Sally scheint nur sehr widerwillig eine Erklärung dafür geben zu wollen, sondern meint stattdessen, ich könne froh sein, dass sie ihr unmittelbar bevorstehendes verfrühtes Ableben nicht länger meinen gedankenlosen, unverständlichen Taten anlaste.

Obwohl Sally steif und fest behauptet, sie käme gut klar, beschließe ich um ihrer und meines Vaters willen, dass ich es mir hier draußen lange genug habe gutgehen lassen und dass es an der Zeit ist, endlich nach Hause zu fahren. Doch als ich Caro von meinen Plänen erzähle, versucht sie, mich zu überzeugen, noch bis zum Ende der Woche zu bleiben.

Anscheinend hat sie eine Überraschung für mich.

Hannahs Warnungen über Männer und Partys fallen mir wieder ein, was meine Entschlossenheit abzureisen nur verstärkt. Ich fühle mich deutlich besser, doch ich glaube nicht, dass ich schon wieder für Überraschungen zu haben bin, insbesondere nicht von Caros Seite, die dazu neigt, übers Ziel hinauszuschießen.

Andererseits schulde ich ihr mehr als nur Toleranz, deshalb willige ich nach langem Betteln ein zu bleiben.

Für den Abend vor Hannahs und Charlies Rückreise nach London hat Caro einen Ausflug ins örtliche Theater organisiert.

Charlie, der gezwungen wurde, seine übliche Kluft – Jeans, weißes T-Shirt und Lederjacke – gegen einen Anzug zu tauschen, macht sich über den provinziellen Kulturbetrieb oder vielmehr den Mangel daran lustig, während er aufgebracht an Krawatte und Hemdkragen zerrt, als würden sie absichtlich versuchen, ihn zu ersticken.

»Ich weiß überhaupt nicht, warum ich mich so in Schale werfen musste«, beschwert er sich. »Market Atherton ist wohl kaum das West End. Außerdem stehe ich nicht auf Oscar Wilde.«

»Hör auf zu jammern, du Banause«, entgegnet David und grinst breit, wobei seine kräftigen Zähne unnatürlich weiß im Schein der Lampe schimmern. »Ein bisschen Kultur anstelle von Culture Club wird dir ganz gut tun.«

»Culture Club!«, stöhnt Charlie. »Also echt, Dad, in welchem Jahrhundert lebst du eigentlich?«

»Flissss«, zischt es leise. Ich wende mich von den anderen ab. Hannah, die die letzten zwei Stunden im Bad zugebracht hat, steht im Schatten neben der Tür. Verschwörerisch winkt sie mich zu sich.

»Stell dir vor!«, flüstert sie und umklammert aufgeregt mein Handgelenk. »Jake will, dass ich mich mit ihm treffe.«

Sie grinst breit, offensichtlich entzückt über diese neue Haltung.

»Aber das geht nicht«, protestiere ich. »Wir wollen doch alle zusammen weggehen, es ist schließlich euer letzter Abend.«

»Genau, mein letzter Abend, die letzte Chance, etwas Zeit mit Jake zu verbringen.«

Ihre Augen schimmern mehr als Charlies gewienerte Lederschuhe.

»Kannst du mich decken, Fliss?«

»Ich weiß wirklich nicht, ob ich …«

»Bitte«, fleht sie panisch. »Willst du dich etwa wahrer Liebe in den Weg stellen?«

Verzweifelt drückt sie meinen Arm noch fester.

»Ich sehe ihn vielleicht nie wieder, Fliss. Das könnte unser letzter gemeinsamer Abend werden. Biiiitte, ich flehe dich an…«

»Also gut«, seufze ich. »Was soll ich tun?«

»Du bist ein Schatz, Fliss!« Das Grinsen ist so schnell wieder da, wie es verschwunden war, und sie drückt mir einen Kuss auf die Wange.

»Ich bin kein Schatz, ich bin ein Idiot.« Ich schüttele den Kopf. »Ich kann es nicht fassen, dass ich da mitmache.«

»Sag ihnen einfach, dass ich mich nicht wohl fühle und mich hingelegt habe. Ich bin wieder da, bevor ihr zurück seid, versprochen.«

»Aber…«, setze ich an, doch Hannah fällt mir ins Wort.

»Du lässt mich doch nicht im Stich, oder, Fliss? Du bist meine Freundin.«

Ich brumme vor mich hin.

»Schon gut, schon gut, aber Hannah…«

»Ich weiß, ich weiß, tu nichts, was du nicht tun willst!«, sagt sie lachend, lässt meinen Arm los und hüpft davon. An der Hintertür dreht sie sich um und ruft mir spöttisch zu: »Das bedeutet, ich kann alles tun, was ich will!«

Frech winkt sie mir zu, schickt eine Kusshand hinterher, und weg ist sie.

Caro, David und Charlie warten bereits draußen neben Davids Range Rover. Caro gelingt es nicht, in ihrem langen engen Rock auf den hohen Beifahrersitz zu klettern.

»Endlich«, ruft sie, als ich aus der Tür trete. »Jetzt fehlt nur noch Hannah. Wo steckt sie denn? Sag bloß nicht, dass sie immer noch im Bad ist!«

»Äh… sie kommt nicht mit.« Ich spüre, wie ich rot werde. Ich verabscheue es zu lügen, insbesondere gegenüber Caro. »Sie sagte, sie fühlt sich nicht gut.«

»Oje! Wirklich! Dann sehe ich wohl besser mal nach dem Rechten«, antwortet Caro besorgt und wendet sich zum Gehen.

»Oh, alles in Ordnung«, platze ich heraus und schiebe sie von der Tür weg. »Sie hat starke Kopfschmerzen und meinte, dass es in einem stickigen Theater nur schlimmer würde.«

»Na, ich sehe besser mal nach, ob sie nicht etwas ausbrütet.« Caro will an mir vorbei.

»Sie sagt, sie will allein sein … Du weißt schon, ein paar Stunden in einem abgedunkelten Zimmer.«

Caro hält inne.

»Eben typisch Hannah. Wahrscheinlich schmollt sie, weil sie morgen nach Hause muss.«

»Ach ja? Warum sollte sie deshalb schmollen?«

Eine panische Sekunde lang denke ich, Caro weiß mehr, als sie zugibt.

»Na ja, sie verpasst die Party morgen Abend. Das passt ihr überhaupt nicht. Mach dir nichts draus, wenn sie sich unbedingt ins eigene Fleisch schneiden und heute Abend auch noch verpassen will, dann hat sie eben Pech gehabt.«

»War das ein Schrott«, stöhnt Charlie, als wir gut drei Stunden später wieder in die Einfahrt einbiegen. »Ich musste noch nie im Leben so viel gähnen. Wenn es auch nur eine Millisekunde länger gedauert hätte, hätte ich mir den Kiefer ausgerenkt oder wäre vor Langeweile gestorben.«

»Banause«, murmelt David, grinst aber immer noch.

»Es war viel früher zu Ende, als ich erwartet hatte.« Caro wirft einen Blick auf ihre Cartier-Uhr, ein Geburtstagsgeschenk von David.

Geht mir genauso, füge ich in Gedanken hinzu, viel früher. Ich hoffe nur, Hannah ist zu Hause.

»Du musst noch lernen, die schönen Dinge im Leben zu würdigen, mein Sohn«, ruft David Charlie zu.

»Hannah wusste schon, warum sie sich gedrückt hat.« Charlie

mault immer noch, als wir das Haus betreten, das in völligem Dunkel liegt.

»Ich werde gleich mal nachsehen, wie es ihr geht«, sagt Caro. »Sei ein Schatz, David, und mach mir einen großen Gin-Tonic, während ich nach deiner melodramatischen Tochter sehe.«

Ich folge ihr die Treppe hinauf und bete insgeheim darum, Hannah möge ihr Versprechen gehalten und vor uns nach Hause gekommen sein.

Und da ist sie, in ihrem Bett, die Decke bis zum Kinn hochgezogen. Ich schicke schweigend ein Dankgebet zum Himmel. Sie schlägt die Augen auf, als das Licht vom Flur in ihr Zimmer dringt.

»Geht's dir besser?« Caro durchquert das Zimmer und knipst die Nachttischlampe an. »Du hast einen richtigen Glühkopf. Hast du etwa Fieber?«

Sie legt eine kühle Hand auf Hannahs Stirn.

»Ehrlich gesagt dachte ich, du tust nur so«, sagt sie lachend, »aber keine Sorge, jetzt komme ich mir ganz schön mies vor. Brauchst du etwas? Ein Aspirin oder etwas Heißes zu trinken?«

Hannah schüttelt den Kopf. Sie zittert. Sie sieht wirklich krank aus, aber ich weiß ja, dass sie es nicht ist. Warum also sieht sie so mitgenommen aus?

Da entdecke ich den Grund.

Ein Paar Boxershorts liegt auf dem Boden direkt hinter Caroline, die auf der Bettkante sitzt.

Hannahs Blick schnellt wiederholt von ihr zu Caroline und weiter zu mir.

Rette mich!, scheint er zu flehen.

Verstohlen gleite ich an der Wand nach unten, schnappe mir das verräterische Teil und verstecke es hinter meinem Rücken.

»Also, wenn du sicher bist, dass alles in Ordnung ist?« Caro steht auf.

Hannah, die sich nicht traut, den Mund aufzumachen, nickt

stumm. Ich kann die Erleichterung auf ihrem schelmischen Gesicht sehen, als Caro das Zimmer verlässt und leise die Tür hinter sich schließt.

»Und?«, frage ich, ziehe die Hand hinter dem Rücken hervor und wedele mit den Boxershorts.

Als Antwort öffnet sich die Tür zu ihrem Kleiderschrank einen Spalt breit, eine Hand kommt heraus, schnappt sich die Hose und verschwindet wieder. Hannah, die die ganze Zeit nur gezittert hat, weil sie das Lachen unterdrücken musste, kann nicht länger an sich halten. Sie explodiert förmlich vor Lachen wie eine Flasche Coca-Cola, die zu heftig geschüttelt wurde.

Hannahs und Charlies letzter Tag. Als der Hahn kräht und ich wach werde, spüre ich ein wunderbares Gefühl der Erleichterung. Ich meine, ich habe mich gefreut, sie um mich zu haben, aber ich glaube kaum, dass meine Nerven das noch viel länger mitgemacht hätten. Jake muss es letzte Nacht geschafft haben, ohne Zwischenfall aus dem Schrank zu entkommen. Ich habe mit gespitzten Ohren dagelegen und auf irgendein Krachen oder Scheppern gewartet, aber nichts. Gegen Morgen bin ich schließlich eingeschlummert. Nach unruhigem Schlaf bin ich mit dunklen Schatten unter den Augen und – da bin ich mir sicher, als ich verschlafen in den Spiegel im Bad starre – mit mindestens fünf neuen Falten aufgewacht. Stress schadet meiner Haut. Ich beschließe, die letzte Nacht Hannah gegenüber gar nicht erst zu erwähnen, die mich während des Frühstücks irritierend angrinst. Für eine Standpauke ist es ohnehin zu spät. Das Pferd ist bereits durchgegangen.

Hannahs und Charlies letzter Tag ist auch der Tag der Party, die, wie sich herausstellt, Caros nicht allzu überraschende Überraschung ist.

Wir sind alle in der Küche versammelt. Hannah pellt Erbsen für unser letztes gemeinsames Mittagessen, Charlie poliert liebevoll ein Gewehr, das er gedroht hat, mit zurück nach London zu nehmen, worauf David gedroht hat, ihn mit selbigem Gewehr zu erschießen, wenn er es auch nur über die Schwelle trägt. David zaubert Erstaunliches mit einem Mixer, während er ein wachsames Auge auf Charlie hat, und Caro poliert Weingläser.

Da ich mir unausgelastet vorkam, habe ich mich an das ehrgeizige Projekt gewagt, eine üppige Schokoladentorte für heute Abend zuzubereiten.

»Es gibt nur ein leichtes Essen«, wendet David ein, als ich meine Absicht kundtue. »Soufflé und Meeresfrüchte und so etwas.«

»Willst du damit andeuten, meine Torte sei schwer wie ein Stein?«, frage ich entrüstet.

Hannah scheint viel glücklicher und viel strahlender zu sein. Mir ist aufgefallen, dass sie Jakes Siegelring – ein Schmuckstück, das sie vorher als vulgär abgetan hatte – an einer Kette um den Hals trägt. Ihr einziger Grund zum Jammern ist, dass sie die Party verpassen wird.

Ich würde ihr mit dem größten Vergnügen meinen Platz überlassen.

»Ich finde es total ungerecht, dass ihr eine Party macht, *nachdem* wir weg sind«, klagt sie. »Das ist echt typisch. Wir müssen die Schufterei mitmachen, aufräumen, die Gästezimmer vorbereiten, das Gemüse putzen, einkaufen, und wenn es dann losgeht, schickt ihr uns zurück zu Mutter.«

»Es ist eine Party für Erwachsene«, entgegnet Caroline unnachgiebig. »Kinder haben keinen Zutritt.«

»Ich bin kein Kind mehr!« Hannahs üblicher Protestruf.

»Warum benimmst du dich dann immer wie eines?«, stichelt ihr Bruder und wirft eine leere Erbsenhülse nach ihr.

»Ich folge nur deinem Beispiel«, kontert sie.

»Seht ihr, jetzt zankt ihr euch wie die Kinder«, sagt Caro lachend. »Tut mir Leid, Hannah, aber eure Mutter kommt, um euch abzuholen.«

»Du könntest sie anrufen und ihr absagen.«

»Sie ist wahrscheinlich längst unterwegs, es ist ein weiter Weg von Schottland.«

Hannah verzieht enttäuscht das Gesicht, aber mir ist klar, dass sie nicht wegen der Party bleiben möchte. Ich seufze tief. Ich hoffe nur, sie haben aufgepasst. Ich versuche, die Sorge zu unterdrücken, die in meinem Magen herumflattert wie eine Motte um eine Glühbirne.

»Maura kommt, um sie abzuholen?«, frage ich David, der nickt und die Augen verdreht. Das dürfte interessant werden. Ich bin der viel besungenen Maura nie persönlich begegnet, obwohl ich nach allem, was die anderen über sie sagen, eine durchaus konkrete Vorstellung von ihr habe. Aber die Menschen sehen sowieso nie so aus, wie man sie sich vorstellt.

»Toll, dass ich sie endlich treffe«, flüstere ich Caroline zu, »dann sehe ich endlich, ob sie wirklich so überspannt ist, wie ihr immer behauptet.«

Maura kommt in eine Wolke aus Patchouli-Öl und gebatikter indischer Seide gehüllt an.

»Meine Süßen!« Sie stürzt sich auf Charlie und Hannah wie ein knallbunter Papagei im Sturzflug. Ihr Kaftan in Fuchsie und Purpur, der sich beeindruckend mit ihrem flammend roten Haar beißt, weht hinter ihr her.

»Charlie, mein geliebter, hübscher Sohn!«, ruft sie und küsst ihn auf die Wangen und dann sogar auf die Stirn.

»Mutter!«, stößt er verlegen hervor, während er knallrot anläuft und zurückweicht.

»Hannah, meine Kleine, ich könnte schwören, du bist wieder ein paar Zentimeter gewachsen!«

»Du warst doch nur fünf Tage weg, Maura.« Hannah verdreht die Augen. »Nicht fünf Jahre! Ich kann mir kaum vorstellen, dass ich in fünf Tagen gewachsen bin. Außerdem bin ich nicht mehr deine Kleine, ich bin eine Frau!«

Nachdem sie jedes ihrer Kinder für gute fünf Minuten gedrückt hat, wendet sie sich schließlich zu Caroline, David und mir um. Sie wallt herüber, übersieht Caro und mich und baut sich schweigend und mit scharfem Blick vor David auf.

»Du bist viel zu blass, David. Ich spüre deine Anspannung.«

»Es geht mir gut, Maura, und dir?«, entgegnet er trocken.

»Wie war deine Reise?«, fragt Caro. »Vermutlich war wie üblich viel Verkehr.«

»Ich finde körperliche Reisen immer ermüdend.« Maura seufzt melodramatisch. »Craignathie war traumhaft, so erhellend und bereichernd. Aber ich bin froh, nach London zurückzukommen, wie ihr sicher auch, meine Süßen.« Sie wendet sich wieder an Hannah und Charlie. »Ich hoffe, es war nicht zu schlimm ohne mich. Die Provinz kann ja so erdrückend sein. Ihr müsst euch in diesem kleinen Nest sehr gelangweilt haben.«

Caro zieht die Brauen hoch und blickt zu mir herüber.

»Das ist eine Freundin von uns, Fliss. Sie hat uns geholfen, die Kinder zu unterhalten, das heißt, sie hat mir bei dem Versuch beigestanden zu verhindern, dass sie vor lauter Langeweile in diesem öden, kleinen Nest sterben.« Der nicht zu überhörende Sarkasmus scheint an der Besucherin abzuprallen.

Maura sieht mich an. Ihr Blick irritiert mich: Sie hat riesige Rehaugen in der Farbe einer reifen Avocado. Und statt mich anzuschauen, scheint sie in mich hineinzublicken.

»Deine Aura ist zerbrochen«, verkündet Maura.

»Das ist nicht das Einzige, was zerbrochen ist«, murmelt Caro. Ich versuche, ein nervöses Kichern zu unterdrücken.

»In Craignathie gab es fabelhafte Heilungs-Workshops. Ich könnte mir vorstellen, selber Heilungs-Workshops zu veranstalten. Du solltest auch kommen, ich spüre, dass du spirituelle Führung brauchst. Hast du einen spirituellen Führer?«

»Äh, ich habe diverse Reiseführer«, biete ich an, »zählen die auch?«

Um sieben sitze ich angezogen und frisiert am Schminktisch und male mir das Gesicht an. In der glückseligen Isolation von Angels Court reicht die Freiheit so weit, dass ich drei Wochen lang kein Make-up getragen habe. Ich brauche drei Versuche, um den Lipliner ordentlich aufzutragen, doch nicht nur, weil ich aus der Übung bin, sondern auch, weil meine Hand vor Aufregung zittert.

Ich höre, wie die Gäste eintreffen. Autos kommen langsam über die geschotterte Auffahrt heran. Türen schlagen, Stimmen rufen und lachen und David spielt souverän Gastgeber und Butler in einer Person, sammelt Mäntel ein und verteilt Getränke. Puccini dringt die Treppe herauf.

Es scheinen furchtbar viele Gäste einzutreffen. An den langen Tisch im Esszimmer passen locker zwanzig Leute, aber sie haben doch sicher nicht so viele eingeladen? Ich möchte nicht, dass mein erster Gesellschaftsausflug als frisch gebackener Single zu Nerven aufreibend wird.

Ich zwinge mich, nach unten zu gehen, auch wenn es mir schwer fällt, den Schutz meines Zimmers zu verlassen. In den letzten Wochen habe ich mich zu einem ziemlich introvertierten Menschen entwickelt. Es ist sehr leicht, keine Kontakte zu knüpfen. Mehr denn je kann ich nachvollziehen, warum Menschen Mönche werden und sich für Jahre hinter Klostermauern zurückziehen. Es heißt zwar immer, Einsamkeit sei schwer zu ertragen, aber in Wahrheit ist es eine viel größere Anstrengung, unter Leute zu gehen.

Ich werfe einen Blick durch die Doppeltür in das zitronengelbe Wohnzimmer. Mondäne Leute stehen in Grüppchen beieinander und plaudern. Das Stimmengewirr klingt wie das Geschnatter von Gänsen auf dem Feld.

Die Anzahl lässt mich zurückschrecken. Es sind tatsächlich mehr als zwanzig Menschen im Raum. Vielleicht sollte ich Kopfschmerzen vortäuschen und in den sicheren Hafen meines Zimmers zurückkehren. Andererseits bin ich so verspannt, dass ich die Kopfschmerzen nicht einmal vorzutäuschen brauche, ich spüre, dass sie bereits im Anzug sind.

Gerade weiche ich aus der Tür zurück, als David neben mir auftaucht, mir aufmunternd zuflüstert, dass ich »einfach hinreißend« aussehe und mich mitten ins Zimmer führt.

Einige aus der Gruppe, der er mich vorstellt, kenne ich bereits von früheren Besuchen in Angels Court. Caro und David sind sehr gesellig und geben häufig Partys, obwohl ich noch nie bei einer von dieser Art je war. Ich finde sie ziemlich grausam. Ich hätte es vorgezogen, allmählich wieder Kontakte zu knüpfen, statt bei einer groß angelegten Party ins kalte Wasser geschubst zu werden.

Ich hatte bereits das Vergnügen mit der ach-so-chicen blonden Sexbombe Eloise, die sich gerade mit Caroline unterhält. Es war nicht gerade Liebe auf den ersten Blick. Sie hat etwas von einer Eiskönigin, Sie wissen schon, was ich meine. Außerdem ist sie seltsam besitzergreifend gegenüber Caroline, als dürfte sie keine anderen Freunde haben. Deshalb gehöre ich nicht gerade zu Eloises Lieblingen.

Als Nächstes stellt David mich einer unglaublich zarten, zierlichen Frau vor. Mit ihren bezaubernden Augen, dem süßen Schmollmund und der kleinen Stupsnase erinnert sie an ein Püppchen.

Was ihre Figur betrifft, so mag sie zwar in Sachen Körpergröße etwas zu kurz gekommen sein, doch bei anderen Details ist sie umso üppiger ausgestattet. Sie hat die größten Brüste, die ich je gesehen habe und die sich der Schwerkraft zu widersetzen scheinen. Vielleicht sind sie schwerelos wie mit Helium gefüllte Luftballons, und nur ihr tief ausgeschnittenes enges Oberteil hindert sie daran, zur Decke zu schweben.

Sie fängt meinen starren Blick auf. Ich werde so rot wie ihr Mund, doch sie lächelt freundlich. Ich vermute, dass sie an solche Blicke gewohnt ist. Sie muss der Inbegriff männlicher Fantasien und das Ziel weiblicher Eifersucht sein.

»Das ist Sukey.« David grinst ob meines faszinierten Ausdrucks. »Sie züchtet Pferde.«

»Wirklich?« Meine Überraschung ist echt. Ich kann mir einfach nicht vorstellen, dass sie eine körperliche Tätigkeit ausübt, die über das Lackieren ihrer Nägel hinausgeht – ganz zu schweigen von echter Stallarbeit.

Sukey lacht perlend. Ihr Lachen hat den Klang, den die scheußliche Kat Christian nachzuahmen versucht hat, diesen Glöckcheneffekt, doch bei Sukey hört er sich natürlich und darum nett an.

»Das ist mein Mann Bob«, sagt sie und legt eine zarte, perfekt manikürte Hand auf den Arm des Mannes an ihrer Seite. Ehemann Bob ist dünn, unattraktiv und unscheinbar. Das langweilige, doch wohl unverzichtbare Bambusrohr, das die traumhaft exotische Blüte trägt, vermute ich.

»Bob ist ein Starkoch«, erklärt David, »meine Soufflés werden heute Abend ihren Mann stehen müssen.«

»Und nicht nur die!«, bemerkt Sukey kichernd.

Alle lachen, als hätte sie einen Insiderwitz gerissen.

Bob sieht für einen Meisterkoch nicht gerade kreativ aus, obwohl sein Gesicht an ein verschrumpeltes Baguette erinnert.

Ein großer, langgliedriger Mann mit blonden Haaren, der still am Rande der Gruppe gestanden und sich lässig mit dem Ellbogen auf den Kaminsims gestützt hat, ein Glas Wein in der Hand, tritt vor und sieht David vorwurfsvoll an.

»Willst du mich denn nicht vorstellen?« Seine Stimme ist tief und sanft.

»Fliss, meine Liebe, ich würde dich gerne mit Gwillem Davies bekannt machen.«

Gwillem ergreift meine dargebotene Hand, schüttelt sie jedoch nicht, sondern drückt sie einfach freundlich, während er sie für den Bruchteil einer Sekunde zu lange in der seinen hält.

»Gwillem ist ein alter Freund aus London«, fährt David fort und lacht amüsiert über meinen verwirrten Blick. »Er ist Künstler. Er hat das Porträt von Caroline gemalt, das dir so gut gefällt und das nebenan über dem Kamin hängt.«

»Aber das ist ja wundervoll.« Ich bin ehrlich beeindruckt. »Sie ist darauf sehr gut getroffen.«

»Leider ist er inzwischen viel zu erfolgreich und berühmt, um noch für uns zu malen. Er hätte keine Zeit mehr dafür, und wir könnten ihn nicht mehr bezahlen!« Caro, die in ihrem Kleid aus cremefarbener Seide wie ein Engel aussieht, lässt eine verstimmte Eloise stehen, um sich an unserem Gespräch zu beteiligen.

Zärtlich drückt sie Gwillems Arm.

»Caro ist eine hemmungslose Schmeichlerin!«, sagt er lachend. In seiner tiefen Stimme schwingt ein ganz leichter walisischer Akzent mit.

Wieder ergreift er meine Hand. Mir fällt auf, dass seine Finger sehr lang und die Nägel perfekt manikürt sind.

»Es freut mich sehr, sie kennen zu lernen. Immer wieder sage ich zu Caro, dass wir durchaus einmal frisches Blut in der Gruppe vertragen könnten.«

Dieses Mal hält er meine Hand und auch meinen Blick noch länger gefangen. Ich weiß nicht, ob ich mich geschmeichelt oder unwohl fühlen soll.

Beim Essen sitze ich neben Gwillem. Ich frage mich, ob er der potenzielle Kandidat ist, vor dem Hannah mich gewarnt hat. Normalerweise stehe ich nicht auf blonde Männer. Ich weiß nicht, warum, aber ich finde sie eben nicht attraktiv. Dennoch muss ich zugeben, dass Gwillem sehr gut aussieht.

Ich schätze ihn auf Ende dreißig oder Anfang vierzig. Groß und blond, wie er ist, erinnert er an einen geschmeidigen Löwen und ist weit entfernt von Hannahs glatzköpfigem, fettem Fünfzigjährigen. Und man kann sich angeregt mit ihm unterhalten, ein seltener Zug und umso schätzenswerter, als ich vorher nur das Brachland ungenutzten Intellekts gewöhnt war, das ich mit Richard, dem Riesentrottel, teilte.

Außerdem scheint er geradezu auffällig an mir interessiert zu sein. An seiner anderen Seite sitzt eine umwerfende Rothaarige, Amber Dixon, eine Freundin von Caro, die ich schon vorher kannte. Sie ist in jeder Hinsicht hinreißend, Gesicht, Körper und Persönlichkeit, doch bis auf ein kurzes Hallo, als wir uns zu Tisch setzten, hat er sie zu meinen Gunsten fast komplett ignoriert.

Das Essen ist wie üblich superb und den gemeinsamen Anstrengungen von Gourmet David und Künstlerin Caro zu verdanken.

»Wie lange kennen Sie Caroline schon?«, fragt Gwillem und reicht mir das Brot.

»Seit wir Kinder waren.«

»Wirklich? Dann sind Sie alte Freunde. Es überrascht mich, dass wir uns nicht schon vorher begegnet sind.«

»Wir hatten uns aus den Augen verloren«, entgegne ich. »Wir haben uns erst wiedergefunden, als Caro letztes Jahr an der gleichen Schule wie ich anfing.«

»Welch glücklicher Zufall … Also sind Sie Lehrerin?«

Ich nicke ohne große Begeisterung. Lehrerin hört sich so langweilig an, so bieder. Ich wäre auch gerne so aufregend und unkonventionell wie die anderen hier. Gwillem ist, wie Sie bereits wissen, Maler. Eloise ist Schauspielerin. Der Mann hinter ihr, der entfernt an den gealterten Laurence Olivier erinnert, ist anscheinend ein ziemlich bekannter Dichter. Sein Name ist Blakesley Hardington – hört sich an wie ein neuer Vorort der Retortenstadt Milton Keynes. Sukey züchtet ihre Pferde, Bob kocht für die Reichen und Schönen, und Amber Dixon, die PR-Frau einer Plattenfirma ist, wird von einem Opernsänger umgarnt, von dem selbst ich, eine bekennende Banausin in Sachen Musik, schon gehört habe.

»Sie sehen gar nicht aus wie eine Lehrerin«, sinniert Gwillem und betrachtet mich prüfend aus zusammengezogenen Augen.

Bei solch einer scharfen Musterung fühle ich mich erneut unwohl, und Hilfe suchend sehe ich mich am Tisch um. Mir gegenüber sitzt Angus Macready. Er ist ein gut aussehender Mann mit dunklem Haar, das an den Schläfen distinguiert ergraut ist. Gesicht und Hände, die vom Leben im Freien gebräunt sind, werden durch das strahlend weiße Hemd noch betont.

»Ist Jake genauso am Boden zerstört wie Hannah, weil sie sich trennen mussten?«, frage ich ihn.

Angus lächelt und zeigt dabei unglaublich große, ebenmäßige Zähne, schüttelt jedoch den Kopf.

»Er mochte sie ganz gern, aber er ist ein kleiner Draufgänger. Schätze, dass die sich so was nicht so zu Herzen nehmen wie die Mädchen, hm? Er bricht bald zu neuen Ufern auf.«

Zu neuen Ufern? Körperlich oder emotional? Ein neuer Tag, eine neue Frau. Arschloch.

»Verstehe«, antworte ich und lächele verkniffen. Arme Hannah. Welchen Preis hat die Liebe?

»Wir sind nicht alle so wankelmütig.«

»Wie bitte?« Ich wende mich wieder zu Gwillem um, der sich, den Ellbogen auf dem Tisch aufgestützt, zu mir herüberbeugt. Er hat das Kinn in die Hand gelegt und starrt mich durchdringend an.

»Männer. Nicht alle sind so wankelmütig, wenn es um Zuneigung geht.«

Ich lächele nervös und habe keine Ahnung, was ich sagen soll. Er scheint die Scheinwerfer voll aufgeblendet zu haben und viel zu schnell auf mich zuzukommen.

»Kosten Sie mal, es schmeckt wundervoll.« Er hält mir seine Gabel hin.

Ich beschließe, dass ich ihn nicht lange genug kenne, um das Besteck mit ihm zu teilen. Ich kann daraus nur schließen, dass ich nicht wirklich auf ihn fliege.

Also behaupte ich einfach, ich sei so satt, dass ich keinen einzigen Bissen mehr hinunterbekommen könne. Das ist schade, da ich nun, um den Anschein zu wahren, auf den Nachtisch verzichten muss.

Zu meiner Überraschung fällt das ausgedehnte Kaffeetrinken am Ende des Essens jedoch flach. Das enttäuscht mich, da ich diesen Teil am liebsten mag. Nicht nur die Schokotäfelchen und den Weinbrand genieße ich, sondern die entspannte Atmosphäre, in der sich die Gespräche in ungeahnte Höhen aufschwingen können.

Doch alle springen auf und begeben sich ins Wohnzimmer. Hastig werden Stühle zurückgeschoben, und die Luft schwirrt vor Aufregung.

»Was kommt jetzt?«, frage ich Caro.

»Gesellschaftsspiele«, erwidert sie.

Ich sehe sie verwirrt an.

»Das ist so Sitte in Angels Court«, sagt Gwillem und lächelt mir zu.

»Ach ja?« Eine Sitte, an der ich noch nie teilgenommen habe, wenn ich mit Richard zu Besuch war. Vielleicht war er für so etwas nicht beliebt genug.

»Nur, wenn *wir* alle zusammen sind«, fügt er hinzu.

»Warum begleitest du Fliss nicht zu einem Verdauungsspaziergang durch den Garten, während wir hier drin alles vorbereiten?«, schlägt Caro vor, und ihre blauen Augen blitzen spitzbübisch.

Hannah hatte Recht, ich glaube wirklich, Caro will mich verkuppeln.

»Ich kenne den Garten bereits!«, widerspreche ich. Gwillem scheint sehr nett zu sein, anstrengend und irritierend, aber trotzdem nett. Ich bin mir allerdings nicht sicher, ob ich verkuppelt werden möchte.

Sie sieht mich vorwurfsvoll an. Nach allem, was sie für mich getan hat, ist es das Mindeste, dass ich ihr Spiel mitspiele. Ich folge Gwillem in den Garten. Die Luft ist noch immer warm und schwer vom Duft des Flieders und der Bauernrosen.

Billie Holidays Stimme tönt aus dem alten Grammophon, das David so mag. Er findet, dass alte Platten auf alten Grammophonen gespielt werden sollten. Sie sind gebaut worden, um einander zu ergänzen, und nie wird man einen besseren Klang bekommen, behauptet er.

»Wollen Sie tanzen?« Gwillem hält mir seine perfekt manikürte Hand hin.

Schließlich komme ich also zu einem Tanz im Mondschein.

Es ist nett, aber ich fühle mich trotzdem unwohl. Ich bin keine gute Tänzerin und vor lauter Nervosität steif wie ein Brett. Ich versuche, seinen Schritten zu folgen, ohne ihm auf die Füße zu treten, was sich als ziemlich schwierig erweist. Endlich komme ich in den Rhythmus und blicke auf. Er sieht mich an. Seine Augen erinnern an Bernstein, schimmernde helle Flecken unter der Mähne aus goldblondem Haar. Er erinnert mich gefährlich an ein Tier, so dass ich beinahe damit rechne, dass er im nächsten Augenblick anfängt, den Mond anzuheulen.

Er ist attraktiv, aber trotzdem unattraktiv. Anziehend, und doch unangenehm. Wie ein Löwe, dessen Schönheit einen gefangen nimmt und dessen Wildheit einen abstößt. Beinahe hypnotisch.

»Woran denken Sie gerade?«

Peinlich berührt wird mir klar, dass ich ihn angestarrt habe. Hastig blicke ich wieder nach unten auf das kurze, feuchte Gras, das wir allmählich platt trampeln.

»Sie haben so versonnen ausgesehen«, fährt er fort, »deshalb dachte ich, es müsste etwas Interessantes gewesen sein. Wie gern würde ich die Gedanken der Menschen malen können. Das wäre einfach faszinierend. Ich frage mich, wie Ihre wohl aussähen. Konfus? Wären Sie ein Chagall? Ein Breughel? Oder vielleicht einen Hauch erotischer, wie ein Schiele vielleicht?«

»Wohl eher ein Rubens mit prallen Schenkeln und Grübchen im Hintern«, sage ich ohne nachzudenken.

Er grinst anzüglich. Ich werde knallrot.

»Du hast so eine schöne Haut«, flüstert er in mein Haar. Inzwischen ist er zum »Du« übergegangen. »Vielleicht erlaubst du mir eines Tages, dich zu malen.«

Mein Herz setzt einen Schlag aus.

Ich hatte ganz vergessen, wie schön es ist, angemacht zu werden. Ich entspanne mich ein bisschen. Gwillem merkt, dass ich nicht länger steif und verkrampft bin, und nutzt die Gelegenheit, um mich näher an sich zu ziehen. Seine Arme sind warm und stark. Er riecht gut nach einem kristallklaren und offensichtlich sehr teuren Aftershave. Er fängt an, mir höchst schmeichelhafte Dinge ins Ohr zu flüstern.

Vermutlich *könnte* ich mich daran gewöhnen.

Ich glaube, allmählich gewöhne ich mich ein bisschen an ihn. Vielleicht genieße ich es sogar.

»Ich kann dein Herz schlagen hören«, murmelt er. »Bumm, bubumm, bubumm.«

Ich versuche krampfhaft, ein Kichern zu unterdrücken.

Sofort fällt mir der Zeichentrickfilm ein, in dem das Stinktier sich in eine schwarze Katze verliebt, deren Schwanz mit einem weißen Streifen bemalt ist.

Gwillems Gemurmel ist längst nicht mehr romantisch. Die ganze Nummer – der Mondschein, die Musik, das Tanzen – erinnert mich einfach nur an eine schlechte Liebesschnulze.

Die Musik verklingt langsam. Aus dem Haus dringen Kreischen und Lachen zu uns.

»Die Spiele haben begonnen«, sagt Gwillem lächelnd. Offensichtlich hat er gar nicht bemerkt, dass er in meiner Wertschätzung, in der er gerade zu steigen begonnen hatte, auf ein immerwährendes Tief abgesackt ist. »Sollen wir zurückgehen und uns dem Spaß anschließen?«

Begeistert stimme ich zu und versuche, die Erleichterung darüber zu verbergen, nicht mehr mit ihm allein sein zu müssen.

Eines habe ich bei meiner Suche nach dem Glück gelernt: Die Romantik in einer Beziehung muss nicht unbedingt fehlen, es funktioniert nur einfach nicht mit der falschen Person.

Gwillem ist garantiert falsch.

Im Wohnzimmer ist das Licht abgedunkelt worden. Meine

Augen brauchen eine Weile, um sich daran zu gewöhnen. Doch selbst als ich in dem schwachen Licht wieder klar sehe, blinzele ich mehrere Sekunden lang, als würde alles vor mir verschwimmen.

Ich schließe die Augen und öffne sie wieder. Schließe und öffne sie, schließe, öffne und schließe sie. Ich öffne sie weit, sehr weit, bis sie fast aus ihren Höhlen springen.

Habe ich Halluzinationen oder räkeln sich da wirklich nackte Menschen auf dem Boden?

Ich bin so schockiert, dass ich einige Augenblicke brauche, um zu erkennen, dass wir mitten in eine Orgie geplatzt sind.

Blakesley Hardingtons kleiner weißer Hintern hebt sich in einer Ecke wie ein Vollmond aus einem Haufen rostbrauner Kissen auf und versinkt dann wieder hinter dem Horizont von Sukeys Beinen, als er einen Pimmel von der Größe eines kleinen Baguettes zwischen besagten Beinen und sein Gesicht zwischen den drallen, rosigen Hügeln ihres üppigen Busens vergräbt. Er knabbert mit wesentlich mehr Appetit an ihrer linken Brustwarze als vorhin an irgendeinem der leckeren Gänge beim Essen.

Ihr Mann Bob, dessen Gesicht nicht länger teigig wirkt, wohingegen ein gewisser Appendix seines Körpers aufgegangen ist wie ein Hefeteig, tollt ausgelassen mit zwei halbnackten Mädchen auf der Chaiselongue herum, auf der ich mich in den vergangenen Wochen zufrieden mit einem Buch aus Davids gut bestückter Bibliothek entspannt habe.

Eine schlanke Schwarze, die beim Essen genüsslich den Teelöffel ihres Verlobten abgelutscht hatte, hat jetzt ihre dunklen, vollen Lippen über etwas weit Interessanteres gestülpt.

Angus Macready, dessen wettergegerbtes Gesicht und braune Arme in seltsamem Kontrast zu der schneeweißen Haut seines Körpers stehen, lässt seine schwielige Hand über die weißen Hüften der Frau des Hundeführers vom örtlichen Jagdverein gleiten, wie er es bei Mac und den anderen Pferden macht, um zu prüfen, ob sie geritten werden können.

Mit offenem Mund sehe ich mich nach Caro um und bereue es sofort.

Sie küsst Eloise. Hingebungsvoll, mit offenem Mund und verschlungenen Zungen. Ihre Linke umschließt Eloises rechte Brust, während ihr Daumen mit der harten rosa Brustwarze spielt. Ihre Rechte wandert über die sanfte Wölbung des Bauches ihrer Freundin, und ihre Finger kraulen sanft das blonde Schamhaar, bevor sie in die Höhlung zwischen ihren Beinen abtauchen. Eloise, die bereits völlig nackt ist, kämpft mit den Knöpfen an Carolines Bluse.

David, abgesehen von Gwillem und mir der Einzige im Raum, der noch völlig angezogen ist, thront auf einem Armstuhl wie ein König, der seine Untergebenen nachsichtig überwacht. Fasziniert beobachtet er sie, während das übliche müde Lächeln um seine Mundwinkel spielt. Überall um ihn herum werfen die Gäste Kleider und Hemmungen über Bord.

Ungläubig sehe ich zu Gwillem, der jedoch keineswegs erschrocken zu sein scheint.

Er erwidert meinen Blick; seine Augen glänzen vom Alkohol und vor Erregung. Lächelnd beginnt er, sein Hemd aufzuknöpfen.

Gesellschaftsspiele!

Ich hatte mit Rätseln gerechnet.

Aber die hier führen *Caligula* neu auf.

Ich fange an, hysterisch zu kichern, bis Gwillem, der sich inzwischen seiner Kleider entledigt hat, versucht, mich auszuziehen. In diesem Moment verwandelt sich das hysterische Kichern zu einem ziemlich lauten Schreien.

Ich entziehe mich seinen routinierten Händen und stürze davon, wobei ich auf diverse Körper trampele. Der ziemlich bekannte Opernsänger gibt den höchsten Ton seiner Laufbahn von sich, als mein Pfennigabsatz sich in seinen Schwabbelhintern bohrt.

Meine Handtasche und die Autoschlüssel liegen auf der Kommode in der Diele. Ohne nachzudenken schnappe ich sie und laufe Richtung Tür. Als ich am Esszimmer vorbeikomme, erwartet mich der unerfreuliche Anblick eines dürren Börsenmaklers, der meine unberührte Schokoladentorte eifrig auf den zitternden Schenkeln seiner drallen Freundin verschmiert. Sie hat auf dem Esstisch alle Viere von sich gestreckt wie ein riesiges Spanferkel, das zum Hauptgang aufgetischt wird. Eine splitterfasernackte Amber Dixon kauert zwischen ihren Beinen, offenbar drauf und dran, meine Torte ohne Löffel von diesem unorthodoxen Teller zu lecken.

Als ich in mein Auto springe, den Motor aufheulen lasse und mit durchgetretenem Gaspedal die Auffahrt entlangrase, sehe ich Caro im Rückspiegel, die mir nachgestürzt ist. Ihre Brüste, die Eloise anscheinend erfolgreich aus der Bluse befreien konnte, hüpfen elegant im Mondschein auf und ab.

Kapitel 4

Nie wieder werde ich diese Chaiselongue mit denselben Gefühlen betrachten. Nach gut drei Wochen kehre ich in etwa der gleichen Verfassung aus Angels Court nach Hause zurück wie bei der Hinfahrt. In der einen Sekunde bin ich völlig fertig und desillusioniert, in der nächsten breche ich in wildes Gelächter über das aus, was gerade vorgefallen ist. Und dass meine arme Schokoladentorte nach Stunden liebevoller Schwerstarbeit ein solches Ende nehmen musste! Ich kann nur hoffen, dass sie Amber gut schmeckte. Aber wer konnte ahnen, dass sie auf solch einem Teller serviert werden würde!

Den Heimweg lege ich wie ferngesteuert zurück. Rückblickend betrachtet, bin ich mir nicht sicher, wie ich dorthin gekommen bin, denn ich habe praktisch überhaupt nicht auf den Weg geachtet. Doch es gelingt mir, in meiner Wohnung anzukommen, ohne im Graben zu landen oder ein Stück Wild plattzumachen, das es wagt, wie ein Kamikazekämpfer vor mein Auto zu springen.

Das Telefon klingelt, als ich den Schlüssel in die Wohnungstür stecke. Glücklicherweise hört es auf, bevor ich die Tür aufbekomme und erspart mir so die Entscheidung, ob ich abheben soll oder nicht. Als es jedoch zwei Minuten später erneut klingelt, wähle ich die feige Variante und stöpsele beide Anschlüsse aus.

Meine Wohnung fühlt sich nicht sehr wohnlich an. Sie ist kalt, feucht und leer.

Ich drehe die Heizung auf, gehe durch alle Zimmer und schalte Lichter und Lampen an, bis alles in einen rosigen Schimmer getaucht ist. Und nachdem ich meinen Vorrat an Mars-Riegeln im

Kühlschrank geplündert habe, verkrieche ich mich mit dem Stapel Post, der mir beim Eintreten in die Wohnung fast den Weg versperrt hatte, unter meiner Bettdecke.

Ich bilde drei Stapel, Müll, Rechnungen und Privat, beschließe dann aber, dass ich es nicht über mich bringe, auch nur einen der Briefe zu öffnen. Ich stopfe sie alle in die oberste Schublade des Nachttischchens und versuche, die nervtötende Stimme zu überhören, die mir rät, mich so schnell wie möglich um all die Umschläge mit den roten Aufdrucken zu kümmern, die aussehen, als handelte es sich dabei um allerletzte Mahnungen.

Außerdem versuche ich, eine andere nervtötende Stimme zu überhören, die ständig wiederholt, was für eine Niete ich doch bin, weil ich mich unter meiner Bettdecke vor der Welt verstecke.

Genau dieser nervtötenden Stimme antworte ich, dass es beinahe ein Uhr früh ist, und wo zum Teufel ich denn um die Uhrzeit sonst sein soll. Dann schiebe ich mir noch einen Schokoriegel in den Mund und zappe durchs Fernsehen, um die Pornoszenen aus meinen Gedanken zu vertreiben, die sich dort im Moment abspielen.

Es funktioniert nicht.

Ich mag mir noch so lange einen Zeichentrickfilm anschauen, ich sehe trotzdem immer nur Caroline und David. Caroline und Eloise, um genau zu sein.

Wer hätte das gedacht?

Ich ganz bestimmt nicht!

Zugegeben, ich wusste, dass sie ein ziemlich ausgeprägtes Sexualleben haben. Frauen reden schließlich über so was, und Caro und ich bilden da keine Ausnahme. Ich dachte eigentlich, sie hätte mir alles bis ins kleinste Detail erzählt, doch irgendwie ist es ihr gelungen, die Tatsache auszuklammern, dass ihr ausgeprägtes Sexualleben die halbe Nachbarschaft umfasst.

Eine ganz neue Bedeutung für den Ausdruck *gute Nachbarschaft pflegen*!

Völlig erledigt versuche ich zu schlafen, doch ich bin zu aufgewühlt. Ich fühle mich allein. Es wäre wirklich gut, wenn ich jemanden zum Reden hätte, doch die einzige Person, *mit der* ich wirklich reden möchte, ist gleichzeitig die Person, *über die* ich reden möchte, also stecke ich in einer Sackgasse, richtig?

Natürlich habe ich noch andere Freunde. Ich bin keine Eigenbrötlerin, Gott sei Dank, aber Caro ist diejenige, die ich normalerweise um drei Uhr morgens anrufe, wenn es mir mies geht. Sash möchte ich nicht anrufen, da ich die Kinder nicht wecken will, und Wiggy kann ich nicht anrufen, da man nie genau weiß, wo zum Teufel sie eigentlich gerade steckt.

Die Glückliche.

Ich wünschte, niemand wüsste, wo ich stecke. Leider kann man mit einiger Sicherheit davon ausgehen, dass man mich findet, wenn man mich sucht. Nicht gerade erstaunlich, wenn man bedenkt, dass ich mein ganzes Leben bisher im selben Ort verbracht habe.

Alle meine Bekannten scheinen irgendetwas erlebt zu haben. Mehr als ich zumindest. Insbesondere Caro hat nichts anbrennen lassen – oje, wenn das jetzt nicht doppeldeutig war. Nein, ich werde jetzt nicht mehr an sie denken. Ich kann jetzt gar nicht an Caro denken, denn statt meines üblichen Bildes von ihr – lächelnd und *angezogen* – sehe ich sie vor mir, wie sie mir nachläuft, während ihre Brüste wie Tennisbälle auf- und abhüpfen.

Wiggy erlebt gerade die schönste Zeit ihres Lebens, während sie rund um die Welt trampt.

Und Sash? Tja, ich glaube, sie ist die Tapferste von uns allen. Sie arbeitet und hat Kinder.

Muss man etwas erlebt haben, um es im Leben zu etwas zu bringen? Ich habe die Trennung von Richard erlebt. Ich denke, das sollte zählen, und WIE.

Am nächsten Tag tauche ich erst nach Einbruch der Dunkelheit aus meinem Schlafzimmer auf. Ich komme mir vor wie ein Vampir, der aus seiner Gruft steigt. Mein Magen zwingt mich aus dieser selbst gewählten Isolation, indem er zu explodieren droht, wenn ich mir ein weiteres Mars reinzwänge. Da mein Kühlschrank jämmerlich leer ist, habe ich um diese Uhrzeit nur die Wahl zwischen einem Ausflug in einen Supermarkt, der abends geöffnet hat, oder noch mehr Junk-Food, das zwar auch fettig und kalorienreich, aber wenigstens nicht süß und schokoladig wäre.

Doch auf halbem Weg zum Drive-In von McDonald's biege ich plötzlich ab und steuere Richtung Clayton Avenue – zu meinem Vater. Mein Instinkt sagt mir, dass ich eine andere Art Nahrung brauche. Ich werfe einen Blick auf das Armaturenbrett, wo die Digitalanzeige der Uhr grün in der Dunkelheit leuchtet. Es ist fast zehn, und Dad dürfte im Schuppen am Ende des Gartens sein, um Mutter aus dem Weg zu gehen.

Sein beruhigender Einfluss und seine wohltuende Normalität fehlen mir sehr, der Anblick meiner Mutter jedoch gar nicht. Doch ich kann ihr nicht für immer aus dem Weg gehen. Fast drei Wochen sind vergangen, vielleicht hat sie sich inzwischen etwas gefangen. Nichtsdestotrotz gebe ich der Feigheit nach und schlage den holprigen Weg ein, der hinter dem Grundstück entlangführt, sodass ich den langgestreckten Garten von hinten betreten kann. Als das rostige Schloss am Tor rasselt und ich mich hineinschleiche, taucht Roger aus dem dicht wachsenden Rittersporn auf. Er hat die Lefzen zu einem Hundegrinsen verzogen und wedelt begeistert mit dem Schwanz.

Ich tätschele seinen Kopf, der klebrig vom Saft der Linden am Rand des Gartens ist. Er leckt meine Hand und versucht, seine raue, warme Zunge über mein Gesicht gleiten zu lassen. Sein Atem riecht nach Hundefutter. Wenn Roger frei im Garten herumläuft, wo ist dann Dad? Normalerweise stecken sie gemeinsam im Schuppen. Roger liegt meistens hechelnd in einer Ecke auf einer muffigen alten Pferdedecke, während Dad sich Pfeife rauchend in einem klapprigen alten Liegestuhl in der anderen Ecke zurück lehnt. Dazu hört er dann Radio Two auf dem knisternden

Vorkriegsradio, das er an langen, glücklichen Winterabenden restauriert hat.

Doch aus dem Schuppen dringt kein verräterischer Schein einer Gaslampe. Also gehe ich über den Gartenweg zum Haus. Es ist ein schöner Abend, doch ich zittere immer noch wie Espenlaub.

Das Esszimmer und die Küche gehen auf die rückwärtige Veranda hinaus. In der Küche brennt Licht. Die schweren blauen Samtvorhänge, die normalerweise das fleckige Glas der Türen zum Esszimmer verhüllen, sind nicht zugezogen.

Ich kann hell flackernde Kerzen sehen, in deren Schein ich durch das grüne und rote Buntglasfenster gerade eben die Umrisse meines Vaters erkenne, der am Kopfende des Tisches sitzt. Meine Mutter sitzt zu seiner Linken, Sally-Anne rechts von ihm. Ihm gegenüber sitzt mit dem Rücken zu mir ein Mann.

Er kommt mir vage bekannt vor.

Ich taste mich die drei Stufen zur Veranda hinauf, stolpere über eine knallrote Fuchsie in einem besonders harten Tontopf und drücke mir die Nase am Fenster platt.

Verdammt!

Ich fasse es nicht!

Richard!

Was für ein Pech, was für ein Begrüßungskomitee.

Gerade will ich hastig den Rückzug antreten, als jemand anfängt zu schreien. Dieses Mal weiß ich, dass nicht ich es bin.

»Da ist jemand im Garten! Da draußen ist jemand! Ich kann sein Gesicht sehen!« Es ist Sally, die da laut kreischt.

Dad lässt seinen Teelöffel mit Nachtisch fallen, der auf halbem Weg zu seinem Mund war, und stürzt mit erhobenem Tranchiermesser zur Tür. Sein Gesicht ist so rot wie das eines Indianers auf dem Kriegspfad.

Vorsichtig stößt er die Tür auf und tritt hinaus in die Dunkelheit.

»Wir wissen, dass du hier draußen steckst!«, bellt er schroff.

Die Klinge funkelt im Mondlicht. »Komm raus, du Schwein… zeig dich!«

Roger fängt begeistert an zu bellen.

Sallys Schrei hat mich unwillkürlich in den Schatten zurückweichen lassen.

»Felicity?« Dad lässt das Messer sinken und blickt forschend ins Dunkel.

Ich grinse dümmlich.

»Fliss!« Er legt eine Hand auf die Brust. »Meine Güte, ich hätte fast einen Herzschlag bekommen!«

»Drew! Drew!«, ruft meine Mutter von drinnen. »Was ist los?«

»Alles in Ordnung«, ruft er zurück. »Es ist nur Fliss! Himmel, Kind, was machst du denn hier draußen?«

»Dad, was ist los?«, imitiere ich meine Mutter und deute auf Richard, der immer noch am Tisch sitzt. Typisch, dass er meinen Vater allein mit dem Eindringling gelassen hat, auch wenn nur ich der Eindringling bin. Dad folgt meinem Blick, als ich das gute Porzellan, das Tafelsilber, die Kerzen und die zarten Rosen in Großmutter Blakeneys kostbaren Silbervasen anstarre.

»Ich denke, wir sollten uns kurz unter vier Augen unterhalten, Fliss«, sagt er und beißt sich auf die Lippen. Dad ergreift meinen Arm, um mich vom Haus wegzuziehen. Doch meine Mutter, die inzwischen die Fassung wiedererlangt hat, kommt ihm zuvor, rauscht aus dem Esszimmer und ergreift meinen anderen Arm.

»Wie schön, dich zu sehen, Felicity.«

Dad zieht mich in die eine Richtung, Mutter in die andere.

Ich stehe aufgrund der gestrigen Erlebnisse immer noch unter Schock und brauche eine Weile, bis diese Worte Wirkung zeigen.

»Ach ja?«, frage ich misstrauisch.

Mutter lächelt mir zu.

»Aber natürlich. Eben erst habe ich gesagt, dass nur noch Felicity fehlt, um den Abend perfekt zu machen, nicht wahr, Sally-Anne?«

Ich habe mit einem weiteren Wutanfall gerechnet; diese unerwartete Freundlichkeit ist höchst beunruhigend.

Ich sehe erneut zu Dad, der zu Boden blickt, und dann zu Sally-Anne, die meinem Blick ebenfalls ausweicht, als Mutter mich in das von Kerzen erleuchtete Zimmer führt. Richard lehnt sich auf seinem Stuhl zurück und sieht für meinen Geschmack viel zu entspannt und glücklich aus.

»Hallo, Felicity.« Er lächelt mir zu, süß und lieb, und Welten trennen ihn von dem wutschnaubenden Mann, den ich vor fast einem Monat zuletzt gesehen habe.

»Was ist los?«, frage ich vorsichtig und keineswegs sicher, ob ich die Antwort überhaupt wissen will.

Mutter und Sally kehren auf ihre Plätze zurück. Dad zieht einen weiteren Stuhl heran und bedeutet mir, mich ebenfalls zu setzen.

»Wir feiern ein wenig.« Auch Mutter lächelt für meinen Geschmack viel zu viel.

»Feiern?«

»Ja.« Ihre Augen glänzen, und das liegt nicht nur an den Kerzen, die sich in ihren Kontaktlinsen spiegeln. »Wir feiern.«

Sie betont jede einzelne Silbe, und mir wird klar, dass sie angetrunken ist.

»Gerade wollten wir anstoßen. Drew, gib Felicity ein Glas Champagner.«

»Miriam, ich glaube kaum, dass das …«, widerspricht Dad, der sich höchst unwohl zu fühlen scheint.

»Champagner, Drew!«

Sie wartet, während Dad mir am Büffet ein Glas einschenkt. Dankbar und stumm sehe ich ihn an, als mir klar wird, dass er mir Weinbrand serviert hat. Ich habe das schreckliche Gefühl, dass ich ihn brauchen werde.

»Haben alle ein volles Glas? Schön. Ein Toast.« Schwankend erhebt Mutter sich. »Auf Richard und Sally-Anne …«

Die Pause ist lang, ausgedehnt, qualvoll für mich, aber ein Triumph für meine Mutter, wie ich erkenne.

»Auf Richard und Sally-Anne«, wiederholt sie unnötigerweise. »Und auf ihre *wundervolle* Verlobung. Glückwunsch!«

Ich habe das Glas schon halb geleert, bevor ich den Sinn dieser Worte erfasse.

»Das ist ein Scherz, oder? Ihr nehmt mich auf den Arm.«

Mit einem dumpfen Laut stelle ich mein Glas zurück auf den Tisch, und Weinbrand spritzt auf die schwere Leinentischdecke.

Sally und Richard?

Das kann nicht sein.

Mühsam widerstehe ich der Versuchung, mich zu kneifen, um herauszufinden, ob ich schlafe und einen Albtraum habe. Genau, das ist es. Ich liege immer noch im Bett, und das alles ist ein schrecklicher Freudscher Traum. Die Mars-Riegel sind schuld. Niemand kann ungestraft so viel Zucker essen, und schon gar nicht in meinem derzeitigen Gemütszustand.

Ich werde jetzt jede Minute aufwachen und über alles lachen können.

Roger, der mein Unbehagen spürt, steckt seine warme, feuchte, beruhigende Schnauze in meine Hand und leckt sie – ein hündischer Versuch, mich zu trösten.

Die Berührung ist ziemlich nass und sehr, *sehr* real.

Ich blicke in die Gesichter um mich herum.

Mutter lächelt orgasmusgleich.

Richard lächelt so selbstgefällig wie immer.

Sally sieht gequält drein und weicht meinem Blick aus.

Und Dad, dem das Mitgefühl und die Hilflosigkeit aus jeder Pore dringen, hält immer noch die Weinbrandkaraffe, um mir sofort nachschenken zu können, falls ich noch blasser werde, als ich es ohnehin schon bin.

Ich sehe wieder zu Richard und Sally-Anne und bemerke zum ersten Mal, dass sie tatsächlich Händchen halten.

»Ach du meine Güte, es ist euch wirklich ernst, was?«

»Das ist kein Scherz, Felicity.« Mutter lächelt gütig in Sally-Annes Richtung, die immer noch zu Boden starrt.

»Wie konntest du nur, Sally!« Entsetzt sehe ich meine Schwester an.

Man muss ihr zugute halten, dass sie zutiefst beschämt dreinblickt.

»Es t-tut mir Leid, Flisss…«, stottert sie hektisch.

»Mach dich nicht lächerlich! Es gibt absolut nichts, das dir Leid tun müsste. Und für Felicity gilt, wie man sich bettet, so liegt man.«

Mutter kräht wie ein Gockel, und nicht einmal ich kann ihr heute Abend einen Dämpfer verpassen.

»Es wäre kleinlich von dir, Felicity, das Glück deiner Schwester durch deine Eifersucht zu ruinieren. Du hattest deine Chance, jetzt ist Sally an der Reihe.«

Ihre Worte hören sich an, als wäre Richard ein Kinderkarussell. Gerade bin ich abgestiegen, und jetzt darf Sally eine Runde drehen.

»Ich bin nicht eifersüchtig«, fauche ich. »Nur total und absolut…«

Ich ringe um ein Wort, das beschreibt, wie ich mich im Moment fühle. Ich kann es immer noch nicht fassen. Als Sally-Anne versprach, sie würde sich um alles kümmern, habe ich das ganz anders verstanden.

Ich sehe von Gesicht zu Gesicht. Alle schweigen.

Schließlich blicke ich meine Schwester prüfend an und wähle meine Worte mit Bedacht.

»Bist du sicher, dass du das willst, Sally? Richard ist kein abgelegter Pulli, den du auftragen musst, weil ich aus ihm herausgewachsen bin.«

Er will widersprechen.

»Doch, das will ich, Fliss«, schneidet Sally ihm das Wort ab, weicht meinem Blick jedoch immer noch aus.

»Ernsthaft?«

»Ich weiß gar nicht, warum es dir so schwer fällt, das zu glauben«, mischt Richard sich entrüstet ein. »Je länger man darüber nachdenkt, desto plausibler ist es, dass ich Sally-Anne heirate und nicht dich. Wir passen viel besser zusammen, nicht wahr, Liebling?«

Er drückt die Hand meiner Schwester und schenkt ihr ein warmes Lächeln.

Liebling?

Ich glaube, ich muss mich übergeben.

Sally erwidert sein Lächeln ebenso warmherzig.

»Eigentlich sollte ich mich bei dir bedanken, Fliss. Dass du mich sitzen gelassen hast, hat Sally und mich zusammengebracht und uns die Möglichkeit gegeben, unsere wahren Gefühle füreinander zu erkennen.«

Das kann nicht wahr sein. Ich schlafe doch und habe einen Albtraum. Oder ich bin gerade auf dem Set eines echt gruseligen Remakes der *Frauen von Stepford* gelandet.

»Das ist doch Wahnsinn. Ich war gerade mal drei Wochen weg! Wie kannst du in nur drei Wochen beschließen, dass du den Rest deines Lebens mit jemandem verbringen willst?«

»Wir kennen uns genauso lange, wie du mit Richard zusammen warst. Wenn es dir gereicht hat, um ihn heiraten zu wollen, dann tut es mir das auch.«

Sally hört sich jetzt entschlossener an.

»Außerdem hatte ich immer eine Schwäche für ihn.«

Bei diesen Worten lächelt Richard blasiert.

»Natürlich hätte ich meinen Gefühlen nie nachgegeben, wenn du die Hochzeit gewollt hättest, Fliss, aber als du auf und davon bist … na ja, Richard brauchte jemanden zum Zuhören. Der Rest hat sich von selbst ergeben …« Sie bricht verzagt und verwirrt ab. »Du hast ziemlich deutlich gemacht, dass du ihn nicht heiraten willst!«, rechtfertigt sie sich schließlich.

Das kann ich nicht leugnen. Darauf also hat Mutter an dem Abend angespielt, als sie mir das Glas Rémy Martin ins Gesicht geschüttet hat. Richard und Sally-Anne. Mein Kopf, der darum gekämpft hat, die Vorstellung, dass meine Schwester ihn heiratet, als real anzuerkennen, streckt die Waffen und ergibt sich bedingungslos. Er musste in den letzten Wochen bereits zu viel verkraften. Ein Kampf liegt im Augenblick entschieden jenseits seiner Möglichkeiten. Ich schwenke eine verbale weiße Flagge.

»Wenn du es wirklich willst …«

»Aber ja doch!«, rufen Sally-Anne und Mutter im Chor, und Sally lächelt mir hoffnungsvoll zu.

»In diesem Fall«, ich suche nach den passenden Worten, »wünsche ich euch Glück.«

Offen gesagt, meine ich das natürlich nicht, zumindest war es nicht das Erste, was mir in den Sinn kam. Aber ein weiterer Toast ist eine gute Entschuldigung, um das Glas mit dem Weinbrand zu leeren. Das leichte Zittern hat sich zu einem massiven Beben gewandelt. Ich reiche Dad mein leeres Glas, damit er mir nachschenkt.

Die Karaffe sieht ziemlich leer aus. Zuerst hat sie Mutter geholfen, sich vom Verlust der ersten Hochzeit zu erholen, ehe sie zweifelsohne Vater daran gehindert hat, bei Verkündigung der zweiten einen Herzanfall zu bekommen.

»Und wann soll die Hochzeit sein?« Geistig völlig erschöpft, sinke ich auf meinen Stuhl zurück.

Bei dieser Frage kann Sally meinem Blick erst recht nicht standhalten. Es bleibt Richard überlassen zu antworten, und er tut dies mit sichtlichem Genuss.

»Ende des Monats, am fünfundzwanzigsten.«

»Aber das war doch … das Datum unserer …«

Dad reicht mir einen weiteren Weinbrand.

»Es war bereits alles gebucht, da wäre es ja geradezu dumm, alles abzusagen und dann neu zu planen«, verkündet Mutter fröhlich.

Und ich schlafe *doch* und träume schlecht.

»Das Ganze war wunderbar bequem, wirklich«, fährt sie fort, »wir mussten nur dem Pfarrer Bescheid sagen, neue Einladungen verschicken und die Heiratsanzeige umschreiben. Ach, und natürlich das Kleid umarbeiten lassen. Sally ist schließlich ein bisschen schlanker als du, Liebes.«

»Sie trägt mein Kleid!«

»Schließlich hat Sally-Anne dir geholfen, es auszusuchen, nicht wahr? Ehrlich gesagt glaube ich sogar, dass es ihr besser steht, Felicity. Sie sieht darin einfach bezaubernd aus… Insgeheim habe ich immer gedacht, dass es für jemanden mit deiner Figur einen Hauch zu verspielt ist, und da du es ja schließlich nicht brauchst…«

Ich bin empört. Ich habe dieses Kleid gehasst, und wenn Mutter behauptet, Sally-Anne hätte mir beim Aussuchen geholfen, meint sie in Wahrheit, dass Sally-Anne *ihr* beim Aussuchen geholfen hat.

Ich hatte ein wunderbar schlichtes Kleid aus alter, elfenbeinfarbener Seide gefunden, und sie haben mich zu dieser Kitschkreation gezwungen. Doch es war immer noch *mein* Kleid, und es war für *meine* Hochzeit. Ich komme mir vor wie die Protagonistin eines Theaterstücks. Ich trete zurück, und die Zweitbesetzung tritt unter begeistertem Applaus in meine Fußstapfen.

»Du siehst nicht besonders glücklich aus, Felicity. Du wirst doch deiner eigenen Schwester nicht missgönnen…«, fährt Mutter fort.

Jetzt geht sie in die Vollen. Nichts könnte sie in diesem Augenblick glücklicher machen, als wenn ich Bedauern und Eifersucht zeigte. Dann könnte sie mit ihrem »Ich hab's dir ja gesagt« kommen und es mir genüsslich unter die Nase reiben. Auch Richard würde das gefallen. Er hat jetzt die stärkere Position, und das weiß er. Ich hoffe nur, dass er das alles nicht bloß tut, um sich an mir zu rächen.

Ich ringe mir das strahlendste Lächeln ab, zu dem ich imstande bin, und hebe mein Glas.

»Wenn Sally glücklich ist, bin ich es auch. Meinen Glückwunsch.«

Caros Schauspielunterricht muss auf mich abgefärbt haben.

Caro… liebe Güte, das ist ein anderes Problem, mit dem ich mich werde auseinandersetzen müssen.

Dad wirft mir einen anerkennenden Blick zu.

»So ist's richtig!«, flüstert er mir unbemerkt zu. »Lass dir bloß nichts anmerken.«

Richard sieht enttäuscht aus. Ich glaube, er hatte sich einen Anfall verzweifelter Leidenschaft meinerseits gewünscht.

Sollen etwa zwei Schwestern um seine Liebe kämpfen?

Ich wette, das hätte ihn richtig aufgegeilt.

Ich bin gezwungen, eine weitere Stunde auszuharren und mit ihnen Kaffee zu trinken. Was für ein schlechtes Timing. Hätte ich nicht nach dem Essen statt mittendrin aufkreuzen können? Entweder das oder gar nicht. Ich hätte einfach den Rest der Sommerferien unter meiner Bettdecke verbringen sollen. Vielleicht sogar den Rest meines Lebens. So wie die Dinge liegen, kann ich nicht einfach aufstehen und gehen. Das würde zu sehr nach beleidigter Leberwurst aussehen. Doch ich bin entschlossen, Richard zu zeigen, dass ich keinen Pfifferling darauf gebe, ob er mich heiratet oder nicht.

Tue ich auch nicht, wie Sie wissen. All das hat mir gezeigt, dass ich Richard nicht liebe und dass es absolut richtig war, *unsere* Hochzeit abzusagen. Ich bedaure es nicht im Geringsten, dass er plötzlich jemand anderem gehört. Ich bedaure nur, dass es so plötzlich kam und dass es sich dabei um meine Schwester handelt.

Mir bleibt nur ein Trost: Dieser Schock lenkt mich von dem vorangegangenen ab, an den ich im Moment lieber nicht denken will. Schließlich gelingt es mir, in die Küche zu fliehen, wo ich den Abwasch erledige.

Mutter hat sich mit diesem Essen große Mühe gegeben. Überall stehen schmutzige Töpfe und Pfannen, und im Becken wartet ein fettverkrusteter Bräter. Es dürfte das einzige Mal in meinem Leben sein, dass ich mich über einen so riesigen Geschirrberg freue. Ich spüle alles, langsam und sorgfältig, und ich schrubbe, schrubbe und schrubbe.

Ich tue so, als sei Richard ein besonders hartnäckiger Fettspritzer, und es verschafft mir große Befriedigung, ihm mit Scheuermilch und Topfkratzer den Garaus zu machen. Nie hätte ich gedacht, dass Abwaschen therapeutische Zwecke erfüllen könnte. Könnte ich doch nur all meine Probleme zusammen mit der dreckigen Seifenlauge in den Abfluss spülen.

Die anderen sitzen bei einem weiteren Gläschen auf der Veranda. Ich kann Richard sprechen hören. Er ist also immer noch in den Klang seiner Stimme verliebt. Mutter lacht in angemessenen Abständen. Sally scheint sehr ruhig zu sein. Dad und Roger gesellen sich zu mir. Schweigend nimmt Dad ein Geschirrtuch und beginnt abzutrocknen.

»Es tut mir Leid, Fliss«, sagt er schließlich, »ich habe es selber erst heute Abend erfahren. Ich wusste, dass sie etwas im Schilde führen, weil sie schon seit einigen Wochen so geheimnisvoll tun, aber ich hatte keine Ahnung, was sie vorhatten. Ich habe versucht, dich anzurufen, als sie es mir gesagt haben, doch Caroline meinte, du seiest gestern schon gefahren.«

»Du hast mit ihr gesprochen? Was hat sie gesagt?«

Dad wirft mir einen Seitenblick zu.

»Also ist da etwas im Busch? Ich fand, dass Caroline sich ziemlich seltsam anhörte. Sie bat mich, dich dazu zu bringen, sie anzurufen. Es schien ihr wichtig zu sein. Ist alles in Ordnung, Fliss?«

Ich denke zurück und sehe plötzlich Blakesley Hardingtons kleinen weißen Hintern. Brr! Ich konzentriere mich auf die Soßenschüssel, die ich gerade schrubbe, und glücklicherweise verblasst das Bild wieder.

»Nicht wirklich«, antworte ich zögernd, »aber das ist jetzt nicht so wichtig… Was um Himmels willen sollen wir wegen Sally-Anne unternehmen?«

»Was können wir denn tun?« Dad zuckt die Achseln. »Sie scheint wild entschlossen, den Kerl zu heiraten.«

»Es kommt mir so surreal vor. Ich warte die ganze Zeit darauf, dass ich aufwache und sich herausstellt, dass das Ganze nur ein schlechter Traum war.«

»Ich bedaure, das sagen zu müssen«, Dad beugt sich über den sabbernden Roger und gibt ihm ein übrig gebliebenes Stück Lamm, »doch so ganz unerwartet kam das nicht. Ich meine, ich hatte keine Ahnung, doch als ich es erfahren habe, war ich nicht wirklich überrascht. Sally hatte immer eine Schwäche für Richard, eine ziemlich deutliche Schwäche – ich dachte, dass sie auch dir nicht entgangen ist.« Er richtet sich wieder auf, trocknet den nächsten rosenverzierten Teller ab und stellt ihn auf den Stapel im Küchenschrank.

Ich schüttele den Kopf.

»Ich war wohl zu sehr mit mir selbst beschäftigt, wie üblich.«

Ich spüre, wie Tränen in mir aufsteigen. Ich sage mir, dass es am Stress liegt. Ich verabscheue Heulsusen.

»Warum so traurig?« Dad ist voller Mitgefühl. »Du liebst diesen Richard doch nicht mehr, oder?«

»Nein.« Ich wische mit dem Geschirrtuch über meine Augen und putze mir die Nase mit einem Küchentuch. »Aber ich liebe Sally. Ich will, dass sie glücklich wird.«

»Sally liebt Richard. Sie ist glücklich.«

»Glaubst du wirklich?«

»Ich muss es glauben.« Er zuckt die Achseln, hängt das Geschirrtuch auf und sieht hinaus auf die Veranda zu Richard. »Sonst hätte ich ihn zerlegt statt des Bratens.«

Gegen Mitternacht bin ich endlich wieder zu Hause und denke sogar daran, meine widerspenstige, launische Katze, die alles andere als gern mit mir kommt, bei meiner Nachbarin abzuholen, die anscheinend nie zu Bett geht. Benommen falle ich in mein eigenes.

Das Leben ist so verwirrend. Da meint man, ich wäre Richard endgültig los, und prompt hat dieser Dreckskerl dafür gesorgt, dass er bleiben kann.

Schwager ist vermutlich besser als Ehemann, aber gar keine Verbindung wäre mir noch lieber.

Ich mache mir ernsthaft Sorgen um Sal.

Welcher Teufel hat sie geritten? Ich weiß auch, dass es so etwas wie stürmische Romanzen gibt, aber das ist doch lächerlich! Ich bin wirklich besorgt um sie. Ich kann einfach nicht glauben, dass Richards Motive romantischer Art sind.

Ich versuche nicht, mich aus purem Egoismus ins Zentrum der ganzen Angelegenheit zu stellen, aber je länger ich darüber nachdenke, desto mehr kommt es mir wie die ultimative Rache vor.

Wenn er den Rest seines Lebens damit verbracht hätte, sich etwas auszudenken, was mich echt mitnehmen würde, hätte er nichts Besseres finden können.

Ich habe so ein schlechtes Gewissen.

Sally ist drauf und dran, sich diesem egoistischen, selbstverliebten Abschaum an den Hals zu werfen, und schuld daran bin wahrscheinlich ich.

Die letzten paar Tage waren einfach grauenhaft. Eigentlich wollte ich mich bei Caroline erholen. Jetzt brauche ich Erholung von der Erholung!

Vielleicht hätte ich einfach bleiben und an der Orgie teilnehmen sollen. Meine Klamotten und meine Hemmungen über Bord werfen und ausprobieren sollen, wie sorgloser, enthemmter Ex-und-Hopp-Sex in der Gruppe so ist. Selbst eine Fummelei mit dem Mann, der Charme durch Schleim ersetzt, dem schmierigen Verwandlungskünstler Gwillem, wäre dem vorzuziehen gewesen, was ich über Richard und Sally erfahren musste!

Kapitel 5

Es hat mich wirklich umgehauen, von meiner Schwester und meinem Ex-Verlobten zu erfahren. Mein alter Freund, das schlechte Gewissen, ist zu einem ständigen Begleiter geworden. »Hätte ich nur alles anders gemacht« wird zu meinem neuen Lieblingsspruch. Zum Beispiel hätte ich Richard, statt ihn einfach im Bett zurückzulassen, als ich abgehauen bin, mit dem Kopfkissen ersticken sollen.

Problem gelöst.

Ein langer Aufenthalt hinter Gittern wäre ein vergleichsweise geringer Preis, oder?

Im Moment komme ich mir sowieso vor, als wäre ich im Gefängnis. Zugegeben, ohne den Fraß, die Drogen, die Lesben und die Gitter, doch ich werde eindeutig zur Einsiedlerin. Eine ganz persönliche Form der Inhaftierung.

Ich verlasse die Wohnung in den nächsten Tagen nur einmal, um Katzenfutter und die Sonntagszeitungen zu kaufen. Den Rest der Zeit verbringe ich hinter zugezogenen Vorhängen und mit ausgestöpseltem Telefon in meinem Wohnzimmer. Ich glotze, esse Junk-Food, versuche zu arbeiten, was misslingt, und bemühe mich, nicht zu viel nachzudenken.

Wenn ich es doch tue, kriege ich Depressionen, in erster Linie, weil ich weiß, dass ich ein Jammerlappen bin, der sich lieber endlich am Riemen reißen und mit dem weitermachen sollte, was ich mir selbst als wunderbares neues Leben in Aussicht gestellt hatte – vorausgesetzt, ich täte den entscheidenden Schritt.

Tja, diesen Schritt habe ich getan, und ich weiß, dass ich jedwede Konsequenz ertragen muss, die daraus entsteht. Unglücklicherweise kam unter all den post-Richardschen Lebensentwürfen keiner vor, in dem er Sally-Anne heiratet!

Am Donnerstagmorgen läuft eine Talkshow über Menschen, die sich zu Hause verschanzen, nur noch glotzen und Junk-Food essen. Mir reicht's. Das Leben ist hart, aber ich lasse mich nicht unterkriegen, beschließe ich.

Ich versuche, an etwas Schönes zu denken.

Ich gehe shoppen.

Drei Stunden später komme ich wesentlich besserer Laune zurück. Warum hat es nur so eine unglaublich therapeutische Wirkung, per Kreditkarte Geld zu verschwenden – zumindest, bis die Rechnung kommt?

Als ich den Schlüssel ins Schloss stecke, kann ich das Telefon hören, das sich für das erzwungene Stillschweigen rächt und sich die Seele aus dem Hals klingelt.

Ich lasse meine sechs Millionen Einkaufstüten fallen und zwinge mich abzuheben.

»Hallo?«

»Ich bin's, Fliss. Ich versuche schon seit Tagen, dich zu erreichen. Stimmt etwas nicht mit deinem Telefon?«

»Nein, mit dem ist alles in Ordnung. Es ist sogar ziemlich glücklich, es hat nämlich gerade jemanden an der Angel.«

»Das ist nicht komisch, Fliss. Hör mal, können wir uns nicht treffen? Ich glaube, wir sollten uns unterhalten.«

»Dazu besteht wirklich keine Veranlassung, Sally.« Ich bin immer noch in meinem Einkaufshoch. »Solange du glücklich mit deiner Entscheidung bist, bin auch ich glücklich.«

Zu dieser Ansicht habe ich mich mitten im Kaufhaus durchgerungen. Mein neues Mantra, das ich in jeder Abteilung zwanzigmal heruntergebetet habe. Ich muss ausgesehen haben wie eine Verrückte, die ständig vor sich hinmurmelt.

Obwohl ich mich beinahe davon überzeugen konnte, es auch so zu meinen, scheint Sally-Anne nicht besonders beeindruckt zu sein.

»Wenn ich mir doch nur sicher sein könnte, dass du es auch ernst meinst, Fliss... Ich finde wirklich, wir sollten uns treffen. Bitte, ich brauche eine Gelegenheit, um dir alles zu erklären. Ich glaube, es würde dir helfen, dein Gewissen zu beruhigen.«

Die zwei Schlüsselworte, Gewissen und beruhigen.

»Also gut«, seufze ich. »Wann?«

»Wie wär's mit heute Abend? Wir könnten essen gehen und uns aussprechen.«

»Und wo?«

»Das Eduardo soll ganz nett sein.«

Das Eduardo? Großer Gott, Richards Lieblingsrestaurant. Will ich da wirklich noch einmal hin? Aber vermutlich ist es Unsinn, überall Gespenster zu sehen.

Es ist ein gutes Restaurant, ich muss es nur von den schlechten Erinnerungen lösen, die ich damit verknüpfe.

»Gut. Wenn du meinst, wir bekommen dort einen Tisch.«

»Richard sagte, es sei kein Problem, wenn ich mich auf ihn berufe.«

»Wenn du dich auf ihn berufst, kriegen wir wahrscheinlich Hausverbot auf Lebenszeit.«

»Fliss!«

»Schon gut, schon gut. Und wann?«

»Um halb neun.«

Ich bin zu früh dran.

Hat man einmal genug Zeit, um in aller Ruhe nach einem Parkplatz zu suchen, bekommt man sofort einen. Typisch.

Ich habe die Wahl: zwanzig Minuten im Auto rumsitzen oder zwanzig Minuten an der Bar rumsitzen. Nicht gerade eine schwere Entscheidung. Ich betrete das Restaurant, das wie üblich gut besucht ist. Ich suche mir eine dunkle Ecke am Ende der Bar und versuche, eins zu werden mit der Ausstattung.

Als ich mich mit einem Gin-Tonic auf dem Barhocker niederlasse, erklärt der Barmann mir, dass noch Happy Hour sei. Ich hätte nicht gedacht, dass ein Schuppen wie das Eduardo sich eine Happy Hour gönnt, weil die Bedienungen alle so mürrisch dreinschauen.

Ganz im Gegensatz zu der Gruppe von Geschäftsmännern, die in dunklen Anzügen auf der anderen Seite des Tresens stehen. Sie nutzen die Zeit, während sie auf ihren Tisch warten, um sich so viele Doppelte wie möglich hinter die Binde zu kippen. Ich kann die ständigen Lachsalven à la Richard hören, die mit jedem neuen Drink aus ihrer Richtung kommen.

Warum sind Bars eigentlich die natürliche Domäne des Mannes? Ich habe Männer immer um ihre Fähigkeit beneidet, sich wohl zu fühlen, wenn sie ganz allein an einer Bar oder in einem Pub stehen. Wie hartnäckig hält sich dagegen das Vorurteil, eine allein stehende Frau warte nur darauf, abgeschleppt zu werden.

Anscheinend vermittele auch ich diesen Eindruck. Aus dem Augenwinkel kann ich sehen, dass einer der nicht ganz so wüsten Anzugträger immer wieder zu mir herüber blickt. Ich vertiefe mich in mein Spiegelbild hinter den Flaschenreihen an der Wand, um seinen Blick nicht zu erwidern, doch im nächsten Moment kommt er bereits auf mich zu.

»Entschuldigung, aber kennen wir uns nicht?«

Du meine Güte, was für eine platte Anmache.

Mit einem pampigen Spruch auf den Lippen sehe ich zu ihm auf, doch sein Gesicht kommt mir tatsächlich bekannt vor. Seine Augen verengen sich nachdenklich und weiten sich dann, als es ihm wieder einfällt.

»Fliss, stimmt's? Richards Verlob– , äh, nun, wir sind uns hier begegnet, als du mit Richard Trevelyan hier warst. Du erinnerst dich nicht mehr an mich, oder? Alex … Alex Christian.«

Ah, der nette Mann der grauenhaften Ex-Freundin. Dachte ich es mir doch, dass ich ihn schon mal gesehen habe.

»Aber ja doch. Wie nett, dich wiederzusehen.«

Er fährt sich mit der Hand durch die kurzen braunen Haare

und lächelt. Ich erinnere mich an dieses warme, herzliche Lächeln. Er reicht mir die Hand. Auch sie ist warm. Verlegen schüttele ich sie.

»Ich nehme an, du wartest auf jemanden?«

»Genau. Auf meine Schwester.«

»Ah, ja, Sally-Anne. Ich habe sie letzte Woche kennen gelernt.«

»Ach ja?«

Er wirkt verlegen.

»Kat, meine Frau, hat den Abend organisiert. Sally ist reizend. Hör mal, darf ich dich auf einen Drink einladen, während du auf sie wartest?«

Gerade will ich annehmen, als ich meinen Namen höre. Es ist Sally-Anne.

Ich drehe mich wieder zu Alex um.

»Danke. Das wäre nett gewesen.«

»Na dann. Vielleicht ein andermal.«

Er kehrt zu der Gruppe zurück, nachdem er Sally kurz begrüßt hat. Ich blicke ihm nach und denke unwillkürlich an unsere erste Begegnung zurück. Es ist erst fünf Wochen her, obwohl es mir vorkommt wie eine Ewigkeit.

»Fliss!« Sally schiebt sich zu mir durch, umarmt mich und drückt mir einen Kuss auf die Wange. Dann tritt sie einen Schritt zurück.

»Wartest du schon lange?«

»Höchstens fünf Minuten.«

»Ich wusste gar nicht, dass du Alex kennst.«

»Ich bin ihm nur einmal begegnet. Anscheinend sind er und seine Frau alte Bekannte von Richard, aber das weißt du vermutlich bereits.«

»Stimmt. Wir waren letzte Woche mit ihnen zum Abendessen im Sandpiper Hotel.«

»Ach ja? Wessen Idee war denn das?«

»Oh, ich glaube, Richard hat es organisiert. Er ist wirklich nett, nicht?«, sagt sie begeistert und lächelt, als Alex erneut zu uns hinüberblickt.

»Ja, hat ganz den Anschein.« Ich sehe ihn an. Er spricht mit einem großen, distinguiert aussehenden Mann in einem dunkelgrauen Anzug, der etwas abseits von den lautstarken Mitgliedern der Gruppe steht.

Er fängt meinen Blick auf, und sein Lächeln wird noch breiter.

»Kennst du seine Frau auch?«

»Wie bitte?«

Mühsam wende ich meinen Blick von Alex ab und sehe meine Schwester an.

»Ob du seine Frau kennst?«, wiederholt sie. »Katherine … Kat.«

»Leider ja.«

»Leider? Mochtest du sie nicht?«

»Nicht wirklich, nein. Sie hat ziemlich falsch auf mich gewirkt, wenn ich ehrlich bin.«

»Und ich dachte, dass es an mir liegt«, gesteht Sally. »Ich dachte, ich wäre vielleicht zickig, weil sie eine Ex von Richard ist.«

So, so, also hat entweder er oder Kat diese Tatsache auch schon ins Spiel gebracht.

»Du und zickig? Das passt doch überhaupt nicht zu dir, Sal.«

»Na gut, dann vielleicht ein bisschen irritiert. Sie war so … hm …«

»Unverhohlen?«, schlage ich vor. »Oder sollte ich sagen, sie hat Richard unverhohlen angebaggert?«

»Ist dir das auch aufgefallen?« Sally grinst schief.

»Es war kaum zu übersehen.«

Sally erhascht die Aufmerksamkeit des Barmannes und bestellt ein Glas Weißwein und einen weiteren Gin-Tonic für mich. »Dir war sie also auch nicht sympathisch?«, frage ich, als Sally mir meinen zweiten Drink reicht und einen großen Schluck Wein nimmt.

»Nicht besonders, nein. Sie überspannt den Bogen, finde ich. Den ganzen Abend über hat sie Richard angehimmelt. Sie hat dermaßen laut mit den Wimpern geklimpert, dass man hätte glauben können, dass eine Klapperschlange vor einem sitzt.«

»Ach ja? Und hat er diese abartigen Zärtlichkeitsbeweise erwidert?«

»Natürlich nicht«, sagt Sally entrüstet. »Er hatte nur Augen für mich. Komm, unser Tisch ist frei.«

Sie lässt sich auf den Platz mir gegenüber gleiten und stellt ihre Handtasche ab. Nervös lächelnd sieht sie mich an.

»Ich bin echt froh, dass du bereit warst, heute Abend zu kommen, weißt du. Ich war mir nicht sicher, ob du noch mit mir sprichst.«

»Natürlich spreche ich noch mit dir. Warum denn nicht?«

»Wegen dem, was vorgefallen ist.«

»Na ja, es war ein ganz schöner Schreck, mitten in deine Verlobungsparty zu platzen, insbesondere, da sich Richard als dein Verlobter entpuppt hat«, entgegne ich und kann den Sarkasmus nicht ganz aus meiner Stimme verbannen.

»Tut mir Leid.« Nervös leert Sally ihr Glas zur Hälfte in einem Zug. »Ein ziemlich schlechtes Timing, ich weiß. Aber Mutter hat auf einer Feier im Kreis der Familie bestanden. Sie war so glücklich.«

»Das kann ich mir vorstellen. Es überrascht mich, dass sie vor Begeisterung nicht am Kronleuchter geschaukelt hat.«

Aufgebracht zerknautsche ich meine Serviette.

»Tut mir Leid, aber ich muss dich das einfach fragen – sie zwingt dich doch nicht zu dieser Heirat, oder?«

Sally prustet laut los.

»Aber natürlich nicht! In Großbritannien hält niemand etwas von arrangierten Ehen, Fliss.«

»Mutter schon.«

»Red doch keinen Blödsinn. Natürlich *freut* sie sich, aber die Entscheidung war allein unsere, nicht ihre.«

»Du liebst ihn wirklich, stimmt's?«

»Ich glaube schon.«

»Du glaubst es? Das hört sich nicht allzu vielversprechend an, wenn man bedenkt, dass die Hochzeit bereits in drei Wochen stattfindet!«

»Ich rede nur deshalb von ›glauben‹, weil ich noch nie zuvor verliebt war. Ich bin mir nicht sicher, wie sich das anfühlt.« Sie zieht ihre Leinenserviette aus dem Serviettenring und beginnt, damit herumzuspielen, ohne mich anzusehen.

»Glaubst du an Liebe auf den ersten Blick, Fliss?«

»Tja…«, sinne ich und puste mir den Pony aus den Augen. »Schwer zu sagen. Zumindest glaube ich an *Triebe* auf den ersten Blick«, antworte ich schließlich sachlich.

Kichernd sieht Sally auf.

»Jetzt mal im Ernst, was glaubst du? Gibt es sie?«

»Vermutlich schon, ja, aber ich glaube, es dauert etwas länger als dreißig Sekunden, um sich wirklich und *ehrlich* zu verlieben. Ich meine, wie kann man behaupten, jemanden zu lieben, von dem man so gut wie gar nichts weiß?«

»Ich glaube, ich habe mich auf den ersten Blick in Richard verliebt.«

»Wirklich?«, frage ich erstaunt.

»Wirklich.« Sally lächelt nervös. »Ich war ja so eifersüchtig auf dich, Fliss.«

Ich bin völlig überrumpelt. Ich muss blind gewesen sein.

»Nach außen hast du das nie gezeigt«, sage ich vorwurfsvoll.

»Wie hätte ich? Du bist meine Schwester. Ich hätte nie etwas getan, was dich verletzen könnte.«

Sie bricht ab, als der Ober uns die Speisekarte reicht, beugt sich dann vor und flüstert mir zu: »Weißt du was? Ich wollte meinen Ohren nicht trauen, als du sagtest, du willst ihn nicht heiraten.«

»Das habe ich bemerkt«, sage ich im Gedenken an Sallys ziemlich unmissverständliche und lästige Ungläubigkeit.

Sie lacht.

»Und dann, als er anfing, sich für mich zu interessieren … Versteh mich nicht falsch, es ist nichts gelaufen, als ihr noch zusammen wart, das schwöre ich dir. Ich meine, er war immer süß, aber …«

»Kriecherisch«, platze ich heraus und sehe förmlich vor mir, wie Richard die weiblichen Mitglieder meiner Familie immer umschleimt hat.

»Nein, *süß*«, beharrt sie. »Es mag ein bisschen suspekt wirken, weil alles so schnell gegangen ist, aber glaub mir, es ist wirklich nichts gelaufen, als ihr noch zusammen wart. Ich fand es wichtig, dass du das weißt.«

»Es ist *wirklich* nichts gelaufen?«, necke ich sie. »Wenn es heißt, es wäre *wirklich* nichts gelaufen, ist meistens etwas im Busch.«

»Wir haben immer miteinander verkehrt wie …«

»Das ist doch ein guter Anfang«, falle ich ihr ins Wort. »Verkehr mit ihm ist mehr, als ich hatte!«

Sie schneidet eine Grimasse, leert ihr Glas und wirft mir unter ihren langen Wimpern hervor einen schüchternen Blick zu.

»Ich erinnere mich noch an seinen ersten Kuss«, sagt sie verträumt.

»Hast du gekotzt?« Ich grinse teuflisch.

»Fliss!«

»Tut mir Leid. Ich habe dich unterbrochen.«

»Wie ich bereits sagte, ich erinnere mich noch an seinen ersten Kuss.«

»Das solltest du auch, so lange kann es schließlich noch nicht her sein.«

»Lenk nicht ab, Fliss, ich versuche, dich zu überzeugen.«

»Du solltest nicht versuchen, mich zu überzeugen, ich sollte längst überzeugt sein«, knurre ich.

»Stimmt, aber du bist es nicht, oder? Also halt die Klappe und hör zu.«

Ich seufze schwer.

»Also gut, euer erster Kuss, und weiter?«

»Mir wurde ganz komisch im Magen …«

»O ja, die Wirkung hatte er auf mich auch«, spotte ich.

»Ich meine das positiv!«, sagt sie beleidigt. »Weißt du, wovon ich rede – Schmetterlinge im Bauch, weiche Knie, Schwindelgefühl?«

»Das heißt noch lange nicht, dass du verliebt bist. Das könnten auch die ersten Anzeichen einer Grippe sein.«

»Ach, Fliss, hör auf damit. Bitte.«

»Entschuldige.« Ich lächele matt. »Die letzten Wochen waren einfach etwas viel, das ist alles.«

Schweigend sehe ich meine Schwester an. Sie ist noch so jung, erst einundzwanzig. Sie braucht noch nicht zu heiraten.

»Bitte, Sal, sag mir einfach, dass du das Richtige tust.«

»Ich tue das Richtige«, antwortet sie ohne Umschweife.

»Und dass Richard dich liebt.«

»Natürlich liebt er mich. Glaubst du denn, er würde mich sonst heiraten?«

»Das ist eine gute Frage – eine *sehr* gute sogar.« Nachdenklich sehe ich sie an. »Ich kann mir nicht helfen, aber ich denke immer, er will sich nur an mir rächen, Sally-Anne. Es tut mir Leid, aber das musste gesagt werden.«

»Herzlichen Dank!«, faucht sie. Zum ersten Mal heute Abend wirkt sie ernsthaft verärgert. »Es ist wohl nicht vorstellbar, dass er in mich verliebt sein könnte, was? Es kann nur Rache sein! Im Leben dreht sich nicht alles um dich, Fliss. Kannst du nicht einfach akzeptieren, dass Richard und ich uns lieben?« Sie bricht ab und legt die Gabel beiseite, mit der sie wütend in der Luft herumgefuchtelt hatte. Dann atmet sie tief durch.

»Entschuldige, ich sollte nicht so schroff zu dir sein. Ich will wirklich nicht, dass Richard zwischen uns steht, Fliss.«

»Dann heirate ihn nicht!«

»Aber ich heirate ihn nun mal.« Flehend sieht sie mich an.

»Ich bitte dich ja nicht um deinen Segen… na ja, anscheinend tue ich das doch.«

»Ich weiß nicht, ob ich dir den geben kann«, entgegne ich verzagt und schlage meine Karte auf – vorgeblich, um darin zu blättern, in Wahrheit jedoch, um mich dahinter zu verstecken.

»Bitte, Fliss…«, bettelt Sally, wird aber erneut vom Ober unterbrochen, der kommt, um unsere Bestellung entgegenzunehmen. Plötzlich stelle ich fest, dass ich alles andere als hungrig bin. Wieder überfliege ich die Karte und zögere. Eines ist sicher: Ein Pfeffersteak werde ich nicht noch einmal essen.

Sally bestellt Tomatensalat und anschließend Lachs. Ich mache es mir leicht und schließe mich ihr an. Außerdem bestellt sie eine Flasche Chablis. Ich bin versucht, es ihr auch darin nachzutun.

Der Ober verschwindet. Sally sieht mich aus großen, unschuldigen Augen an.

»Bitte sei nicht so gemein, Fliss.«

»Gemein?«, murmele ich. »Ich bin doch nicht gemein. Falls ich wirklich ›gemein‹ sein wollte, könnte ich behaupten, du hast mir nur deshalb alle Absagen abgenommen, weil du nie vorhattest, etwas abzusagen. Warum auch? Alles war vorbereitet, Richard brauchte nur eine Ersatzbraut zu finden. Praktischerweise hast du dich auf die freie Stelle beworben!«

Ich weiß, dass ich mich anhöre wie ein bockiges, beleidigtes Kind, aber ich kann nicht anders. Genau das geht mir seit dem Wochenende nicht mehr aus dem Kopf.

»So war es nicht, Fliss, das weißt du genau!«

»Nicht? Du und Richard, ihr seid doch schon zusammen ausgegangen, als du mich bei Caro angerufen hast, oder?«

Sally senkt den Kopf.

»Oder?«, wiederhole ich. »Darauf hat Mutter nämlich angespielt, als ich vorbeikam und dich bat, ihm den Verlobungsring zurückzugeben, nicht wahr?«

»Ja«, gesteht sie leise, ohne die Augen zu heben. »Wir hatten uns gerade erst eingestanden, was wir füreinander empfinden. Du musst mir glauben, Fliss, ich wollte euch wirklich helfen – ich habe doch gesehen, wie Mutter dich aufgebracht hat. Deshalb habe ich angeboten, alles für dich zu erledigen. Ich hatte keine Ahnung, was passieren würde, glaub mir. Dass wir beschließen würden, so schnell zu heiraten, konnte doch niemand ahnen.«

»Du sagst es.«

Eine lange Pause entsteht. Sally kann mir nicht ins Gesicht sehen. Aufgewühlt trommelt sie mit ihren langen Fingernägeln gegen das leere Weinglas. Der Ober kommt mit den Vorspeisen. Inzwischen ist mir der Appetit endgültig vergangen, doch ich sage nicht nein, als er mir Wein einschenkt.

Sally lehnt sich zurück und sieht mich aus schmalen Augen an.

»Ich weiß, dass du es nicht gut findest, aber bist du mir wirklich böse, weil ich Richard heirate, Fliss? Ich will das jetzt wissen.«

Ich weiß, worauf sie anspielt – auf das, was alle denken und sich fragen: Will ich ihn immer noch für mich selbst? Kommen daher all meine Einwände gegen diese verdammte Farce? Was soll ich darauf antworten? Sorgfältig wähle ich meine Worte.

»Nun, ihr seid beide frei … Es kommt mir nur so *bizarr* vor, das ist alles.«

»Wieso?«

»Na ja, ich werde mich daran gewöhnen müssen, euch zusammen zu sehen. Du weißt schon, als Paar. Schwer vorstellbar, du und Richard. Und das alles kommt so überraschend. Müsst ihr denn unbedingt gleich heiraten? Warum lebt ihr nicht erst einmal eine Weile zusammen und wartet ab, wie sich alles entwickelt?«

»Es ist beschlossene Sache, Fliss. Jetzt ist es zu spät, um zu kneifen.«

»Glaub mir, es ist nie zu spät dazu! Wie du weißt, spreche ich aus Erfahrung.«

»Wirklich, ich bin zufrieden damit, wie es ist. Ich will heiraten.«

»Bist du sicher?«

Schweigen.

»Versteh doch, ich sage ja gar nicht, dass du nicht mit ihm zusammensein sollst. Wenn es das ist, was du willst, steht dir nichts im Wege, ich zumindest nicht. Vertrau mir, wenn ich sage, dass ich keine Minute bereue, diesen Mann nicht zu heiraten. Worauf ich hinauswill ist Folgendes: Ich habe fast zwei Jahre gebraucht, um zu erkennen, dass Richard und ich nicht zueinander passen. Warum lasst ihr zwei euch nicht einfach etwas mehr Zeit, um euch besser kennen zu lernen, bevor ihr heiratet?«

»Ich kenne Richard fast genauso lange wie du.«

»Ja, aber das ist doch etwas anderes. Als Partner ist er ein ganz anderer Mensch. Er ist total selbstsüchtig, Sally. Er hat mich manchmal sehr unglücklich gemacht. Genau genommen hat er mich meistens unglücklich gemacht.«

»Bitte miss meine Beziehung zu Richard nicht an deiner Beziehung zu ihm.« Sie schiebt den unberührten Teller zur Seite. »Du musst endlich verstehen, dass das zwei völlig verschiedene Dinge sind.«

»Meinst du wirklich, er kann dich glücklich machen? Denn ob du es glaubst oder nicht, ich will, dass du glücklich wirst.« Ich flehe sie an, damit sie Vernunft annimmt.

»Willst du damit andeuten, du wirst nie wieder eine gute Beziehung mit einem Mann haben, nur weil deine Beziehung mit Richard nicht funktioniert hat?«

»Nein, natürlich nicht«, erwidere ich entrüstet.

»Warum behauptest du dann, er kann keine andere Frau glücklich machen, nur weil er dich nicht glücklich machen konnte? Wie fändest du es, wenn er dasselbe von dir behaupten würde?«

Ich verdaue die Logik ihrer Worte.

»Vermutlich hast du Recht«, sage ich langsam.

Ich könnte Sally widersprechen und versuchen, ihr klarzumachen, dass Richard nur einen Mensch glücklich machen kann.

Sich selbst.

Doch wozu? Ich sehe ja, dass sie entschlossen ist, ihn zu heiraten. Ich werde alles nur noch schlimmer machen, wenn ich ihrer Entscheidung im Weg stehe. Und außerdem will ich nicht, dass die Leute mich wegen einer einzigen gescheiterten Beziehung abschreiben, wie Sally es formuliert hat. Also wäre es ungerecht, Richard dasselbe nachzusagen. Vielleicht kann er sie ja glücklich machen. Natürlich ist es schwer vorstellbar, doch es ist immerhin möglich. Und wie die Dinge stehen, ist das mein einziger legitimer Einspruch gegen das Ganze …

Ich gebe mich geschlagen. Ich habe keine weiße Flagge zur Verfügung, also nehme ich die Serviette.

»Frieden?«, frage ich verlegen.

Sally lacht erleichtert. Eine ihrer zahlreichen guten Eigenschaften ist, dass sie einem nie lange böse sein kann. Meine Schwester ist wirklich ein wundervoller Mensch, nicht nur äußerlich, sondern auch innerlich. Aus diesem Grund will ich sie auch beschützen, sie ist so naiv.

Sie hat den Charakter einer Heiligen, weil sie so souverän mit unserer mürrischen Mutter zurechtkommt. Warum fällt es mir so schwer zu glauben, dass Richard sie einfach heiraten will, weil sie hinreißend ist, und nicht, weil er sich an mir rächen will? Vielleicht bin ich eifersüchtig. Vielleicht will ich nicht, dass sie Erfolg hat, wo ich kläglich versagt habe. Vielleicht habe ich Sally immer um ihre Fähigkeit beneidet, in allen Menschen das Gute zu entdecken.

Ich sollte großmütiger werden, weniger egozentrisch.

»Wenn es das ist, was du wirklich willst, dann wünsche ich dir nur das Beste.«

»Meinst du das ernst, Fliss?« Sally sieht mich mit aufgerissenen Augen an, ein zaghaftes Lächeln spielt um ihre hübschen Lippen. »Können wir aufhören, uns zu streiten? Gibst du mir deinen Segen?«

Ich nicke bedächtig, da ich mir nicht sicher bin, ob ich ein Wort über die Lippen bringen würde.

»Wie wunderbar!« Das Lächeln breitet sich über ihr Gesicht aus. »Wenn das kein Grund zum Feiern ist! Und zum Feiern braucht man… Champagner!«

Sie winkt einen Kellner herbei, der davoneilt und mit einer verstaubten Flasche zurückkommt. Er lässt sich von Sallys Erregung anstecken und öffnet sie wie ein Rennfahrer, der seinen Sieg feiert. Der Korken schießt an die Decke und schrammt nur haarscharf an der zerbrechlichen Lampe vorbei. Glücklicherweise bespritzt er uns nicht à la Damon Hill, sondern trifft unsere Gläser, ohne einen Tropfen der kostbaren Flüssigkeit zu vergeuden.

»Prost!« Sally hebt ihr Glas.

»Auf eine glückliche Zukunft«, sage ich und leere mein Glas in einem Zug. Ich lege meine Hand darüber, als der Kellner, der mit der Flasche in der Nähe wartet, mir nachschenken will. »Für mich nichts mehr, vielen Dank.«

»Aber Fliss, wir feiern!«

Darüber kann man geteilter Meinung sein.

»Ich kann nicht«, entschuldige ich mich, »ich muss noch fahren.«

»Hast du nicht sowieso schon zu viel getrunken? Ach, komm schon, du kannst dein Auto morgen abholen. Wir bringen dich nach Hause.«

»Wir?«

»Richard holt mich ab.« Sie lächelt glücklich.

Ich ziehe meine Hand zurück.

»Wenn ich so darüber nachdenke, nehme ich doch noch einen Schluck. Aber ihr müsst mich nicht nach Hause fahren, klar? Ich nehme ein Taxi.«

»Jetzt sei nicht so, Fliss. Wir müssen alle lernen, damit klarzukommen.«

»Ich weiß«, seufze ich, »aber ich muss ja nicht heute Abend damit anfangen, oder?«

Langsam arbeiten wir uns zum Boden der Flasche und zum

Ende des Essens vor. Sally, deren Appetit sich wieder eingestellt hat, schmiedet glücklich Heiratspläne.

Ich tue so, als würde ich zuhören und versuche, in den passenden Momenten lächelnd zu nicken. Sie ist zu aufgeregt, um zu bemerken, dass ich zwar körperlich anwesend bin, geistig aber keineswegs.

Nachdem Sally ihr Essen ganz und meines zum größten Teil verdrückt und sich einen Nachtisch gegönnt hat, der viel zu üppig und kalorienhaltig für eine so schlanke und graziöse Frau ist, besteht sie darauf, dass wir »weiterfeiern«, indem wir zum Kaffee einen Weinbrand trinken. Schließlich schaut sie auf ihre Armbanduhr.

»Ach du meine Güte!«, entfährt es ihr. »Es ist bereits elf, Richard wird auf mich warten. Ich sollte jetzt lieber zahlen. Nein«, sie lehnt mein Geld ab, »ich sagte doch, das geht auf mich. Na ja, eher auf Richard.«

Ungläubig verfolge ich, wie sie in ihre Handtasche greift und eine Kreditkarte hervorzieht.

»Er hat dir eine Kreditkarte ausgestellt?«, hauche ich überrascht. »Vielleicht läuft es für dich *tatsächlich* anders.«

Sally lächelt mir zu, ergreift meine Hand und drückt sie freundlich.

»Glaub mir. Ich weiß, wie schwer das für dich sein muss, Fliss, aber ich bin fest davon überzeugt, dass es für mich und Richard anders laufen wird. Ganz anders…, *erstaunlich* anders!« Das Lächeln auf ihrem Gesicht wird noch breiter, und ihre Augen beginnen vor Glück zu leuchten.

»Schon gut, schon gut, du hast dich klar ausgedrückt«, entgegne ich mit gerunzelter Stirn, doch mein Lächeln ist nicht mehr ganz so zerknirscht.

Nachdem sie meine Hand noch einmal gedrückt hat, lässt Sally los, ruft unseren Ober herbei und reicht ihm mit einer schwungvollen Bewegung die Karte. Der Ober wedelt mit den Armen und gibt sie ihr zurück. Das würde dem Richard, den ich kenne, ähnlich sehen: Sally großspurig eine Kreditkarte ausstellen zu lassen, die nicht überall akzeptiert wird. Erst nach einem Augenblick wird uns klar, dass es nichts mit der Karte zu tun hat, sondern dass er schlicht und einfach kein Geld will.

»Non, non, Mademoiselle, ist nischt nötig.«

»Wie bitte?«

»Die Rechnung ist bereits bezahlt, Mademoiselle. Mr. Alex Christian 'at sisch darum gekümmert. Er 'at darauf bestanden.«

Sally wird rot vor Freude.

»Wie nett. Wo ist er? Ich muss mich bei ihm bedanken.«

»Er ist weg, Mademoiselle. Sie 'aben ihn um fünf Minuten verpasst.«

Richard wartet bereits draußen. Es überrascht mich, dass er den Motor nicht aufheulen lässt, so wie er es immer getan hat, um mich zu ärgern, wenn ich es einmal gewagt habe, ihn warten zu lassen.

»Hallo, Liebling, hattest du einen schönen Abend?«

Er steigt aus und drückt Sally einen Kuss auf die Wange, während er die ganze Zeit selbstgefällig in meine Richtung blickt, als würde er mir eine lange Nase zeigen.

»Alles in Ordnung, Fliss?« Er dreht sich zu mir um und blinzelt in der Dunkelheit. »Du siehst ziemlich mitgenommen aus. Findest du nicht, Liebling? Felicity sieht müde aus, oder?«

»Meinst du?« Sally sieht mich besorgt an. »Du siehst wirklich müde aus, Fliss. Willst du ehrlich nicht, dass wir dich nach Hause fahren?«

»Ich komme schon klar, danke. Alles in Ordnung.«

»Aber …«, will Sally mir widersprechen, doch Richard unterbricht sie.

»Fliss sagte nein, Sally-Anne.« Diesmal sieht er mich mit kaum verhohlener Feindseligkeit an.

»Bist du sicher?«

»Klar«, sage ich fest.

»Danke, dass du gekommen bist.« Sally berührt mich am Arm. »Ich bin so froh, dass wir uns aussprechen und alles klären konnten.«

Ich beobachte, wie sie abfahren. Eigentlich haben wir überhaupt nichts geklärt. Ich verabscheue Richard immer noch von ganzem Herzen, die Vorstellung, dass Sally ihn heiratet. Wahrscheinlich nehme ich nur das Unvermeidliche in Kauf, wie ein Gefangener im Todestrakt, der keine Berufung einlegen kann und keine Chance hat, dem Urteil zu entgehen.

Gerade will ich zurück ins Restaurant gehen, um mir ein Taxi zu rufen, als ein langer dunkelblauer Aston Martin neben mir hält. Das elektrische Fenster auf der Fahrerseite gleitet surrend herunter. Ein zerzauster brauner Haarschopf erscheint. In der Dunkelheit kann ich Alex Christian erkennen.

Er lächelt.

»Alles in Ordnung? Kann ich dich irgendwo absetzen?«

»Nein, vielen Dank. Ich wollte mir gerade ein Taxi rufen.«

»Das ist doch nicht nötig, ich kann dich nach Hause bringen.«

»Danke, aber es geht schon, wirklich.«

»Ich kann dich doch nicht allein auf der dunklen Straße stehen lassen.« Er grinst. »Es könnte dir etwas zustoßen.«

»Und ich kann nicht bei fremden Männern einsteigen.« Ich erwidere sein Lächeln. »Es könnte mir etwas zustoßen.«

»Ich bin kein Fremder«, sagt er lachend, »nur ein Psychopath. »Willst du nicht doch einsteigen?«

»Danke.« Ich deute auf das belebte Restaurant hinter mir. »Aber diesen Ort kann man wohl kaum als einsam bezeichnen.«

Er steigt aus, geht um das Auto herum und hält mir die Beifahrertür auf.

»Wenn ich verspreche, dich nicht in irgendeiner dunklen Seitenstraße abzuschlachten, steigst du dann ein?«

Er läuft viel eher Gefahr als ich, abgeschlachtet zu werden, ich bin nämlich in einer echten Mordstimmung.

»Das ist aber ein riesiger Umweg für dich«, murre ich ungnädig.

»Das macht überhaupt nichts.« Noch immer hält er mir die Tür auf; anscheinend lässt er sich durch nichts abschrecken.

»Also gut, danke«, gebe ich nach, krabble reichlich schwerfällig in den schnittigen Wagen und lasse mich auf die beigen Lederpolster zurücksinken, während er behutsam die Tür schließt und sich wieder hinters Steuer setzt.

»Wohin?«

»In die Laurel Road«, sage ich entschuldigend. »Ich habe dir ja gesagt, dass es ein Riesenumweg für dich ist.«

»Das macht überhaupt nichts.«

Als er den Motor anlässt und losfährt, ertönt aus dem CD-Spieler dezent Mahler. Sein Wagen ist so leise, dass man nicht einmal den Motor hört. Dadurch wirkt das Schweigen zwischen uns noch bedrückender.

Endlich fällt mir eine geistreiche Bemerkung ein.

»Es war wirklich sehr nett, unser Essen zu bezahlen.«

»Nicht der Rede wert.«

»Sally wollte sich ebenfalls bedanken, aber wir haben dich knapp verpasst. Es war wirklich nett …«, wiederhole ich leicht nervös. Mit jemandem im Wagen zu sitzen, den ich kaum kenne, macht mich verlegen.

»Das war doch eine kleine Feier, stimmt's? Zu Sallys und Richards Hochzeit?«

»So was in der Art.«

»Und ich wollte ihr damit nur gratulieren.«

Es ist üblicher, eine Karte zu schicken, statt eine Restaurantrechnung über 200 Pfund zu begleichen. Was für ein Mann ist Alex Christian? Anscheinend ein sehr wohlhabender. Ich bin zu zynisch, um zu akzeptieren, dass eine solch großzügige Geste reiner Freundlichkeit statt purer Berechnung entspringt, aber schließlich kenne ich ihn nicht besonders gut. Ich rufe mir ins Gedächtnis, dass ich nicht durchs Leben gehen und Richards Verhalten als typisch männlich ansehen kann.

»Wir haben eine Einladung zur Hochzeit bekommen«, bemerkt er im Plauderton.

»Und kommt ihr?«

Er zuckt die Achseln.

»Ich weiß nicht. Kat hat sich noch nicht entschieden ... und du?«

»Gibt es einen Grund, warum ich nicht kommen sollte?«

Er sieht mich von der Seite an.

»Nun, das kommt darauf an, oder?«

»Auf die Umstände, meinst du«, spreche ich seine Gedanken aus. »Um nichts auf der Welt will ich sie verpassen«, füge ich trocken hinzu.

Eine Weile schweigen wir einvernehmlich.

Ich beobachte ihn aus den Augenwinkeln. Die Straßenlaternen tauchen sein Gesicht abwechselnd in Licht und Schatten. Sobald Licht auf ihn fällt, betrachte ich ihn neugierig. Er hat schräg stehende Augen, die in einem exotischen Grünblau schillern und von dichten, dunklen Wimpern beschattet werden, bei deren Anblick die meisten Frauen grün vor Neid würden. Und er hat einen schön geschnittenen Mund. Zu meiner unendlichen Überraschung ertappe ich mich dabei, wie ich flüchtig darüber nachdenke, wie es wohl wäre, ihn zu küssen. Beschämt wende ich mich ab und sehe aus dem Fenster.

Doch auch wenn ich ihn nicht direkt ansehe, kann ich ihn noch immer riechen. Er duftet nach einem erlesenen, teuren Aftershave, das warm und schwer ist, einem von der Art, bei der man sich auf der Straße unwillkürlich nach dem Träger umsieht oder so tief einatmet, dass einem beinahe schwindlig wird. So wie wenn man an einer Bäckerei vorbeigeht oder zum ersten Mal die Lebensmittelabteilung von Harrods betritt.

Die Neugier siegt, ich muss ihn einfach wieder ansehen. Dummerweise wählt er diesen Augenblick, um zu mir herüberzusehen, und ertappt mich dabei, wie ich ihn anstarre. Verlegen blicke ich zur Seite.

»Es soll Leute geben, die in letzter Minute die Kirche oder das Kleid wechseln, aber nie die Braut«, bemerkt er nach einer weiteren Pause ruhig.

»Oh, die Kirche und das Kleid sind gleich geblieben«, murmele ich.

Er wirft mir einen Blick zu und lächelt.

»Ich müsste lügen, wenn ich behaupten würde, ich wäre nicht neugierig.«

»Das sind die meisten, doch die sind zu höflich, um zu fragen.«

»Also bin ich unhöflich?«

»Nein, nur erfrischend aufrichtig. Hier rechts.«

Im Lichtkegel der Scheinwerfer tauchen die Bäume zu beiden Seiten der Straße auf, als er von der Hauptumgehungsstraße Oxfords abbiegt und in Richtung meines Stadtrandpalastes fährt.

»Deshalb hast du also angeboten, mich mitzunehmen – damit du deine brennende Neugier stillen kannst.«

»Na klar«, entgegnet er.

Wieder sehe ich zu ihm hinüber. Er lächelt.

»Hat Richard euch nicht aufgeklärt? Er nimmt in der Regel kein Blatt vor den Mund. Insbesondere, wenn sein Ruf auf dem Spiel steht.«

»Doch, doch, Richards Version der Geschichte kenne ich«, murmelt er. »Aber ich habe so eine Ahnung, dass sie nicht ganz der deinen entspricht.«

»Wie scharfsinnig.«

»Na ja, ich kenne Richard nicht besonders gut. Es wäre besser, mich zurückzuhalten, aber ich habe zunehmend den Eindruck, man sollte nicht alles, was er von sich gibt, für bare Münze nehmen.«

»Wie lange kennst du ihn schon?«

»Etwa drei Jahre. So lange, wie ich auch meine Frau kenne.«

»Es überrascht mich, dass wir uns vorher nie begegnet sind.«

»Na ja, Kat und Richard waren eine Zeit lang… äh… befreundet. Aber ich glaube, sie haben sich zerstritten, als sie mich kennen gelernt hat.«

»Befreundet?« Ich sehe ihn fragend an.

»Sehr eng sogar«, gesteht er. »Mal lief etwas, mal nicht. Als ich ihr begegnet bin, lief gerade überhaupt nichts. Ich habe das wohl zu einem dauerhafteren Zustand gemacht, als Richard beabsichtigt hatte.«

Wir halten vor meiner Wohnung. Er steigt aus und kommt um das Auto herum, um mir die Tür aufzuhalten. Als ich von dem niedrigen Sitz auf das Straßenpflaster klettern will, reicht er mir die Hand. Sein Daumen streicht flüchtig über meinen Handrücken, als er mir aus dem Wagen hilft. Unsere Gesichter sind sich ganz nahe.

Er sieht mich an; ich erwidere seinen Blick und bin plötzlich sehr verlegen.

»Danke«, durchbreche ich das Schweigen.

»Gern geschehen.«

»Dann sehen wir uns bei der Hochzeit.«

»Ich hoffe es.«

Ich habe mir eines dieser Telefone gekauft, auf denen die Nummer des Anrufers erscheint.

Die Nummer meiner Eltern.

Meine Mutter ruft mich so gut wie nie an. Also ist es entweder Dad oder Sal. Ich fühle mich gefasst genug, um abzuheben.

Es ist Sal. Sie hört sich aufgeregt an.

»Hast du Samstagabend schon etwas vor, Fliss?«, platzt sie ohne Begrüßung heraus.

»Ich glaube nicht«, antworte ich vorsichtig. »Wieso?«

»Weil wir ausgehen.«

»Wir?«

»Alle zusammen. Das wird mein Abschied vom Junggesellinnendasein!«, ruft sie voller Begeisterung.

»Ah, verstehe.«

»Du kommst doch, oder? Sag mir nicht, du hast keine Lust, dich hemmungslos zu betrinken und ordentlich danebenzubenehmen. Das ist schließlich so Brauch.«

Ich zögere nur kurz.

»Natürlich komme ich«, erkläre ich entschlossen.

»Wirklich?«

Sie hört sich überrascht an.

»Klar, wenn du sicher bist, dass du mich dabeihaben willst? Du klingst, als hättest du erwartet, dass ich nein sage.«

»Das habe ich ehrlich gesagt auch«, antwortet sie, »aber natürlich will ich, dass du dabei bist. Ohne dich wäre es nicht dasselbe.«

»Nein, wahrscheinlich hättet ihr mehr Spaß!«, scherze ich.

Es überrascht mich nicht, dass Sally ob meiner sofortigen Zustimmung zu ihrer Einladung ein wenig schockiert war. Ich war selbst etwas erstaunt. Dennoch ist es ein Schritt in die richtige Richtung.

Ich sage mir ständig, ich sollte mehr ausgehen. Selbst wenn meine Schwester ihren Abschied vom Junggesellinnendasein wegen einer Hochzeit feiert, die lieber gar nicht stattfinden sollte.

Aber Scherz und Pessimismus beiseite. So schlecht stehen die Aktien doch gar nicht. Wie heißt es so schön? Probieren geht über Studieren, und jedes Mal, wenn ich Richard und Sally-Anne zusammen sehe, bin ich beeindruckt, wie zufrieden und glücklich sie miteinander zu sein scheinen.

Selbst Dad behauptet, dass er Richard nicht mehr so unausstehlich wie früher findet und dass er viel besser mit ihm klarkommt als zu meiner Zeit. Vielleicht lag es nur an mir, vielleicht habe ich seine schlechten Seiten herausgekehrt. Vielleicht ist er durch Sally ein besserer Mensch.

Vielleicht sind meine Einwände gegen diese Heirat wirklich selbstsüchtiger, als ich zugeben will. Ich wollte Richard endgültig aus meinem Leben verbannen. Mir war klar, dass dies für mich die einzige Alternative darstellte. Dass er jetzt fester Bestandteil desselben ist, ohne dass ich etwas daran ändern konnte, wirft einen dunklen Schatten auf meine Zukunftspläne.

Zu wissen, dass es für Richard und Sally durchaus möglich ist, glücklich miteinander zu werden, lässt in mir den Eindruck entstehen, dass es vielleicht auch in meinem Leben vorangehen könnte, sobald die Hochzeit erst einmal überstanden ist.

Ich müsste lügen, wenn ich behaupten würde, dass ich mich auf diesen Tag freue.

Schön wär's. Immerhin ist es die Hochzeit meiner kleinen Schwester, und die sollte etwas sein, das ich kaum erwarten kann, eine Riesenfeier, ein glücklicher Tag. Doch leider weiß ich, dass dieser Tag von einer Tatsache überschattet werden wird: Eigentlich hätte ich an ihrer Stelle sein sollen.

Nicht, dass ich das will, aber Sie wissen ja, wie die Leute so sind. Ich werde das Hauptgesprächsthema des Tages sein, obwohl dem eigentlich nicht so sein sollte.

Es sollte Sallys Tag werden. Ihr GROSSER Tag.

Ein Teil von mir hält es für besser, wenn ich vielleicht doch nicht hingehe. Doch ich bin nicht sicher, was schlimmer wäre für sie – dass ich komme oder nicht.

Mutter hat dafür gesorgt, dass alle meine Freunde ausgeladen werden, um denen von Sally Platz zu machen. Ich verstehe das ja, doch ein paar Verbündete hätte ich gut gebrauchen können.

Also kommt es nicht in Frage, dass ich grundlos ihren Junggesellinnenabschied verpasse, obwohl ich finde, dass ich wirklich Unterstützung brauche. Eine Familienpackung Cadbury-Schokolade und ein kurzes Telefonat müssen ausreichen.

Ich nehme den Hörer ab und wähle.

»Hallo.«

Es ist Jack, Sashs Sohn, der altersmäßig genau zwischen den beiden anderen Rabauken liegt.

»Hallo, Jack, ist deine Mummy da?«

Eine lange Pause entsteht, während er das Telefon ignoriert und kichernd vor dem Fernseher sitzt.

»Jack … Jack, ist Mummy da?«

»Mummy ist mit dem Kopf in der Toolette …«

»Liebe Güte, ist Mummy etwa krank, Jack?«

Glücklicherweise kann ich Sashas Stimme im Hintergrund hören.

»Gib Mummy das Telefon, Jack … hallo?«

»Sash? Alles in Ordnung?«

»Fliss! Die Mummy hat nur gerade das Bad saubergemacht. Kinder, ich sag's dir! Habe ich dir schon erzählt, dass er meinem Chef neulich auf die Nase gebunden hat, Daddy und Mummy würden im Schlafzimmer Doktorspiele machen?«

»Und habt ihr?«

»Schön wär's! Niall lag mit Grippe im Bett. Er hat sich bei der Tagesmutter angesteckt, also war sie auch krank, und ich musste mir den Tag frei nehmen, um für die Kinder und meinen Mann Krankenschwester zu spielen. Mein Chef dachte, ich würde blaumachen, um fröhlich rumzubumsen. Glücklicherweise fand er es sehr lustig, als ich ihm alles erklärt habe. Aber genug von meinen Problemen. Es wird auch verdammt noch mal Zeit, dass du dich endlich meldest, du treulose Tomate. Wo zum Teufel hast du gesteckt? Eine hingeschmierte Nachricht, dass du für eine Weile bei Caroline untertauchst, ist wahrhaftig nicht gerade viel! Ich versuche ständig, bei dir anzurufen, und nie gehst du dran. Dein Handy ist auch nie an. Nie antwortest du auf meine Nachrichten. Ich hatte dich fast schon als Energieverschwendung abgeschrieben und von meiner Weihnachtsliste gestrichen.«

»Das würdest du nie tun«, unterbreche ich den Schwall der Vorwürfe.

»Stimmt. Und das weißt du nur zu genau. Deshalb nutzt du meine Gutmütigkeit auch schamlos aus und lässt mich einen Monat warten, bevor du dich meldest. Wiggy macht sich auch schon Sorgen um dich. Sie hat ungefähr acht Mal versucht, dich anzurufen. Das ist ein Rekord für sie, wenn man bedenkt, dass wir uns unter normalen Umständen glücklich schätzen dürfen, einmal im Monat von ihr zu hören.«

»Ich weiß ja, Sash. Es tut mir Leid, wirklich.«

Sash schnaubt, doch ihr angeblicher Groll gegen mich hält nie lange.

»Ich vermute, dass du in letzter Zeit einiges um die Ohren hattest mit der geplatzten Hochzeit und so. Hättest du doch nur angerufen. Ich hätte dir helfen können, dafür sind Freunde schließlich da.«

»Ich weiß«, wiederhole ich. »Aber in letzter Zeit war alles so seltsam …«

»Kann ich mir vorstellen«, bemerkt Sash trocken.

Sie verfällt in Schweigen. Man kann beinahe hören, wie die Drähte heißlaufen.

»Da ist doch noch etwas, oder, Fliss?«

»Wie kommst du darauf?«

»Jetzt komm schon, wie lange kennen wir uns? Das höre ich doch schon am Tonfall.«

»Also gut, ich muss dir tatsächlich etwas erzählen. Aber zuerst: Du hast nicht zufällig Lust, mal wieder auszugehen?«

»Ausgehen! Was ist denn das? Doch, ja, jetzt erinnere ich mich: So was machen Leute, die keine Kinder haben, stimmt's?«

»Soll das heißen, du kommst mit?«

»Darauf kannst du wetten. Wann?«

»Nächsten Samstag.«

»Das trifft sich gut. Niall hat Karten für das Arsenal-Spiel am Samstagmorgen, und er hat mir hoch und heilig versprochen, mich und die Kinder zum Schuhe kaufen zu begleiten. Du glaubst gar nicht, wie schwer das mit zwei kleinen Kindern ist. Er würde alles tun, um sich davor zu drücken – also wird er freiwillig am Samstagabend auf die Kinder aufpassen. Wohin gehen wir denn?«

»Sally feiert ihren Abschied vom Junggesellinnendasein«, antworte ich ausweichend.

»Sally? Deine Schwester heiratet? Seit wann denn das?«

»Na ja, das Ganze kam ziemlich überraschend ...«

»Wem sagst du das? Ich wusste nicht einmal, dass sie einen Freund hat. Und, wer ist der Glückliche?«

»Äh ...« Ich schweige lange genug, um mir zwei weitere Stücke Schokolade in den Mund schieben zu können. »Vorhin habe ich doch gesagt, ich hätte dir etwas zu erzählen ...«

Als Wiedergutmachung und als Teil des Tauschhandels, der nötig ist, um Sash für den Abend loszueisen, nehme ich schließlich Nialls Platz bei dem gefürchteten Schuhkauf ein. Ich habe ein schlechtes Gewissen, weil Sash Recht hat – wir sehen uns wirklich zu selten. Sie mag es mit Humor nehmen, doch es stimmt, dass ich völlig selbstverständlich davon ausgehe, nie von ihr ernsthaft Vorwürfe zu hören, weil ich unsere Freundschaft vernachlässige. Deshalb habe ich aber nicht das Recht, sie als selbstverständlich anzusehen.

Das war eines der Dinge, die ich mir vorgenommen hatte, als ich mich von Richard getrennt habe– ich wollte häufiger etwas mit meinen Freunden unternehmen. O Mann, ich hatte mir sogar eingebildet, dass ich vielleicht eine Auszeit nehmen und Wiggy irgendwo an einem exotischen Strand besuchen könnte. Bisher habe ich nichts dergleichen getan. Stattdessen habe ich den größten Teil der Sommerferien wie ein gelangweilter Teenager in meiner Bude rumgehangen.

Der Schuhkauf ist in mehrfacher Hinsicht ein großer Erfolg. Es gelingt uns nicht nur, ohne allzu viel Tränenvergießen und Gebrüll zwei Paar Schuhe für Jack zu finden, sondern auch, auf unserer Runde einige Klamottengeschäfte einzuschieben. Wir bestechen die Kids einfach durch einen Ausflug in den nächsten Süßwarenladen, und ich gestehe beschämt, dass ich ihn mindestens genauso genieße wie sie.

Für Karamellbonbons könnte ich auf Sex verzichten. Zumindest, wenn ich Sex hätte, auf den ich verzichten könnte.

Mit Niall organisieren wir einen fliegenden Kinderwechsel, bevor wir in meine Wohnung fahren, um in unseren neuen Kleidern vor dem Spiegel zu posieren. Dann verhätscheln und verschönern wir uns für den großen Abend.

Eine geradezu ekstatische Sash verbringt über eine halbe Stunde in der Wanne.

»Göttlich!«, seufzt sie und schnippt glücklich mit den Zehen in den Schaum. »Ich kann mich nicht erinnern, in den letzten zwei Jahren jemals allein geduscht oder geschissen zu haben – bitte verzeih meine Ausdrucksweise.«

Mitfühlend vervollständige ich die Idylle durch ein Glas Wein und den Rest meiner Familienpackung Schokolade – die inzwischen nur noch für einen appetitlosen Pygmäen reichen würde –, ehe ich anbiete, ihr den Rücken zu schrubben.

Sash fängt beinahe an zu schnurren, als ich ihre Schultern mit einem Schwamm attackiere.

»Vorsicht«, sagt sie lachend, »du bist der erste Mensch über achtzehn, der mich seit über einem Monat berührt. Wenn du mich anmachst, falle ich vielleicht über dich her.«

»Ist es wirklich so schlimm?«

»Schlimmer. Und bei dir? Hattest du irgendwelche Angebote, seit du diesen Trottel Richard abgeschossen hast?«

»Nur, wenn man Caros Party zählt«, antworte ich ohne nachzudenken.

»Ach ja? Was war das denn für eine Party? Erzähl mal.«

»Da gibt es nicht viel zu erzählen«, stammele ich. Hätte ich doch nur den Mund gehalten!

»Warum nehme ich dir das nur nicht ab? Komm schon, Felicity, spuck's aus.«

Unter Sashs freundlichem, doch forschenden Blick kann ich mich nicht länger beherrschen, und ich erzähle ihr alles über den Abend bei Caro. Wenn ich ehrlich bin, habe ich mich danach gesehnt, endlich jemandem davon berichten zu können.

Zu meiner Verblüffung bricht Sash in schallendes Gelächter aus.

»O mein Gott, wie aufregend! Und du bist einfach gegangen? Na ja, du bist nicht gegangen, du hast die Beine in die Hand genommen, was? Ach, wäre ich doch nur dabei gewesen.« Sie verstummt, als ihr auffällt, dass ich sie mit offenem Mund anstarre.

»Du musst das Ganze von der komischen Seite sehen, Fliss.«

»Ach ja?«

»Genau. Denk doch nur mal daran, was für ein Glück du hattest.«

»Weil ich entkommen bin?«

»Nein, weil du dort warst.«

»Was sagst du da!«, rufe ich.

»Nicht jeder hat Gelegenheit, an einer echten Orgie teilzunehmen. Ich zumindest nicht. Glaubst du, du könntest mir für die nächste eine Einladung besorgen?«

»Also ehrlich, Sash!«

»Zu Hause habe ich so etwas nicht.« Sie zieht eine Grimasse, und schließlich kann ich mir ein Lächeln nicht mehr verkneifen.

»Wahrscheinlich sollte ich einfach darüber lachen«, sage ich nachdenklich. »Ich meine, rückblickend betrachtet ist es schon lustig. Das Schlimme daran ist nur, wie soll ich Caroline jemals wieder gegenübertreten? Es ist mir so peinlich.«

»Was? Dass du weggelaufen bist oder dass du sie halbnackt in den Armen einer anderen Frau gesehen hast?«

»Na ja, ich habe sie vorher schon halbnackt gesehen, aber doch nicht unter solchen Umständen … Ich fühle mich so elend, Sash. Sie ruft ständig an und hinterlässt Nachrichten, aber ich habe mich noch nicht bei ihr gemeldet.«

»Das kenne ich.« Sash grinst ironisch.

»Ich weiß, ich weiß. Es tut mir Leid …«

»Hör schon auf, dich zu entschuldigen. Reich mir lieber ein Handtuch. Ich sollte besser rauskommen. Wenn ich aussehe wie eine verschrumpelte Rosine, werde ich keinen Mann aufreißen.«

»Ach, du willst also heute jemanden aufreißen?«, spotte ich. »Weiß Niall davon?«

»Niall würde es vermutlich nicht mal merken, wenn ich Jared Leto abschleppen und genau vor seiner Nase auf dem Wohnzimmerteppich über ihn herfallen würde. Zumindest, solange ich nicht die Sicht auf das Fußballspiel im Fernsehen versperre.«

»Steht es zur Zeit wirklich so schlimm?«, frage ich sie zum zweiten Mal.

Sie sieht unter ihren langen dunklen Wimpern zu mir auf. Ihre dunklen Augen haben sich zu Schlitzen verengt.

»Ich langweile mich zu Tode, Fliss«, gesteht sie schließlich. »Von den letzten drei Jahren war ich zwei schwanger. Jetzt arbeite ich entweder, wechsle Windeln oder ich hänge vor der Glotze. Was für ein Leben ist das?«

Mitfühlend schüttele ich den Kopf.

»Niall und ich sprechen über nichts anderes als die Kinder. Für Sex sind wir viel zu müde. Entweder das, oder wir sind einfach an dem Punkt, wo wir keine Lust mehr haben. So sollte es nicht ablaufen, ich bin noch nicht mal dreißig. Ich sollte in engen, hohen Stiefeln mitten im Schlafzimmer stehen, in der einen Hand eine Peitsche und in der anderen einen überdimensionalen Vibrator. Und Niall sollte mit ausgebreiteten Gliedern ans Bett gefesselt hilflos daliegen… Stattdessen rolle ich mich um halb zehn mit einem heißen Kakao und einem Schnulzenroman unter meiner Decke zusammen, den ich dann doch nicht lese, weil ich zu müde bin.«

»Stehst du noch auf ihn?«

»Keine Ahnung.«

»So weit ist es schon?«

»Na ja, finde du ihn mal begehrenswert, wenn er schnarchend auf dem Sofa liegt, einen schlabberigen Pulli mit Babykotze und eine Jogginghose mit ausgebeulten Knien anhat, wenn er einen Dreitagebart hat, dringend zum Friseur müsste und schlimmer aus dem Mund riecht als der Hund. In Schale werfen würde ja was bringen, ich kann mich daran erinnern, dass er im Anzug mehr als annehmlich aussieht, aber ich kann mich nicht mehr daran erinnern, ihn anders als völlig erledigt und abgeschlafft erlebt zu haben. Und zwar in jeder Beziehung.«

»Und jetzt willst du ausgehen und jemand anderen finden?«

»Was ist besser? Etwas zu tun, das man bedauert, oder etwas zu bedauern, das man nicht getan hat? Darauf habe ich wirklich keine Antwort, Fliss. Vermutlich wäre es nett zu wissen, dass ich noch jemanden aufreißen kann. Ich fühle mich im Moment viel älter, als ich bin. Ich glaube, ich habe eine Art Midlife-Crisis, eine verfrühte allerdings. Obwohl das natürlich auch Vorteile hat: Mein Körper ist noch immer in halbwegs guter Form, und das trotz der Sabotageversuche meiner Nachkommen. Also stehen meine Aktien beim Aufreißen noch nicht so schlecht. Andererseits dürfte es schwieriger werden, mir einen jugendlichen Lover zu angeln, hm? Ich meine, wenn man auf die Vierzig zugeht, kann man sich einen netten Siebenundzwanzigjährigen zulegen. Wenn man selbst siebenundzwanzig ist, muss man vielleicht auf einen Schuljungen zurückgreifen.«

»Oder einen Pfadfinder.« Ich kichere.

Sash schneidet eine Grimasse.

»Du musst das Ganze von der komischen Seite sehen«, zitiere ich sie.

»Ich sabbere schon derart, dass ich Gefahr laufe, über meine eigene Zunge zu stolpern«, scherzt Sash. »Ich sag dir was, lass uns einfach relaxen, unsere Sorgen vergessen und den Abend genießen, okay? Na los, wirf dich in Schale, die Party wartet.«

Eine halbe Stunde später habe ich mich in mein neues, unverschämt aufregendes Kleid gezwängt, zu dessen Kauf mich Sash in der Stadt überredet hat. Ein kobaltblauer, paillettenbesetzter Schlauch, der an genau den richtigen Stellen formt und modelliert. Wäre ich allein gewesen, hätte ich es nicht einmal in die Hand genommen. Es ist von Miss Selfridge. Seit meinem neunzehnten Geburtstag war ich nicht mehr bei Miss Selfridge.

»Wow!«, entfährt es Sash, als ich ins Schlafzimmer zurückkehre, um letzte Hand an mein Make-up zu legen.

»War das ein gutes oder ein schlechtes Wow?«, frage ich und zupfe nervös am Saum herum, der mindestens zehn Zentimeter kürzer zu sein scheint, als ich ihn in Erinnerung hatte.

»Oh, ein gutes.« Sash nickt. »Ganz eindeutig ein gutes.«

»Du hast dich aber auch ordentlich in Schale geworfen.«

»Du glaubst gar nicht, wie toll es ist, sich so aufzutakeln.«

»Du siehst umwerfend aus«, sage ich, »einfach klasse.«

Sash fingert an ihren schimmernden kurzen Locken herum, bevor sie noch einmal großzügig Haarspray darüber verteilt.

»Echt? Danke, Fliss. Zu Hause bin ich immer nur Mummy, nichts anderes.«

Ich höre die Wehmut in ihrer Stimme.

»Ich frage mich, ob Sally-Anne und Richard wohl Kinder kriegen.«

»Du lieber Himmel!« Bei dem Gedanken an eine Welt voller Mini-Richards verdrehe ich entsetzt die Augen. »Daran habe ich noch gar nicht gedacht.«

»Keine Sorge, Kleines.« Beruhigend tätschelt Sash meinen Arm. »Solange sie nach ihrer Mutter kommen, besteht kein Grund zur Sorge.«

Wir sollen Sally und die anderen in einer Bar in der Stadt treffen, bevor wir weiterziehen ins Dune, einen der neuesten Clubs in Oxford. Weder ich noch Sash waren je dort, da wir uns beide fast zu alt vorkommen.

Traurig, nicht wahr? Man mag vielleicht den Eindruck haben, mit Ende zwanzig in der Blüte des Lebens zu stehen, doch sobald man von einer Horde Neunzehnjähriger in Kleidergröße sechsunddreißig umgeben ist, die ernsthaft glauben, im zarten Alter von dreiundzwanzig sei man bereits verkalkt, vergisst man das mit der Blüte und fühlt sich, als stünde man bereits mit einem Bein im Grab.

Dennoch sind wir entschlossen, einen schönen Abend zu verbringen, trotz der Tatsache, dass wir dank Sashas ausgedehnter Planscherei spät dran sind, die Bar auslassen und gleich ins Dune gehen müssen. Neun Uhr scheint geradezu lächerlich früh zu sein, um in einen Club zu gehen, doch zu diesem gehört ein ziemlich gutes Restaurant, wo Sally einen Tisch für zwanzig Leute vorbestellt hat.

Sash und ich halten uns erst einmal an die Bar, wo wir einige Doppelte kippen, bevor wir ins Restaurant hinüberwechseln. Wir haben das Gefühl, die anderen einholen zu müssen, bevor wir uns zum Essen setzen. Schließlich ist es sinnlos, feste Nahrung zu sich zu nehmen, wenn man keinen Alkohol zum Aufsaugen intus hat. Als ich sehe, wer links neben Sally sitzt, bin ich froh, dass ich mir einige Gläschen hinter die Binde gekippt habe.

Mutter.

Ich weiß nicht, was mich mehr überrumpelt: die Tatsache, dass meine Mutter tatsächlich aufgedonnert in einem Nachtclub sitzt, oder die Tatsache, dass sie mir bedeutet, mich neben sie zu setzen, als ich hereinkomme. Sie steht sogar auf, um mich zu begrüßen, schüttelt mir die Hand und küsst mich auf die Wange, bevor ich schockiert auf einem Stuhl zusammenbreche.

Selbst Sash reißt angesichts dieses unerwarteten Zeichens der Zuneigung verblüfft die Augen auf und greift hastig nach einem Glas Wein.

»Ich habe Sally ein kleines Geschenk gekauft«, sagt sie und kippt den Wein hinunter, während sie nervös zu meiner Mutter schielt.

»Ich auch. Was hast du ihr gekauft?«

»Das siehst du beim Aufmachen. Das Problem ist nur, ich weiß nicht, ob ich es ihr vor deiner Mutter geben kann.«

»Ich auch nicht.«

Wie es scheint, hatten jedoch alle die gleiche Idee. Mutter eröffnet die Präsentpräsentation mit einem kunstvollen Goldmedaillon und blickt mich dann erwartungsvoll an.

»Äh, ich muss meins nur eben aus der Tasche holen…«, stottere ich und tue so, als würde ich mit meiner Tragetasche kämpfen. »Warum macht ihr nicht mit Sash weiter?«

Sash zischt mir unterdrückt »Miststück« zu, erhebt sich, geht zu Sals Stuhl und legt ein langes, schmales Päckchen vor ihr auf den Tisch.

»Vielleicht machst du es ja lieber erst zu Hause auf.« Sie grinst.

»Kommt nicht in Frage!«, brüllen Sallys Freundinnen.

Mit einem nervösen Lachen wickelt Sal die Schachtel aus dem Glanzpapier. Vorsichtig öffnet sie sie und kreischt, als sie einen gut zwanzig Zentimeter langen fleischfarbenen und stark geäderten Vibrator hervorzieht.

»Glaub bloß nicht, dass du den echten immer zur Verfügung hast, nur weil du jetzt heiratest«, erklärt Sash, schlingt einen Arm um Sallys Schultern und drückt sie an sich. »Genau genommen solltest du damit rechnen, dass die Zuteilungen erheblich verringert werden.«

Sally wird so rot, dass sie förmlich glüht, was man sogar in der Dunkelheit unseres Ecktisches sieht.

Da Sashs Geschenk von Seiten meiner Mutter mit Lachen statt dem erwarteten Entsetzen kommentiert wurde, fühle auch ich mich kühn genug, um Sal mein Mitbringsel zu überreichen.

»Was hast du ihr gekauft?«, flüstert Sash mir zu und setzt sich wieder auf ihren Platz, während Sally vorsichtig das Band von der Schachtel löst.

»Sagen wir mal so: Anscheinend haben wir in die gleiche Richtung gedacht.« Ich zwinkere Sash zu. »Wir könnten sogar im selben Geschäft gewesen sein.«

Alle schauen zu, als Sally mein Geschenk auspackt. Sorgfältig legt sie das Goldband neben ihren Brotteller, ehe sie ein Paar schwarzer, mit Samt bespannter Handschellen, eine Peitsche und eine Augenbinde hervorzieht.

Ihre Augen blitzen, und ihre Wangen glühen, als sie meine Karte vorliest.

»›Damit klar ist, wer von euch das Sagen hat‹.« Sie kichert. »Danke, Fliss.«

»Es ist immer von Vorteil, von Anfang an für Klarheit zu sorgen«, erwidere ich.

»Ich hoffe, das Verhältnis ist ausgeglichen.« Sally lächelt.

»In diesem Fall wechselt ihr euch bei der Benutzung ab.«

»Kann ich die mal ausleihen?«, fragt Sash, nimmt die Peitsche in die Hand und streichelt zärtlich über das geflochtene Leder. »So etwas könnte ich gut gebrauchen, um Niall etwas munterer zu machen.«

Wie es scheint, hatten einige der anderen Mädchen aus unserer Gruppe ähnliche Ideen. Neben unserer kleinen Gabe – die in Sashs Fall gar nicht so klein ausfällt – findet Sal sich schließlich mit einem essbaren Höschen wieder, mit Körperlotion zum Ablecken, einer reich bebilderten Ausgabe des *Kama Sutra*, jeder Menge scharfer Dessous, einem Minivibrator für die Handtasche, der aussieht wie ein Lippenstift, und einem großen Schokoladenpimmel.

Wie es scheint, hat fast jeder ihr sexbezogene Geschenke mitgebracht, abgesehen von Mutter natürlich und Sallys bester Freundin, der überaus praktischen Erica, die ihr ein Paar Topflappen schenkt.

Inzwischen macht der *Kama Sutra* unter viel Gejohle und Gekicher die Runde am Tisch. Selbst meine Mutter kann nicht an sich halten, als sie die Fotos sieht. Sie ist heute Abend wie ausgewechselt. Während des ganzen Essens plaudert sie strahlend, und als wir anschließend in den Club hinüberwechseln, stürmt sie sofort auf die Tanzfläche.

Niemals zuvor war ich mit meiner Mutter in einem Club.

Sie ist total ausgelassen. Wie ein kleines Mädchen, das zum ersten Mal auf den Rummelplatz geht. Ihre Augen glänzen, und ihr Gesicht ist gerötet. Sie tanzt und trinkt und lacht, sie ist wahrhaftig liebevoll. Würde ich sie nicht so gut kennen, würde ich sagen, sie steht unter Drogen.

Sie ist zweifellos betrunken.

Innerhalb einer Stunde hat sie mich sogar mehrmals umarmt. Ich habe keine Ahnung, wie ich damit umgehen soll.

Vielleicht waren es Glückskekse.

Falls ja, könnte sie mir doch ihre Bezugsquelle verraten, oder?

Nicht dass der Abend so übel wäre. Sallys Freundinnen sind großartig, ebenso wie sie selbst, umgänglich und gut drauf, insbesondere ihre Kolleginnen aus der Bank. Mann, die wissen vielleicht, wie man einen draufmacht. Das kommt vermutlich daher, dass sie tagsüber so geschniegelt und diszipliniert sein müssen. Abends tauen sie dafür richtig auf. Gerade veranstalten sie einen Wettbewerb, um zu sehen, wer sich Sallys neuen Mega-Dildo am weitesten in den Rachen schieben kann. Die Siegerin darf am Ende das große, glatte, runde Ende des Schokopimmels verschlingen.

Der Club ist ziemlich voll, und ich hatte sogar einige Male Augenkontakt mit einigen ziemlich knackigen Männern. Und ich hatte ganz vergessen, wie gerne ich tanze. Richard war meine Begeisterung für wildes Abtanzen immer total peinlich. Es ist herrlich, mal wieder richtig loszulegen, ohne missbilligend beäugt zu werden, weil man sich der Musik zu sehr hingibt.

Leider ist meine Begeisterung von kurzer Dauer. Genau genommen erstirbt sie gegen halb zwölf, als mir klar wird, dass Sally einen wichtigen Aspekt der Feierlichkeiten dieses Abends glatt vergessen hat.

Den Junggesellenabschied.

Oder vielmehr den Ort dieser Gegenveranstaltung.

Nachdem sie die letzten drei Stunden mit einer ausgedehnten Kneipentour verbracht haben, fallen sie nun geballt in unseren Club ein.

Nicht zu fassen, von allen Kaschemmen der Welt …

Warum hat Sal mir nicht erzählt, dass sie verabredet hatten, sich zu späterer Stunde zu treffen? Tja, ich weiß genau, warum.

Als Richard und seine Freunde zur einen Tür hereinplatzen,

kann ich mich nur mit Mühe beherrschen, durch die andere zu flüchten.

Ich sehe mich nach Rückendeckung um, doch Sash ist verschwunden. Um zu entkommen, verziehe ich mich auf die Toilette.

Dort treffe ich sie wieder, wie sie auf der Resopalplatte neben den mit Zigaretten und Klopapier verstopften Waschbecken sitzt und versucht, über den gedämpften Clublärm und das alles andere als gedämpfte Kreischen der Mädchen hinweg, die vor dem schmalen Spiegel darum kämpfen, ihr Make-up aufzufrischen, mit ihrem Mann übers Handy zu telefonieren.

»Wenn du Jack so etwas zu essen gibst, brauchst du dich nicht zu wundern, dass ihm schlecht wird. Er ist ein Kleinkind, kein Mülleimer…«

Sie entdeckt mich und verdreht die Augen.

»Nein, ich kann noch nicht nach Hause kommen! Also wirklich, Niall, kannst du nicht mal einen Abend ohne mich klarkommen? Ich habe das eine Million Mal fertiggebracht, und außerdem erzählst du mir pausenlos, du wärst der Kopf der Familie… Er ist eben ein Baby, und so etwas tun Babys nun mal… Entweder Windeln, Ham-Ham oder die Zähne, eins von den dreien wird es schon sein… Falls du gar nicht mehr klarkommst, kannst du immer noch meine Mutter anrufen… Was sagst du da, Liebling? Schhhhhhk… Ich kann dich nicht verstehen…. Tut mir Leid, ich glaube, ich hab kein Netz mehr…«

Sie schaltet das Telefon aus und seufzt laut. Dann lächelt sie und zuckt hilflos die Achseln.

»Also wirklich, wenn man sie mal einen Abend allein lässt!«

»Rate mal, wer hier ist!«, falle ich ihr aufgewühlt ins Wort.

»Äh…, Tom Cruise? Und er will uns auf einen flotten Dreier mit zu sich nehmen? Sag ihm, ich bin dabei!«

»Schön wär's. Eher jemand weniger Anziehendes.«

»Richard.«

»Bingo.«

»Du machst Witze! Was will denn der hier? In Oxford gibt es doch wirklich genügend Clubs, oder?«

»Ich glaube, es war abgesprochen. Nach dem Motto getrennt losziehen und später zusammentreffen. Aus irgendeinem Grund hat Sal allerdings vergessen, es mir zu erzählen.«

»Seltsam«, stimmt Sash spöttisch zu. »Was hast du vor, willst du nach Hause gehen?«

»Das sähe doch seltsam aus, oder? Außerdem habe ich keine Lust zu gehen, der Abend war echt toll.«

»Das ist er immer noch.« Sash hakt sich bei mir unter. »Der Club ist groß genug, sodass wir ihm aus dem Weg gehen können, wenn wir wollen.«

Als wir zurückkommen, tanzt meine Mutter gerade mit Richard.

Die zwei Gruppen haben sich vermischt. Einige der besseren Hälften von Sallys Freundinnen sind bei Richards Junggesellenabschied dabei und umgekehrt. Sie haben eine abgedunkelte Ecke neben der Tanzfläche mit Beschlag belegt, wo Stühle und Sofas stehen.

Sally entdeckt Sash und mich auf dem Rückweg von der Toilette und winkt uns zu sich. Wahrscheinlich glaubt sie, dass ich meinen Mantel nehme und gehe, wenn sie mich nicht sofort abfängt. Mit Mühe gelingt es mir, mich zu fügen. Allein die Gewissheit, dass meine Mutter Richard so lange wie möglich mit Beschlag belegen wird, gibt mir Sicherheit. Außerdem ist Sash wild entschlossen, bis zum Ende zu bleiben. Sie hält meinen Arm in eiserner Umklammerung und vereitelt allein so jeden Gedanken daran, eventuell doch zum Taxistand und nach Hause zu einer weiteren Schokoriegel-Fressorgie zu entwischen.

Verlegen grinst Sal mich an.

»Überraschung!«, nuschelt sie kläglich, als ich sie vorwurfsvoll ansehe.

Entschlossen, mich großmütig zu zeigen – schließlich ist es Sallys großer Abend –, erwidere ich halbherzig ihr verlegenes Lächeln und gebe ihr zu verstehen, dass sie sich keine Sorgen zu machen braucht.

Irgendjemand hat mindestens ein Dutzend Flaschen Champagner bestellt, der jetzt in Strömen fließt. Sally reicht uns ein Glas.

»Tut mir Leid, Schwesterherz. Ich dachte, du kommst nicht, wenn ich dir sage, dass wir uns später noch treffen. Und ich wollte doch so sehr, dass alle hier sind.«

»Und hier sind wir alle«, murmele ich und nehme einen großen Schluck.

»Ja, bis auf Dad«, stimmt Sally zu, der die Ironie in meiner Stimme entgeht. »Das ist schade, aber Nachtclubs sind wohl nicht sein Ding, wie? Außerdem hatten er und Roger anscheinend schon seit längerem eine Verabredung mit einer Angelrute und einem Kabeljau, irgendwo in Kent. Wahrscheinlich wäre er aber doch gekommen, wenn Hunde auf der Tanzfläche zugelassen wären.« Sie verstummt und lacht nervös. Arme alte Sal. Sie sollte entspannt sein und den Abend genießen, stattdessen zerbricht sie sich den Kopf über meine Reaktion auf etwas, was unter normalen Umständen nichts Besonderes wäre.

»Kein Problem, Sal.« Ich zucke die Achseln. »Glaub mir.«

Sash zwinkert mir zu und flüstert: »So ist es richtig.«

Unter der Gruppe von Männern ist auch eine Frau, die glücklich grinst wie eine einsame Kuh, die sich von der Herde entfernt hat und mitten auf der Bullenwiese gelandet ist.

Obwohl ich sie nur einmal gesehen habe, erkenne ich sie sofort.

Das tadellose Make-up, das schimmernde Haar und die teuren Klamotten sind das unmissverständliche Markenzeichen einer ganz bestimmten Person.

Katherine Christian.

Sie war nicht bei uns, also muss sie mit Richards Gästen gekommen sein. Was um alles in der Welt hat sie vor?

Mir fällt auf, dass auch Sally sie beobachtet.

»Ich dachte immer, bei Junggesellenabschieden wären nur Männer zugelassen. Mal abgesehen von der Stripperin natürlich«, murmele ich.

Sally seufzt tief.

»Das dachte ich auch. Richard hat vorgeschlagen, ich solle sie zu meiner Party einladen, aber dazu konnte ich mich nicht durchringen. Das war doch nicht gemein von mir, oder? Schließlich kenne ich die Frau gar nicht richtig.«

»Du wolltest also nicht, dass sie kommt?«, frage ich teilnahmsvoll.

»Nein.« Sal schüttelt den Kopf, schenkt uns nach und nimmt einen weiteren Schluck Champagner. »Ich bin schlimm, stimmt's? Aber aus irgendeinem Grund fühle ich mich in ihrer Nähe nicht wohl. Na ja, ich habe wohl bekommen, was ich verdiene. Der Schuss ging nach hinten los, sie ist nämlich einfach Alex hinterhergetrottet und zum Junggesellenabschied mitgegangen«, erklärt Sal leicht säuerlich.

»Wer ist das denn?«, fragt Sash und sieht mit zusammengekniffenen Augen zu Kat hinüber, die umringt von einigen angetrunkenen Männern Hof hält. Sie sind wie hypnotisiert davon, wie sie ihre langen Beine in ständigem Wechsel übereinander schlägt.

»Eine Ex von Richard.«

»Wirklich?«

Sashs Blick wandert zwischen Sal und mir hin und her.

»Ihr zwei seht euch manchmal so ähnlich«, sagt sie lachend, womit sie darauf anspielt, wie wir beide säuerlich zu Kat Christian hinübersehen. »Was hat sie denn ausgefressen, um euch so auf die Palme zu bringen?«

»Es geht nicht darum, was sie getan hat…«, murmelt Sally.

»Sondern was sie tun könnte«, beende ich den Satz an ihrer Stelle.

»Hast du auch den Eindruck?« Sal sieht mich an.

»Der drängt sich doch geradezu auf. Aber vielleicht ist sie einfach so«, versuche ich, meine Schwester zu beruhigen. »Man sieht ihr einfach an, dass sie gerne flirtet, und nicht nur mit Richard. Und außerdem tanzt du nächste Woche um diese Zeit auf deiner eigenen Hochzeit…«

»Du hast Recht.« Sally entspannt sich, und das Stirnrunzeln weicht einem Lächeln. »Natürlich hast du Recht. Ich mache mich echt lächerlich, was? Die eifersüchtige kleine Verlobte.« Sie kichert vor Vergnügen, als sie sich selbst diesen Titel verleiht. »Ach du meine Güte, nächste Woche heirate ich!« Das Kichern weitet sich zu einem glücklichen Strahlen aus.

»Deshalb schlage ich vor, du rettest deinen zukünftigen Mann jetzt mal aus den Klauen seiner zukünftigen Schwiegermutter. Sonst überlegt er es sich noch einmal, ob er in eine Familie einheiraten soll, bei der der Wahnsinn so offensichtlich im Erbgut lauert«, warne ich sie und sehe zu, wie Mutter sich in begeisterten, wenn auch unbeholfenen Reggae-Zuckungen vor einem besorgt dreinschauenden Richard versucht.

»Du glaubst doch nicht etwa, dass Kat hinter ihm her ist?«, fragt Sash mich, als Sally den erleichterten Richard aus den Fängen meiner Mutter befreit.

»Keine Ahnung. Wie ich schon sagte, vermutlich flirtet sie einfach gern. Aber ich war fast zwei Jahre mit Richard zusammen, und diese Frau ist nie in unserem Leben aufgetaucht. Und plötzlich ist sie wieder da und scheint es erst recht auf ihn abgesehen zu haben.«

Nach dem seltsamen, fast schon bizarren Anblick, meine Mutter zu Trance, Garage und Jungle tanzen zu sehen, sollte man meinen, es wäre leichter, Richard und meine Schwester beim Schmusen zu beobachten. Dem Auge fällt es tatsächlich leichter. Nichtsdestotrotz ist es merkwürdig.

»Das sieht so seltsam aus«, sinnt Sash und spricht damit meine Gedanken aus, als Richard die Arme um Sally-Annes Taille schlingt, sie an sich zieht und den Kopf vorbeugt, um seine Stirn gegen ihre zu lehnen.

»Wem sagst du das.«

»Die beiden zusammen zu sehen, Sal und Richard anstelle von dir. Einfach seltsam.«

»Ich weiß.«

»Ich glaube es einfach nicht…«, setzt sie wieder an.

»Oh, du kannst es ruhig glauben, meine Liebe, es ist nämlich wahr«, entgegne ich und nehme noch einen Schluck. Dann lasse ich meinen schweren Kopf auf ihre Schulter sinken und sehe zu, wie Sally und Richard sich küssen.

»Findest du, dass sie gut zusammen aussehen?«

Fragend sieht Sash mich an.

»Nein, ich meine es ernst. Wenn du nicht wüsstest, dass Richard – na ja, eben Richard ist und Sally meine Schwester. Stell dir vor, du hättest sie noch nie gesehen und würdest sie jetzt einfach beobachten… Würdest du finden, dass sie ein schönes Paar abgeben?«

»Na ja, im Gegensatz zu dir ist sie kleiner als er, was von Vorteil ist, zumindest für ihn…«, erklärt Sash nach reiflicher Überlegung.

»Nein! Doch, ja, du hast Recht, aber das meinte ich nicht. Ich meine, findest du, dass sie glücklich aussehen? Was würdest du aus der Körpersprache schließen? Weißt du, worauf ich hinauswill?«

»Ich glaube schon.«

»Soll das heißen, dass du weißt, was ich meine, oder dass du findest, dass sie glücklich aussehen?«

»Na ja, äh, beides, vermutlich.« Sash zuckt die Achseln.

»Gut.«

Wir schweigen einen Moment und beobachten, wie Richard sich vorbeugt und Sally etwas ins Ohr flüstert.

»Könntest du doch nur zur Hochzeit kommen, Sash, und mir die Hand halten.«

»Ich *war* eingeladen.«

»Bis zum Brautwechsel, ja.«

»Vielleicht können wir Sal überreden, mich wieder auf die Gästeliste zu setzen.«

»Da gibt es kein Vielleicht. Sally wollte niemanden von der ursprünglichen Liste brüskieren, indem sie jemanden auslädt, aber leider ist es nicht ihre Entscheidung. Mutter hat sich zur Zensorin ernannt. Sie hat alle meine Freunde in dem Moment abgeschossen, als die Hochzeit nicht mehr meine war, sondern Sallys wurde.«

»Ich weiß ja, dass jüngere Geschwister häufig Sachen auftragen müssen, aber das hier erscheint mir übertrieben«, scherzt Sash. »Warum verziehen wir uns nicht an die Bar? Der Schampus hier ist ja ganz nett, aber er zieht nicht richtig rein.«

Wir umrunden die Tanzfläche, lassen die Mixtur aus Junggesellen und Junggesellinnen hinter uns und ergattern zwei Barhocker am hinteren Ende des langen Eichentresens. Sash gelingt es, die Aufmerksamkeit des Barmanns auf sich zu ziehen.

»Noch einen Wodka?«

»Definitiv.«

»Einen doppelten?«

»Macht etwas anderes im Moment Sinn?«

»O ja«, Sash grinst, »gleich aus der Flasche zu trinken.«

»Ich glaube, so verzweifelt bin ich noch nicht.«

»Freut mich zu hören.« Sie reicht mir mein Glas. »Aber etwas genervt bist du schon, oder?«

»Ja, schon, ich bin es leid. Ich habe Richard verlassen, weil er aus meinem Leben verschwinden sollte. Jetzt ist er immer noch da. Und zwar dauerhaft. Ich werde immer noch mit ihm verwandt sein.«

»Ich weiß, aber bestimmt ist ein Schwager besser zu ertragen als ein Ehemann, oder?«

»Was mich betrifft schon, aber was ist mit Sal? Ich weiß, dass ich das Richtige für mich getan habe, indem ich die Hochzeit abgeblasen habe, aber ich fürchte, dass Sally nicht das Richtige für sich tut.«

»Kann sein, aber du musst sie ihre eigenen Entscheidungen treffen lassen.«

»Du hast ja Recht.«

»Ich habe immer Recht«, scherzt Sash. »Aber genug davon. Wir hatten doch ausgemacht, dass wir heute Abend einen draufmachen.«

»Haben wir doch, oder?« Ich lächele.

»Schon. Aber was willst du jetzt? Trinken, Abtanzen oder gar einen netten kleinen Flirt mit einem coolen Typen?«

»Und wo sollen wir so einen herkriegen?«

»Mein Gott, Fliss, wir sind hier in einem Nachtclub. Das ist ja, als würde man in einem Süßwarenladen fragen, ›Haben Sie keine Schokolade?‹. Wir sind von Männern umgeben.« Sie macht eine ausladende Handbewegung. Plötzlich verharrt die Hand in der Luft, und sie späht über meine Schulter. »Da ist sogar ein echt knackiger Typ, der in genau diesem Moment direkt auf dich zukommt!«

Ich folge Sashs Blick und entdecke einen gut aussehenden Mann mit kurzem braunen Haar und lachenden blaugrünen Augen, der sich mir nähert.

Alex Christian.

Ich habe ihn vorhin schon flüchtig von weitem gesehen, als Richard in den Club kam. Um ehrlich zu sein, war ich jedoch mehr damit beschäftigt, seine Frau zu beobachten als sonst etwas.

»Hallo, Fliss. Wie geht's?«

Seine Begrüßung ist wie üblich locker und freundlich, doch plötzlich bin ich nervös und bringe nur ein piepsiges Hallo zustande.

»Ich wollte gerade sagen, wie überrascht ich bin, dich hier zu treffen, aber das bin ich gar nicht.«

»Ich weiß«, zwitschere ich und hüstele in der Hoffnung, meine Stimme wieder auf ihre normale Tonlage zu drücken. »Wo ein Tresen ist …«

»Das meinte ich damit nicht, wie du genau weißt.« Er lächelt gutmütig. Er hat sich mir zugewandt, sodass zwar ich Sashs Gesicht sehen kann, er jedoch den Kopf nach rechts drehen müsste.

Sie nutzt diesen toten Winkel, spitzt die Lippen und formt ein »Wow!«, während ihre Klauen in Richtung seines überaus appetitlichen Hinterns wandern, als wolle sie zupacken und ihn betasten wie eine Melone, deren Reife man prüfen will.

Ich werfe ihr einen drohenden Blick zu und stelle ihn meiner geifernden Freundin vor.

»Alex, das ist meine Freundin Sasha.«

Als er sich umdreht, um sie zu begrüßen, unterdrückt sie hastig das lüsterne Grinsen, setzt eine unschuldige Miene auf und streckt ihm die Hand entgegen.

»Sash, das ist Alex.«

Sie ergreift seine Hand und lächelt verführerisch.

»Alex Christian, Katherine Christians Mann«, füge ich hinzu.

Sashas tadellos gezupfte Brauen schießen in die Höhe.

»Nein?«, haucht sie und wirft mir einen bedeutungsschwangeren Blick zu. »Wie *nett*, dich kennen zu lernen.«

»Ganz meinerseits.«

Sash und ich haben Kat Christian mit einer Mischung aus Heiterkeit und Bestürzung beobachtet. Sie scheint Richard überall hin zu folgen, wie ein kleiner Schleppkahn, der hinter einem einlaufenden Luxusliner auf den Wellen tanzt und eifrig darauf bedacht ist, ihn genau in die gewünschte Richtung zu treiben.

Und ich dachte, meine Mutter sei schlimm.

Sash war ganz versessen darauf, den Ehemann dieser besagten Dame kennen zu lernen. Doch als ich ihr in der Erwartung, sie noch immer völlig hingerissen von Alex zu sehen, einen Blick zuwerfe, stelle ich fest, dass sie mit weit aufgerissenen Augen auf die Tanzfläche starrt. Ich folge ihrem Blick, der auf Richard gerichtet ist. Er wiegt sich zu einer romantischen Ballade, doch die Frau, um die er seine kurzen Arme geschlungen hat, ist eindeutig nicht meine Schwester.

Es ist Kat Christian.

Also tanzt er mit einer alten Freundin? Großartig. Zumindest wäre es nichts Besonderes, wenn ihre Locken nicht an seiner Schulter und ihre Hände unter seinem Hemd und unter dem Gürtel seiner Hose ruhen würden. Ihre Finger sind nicht mehr zu erkennen, doch es ist leicht zu erraten, dass sie tief genug stecken, um einen Großteil seines Hinterns zu umfassen.

Man muss Richard zugute halten, dass er beunruhigt aussieht. Sein Glück, sonst hätte ich wahrscheinlich die leere Flasche Budweiser gepackt, die neben mir auf der Theke steht, und sie ihm über den Schädel gezogen. Er hängt eindeutig nicht mit derselben Intensität und Vertrautheit an Kat wie sie an ihm. Genau genommen sieht er ein bisschen steif aus. Sie wissen schon, so wie man erstarrt, wenn einem plötzlich etwas mit mehr Beinen als man selbst hat über den Arm krabbelt.

Verstohlen sehe ich mich nach Sally um. Auch ihr sind die beiden nicht entgangen, und sie beobachtet diese seltsamen Zärtlichkeiten mit einem sonderbaren Gesichtsausdruck.

Alex sieht es ebenfalls. Das übliche Lächeln ist einem ausgeprägten Stirnrunzeln gewichen, doch er unternimmt nichts, bis auch er Sally-Annes besorgte Miene bemerkt.

»Würdet ihr mich einen Moment entschuldigen?«

»Jetzt kommt's«, äußert Sash und stößt mich an, als Alex die Bar verlässt und hinüber zur Tanzfläche geht. Ich beobachte, wie er sich zu Sal durchschlängelt. Nach einigen kurzen Worten führt er sie auf die Tanzfläche. Ich sehe, wie er ihr etwas ins Ohr flüstert, das sie zum Lachen bringt. Er tanzt mit ihr zum nächsten Song, und das Lächeln, das verschwunden war, als seine Frau Richard auf die Tanzfläche gezerrt hat, wird mit jedem Augenblick breiter. Seine Lippen bewegen sich unablässig, während er und Sally sich zur Musik bewegen.

Als dann das nächste Stück beginnt, bewegt er sich in Kats und Richards Richtung und arrangiert flink einen Partnerwechsel, sodass die richtigen Paare wieder zusammen sind.

Sehr geschickt eingefädelt.

Sash klatscht angesichts dieses Schachzugs anerkennend in die Hände. Glücklicherweise ist die Musik so laut, dass niemand von Bedeutung es hört. Nur der Barmann blickt verwirrt drein. Ich bin genauso beeindruckt, frage mich aber, ob Alex das für sich oder für Sal getan hat. Beides wahrscheinlich.

Richard hat nicht wirklich etwas getan, was einen Eifersuchtsanfall rechtfertigen würde, und Alex hat erst etwas unternommen, als er Sallys unglückliches Gesicht bemerkte. Trotzdem dürfte es nicht gerade erfreulich sein, seine eigene Frau einem anderen Kerl nachlaufen zu sehen.

Zu meiner Überraschung bleibt er mit Kat jedoch nicht auf der Tanzfläche, sondern begleitet sie sofort zurück zu der Gruppe, die trinkend in einer Ecke herumlungert, schiebt sie auf einen freien Stuhl und lässt sie trotz des reichlich vorhandenen Champagners dort sitzen, um zu Sash und mir an die Bar zurückzukehren.

»Darf ich mich zu euch gesellen?«, fragt er mit schiefem Grinsen.

»Aber natürlich.« Sash grinst, leckt sich die Lippen und zwinkert mir verstohlen zu.

»Einen großen Brandy, bitte.« Er winkt mit einer Zwanzigpfundnote nach dem Barkeeper. »Seid ihr bereit für einen weiteren?«

»Mann oder Drink?«, flüstert Sash mir zu.

»Jetzt sag nicht, du willst beide. Armer alter Niall!«

»Von wegen armer alter Niall!«, zischt sie.

»Danke, aber das übernehmen wir.« Ich grinse den Barmann an. »Noch zwei doppelte Wodkas, ja?« Ich wende mich wieder an Alex. »Ich glaube, ich schulde dir einen großen Drink für das, was du gerade getan hast.«

»Ich glaube, ich brauche einen großen Drink für die Tatsache, dass ich gerade tun musste, was ich getan habe.«

»Bei euch hängt wohl der Haussegen schief, was?« Sash grinst ihn an. Sie ist zu betrunken, um feinfühlig zu sein. Ich verpasse ihr hastig einen Rippenstoß.

»Aua, du Miststück – warum tust du mir weh?«

»Weil die gute Sash ganz schön einen in der Krone hat und ihre Klappe nicht halten kann, deshalb!«, zische ich.

Alex lacht.

»Schon gut, ich glaube kaum, dass Feingefühl das Schlagwort des Abends ist, oder?«

»Gut, wenn wir nicht feinfühlig sein müssen, darf ich dich dann etwas fragen?«

»Nur zu«, entgegnet er und sieht mich gespannt an.

»Was zum Teufel denkt sich deine Frau dabei, Richard so vor allen Leuten nachzustellen?«

Er zögert einen Moment, und ich fange schon an zu glauben, dass ich mit dieser Frage etwas zu weit gegangen bin.

»Entschuldige, das hätte ich nicht sagen sollen.«

»Nein, lass nur.« Er hebt die Hände. »Ich glaube, sie ist wie die meisten Frauen.« Alex verzieht den Mund zu einem ironischen Lächeln. »Sie will etwas immer dann, wenn sie meint, es nicht haben zu können.«

»So geht es mir mit Schokolade«, seufze ich.

»Ich finde es nicht fair, uns alle über einen Kamm zu scheren…«, mault Sash.

»Ich sagte die meisten, nicht alle.«

»Stimmt.« Sash denkt kurz nach. »Aber ich kann nicht leugnen, dass ich im Moment wohl verrückt nach Sex bin, weil ich nämlich keinen kriege. Ich würde mich mehr als glücklich schätzen, den Spieß für dich umzudrehen und dir zu helfen, deine Frau eifersüchtig zu machen.«

Sie zwinkert Alex auffällig zu, der, wie ich sehe, nicht sicher ist, ob er lachen oder lieber die Beine in die Hand nehmen soll.

»Keine Sorge«, erkläre ich ihm beruhigend, »sie meint es nicht ernst.«

»Und ob ich es ernst meine!«, fällt mir Sash entrüstet ins Wort.

»Sie hat wohl ein bisschen viel getrunken«, erwidert Alex.

»Na ja, ich hatte vielleicht ein paar…«

»Ich rede von meiner Frau, nicht von dir.«

Er beugt sich vor und küsst Sash freundschaftlich auf die Wange. »Danke für das Angebot, es ist das netteste, das ich heute Abend bekommen habe. Aber ich glaube, ich sollte Kat jetzt wohl besser nach Hause bringen.«

Er leert sein Glas und lächelt uns ein wenig grimmig zu.

»Es hat mich gefreut, dich wiederzusehen, Fliss, und dich kennen zu lernen,«, fügt er hinzu, als Sash, beflügelt von dem Kompliment und dem Wodka, sich vorbeugt und trunken einen feuchten Schmatz auf seine Wange drückt. Das Lächeln wird etwas wärmer, als ich mit der kleinen Papierserviette von meinem Drink hastig den Lippenstiftabdruck wegwische, den sie hinterlassen hat.

»Warum kann er nicht mich mit nach Hause nehmen?«, fragt Sash wehmütig, während sie gierig Alex' Rücken nachsieht. »Was für ein Mann. Wie hat diese Frau nur jemanden wie ihn in die Finger bekommen?«

»Na ja, vielleicht ist sie gar nicht so übel. Wir wissen nur, dass sie gerne flirtet, insbesondere mit Richard. Eigentlich kennen wir sie doch gar nicht, oder?«

»Stimmt«, antwortet Sash beschämt. »Nimm mich als Beispiel. Ich bin doch eigentlich nett, oder?«

»Natürlich bist du das!«, rufe ich und lege einen Arm um ihre Schultern, um sie an mich zu drücken. »Du bist die Beste.«

»Genau, und wenn dieser Alex mir sein Gesicht auch nur ein winziges bisschen mehr zugewendet hätte, hätte ich ihm meine Zunge in den Hals gesteckt.« Sie grinst frech.

»Nun, ich würde sagen, im Vergleich zu dir war Kat Christian zurückhaltend«, erwidere ich trocken.

»Komm schon, Fliss, du musst doch zugeben, dass Alex Christian echt süß ist?«

»Darüber habe ich noch nicht nachgedacht«, lüge ich.

»Klar, und ich bin noch Jungfrau.« Ungläubig zieht sie die Augenbrauen hoch.

»Stimmt«, gebe ich zu, »er ist süß, aber er ist verheiratet.«

»Glaub mir, meine Liebe, das bedeutet bei den meisten Männern gar nichts.«

»Vielleicht, aber wenn Alex so wäre, würde ich mich sowieso nicht für ihn interessieren.«

»Also denkst du nicht an einen kleinen Seitensprung? Du weißt schon, eine hemmungslose kleine Affäre?«

»Nicht wirklich.«

»Heißt das, ich kann ihn haben?«

»Nein, kannst du nicht!«, jaule ich auf.

»Aha, also willst du ihn *doch* für dich«, neckt sie.

»Darum geht es nicht, das weißt du genau. Aber die Hochzeit meiner Schwester ist in einer Woche, und ich muss einfach an die Unantastbarkeit der Ehe glauben können. Leider hilft mir niemand dabei. Vor allem du nicht, du Luder«, erwidere ich freundschaftlich. »Davon zu schwafeln, wie du einen anderen Kerl aufreißen willst.«

»Ich wusste nicht, dass Unantastbarkeit mit totaler Keuschheit gleichzusetzen ist.« Sashs unschuldiger Blick erinnert an einen Welpen, der vor der Tür hockt und verzweifelt darauf wartet, hereingelassen zu werden. »Ich bin vielleicht keine Jungfrau mehr, aber ich könnte leicht eine von diesen wiedergeborenen sein. Es heißt doch immer, dass das Jungfernhäutchen wieder wächst, wenn man es lange genug nicht anrührt. Und, o Mann, meins ist lange nicht angerührt worden. Das mit der Treue könnte ich ja hinkriegen, solange es nicht bedeutet, dass ich wie eine Nonne leben muss. Ich hätte nicht geglaubt, dass mit ehelichen Rechten eine Tasse Kakao und allabendliche Wiederholungen von Fernsehserien gemeint sind.«

Sie folgt meinem Blick hinüber zu Alex, der Kat eingesammelt hat, ihren Arm fest umklammert hält und reihum auf Wiedersehen sagt.

»Mach dir keine Sorgen wegen deiner Schwester. Die beiden haben genauso wie wir die Chance, dass alles glatt läuft.«

»Wobei sie noch ein paar weitere störende Faktoren hinzubekommen haben«, sage ich seufzend, während ich beobachte, wie Kat sich umständlich von Richard verabschiedet, bevor sie gehen.

»Nächste Woche um diese Zeit ist er ein verheirateter Mann.« Aufmunternd lächelt Sash mir zu. »Hoffen wir, dass es damit ein Ende hat.«

»Genau«, seufze ich unsicher und denke noch einmal an Alex' weise Worte über die Unberechenbarkeit der Frauen. »Entweder das, oder es ist der Anfang von noch etwas viel Schlimmerem.«

Kapitel 6

Der Tag der Hochzeit bricht strahlend an, obwohl Regen viel besser zu meiner Stimmung gepasst hätte. Ich lungere viel zu lange im Bett herum und hoffe darauf, dass ein Wunder geschieht, damit ich nicht hingehen muss oder, besser noch, damit die ganze Feier abgesagt wird.

Ob Erdbeben, Hochwasser oder Wirbelsturm... ganz egal, was passiert, Hauptsache, das Ereignis beschränkt sich auf Richards Wohnung.

Die letzten drei Wochen waren ein Albtraum erster Güte. Ich hatte angenommen, es wäre nett, Mutter zur Abwechslung einmal glücklich zu sehen. Ihr Ausdruck ewigen Elends kann ganz schön an den Nerven zerren. Doch mir war nicht bewusst, dass eine glückliche Miriam Blakeney noch unerträglicher als eine unglückliche und gequälte ist.

Für die Hochzeit hat sie einen Zahn zugelegt.

In letzter Zeit habe ich sie eindeutig zu oft zu Gesicht bekommen. Ich hatte gehofft, dass mir infolge der reichlich ungewöhnlichen Umstände die üblichen, vorhochzeitlichen Härten erspart blieben, doch Mutter war entschlossen, dass ich nichts auslasse.

Ich habe Order, um Punkt zehn Uhr zu Hause zu sein, um die Ankunft der Brautjungfern, der Blumen und der Unmengen an Alkohol zu überwachen, der ausreichen würde, um die *Titanic* zu fluten. Vermutlich hätte es noch schlimmer kommen können: Sally-Anne hatte mich vorsichtig gefragt, ob ich nicht als Brautjungfer fungieren wolle, doch glücklicherweise hat sie die Idee nicht weiter verfolgt.

Schließlich quäle ich mich aus dem Bett und schaffe es, eine Stunde zu spät zu Hause einzutrudeln. Glücklicherweise ist Mutter viel zu aufgekratzt, um es zu bemerken. Sally-Anne hat sechs Brautjungfern – einer der Gründe, weshalb es sie nicht allzu hart getroffen hat, dass ich mich ihnen nicht anschließen wollte.

Der bunte Haufen besteht aus zwei Freundinnen, zwei Cousinen und zwei von Richards Nichten, alle zwischen sechs und sechsundzwanzig alt. Die Sechsjährige ist die Einzige, die normal mit mir umgeht.

Alle anderen wissen nicht, was sie sagen sollen.

Natürlich grassieren Gerüchte, die von unglaublich bis lächerlich reichen und von denen das lustigste besagt, Richard gehöre einer Sekte an, die mehr als eine Frau zulässt, weswegen er uns nun beide heiraten wolle. Das günstigste ist, er habe mich wegen Sally-Anne verlassen, womit ich mich noch arrangieren kann – ganz im Gegensatz zu dem unterschwelligen Mitleid, den Blicken und dem Getuschel, wenn sie glauben, ich würde nicht hinhören.

Das Haus ist voller Verwandter, die ich seit mindestens zehn Jahren nicht mehr gesehen habe und die ich am liebsten für zehn weitere Jahre nicht sehen möchte.

Oben in Sallys Zimmer herrscht hektische Betriebsamkeit. Mutter streitet mit der Friseurin, die tapfer versucht, acht Damen innerhalb von zwei Stunden Hochsteckfrisuren zu verpassen, Lockenwickler einzudrehen und sie zu frisieren. Die jüngeren Brautjungfern werden von der Kosmetikerin beschimpft, weil sie ihre Lippenstifte haben mitgehen lassen. Mutter schwirrt durch das Zimmer und mischt sich überall ein – wie ein aufgekratzter Wellensittich, der nach langem endlich wieder den Käfig verlassen darf.

Sally, in einen hübschen, geblümten Morgenrock aus Seide gehüllt, sitzt mit aufgedrehten Haaren vor ihrem Schminktisch und lächelt glücklich. In all dem Chaos ist sie der ruhende Pol.

Ich flüchte mich in die relative Ruhe der Küche, wo ich eine halbe Stunde lang tapfer Brote für fünfzig Leute schmiere. Irgendwie fühle ich mich besser, wenn ich ein großes Fleischmesser schwingen kann. Mit Begeisterung säbele ich mich durch vierzehn Brotlaibe. Ein wunderbarer Weg, um Stress abzubauen.

Als Dads schrullige Schwester, Tante Vera, die Küche betritt, kommt es zu einem besonders peinlichen Zwischenfall. Anscheinend hat sie keine geänderte Einladung erhalten, denn sie will mir lauthals gratulieren und mir umständlich ihr Hochzeitsgeschenk überreichen.

Dad, dem Guten, gelingt es, sie unauffällig beiseite zu nehmen und ihr die Wendung der Ereignisse mitzuteilen. Nicht im Mindesten verlegen, kehrt sie zu mir zurück und erklärt mit ihrer lauten Stimme: »Drew hat gesagt, du heiratest diesen Kerl gar nicht. Freut mich zu hören, mochte ihn sowieso nicht. Verstehe wer will, warum Sally-Anne einspringen muss, nachdem du zu dir gekommen bist und Reißaus genommen hast. Aber du hattest schon immer mehr Verstand als sie.«

Wieder hält sie mir das Geschenk hin.

»Das hier hab ich speziell für dich gekauft, also sollst du es auch haben. Sally-Anne macht es sicher nichts aus, sie kriegt ja genug andere. Außerdem bist du jetzt jung, frei und wieder allein, also brauchst du es mehr als sie.«

Ich werde knallrot und öffne die edel verpackte Schachtel, in der ein hinreißend schönes und teures Spitzendessous von Janet Reger liegt.

»Such dir 'nen Mann, der es zu würdigen weiß.« Sie zwinkert mir mit einem ihrer blau geschminkten Augen zu.

»Viel lieber wäre mir ein Mann, der mich würdigt«, sage ich wehmütig.

Sie denkt eine Weile über diese Worte nach.

»Unmöglich. Alle Männer sind Schweine«, kichert sie und zerrt meinen Vater in den Garten, wo sie ihn am anderen Ende des dreißig Meter langen Rasens beschimpft.

»Also wirklich, du solltest den Rittersporn stutzen, Drew, der läuft ja schon Amok …«

Genau wie die Brautjungfern oben.

Die Kinder, die es langweilt, in Unterwäsche und Reifrock auf den richtigen Moment zu warten, um in ihre rosa Rüschenkleider zu schlüpfen, fallen wie eine Schar hungriger junger Geier über die Küche her und fangen an, Hackfleisch aus meinen Platten voller belegter Brote zu machen, die ich aufeinandergetürmt habe.

Sie beobachten mich in meiner blau gestreiften Schürze, die ich über meinem Hosenanzug von Ungaro trage, einer Extravaganz, die ironischerweise als Outfit für die Hochzeitsreise gedacht war – ein tuschelndes Häufchen, das in gewisser Weise nervenaufreibender als so mancher Erwachsene ist.

Die elfjährige Lucy, die älteste Tochter meiner Cousine, wird zur Sprecherin erkoren.

»Tante Fliss?«, sagt sie, den Mund voller Schinkenbrot.

Ich lasse von dem Kuchen ab, den ich gerade schneide. Sie gesellt sich zu mir und nutzt die Gelegenheit, dass ich einen Moment lang abgelenkt bin, um sich ein großes Stück Schokoladentorte in den Mund zu schieben, zum Schinken.

»Stimmt es …« Es fällt ihr schwer, mit so vollem Mund zu sprechen.

»Stimmt was?« Ich versuche, freundlich und unbeteiligt zu klingen.

»… dass du eigentlich Onkel Richard heiraten solltest?«

»Äh … ja, so war das eigentlich geplant.«

»Und warum heiratet dann Tante Sally ihn?«

Eine gute Frage, aber wie lautet die passende Antwort für eine Elfjährige?

»Ähm, weil ich nicht wollte«, schlage ich vor.

»Meine Mummy zwingt mich ständig, Sachen zu machen, die ich nicht will«, antwortet sie. »Zu baden, wenn Disney im Fernsehen läuft, oder Leber zu essen. Ich hasse Leber, aber ich kann sie nicht Emma geben«, sie deutet auf ihre jüngere Schwester, »weil die auch keine mag.«

»Na ja, es war nicht gerade so, dass ich Richard Sally-Anne gegeben habe, weil ich ihn nicht mag…«, setze ich an, werde aber durch das Auftauchen von Glenys gerettet, Mutters so genannter bester Freundin. Sie ist eingefleischte Junggesellin, Vorsitzende des Kirchenrats, Stadträtin für die Torys, Leiterin der örtlichen Landfrauengruppe und ein totaler Snob. Sie stammt noch aus der Ära der Maharadschas und Memsahibs. Ihr Vater hat als Oberst in den Kolonien gedient, und sie führt ihr Leben noch immer mit militärischer Strenge, wofür ich ihr ausgesprochen dankbar bin, als sie die jüngsten Nachzügler mit einem metaphorischen Peitschenknallen anpflaumt und sie zum Einkleiden scheucht.

Weitere gute Freunde treffen ein. Ich beschäftige mich, indem ich Getränke und Häppchen herumreiche und versuche, erfreut über das Wiedersehen zu wirken.

Meine Brote fangen an, sich in der Hitze des Tages an den Rändern aufzurollen, und ich fühle mich, als ginge es mir ähnlich. Das aufgesetzte strahlende Lächeln, das ich den ganzen Morgen zur Schau getragen habe, beginnt zu entgleiten, und wenn mich noch irgendjemand am Arm berührt und mitfühlend lächelt, kann ich mich bestimmt nicht mehr beherrschen und schlage zu.

Endlich kommen die Brautjungfern herunter. Alle sind angezogen, frisiert und geschminkt, zumindest diejenigen, denen es erlaubt ist. Sie lachen und schnattern wie eine Schar grellrosa Papageien.

Dad, der in seinem grauen Cutaway mit grauer Seidenkrawatte und grauem, traurigem Gesicht zwar gut, aber eher wie ein Trauergast aussieht, taucht an meiner Seite auf.

Er drückt mich an sich.

»Du bist großartig, Fliss. Wie du das durchgestanden hast. Ich bin wirklich stolz auf dich.«

»Das Schlimmste kommt noch«, murmele ich düster.

Ich ziehe es vor, allein zur Kirche zu fahren. So kann ich sie unbemerkt betreten und mich davonstehlen, falls es mir zu viel wird. Ich dränge mich durch die Massen, die darauf warten, den langen schwarzen Autokorso zu begrüßen, in dem die eigentliche Hochzeitsgesellschaft anrückt. Ich stehle mich so unauffällig wie möglich nach drinnen, übersehe einen der frenetisch winkenden Platzanweiser und gleite in eine der hinteren Bänke hinter einen strategisch günstigen Pfeiler.

Ich habe bewusst einen lampenschirmartigen Hut gewählt, um mein Gesicht zu verbergen. Wenn ich damit durchgekommen wäre, hätte ich auch einen Schleier getragen, nicht aus dem fälschlichen Verlangen heraus, wie die Braut auszusehen, sondern um unerkannt zu bleiben.

Üppige Gestecke aus weißen und rosa Nelken, weißen Rosen, rosa Rosen und schneeartigem Gipskraut flankieren den Altar. Kleinere Sträußchen verbreiten am Ende jeder Sitzreihe ihren süßen Duft, während sich Girlanden aus dunklem Efeu um jeden Pfeiler winden wie Schlangen, die zur gewölbten Decke klettern.

Richard taucht mit seinem Trauzeugen James, einem echt netten Kerl, und Pfarrer Parsifal aus der Sakristei auf. Sein Anblick überrascht mich beinahe. Wahrscheinlich habe ich bis zu diesem Augenblick immer noch geglaubt, das Ganze sei nur eine Masche, um mir eins auszuwischen, doch da steht er in seinem grauen Cutaway und sieht ganz wie ein aufgeregter Bräutigam aus.

Und er sieht gut aus. Anzüge stehen ihm und lassen ihn größer erscheinen. Er würde es nie zugeben, aber es ist bekannt, dass er Schuhe mit Absätzen trägt. Um seine »Absatzchancen« zu steigern, könnte man sagen. Das Revival der Siebzigerjahre in letzter Zeit war das Größte für ihn. Er hat nur darauf gewartet, dass Plateauschuhe wieder in Mode kommen. Er sieht sich pausenlos um. Er scheint nervös zu sein. Vielleicht hat er Angst, Sally-Anne könne Vernunft angenommen haben und ihn versetzen.

Mutter kommt mit Tante Vera und Glenys hereingerauscht. Sie trägt eine grässliche rosa Kreation und einen breitkrempigen Hut, der mit Blumen geschmückt ist, die zu denen in der Kirche und in Sallys Brautstrauß passen. Glücklicherweise bemerkt sie mich nicht. Sie ist zu sehr damit beschäftigt, Freunden und Verwandten huldvoll zuzunicken, die bereits in die kleine Kirche strömen, als sie den Mittelgang entlang in Richtung der ersten Sitzreihe marschiert. Sie winkt anmutig nach beiden Seiten wie die Queen in ihrer königlichen Kalesche. Die wenigen Leute, die mich bemerken, wissen nicht, wie sie sich verhalten sollen. Einige lächeln nervös und mitfühlend; andere wenden hastig den Blick ab und tun so, als hätten sie mich nicht gesehen.

Keiner wagt es, sich in meine Bank zu setzen. Ist das ein Hinweis darauf, wie der Rest des Tages verlaufen wird? Mich zu behandeln, als hätte ich eine Furcht erregende, ansteckende Krankheit? Leider sieht es ganz danach aus, obwohl auch ein paar Leute dabei sind, neben denen ich sowieso nicht gern gesessen hätte.

Ollie Barton-Davis, Richards widerlicher, aalglatter Kanzleichef, kommt herein.

Bei mir heißt er nur Ollie, die Krake. Er ist klein und gedrungen, doch man könnte meinen, seine Arme seien zwei bis drei Meter lang, wenn man sieht, wo er mit den Händen überall hinkommt. Seit wir uns das erste Mal begegnet sind, lässt er keine Gelegenheit aus, mich zu belästigen; alberne Bemerkungen und sexuelle Anspielungen, die stets von einem Lachen begleitet sind. Der Anschein, als sei alles nur ein Scherz, schützt ihn vor einer Abfuhr oder einer Anzeige wegen sexueller Belästigung.

Eine Sekunde lang denke ich entsetzt, er könnte sich neben mich setzen, doch dann wird er von einem Platzanweiser angesprochen und auf Richards Seite der Kirche platziert.

Das Klappern hoher Absätze auf dem Steinfußboden verkündet die Ankunft von Kat – Raubkatze, Ex-Verlobte und wandelnder Kleiderständer. Also hat sie beschlossen, doch zu kommen.

Wahrscheinlich platzt sie fast vor Neugier, wie alle anderen auch. In ihrem exklusiven Chanel-Kostüm in gebrochenem Weiß sieht sie entschieden chic, doch eindeutig nach Braut aus. Fehlt nur noch der Blumenstrauß, und sie könnte anstelle meiner Schwester durch den Mittelgang schreiten.

Sie und Alex quetschen sich in die Reihe gegenüber von meiner Bank auf Richards Seite der Kirche. Alex sieht herüber, neigt den Kopf, als müsse er unter meinen Hut blicken, und deutet ein »Hallo« an. Kat, die angestrengt in den Gang geblickt hat wie der Ausguck auf der Titanic, der nach Eisbergen Ausschau hält, sieht ebenfalls zu mir. Sie erkennt mich nicht. Ich kann sehen, dass sie Alex fragt, wer ich bin. Bei seiner Antwort blickt sie mit plötzlich erwachtem Interesse zu mir und lächelt. Kein besonders nettes Lächeln.

Der Chor schreitet gemessenen Schritts zu den lieblichen Klängen von »Jesu, Joy of Man's Desiring« den Mittelgang entlang, das allerdings nicht von der Frau des Pfarrers gespielt wird, deren Begabung als Organistin eher begrenzt ist, sondern von dem kürzlich installierten Tonband kommt. In makellose weiße Gewänder gehüllt, die Gesichter geschrubbt und engelsgleich, lassen sie sich der Reihe nach auf den vorgesehenen Bänken nieder. Einer der Chorknaben zerstört das engelsgleiche Bild jedoch sofort, indem er einen Gameboy unter dem Gewand hervorzieht.

Zwei Minuten später bricht das Gesäusel vom Band ab, und die Orgel erdröhnt seufzend, als Alice Parsifal auf ein Zeichen eines der Platzanweiser an der Tür hin in die Tasten haut und den »Hochzeitsmarsch« anstimmt.

Ein Raunen ist zu hören, als Sally die Kirche betritt und an Dads Arm den Gang entlang schwebt. Sie sieht wirklich schön aus, geradezu ätherisch. Während ich in diesem Kleid einer viel zu süßen Torte geglichen habe, sieht sie wie eine Märchenprinzessin aus.

Richard dreht sich um, um sie in Empfang zu nehmen. Ich verrenke mir den Hals, um sein Gesicht zu sehen. Ist er stolz? Das sollte er. Ich schicke ein Stoßgebet gen Himmel, er möge sie wirklich und wahrhaftig lieben.

Dad übergibt seine jüngere Tochter an ihren zukünftigen Ehemann.

»Liebe Gemeinde…«, setzt Pfarrer Parsifal an. In seiner weiten, schwarzen Soutane mit dem weißen Kragen sieht er wie eine Elster aus, als er langsam und klar zu sprechen beginnt und seine Stimme im Kirchenraum widerhallt.

Sallys Stimme ist kaum mehr als ein Flüstern, sodass ich die Ohren spitzen muss, um sie zu hören.

»Vor den hier Versammelten erkläre ich, dass ich, Sally-Anne Louise Blakeney, dich, Richard Edward Trevelyan…«

Richards Stimme klingt klar und selbstbewusst. Er entzieht sich meinem Blick, teilweise durch den Pfeiler, teilweise durch ein üppiges Gesteck, das kaum von Mutters Hut zu unterscheiden ist. Das kommt mir sehr gelegen.

»… Einwände hat, der spreche jetzt oder schweige für immer.«

Irre ich mich, oder richten sich bei diesen Worten aller Augen auf mich? Ich sage mir, dass ich mir das nur einbilde. Der Augenblick geht vorüber.

James, dieser Clown, tut so, als habe er die Ringe verloren. Schön wär's. Wie ein Zauberer holt er sie aus seinem seidenen Taschentuch. Reihum ertönt Gelächter, das sich an der gewölbten Decke bricht.

Die Ringe werden getauscht.

Die Zeremonie ist beendet.

Richard und Sally-Anne sind verheiratet.

Ich frage mich, wie ich mich fühle. Beschissen, lautet die Antwort.

Mutter betupft sich mit einem kleinen Spitzentaschentuch die Augen. Ich werfe einen Seitenblick auf Kat. Sie beißt sich so fest auf die Unterlippe, dass sie schon ganz weiß und blutleer ist. Dad schnäuzt sich in ein überdimensionales Taschentuch. Ich denke, es ist Zeit zu gehen.

Ich ziehe den Kopf vor dem Beschuss mit rosa Konfetti und weißem Reis ein und will gerade über den Kiesweg zum Parkplatz flüchten, als mich Erica abfängt, Sals beste Freundin und erste Brautjungfer. Sie war Schulsprecherin an der Schule, auf die wir beide gingen, ist schrecklich nett und fröhlich und kommandiert einen immer furchtbar herum. Sie hilft James, der seinen Pflichten als Trauzeuge nachkommt und die Gäste für das Hochzeitsfoto aufstellt. Vermutlich hegt sie insgeheim die Hoffnung, die Tradition fortführen zu können, der zufolge Trauzeuge und erste Brautjungfer zueinander finden. Bei jeder sich bietenden Gelegenheit grinst sie ihn mit Zahnpastalächeln an.

»Bitte lächeln«, verkündet sie strahlend. »Zuerst die Familienfotos. Fliss, du stellst dich hier hin. James, du kommst hier her und wartest mit mir, bis sie uns brauchen.«

Mist. Stammelnd suche ich nach einer Ausrede.

»Äh, also, ich sollte wohl lieber nachsehen, ob alles für den Empfang vorbereitet ist oder ob nicht in letzter Minute eine Katastrophe …«

»Unsinn! Dafür haben wir doch die Catering-Firma bezahlt«, widerspricht sie und strahlt mich ihrer Meinung nach beruhigend an. »Das ist eine erstklassige Firma, Fliss, ich bin sicher, dass sie wunderbar zurechtkommen.« Ich weiß, dass sie erstklassig ist, will ich ihr ins Gesicht spucken, schließlich habe ich sie ausgesucht. Bitte, bitte, lasst mich hier raus! Stattdessen gebe ich nach und lasse mich zu der Stelle führen, wo der verfluchte Fotograf versucht, Sally und Richard abzulichten.

»Und *Cheese*!«, wiederholt er bei jedem Schuss mit penetranter Stimme, als wir uns zu dem glücklichen Brautpaar gesellt haben.

Es fällt mir unglaublich schwer zu lächeln. Jedes Mal, wenn er sein *Cheese* von sich gibt, ringe ich mir eine Grimasse ab. Hoffentlich sieht man auf den Bildern nichts außer meinem Hut und meinem Kinn.

Kapitel 7

Adesley Hall ist ein langgestrecktes, honigfarbenes Gebäude im Whystone Valley, das an eine schlafende Katze in der Sonne erinnert. Als sich der Autokorso die lange, von Bäumen gesäumte Auffahrt entlang schlängelt, öffnet die Katze ein Auge, räkelt sich und erwacht zum Leben. Aus dem Inneren dringen hektische Geräusche. Die Feier kann beginnen.

Ich habe Adesley Hall ausgewählt, weil es so romantisch ist. Bei seinem Anblick hat man sofort Visionen von Helden, die sich an den mit Wein bewachsenen, bröckelnden Mauern emporhangeln, um eine holde Maid zu retten, die in einem der zwei Türme gefangen gehalten wird, welche den säulenbestandenen Haupteingang flankieren. Welche Ironie, dass die Romantik, nach der ich mich einst sehnte, mich nun insgeheim zu verhöhnen scheint.

Es gab keinen Grund für Sally-Anne, die Örtlichkeit zu wechseln. Tatsächlich hätte sie so kurzfristig nichts Vergleichbares gefunden. Also muss ich nicht nur die mitfühlenden, neugierigen, tratschenden Verwandten ertragen, sondern auch die nicht ganz so mitfühlenden, doch nicht minder neugierigen und noch mehr tratschenden Hotelangestellten.

Ich bin gefahren wie der Teufel, um vor allen anderen hier zu sein und nicht durch ein Meer von Hochzeitsgästen hereinkommen zu müssen.

Es ist ein sonderbares Gefühl, das Gebäude zu betreten.

Der große, eichengetäfelte Saal ist noch leer. Die Tische sind mit rosa und weißen Blumen geschmückt, mit rosa und weißer Tischwäsche, rosa und weißen Tischkarten mit goldener Schrift, und in den rechten oberen Ecken der Menükarten sind kleine goldene Engel abgebildet (die waren nicht meine Idee, das kann ich Ihnen versichern).

»Richard und Sally heißen Sie willkommen« steht auf der Tafel, die den Sitzplan anzeigt, der umstrittener, ausgetüftelter und komplizierter ist als die Magna Carta.

Der Raum ist ganz rosa, flauschig und kuschelig-romantisch. Meine ursprüngliche Vorstellung ist Sallys betont femininem Touch gewichen. Auch ich bin romantisch, zugegeben, aber ich stehe mehr auf das Wilde, Atemberaubende, nicht auf die kitschige Variante à la Pralinenschachtel oder Valentinsgruß, der der Saal jetzt gleicht.

Ich erschaudere.

Irgendwie erinnert er mich an Caros Esszimmer am Abend der Orgie – er ist nicht ganz so geschmackvoll, aber auch nicht ganz so lasziv.

Der Hotelmanager, mit dem ich so manch nervenaufreibende Stunde über Sitzpläne, Speisenfolge und die Vorzüge verschiedener Weine diskutiert habe, begrüßt mich mit einem verkniffenen Lächeln, als er zum Haupteingang eilt, um die Hochzeitsgesellschaft in Empfang zu nehmen. Seine Mundwinkel zucken nervös, bevor er hastig den Blick abwendet. Zwei junge Kellnerinnen, die mit Tabletts voller Champagner neben dem Eingang warten, sehen ebenfalls zu mir herüber, wechseln einen Blick und fangen an zu kichern.

Es gelingt mir, mich der offiziellen Begrüßungsaufstellung zu entziehen, indem ich mich auf der Toilette verstecke. Ein Ritual, das meine Mutter nicht bereit war, mir zu ersparen. Sie wollte, dass ich eine halbe Stunde lang Hände schüttele, Küsschen auf Wangen drücke und nett plaudere, dass ich von fragenden Blicken, stillschweigender Bewertung und, schlimmer noch, stillschweigendem Mitleid gefoltert werde.

Doch es gelingt mir, mich lange genug zu verschanzen, um mich erst ans Ende des Begrüßungskomitees zu stehlen, als bereits die letzten Gäste das Foyer betreten. Deshalb muss ich auch nur irgendeine vertrottelte, alte Urgroßtante küssen, die mich nicht wiedererkennt, Muriel, eine Cousine zweiten Grades aus Australien, die mich sowieso immer mit Sally verwechselt hat und, Jesus Christus, die Königin der Zuspätkommer, Kat Christian.

Mein übliches Glück.

Kat scheint die Art Begrüßung perfektioniert zu haben, bei der die Lippen zu beiden Seiten des Gesichts die Luft küssen. Ich sehe, wie ihr knallrot bemalter Mund vage in Richtung von Sallys Wangen zielt, während sie bei Richard deutlich länger verweilt. Irgendwie schaffen ihre Lippen es hier, auf Fleisch zu treffen.

Wahrscheinlich wird er eine halbe Stunde und eine Flasche Scheuermilch brauchen, um die knallroten Abdrücke abzurubbeln, die sie hinterlassen hat. Ihr Lippenstift ist so dick und glänzend, dass es aussieht, als seien ihre Lippen aus Ton modelliert, bemalt, glasiert und gebrannt worden, bis sie die richtige Form hatten.

Alex, dem ihre Verspätung unangenehm zu sein scheint, absolviert vor ihr zügig einen nach dem anderen in der Reihe und begeistert meine altersschwachen Verwandten mit seiner umgänglichen Art. Vor mir bleibt er stehen.

»Nochmal Hallo.«

Sanft ergreift er meine Hand.

»Ich schüttele sie lieber nicht, da ich fürchte, dass dir der Arm abfällt, wenn auch nur noch ein Mensch das versucht.«

»Ehrlich gesagt«, gestehe ich und unterdrücke ein Lächeln, »habe ich gemogelt.«

Ich erzähle ihm, dass ich mich auf der Toilette versteckt habe, und er bricht in schallendes Gelächter aus. Das bringt mir einen vorwurfsvollen Blick von Mutter ein, weil ich die anderen aufhalte, obwohl Kat noch immer bei Richard herumlungert und ihren Mann noch nicht eingeholt hat.

Über die Schulter wirft Alex einen Blick auf seine Frau, der schwer zu deuten ist, drückt sanft meine Hand und geht weiter.

Richards Rede ist blasiert und selbstgefällig, die von Dad hingegen sehr kurz. Er sieht bemerkenswert unglücklich in seinem Cutaway aus, und die Art, wie er ständig an seiner Krawatte zerrt, lässt den Eindruck entstehen, er sei davon überzeugt, sie wolle ihn erwürgen.

Es freut mich, sagen zu können, dass Sally zufrieden strahlt.

Auch Mutter grinst fratzenhaft. Ihr Lächeln ist so breit, dass sie glatt die gesamte, girlandenverzierte Brauttafel nebst der Gäste, die daran Platz genommen haben, verschlucken könnte.

Richard hat trotz der Tatsache, dass er von Natur aus ein Bastard ist, Eltern. Sie sind geschieden, haben seit acht Jahren kein Wort gewechselt und würden einander mit dem größten Vergnügen umbringen, wie unschwer daran zu erkennen ist, dass sie es gerade mittels Blicken und seltsamer Besteckbewegungen versuchen.

Eines meiner größten Probleme mit dem Sitzplan war, wie ich sie wenigstens auf Armeslänge voneinander entfernt halten konnte. Richard behauptet, sie hätten sich in Freundschaft getrennt. Zumindest waren sie beide froh über die Trennung. Angeblich haben sie sich darüber zerstritten, wer von ihnen das Familiensilber bekommen sollte. Ich glaube ja, dass sie sich in Wahrheit gegenseitig die Schuld dafür zuschieben, ein Kind wie Richard hervorgebracht zu haben.

Ich sitze am Tisch für greise und entfernte Verwandte. Die peinliche Fliss. Sie wussten tatsächlich nicht, wo sie mich unterbringen sollten. Trotzdem bin ich erleichtert, hier zu sitzen. So bin ich bei einer Gruppe von Menschen in Deckung, die nicht wissen, wer ich genau bin. Doch die Gerüchte zirkulieren wie erwartet, weshalb ich während des ganzen Essens mit australischem Akzent gesprochen habe, was sie noch zusätzlich verwirrt hat.

Nach den Reden wird die riesige, vierstöckige Torte unter weiteren Ahs und Ohs hereingerollt. Sie ist in der Tat ein Wunder moderner Tortentechnik. Sie ist noch üppiger mit Blumen geschmückt als die Kirche und sieht so zart und fragil aus, dass man glauben konnte, sie würde in dem Augenblick einstürzen, in dem Sally und Richard sie gemeinsam beim Anschneiden berühren.

Richard steht auf und ergreift Sallys Hand. Majestätisch und glücklich lächelnd kommen sie um den Tisch herum. Sallys Augen glänzen. Sie nehmen das lange, mit rosa Schleifen geschmückte Silbermesser, wobei Richards Hand schützend über Sally-Annes liegt.

Fotoapparate blitzen erneut auf, als die Klinge sich sauber in den weißen Zuckerguss gräbt. Bewundernd blickt Sally-Anne zu Richard auf, der mit hochgezogenen Brauen zu Kat Christian hinübersieht. Das hier ist für dich, scheint er insgeheim zu spotten.

Als das Büfett hinausgerollt und die Discoanlage aufgebaut ist und die Gäste beginnen, sich zu vermischen, ziehe ich mich auf einen Stuhl in einer schwach beleuchteten Ecke zurück. Ich fühle mich wie jemand, der für einen wohltätigen Zweck mit der Spendenbüchse klappert. Die Leute gehen mir offensichtlich bewusst aus dem Weg. In solchen Momenten findet man schnell heraus, wer die wirklichen Freunde sind. Die Mehrzahl meiner Freunde wurde von der Gästeliste gestrichen, wenigstens einen davon hätten sie mir als moralische Stütze lassen können. Ich muss an Caroline denken. Sie hätten meine Trauzeugin sein sollen.

Vielleicht sollte ich noch etwas trinken.

»Es muss ja total seltsam sein, so als Gast auf seiner eigenen Hochzeit.«

Überrascht sehe ich auf, als mir eine Wolke Poison in die Nase steigt. Neben mir steht Katherine Christian.

»Es tut mir Leid, aber …«

»Tut es das?«, entgegnet sie zweifelnd.

Sie zittert wie die gespannte Saite eines Bogens kurz vor dem Abschuss des Pfeils. Warum nur habe ich das Gefühl, ich sei ihre Zielscheibe? Sie schnappt sich ein Glas Champagner von einem vorbeikommenden Kellner und setzt sich unaufgefordert zu mir.

»Schönes Kleid«, sagt sie ohne Überzeugung und sieht zu Sally-Anne hinüber.

»Wenn man so was mag«, murmele ich ausweichend.

Sie dreht sich zu mir um. Ihre blauen Augen glitzern dreist.

»Ich muss schon sagen, es ist sehr tapfer von dir, hier zu sein. Es war sicher schrecklich für dich, als Richard dich fallen ließ. Du musst ein sehr versöhnlicher Mensch sein. Versteh das bitte nicht falsch, meine Liebe, aber ich war nicht überrascht, als ich hörte, dass er die ganze Sache abgeblasen hat. In dem Moment, als ich dich sah, wusste ich, dass du ihn nicht würdest halten können. Ich glaube, ich kenne Ricky besser als jede andere Frau, und ich habe sofort erkannt, dass du nicht die Richtige bist. ›Dieses Pärchen‹, habe ich zu Alex gesagt – du erinnerst dich doch an meinen Mann Alex, nicht wahr? – ›Dieses Pärchen‹, habe ich gesagt, ›ist nicht glücklich‹.«

Was erlaubt sich diese Frau! Ich schwanke, ob ich ihr eine ebenso unverschämte Antwort geben oder mich um Toleranz bemühen soll, ehe ich mich zu Letzterem durchringen kann.

»Mit einem hast du Recht, wir waren nicht glücklich zusammen. Aber Richard hat mich nicht wegen Sally-Anne verlassen, sondern ich habe beschlossen, dass ich ihn einfach nicht heiraten kann. Die Beziehung zu Sally hat sich nach unserer Trennung entwickelt.«

Ungläubig sieht Kat mich an. Es fällt ihr sichtlich schwer zu glauben, das meine Wenigkeit jemals beschließen könnte, den glamourösen, wunderbaren Richard nicht haben zu wollen. Als wolle sie dies noch betonen, blickt sie zu ihm hinüber und seufzt. Eine Gruppe Frauen scharwenzelt um ihn herum, natürlich unter der Regie meiner Mutter.

»Er hat solch eine Ausstrahlung. Sieh doch nur, sie umkreisen ihn wie Motten das Licht.«

»Eher wie Fliegen einen Haufen Scheiße«, platze ich heraus. Hoppla, Fliss, hüte deine Zunge!

Glücklicherweise gehört Kat offensichtlich zu den Menschen, die zwar viel reden, aber selten zuhören. Sie spielt an ihrem Glas herum und fährt mit einem dick beringten Finger über den Rand, bis er anfängt zu singen.

Ich kann förmlich sehen, wie sie nachdenkt. Das langsame Rattern ihres Hirns ist so eindeutig, dass man fast glaubt, es hören zu können. Anscheinend verspürt sie das Bedürfnis, jemanden zur Schnecke zu machen, und ich bin die Auserwählte.

»Wusstest du, dass er mich heiraten wollte? Genau genommen war er ganz versessen drauf, aber ich habe ihn abgewiesen. Damals fühlte ich mich zu jung, um mich zu binden. Er war am Boden zerstört, als ich ihn verlassen habe.«

Von ihm habe ich eine ähnliche und doch völlig andere Version der Geschichte zu hören bekommen. Einer von beiden schwindelt. Fragt sich nur, wer.

»Ach ja?«, antworte ich und werfe ihr einen Blick zu, um zu sehen, wie sie reagiert. »Wie seltsam, während unserer ganzen Beziehung hat er dich nicht einmal erwähnt.«

Das stimmt, ich bin nicht boshaft – na ja, vielleicht ein kleines bisschen, da sie anscheinend über das Geschick verfügt, ständig bei mir anzuecken, aber davon abgesehen war Katherine Christian eine ausgesprochen gut verborgene Seite in Richards Leben, das ansonsten einem offenen Buch gleicht.

Ich dachte immer, Richard wäre zu egoistisch, um Geheimnisse zu haben.

Jetzt denke ich, Kat Christian ist zu egoistisch, um so einfach aus Richards Leben zu verschwinden. Ich warte noch immer auf ihre Reaktion.

Ich bekomme weit mehr, als ich wollte.

»Ich weiß, dass Richard dich nicht wegen Sally-Anne verlassen hat«, sagt sie langsam und sieht mich dabei immer noch nicht an, »weil er dich wegen mir verlassen hat.«

Sie hält inne und sieht mich schließlich doch an, da sie anscheinend mit einem dramatischen Ausbruch rechnet. In Gedanken schreie ich vor Entrüstung auf, doch es gelingt mir, mir nach außen hin nichts anmerken zu lassen.

»Es tut mir Leid, Felicity. Ich wollte es für mich behalten, aber ich denke, du hast ein Recht darauf, die Wahrheit zu erfahren. Es ist bei diesem zufälligen Treffen im Restaurant passiert. Da sind die Gefühle, die er für mich hat, wieder hochgekommen.«

Na, wenn das keine neue Wendung ist. Die Frau ist entweder total durchgeknallt oder völlig auf dem Holzweg.

»Richard hat mich wegen niemandem verlassen«, wiederhole ich langsam und hoffe, dass es diesmal ankommt, »ich habe beschlossen, dass ich ihn nicht heiraten will. *Ich* habe die Hochzeit abgesagt.«

Sie sieht mich ruhig an, ohne mit der Wimper zu zucken. Es ist ziemlich eindeutig, dass sie das Gleiche über mich denkt wie ich über sie: durchgeknallt oder auf dem Holzweg?

»Letztes Jahr, als er von meiner geplanten Heirat erfuhr, hat er mir geschrieben. Er hat mich angefleht, es nicht zu tun, sondern zu ihm zurückzukehren«, antwortet sie langsam, damit ich es auch wirklich verstehe. Erneut wartet sie auf eine Reaktion, doch ich werde ihr nicht die Genugtuung verschaffen, meine Überraschung auch nur durch ein Wimpernzucken zu verraten. Also fährt sie fort.

»Letzten Juni, um genau zu sein. Ich habe den Brief immer noch. Richtig anrührend, wirklich. Er hat mir angeboten, alles aufzugeben, um wieder mit mir zusammen zu sein …« Sie wirft mir einen Seitenblick zu, und ihre hellblauen Augen blitzen triumphierend.

Vor einem Jahr? Im Juni?

Richard hat mir im Juni den Heiratsantrag gemacht.

Kat sieht, dass sie ins Schwarze getroffen hat, und grinst zufrieden.

»Ich stand kurz davor nachzugeben. Er war so hartnäckig und

wollte mich so offensichtlich unbedingt wiederhaben. Und das Feuer zwischen uns kann natürlich nie ausgelöscht werden. Du weißt sicher, wovon ich spreche. Wenn die Liebe größer ist als man selbst…« Wieder wirft sie mir unter ihren geschwungenen, schwarzen Wimpern – die bestimmt falsch sind – einen taxierenden Blick zu. »Aber vielleicht weißt du es auch nicht… Ich stand wirklich kurz davor, alles für ihn aufzugeben, doch vierzehn Tage später sollte ich Alex heiraten, und ich gehöre nicht zu den Menschen, die vor ihren Pflichten davonlaufen.«

»Oder vor einem gut gefüllten Bankkonto«, rutscht es mir heraus.

Sie springt nicht darauf an. »Alex ist sicher ein sehr wohlhabender Mann, aber ich habe ihn nicht nur des Geldes wegen geheiratet, obwohl eine vernünftige Frau immer Wert auf finanzielle Sicherheit legt. Er hat andere Vorteile.«

So viel ist sicher.

Seine Frau mag ich ja kurzfristig in die staubige Rumpelkammer verbannt haben, die ich mein Hinterstübchen nenne, doch wenn ich ganz ehrlich zu mir selbst bin, ist Alex Christians Gesicht in letzter Zeit in einigen meiner Träume aufgetaucht.

»Letztlich bist du gut davongekommen.«

Ich merke, dass sie weiterspricht, und schalte den Traummodus aus.

»Nur für Sally-Anne tut es mir Leid.«

»Richard hat Sally geheiratet, weil er sie liebt«, fauche ich.

Wen versuche ich zu überzeugen, sie oder mich?

»Das hat er nur getan, um sich an mir zu rächen.«

»Wie seltsam«, sage ich ruhig, »eine Zeit lang dachte ich, er würde es tun, um sich an *mir* zu rächen. Ich hätte mir wirklich Sorgen gemacht, wenn es nicht so himmelschreiend eindeutig wäre, dass er verrückt nach meiner Schwester ist.«

»Er hat mich am Tag danach angerufen.«

»Wie bitte?«

»Am Tag nachdem wir uns im Restaurant begegnet sind… da

hat er mich angerufen. Nur einen Abend später sagte er, er würde die Hochzeit mit dir absagen, wenn ich zu ihm zurückkehre.«

Dieser miese, kleine Betrüger... Kein Wunder, dass er so schnell bereit war, seine Niederlage einzugestehen, als ich ihm an diesem Tag sagte, es sei alles aus. Er dachte doch tatsächlich, er könne aus unserer Beziehung direkt in die Arme von Katharina, der nicht ganz so Großen, hinüberwechseln!

»Wir hatten einen heftigen Krach. Ich mag es nicht, wenn Leute versuchen, mich zu manipulieren«, fährt sie schmollend fort. »Er hat versucht, mich unter Druck zu setzen und mich dazu zu bewegen, Alex zu verlassen. Er hat die geplante Heirat mit dir als Drohung benutzt. Um Druck zu machen. Natürlich war mir klar, dass er die Hochzeit nie durchziehen würde. Man kann wohl kaum von jemandem Lösegeld erpressen, wenn man nicht die leiseste Absicht hat, eine Geisel zu nehmen.«

Oder wenn die Geisel in der Zwischenzeit ausgebüchst ist, denke ich verärgert.

»Du hast Recht.« Ich lächele ihr zu, doch mein Lächeln ist so süß wie eine Zitrone.

»Wie bitte?«

Warte nur ab.

»Ich sagte, du hast Recht, Kat. Als er dich anrief, wusste Richard, dass er mich nicht heiraten würde. Er wusste, dass er mich nicht heiraten würde, weil ich es ihm am selben Morgen gesagt hatte.«

Sie will mir widersprechen.

»Ich habe Zeugen«, füge ich hastig hinzu.

Ihr modellierter Mund öffnet sich leicht. Ist das ein Zeichen dafür, dass ihr Gehirn anfängt zu arbeiten? Was ich gesagt habe, sickert wohl allmählich ein. Zumindest hoffe ich das, es hat schließlich lange genug gedauert, die Nachricht rüberzubringen.

»Soll das heißen, du hast wirklich mit ihm Schluss gemacht?«, fragt sie matt.

Ich nicke.

»Nicht er mit dir? Mir hat er erzählt, er hätte mit dir Schluss gemacht… um meinetwillen.«

»Ist doch logisch, oder? Dürfte für sein Ego und sein Ansehen kaum vorteilhaft sein, von jemandem wie mir verlassen zu werden. Da kam ihm das Treffen mit dir am Abend vorher nur zu gelegen. Das hat den Schlag abgeschwächt. Er dachte, er hätte jemanden, auf den er zurückgreifen könnte.«

»Zurückgreifen! Er will überhaupt nicht auf mich zurückgreifen. Ricky liebt mich nämlich… ist das klar? MICH!«

»O ja, und genau deshalb hat er auch gerade eine andere geheiratet! Nicht mal Richard ist so vertrottelt, eine Frau zu heiraten, nur um sich an einer anderen zu rächen.«

Das habe ich mir zumindest in den vergangenen Wochen immer wieder gesagt, und jetzt, da ich es laut wiederhole, klingt es ziemlich einleuchtend.

»Er hat mit drastischen Maßnahmen gedroht, falls ich ihn nicht wieder zurücknehme. Er hat dich wegen mir verlassen, und als ich ihn abblitzen ließ, hat deine Schwester schon bereit gestanden, um ihn aufzunehmen. Er hat sie nur geheiratet, um mir eins auszuwischen«, faucht Kat.

»Ach, tatsächlich? Herzlichen Dank, dass du mein Gewissen beruhigst«, erwidere ich spöttisch. »Jetzt fühle ich mich gleich viel besser. Ich habe mir entsetzliche Vorwürfe gemacht und dachte, Richard würde das Leben meiner Schwester wegen mir kaputtmachen, aber jetzt ist mir klar, dass alles deine Schuld ist.«

»Ich sage dir, er liebt *mich*, nicht deine Schwester«, zischt sie wütend.

Ihre Augen glühen, als sie den Stuhl zurückstößt. »Du wirst schon sehen, er hat sie nur geheiratet, um sich an mir zu rächen…«, wiederholt sie, während sie sich zum Gehen wendet.

»Ach ja? Ich dachte, dass man jemanden heiratet, weil man ihn liebt!«, rufe ich ihr nach. »Aber anscheinend habe ich schwer daneben gelegen, was?«

Alle drehen sich um und starren herüber. Als sie sehen, dass ich es bin, die da brüllt, wenden sie hastig den Blick ab. Natürlich, die abservierte Exverlobte, die einen Anfall kriegt. Sie wussten ja alle, dass ihre ruhige und gelassene Fassade nicht ewig halten würde.

Ich vergrabe den Kopf in den Händen.

Kat hat mich meine letzte Kraft gekostet und meine unzähligen Zweifel an Richards Absichten gegenüber Sally erneuert. Ich habe einen schlechten Tag. Ach was, ich habe ein schlechtes Jahr. Ich greife nach meinem Glas, aber es ist leer.

Typisch!

»Ich hoffe, meine Frau war nicht zu gemein?«, vernehme ich eine leise, ruhige Stimme im allgemeinen Gemurmel.

Ich sehe auf. Alex Christian blickt lächelnd zu mir herunter. Er reicht mir ein Glas Champagner und deutet auf den leeren Stuhl neben mir.

»Macht es dir etwas aus, wenn ich mich zu dir setze?«

»Bist du sicher, dass du das willst?« Unglücklich starre ich auf die Perlen, die in meinem Glas aufsteigen. Plötzlich ist mir nicht mehr nach Champagner zumute. »Anscheinend bin ich heute so etwas wie eine Aussätzige. Alle meiden mich. Sie wissen nicht, was sie zu mir sagen sollen. Es heißt, Richard hätte mich wegen Sally sitzen lassen, und allen ist es furchtbar peinlich, mit mir darüber zu sprechen. Allen außer deiner Frau, die übrigens geradezu *widerlich* war, aber ich vermute mal, das ist ihr üblicher Stil.«

»Das tut mir Leid«, sagt er peinlich berührt.

»Nein.« Ich schüttele den Kopf. »Ich sollte mich entschuldigen. Ich wollte es nicht an dir auslassen.«

»Kann ich mir vorstellen. Ich kann mir vorstellen, dass dieser Tag ziemlich übel für dich ist, stimmt's?«

Ich sehe ihn an. Er hat ein sympathisches Gesicht, dem man ansieht, was für ein guter Zuhörer er ist. Ich verspüre den seltsamen Drang, ihm alles zu erzählen. Das Problem ist nur, dass er mit Kat verheiratet ist. Wie könnte ich das also tun?

»Ich weiß über Richard und meine Frau Bescheid«, sagt er, als könne er Gedanken lesen.

Ach ja? Die Frage ist, ob er auch *alles* über Richard und seine Frau weiß.

»Kat spricht gern davon«, fährt er fort. »Über ALLES.«

Es ist geradezu unheimlich, aber er *kann* Gedanken lesen.

»Auch mir hat sie davon erzählt. Nicht gerade diskret, was?«, bemerke ich, was einer ziemlichen Indiskretion meinerseits gleichkommt.

Aber Champagner löst die Zunge. Das Kinn in die Hand gestützt, hört er mir nachdenklich zu. Er unterbricht mich nicht, und sein Blick schweift kein einziges Mal ab. Als ich schließlich stotternd ende, drückt er meine Hand.

»Du Arme.« Er lacht über meine Tragikkomödie, doch er macht sich nicht über mich lustig. Und ich spüre, dass nichts an seinem Verhalten gönnerhaft ist. »Tut mir Leid, dass sie es versucht hat. Ich will sie nicht entschuldigen, aber das alles ist sehr hart für sie.«

Wie kann er nur so verständnisvoll sein?

»Sie hat vermutlich gedacht, sie könne Richard für immer um den kleinen Finger wickeln«, fährt er fort.

»Es überrascht mich wirklich, dass du so ruhig bleiben kannst. Ich an deiner Stelle würde vor Wut platzen.«

»Warum aus einer Mücke einen Elefanten machen?« Er zuckt die Achseln. »Kat ist die Königin der Melodramatik, ihr Leben ist eine Inszenierung, in deren Mittelpunkt sie steht. Richard ist ein Akt darin. Es geht nicht um das wirkliche Leben, also lasse ich es nicht zu nahe an mich herankommen. Alles bloß *Romeo-und-Julia*-Gehabe. Glaubst du wirklich, ihre Romanze wäre auch nur annähernd so heftig, wenn sie frei wären?«

»Wenn sie wirklich so *wahnsinnig* verliebt waren«, bemerke ich spöttisch, »warum haben sie sich dann überhaupt getrennt?«

Er zuckt die Achseln. »Keine Ahnung. Beide haben mir eine andere Version der Geschichte erzählt.«

»Mir auch.«

»Ich glaube, sie können nicht miteinander leben, aber auch nicht ohne einander.«

»Also müssen sie sich trennen und stattdessen andere unglücklich machen?«, murmele ich und starre wütend zu Richard hinüber, der im Kreise seiner Freunde an der Bar Hof hält. Alex ertappt mich dabei und interpretiert wie alle anderen meine unglückliche Miene falsch.

»Du hast mir nie deine Version erzählt, Fliss. Hast du ihn geliebt?«

Oje, ich höre, wie sich eine Spur von Mitleid in seine Stimme schleicht.

»Am liebsten würde ich dem DJ das Mikrofon aus der Hand reißen und verkünden, dass ich nicht von Richard verlassen wurde und dass ich geradezu außer mir vor Freude darüber bin, dass wir nicht mehr zusammen sind. Ich mache mir nur Sorgen darüber, er könnte meine Schwester nicht wirklich lieben … Und wenn die anderen doch nur endlich aufhören würden, Gerüchte über mich zu verbreiten!«

Er lächelt.

»Tut mir Leid. Ich habe verstanden. Aber warum bist du so sicher, dass er Sally-Anne nicht liebt?«

»Na ja, das Ganze ging doch reichlich schnell, findest du nicht? Und dann noch Kats Bemerkungen über ihre Beziehung … Ach, das Ganze ist so verworren, und ich habe das Gefühl, alles ist meine Schuld!«

Zu meiner Überraschung beugt Alex sich herüber und drückt beruhigend meine Hand.

»Sally ist bezaubernd, und jeder halbwegs kluge Mann würde sich glücklich schätzen, jemanden zu finden, der so geduldig, verständnisvoll und hübsch wie sie ist.«

»Das stimmt«, pflichte ich ihm bei und blicke zärtlich zu meiner Schwester hinüber, die mit ihrer typischen Selbstlosigkeit mit einem ältlichen, müffelnden Verwandten tanzt, dem alle anderen aus dem Weg gehen.

»Glaubst du denn wirklich, Richard hätte Sally geheiratet, wenn er nichts für sie empfände?«

»Wenn ihm das Vorteile verschafft, ja. Richards Motive sind immer absolut selbstsüchtig. Es wäre ein spektakulärer Schachzug zu versuchen, Kat zurückzuerobern. Wenn das Einzige, was sie reizt, seine Unerreichbarkeit ist, dann ist es clever von ihm zu heiraten.«

»Bist du immer so zynisch?«

»Kannst du mir das vorwerfen, wenn es um Richard und meine Schwester geht?«

»Anscheinend willst du nicht, dass sie verletzt wird. Aber wer sagt, dass es so sein muss?«

»Gerade noch hast du mir zugestimmt, dass Kat und Richard ein übles Spiel treiben.«

»Eben, das Ganze ist ein Spiel. Richards Ergebenheit führt dazu, dass Kat sich gut fühlt. Und ihr gefällt die Vorstellung zu glauben, sie mache mich eifersüchtig, weshalb sie sich ebenfalls gut fühlt.«

»Tut sie das?«

»Tut sie was?«

»Dich eifersüchtig machen.«

Er beißt sich auf die Unterlippe und atmet hörbar aus.

»Nicht wirklich. Kat ist egoistisch und narzisstisch. Sie liebt sich selbst und will von jedem geliebt werden. Alle Männer sollen sie absolut unwiderstehlich finden. Richard ist Balsam für ihr Ego. Sie will, dass ich mich unsicher fühle, und Richard soll es genauso ergehen. Sie spürt, dass ihre Gleichgültigkeit das Einzige ist, was uns bei der Stange hält. Die Ironie bei alledem ist, dass sie selbst durch ihre Unsicherheit angetrieben wird. Jetzt, da Richard deine Schwester geheiratet hat, will sie ihn. Es ist Richards Gleichgültigkeit, die sie dazu treibt, ihn zurückzugewinnen. Kat braucht eine Beute. Sie ist wirklich wie eine Katze, die mit der Maus spielt, bis das arme Ding den Löffel abgibt, und dann plötzlich feststellt, dass es ihr den Appetit verschlagen hat.«

»Dann ist sie ein echtes Miststück«, sage ich, ohne nachzudenken. »Oh, entschuldige, dass ich deine Frau so mies mache.«

»Schon in Ordnung«, entgegnet er. Um seinen Mund spielt ein kaum merkliches Lächeln. »Sie *ist* ein Miststück.«

Versonnen lächeln wir uns an.

»Warum hast du sie geheiratet?« Plötzlich bin ich überaus neugierig. Je mehr Zeit ich mit Alex verbringe, desto besser gefällt er mir. »Wie kann ein so netter Mann wie du eine so grässliche Person wie sie heiraten?«

Er schweigt.

»Meine Güte, es tut mir aufrichtig Leid. Was für eine unverschämte Frage, wenn man bedenkt, dass wir uns erst so kurz kennen. Es ist nur … äh … es kommt mir vor, als würden wir uns schon viel länger kennen. Normalerweise würde ich so etwas nie fragen …« Ich reite mich immer tiefer in den Schlamassel.

Ich werde rot, bis ich merke, dass er mich amüsiert ansieht, fast schon nachsichtig, wie ein unartiges Kind, das er für sein freches Benehmen eigentlich schimpfen sollte, aber nicht kann, weil es gleichzeitig so unterhaltsam ist.

»Das ist eine Frage, die ich mir selber oft stelle.« Er grinst trocken. »Das war wohl eines der wenigen Dinge in meinem Leben, die ich überstürzt getan habe.«

»Jung gefreit hat lang gereut«, zitiere ich frei und blicke zu meiner Schwester hinüber.

»Beim ersten Treffen ist es immer schwierig zu sagen, ob das, was man sieht, die wahre Person ist. Jeder neigt schließlich zur Selbstdarstellung. Mir war nur nicht klar, wie anders …« Er bricht ab und sieht zu Boden. Jetzt ist es an mir, seine Hand zu drücken, die aus irgendeinem Grund immer noch in meiner ruht und sich so gut anfühlt, dass ich ihre Anwesenheit fast vergessen hatte.

»Man sollte nie eine Beziehung weiterführen, die einen unglücklich macht«, verkünde ich mit der Überzeugung der frisch und glücklich Getrennten. »Warum bleibst du bei ihr?«

Er zuckt die Achseln.

»Zu heiraten bedeutet eine große Verpflichtung, und obwohl ich so kühn oder auch so dumm war, diese Verpflichtung jemandem wie Kat gegenüber einzugehen, halte ich es jetzt für meine Aufgabe, daran zu arbeiten. Warum bist du so lange bei Richard geblieben?«

»Oh, die Antwort darauf ist leicht – aus Feigheit. Ich hatte Angst vor der Veränderung. Und ich war davon überzeugt, ich verdiente nichts Besseres.«

»Also, das darfst du mir glauben, du hast etwas Besseres als Richard verdient.«

»Jeder hat das.« Ich zucke die Achseln.

»Mach dich nicht schlecht, Fliss, viele Männer würden ihren rechten Arm für eine Frau wie dich hergeben.«

Überrascht sehe ich ihn an. Nein, er macht sich nicht lustig über mich. Bisher war ich mir über Alex Christians Charakter und Beweggründe im Unklaren, aber ich glaube, er ist einfach ein echt netter Typ.

Das sage ich ihm auch.

»Ich weiß«, antwortet er. »Und die netten Typen ziehen immer den Kürzeren, nicht wahr?« Er sieht mich an. Die Lachfältchen um seine verblüffend aquamarinblauen Augen vertiefen sich. Plötzlich trifft mich die Erkenntnis wie ein Schlag ins Gesicht. Dieser Mann ist hinreißend! Ich muss blind gewesen sein, das nicht früher erkannt zu haben. Das beinahe unwiderstehliche Verlangen überkommt mich, mit den Fingern durch sein kurzes, dunkles Haar zu fahren. Ich kann nur mit Mühe widerstehen. Alkohol hat die entsetzliche Eigenschaft, Hemmschwellen zu senken, sodass man die üblichen sozialen Barrieren einfach niederreißt und vergisst, dass man den Partner einer anderen Frau nicht in der Öffentlichkeit begrabschen kann. Ich muss rot geworden sein, denn er fragt mich, ob mir heiß ist, und verschwindet in Richtung Bar, um eine weitere Flasche Champagner für uns zu organisieren.

Auf der schummrigen Tanzfläche tanzt Richard mit Mutter, während Sally-Anne mit Dad tanzt. Als die Musik zu einem langsameren Stück übergeht, sehe ich, wie Kat auf die Tanzfläche geht und Mutter auf die Schulter klopft. Anscheinend glaubt sie, ihn einfach abklatschen zu können. Einen Moment lang habe ich den Eindruck, sie würden um ihn kämpfen, dann gibt Mutter nach und stapft entrüstet zurück an ihren Platz.

Alex kommt mit einer vollen Flasche zurück. Wir sehen zu, wie sie über die Tanzfläche schweben. Ihre Schritte harmonieren perfekt miteinander, ihre Gesichter allerdings keineswegs. Es ist deutlich zu erkennen, wie sie hitzig und mit zusammengepressten Lippen aufeinander einreden wie zwei Bauchredner. Offensichtlich streiten sie sich. Glücklicherweise ist Sally-Anne zu beschäftigt, um es zu bemerken.

»Sieh sie dir nur an«, murmele ich verbittert. »Arme Sally-Anne. Ich dachte, es wäre mir gelungen, meine Zweifel abzuschütteln, aber jetzt weiß ich, dass er sie nicht glücklich machen wird.«

»Wie kannst du so sicher sein?«

»Weil Richard nur an seinem eigenen Glück interessiert ist«, sage ich mit Nachdruck.

»Sind wir das nicht alle? Glaubst du nicht, dass jeder Mensch, egal wie uneigennützig er sich auch gibt, hauptsächlich an seinem eigenen Glück interessiert ist?«

»Schon, aber Richard ist der ultimative Narziss. Das Leben dreht sich um ihn, er ist das Zentrum seines eigenen Universums. Sally ist nur ein Satellit, der um die große Sonne kreist, die unter dem Namen Richard Edward Trevelyan bekannt ist. Und deine Frau«, ich deute vage in Kats Richtung, »ist der Mond, der sich anschickt, diesen kleinen Satelliten zu verfinstern.« Ich nehme noch einen Schluck Champagner.

»Ich frage mich, ob Richard der erste Mann auf diesem Mond war«, fahre ich nachdenklich fort.

Er lacht.

»Sie sieht nicht gerade glücklich aus. Wahrscheinlich lässt er sie abblitzen.«

»Ganz bestimmt«, antworte ich streitlustig und ohne jede Überzeugung.

»Mal im Ernst, der Kerl ist frisch verheiratet, Fliss, und dazu noch mit einer fantastischen Frau. Sieh dir deine Schwester genau an, sie ist wirklich hübsch und scheint ein wunderbarer Mensch zu sein …«

»Ja, das ist sie, einfach wunderbar. Und zu gut für ihn.«

»Mag sein, aber du solltest sie nicht abschreiben, bevor sie es nicht versucht haben. Ich weiß, dass es dir schwer fällt, aber gib ihnen eine Chance.«

»Oh, ich würde ihnen jederzeit eine Chance geben, aber was ist mit deiner Frau? Sieh sie dir an!«, entgegne ich wütend. »Weißt du was, wenn du mit deiner Frau tanzen würdest, würde Richard vielleicht auch mal mit seiner tanzen.«

Er starrt mich an. Überrascht sehe ich, dass ein Lächeln um seine Lippen spielt.

»Mit anderen Worten, wenn ich versuchen würde, meine Frau zu kontrollieren, würde sie womöglich nicht Richard nachlaufen. Willst du mir das damit sagen?«

»Vermutlich«, antworte ich verlegen und schäme mich plötzlich für meinen Ausbruch. »Entschuldige, ich falle gleich mit der Tür ins Haus, was?«

Er zuckt die Achseln, sowohl um meine Entschuldigung zu akzeptieren als auch, um seine Antwort einzuleiten.

»Ich fürchte nur, so funktioniert das nicht. Je mehr ich mich für ihre Spielchen interessiere, desto schlimmer treibt sie es. Sie würde es in vollen Zügen genießen, wenn ich auf die Tanzfläche stürmen und sie fortzerren würde. Sie lebt von der Aufmerksamkeit anderer. Und genau deshalb werde ich ganz ruhig und gelassen bleiben …«, das Lächeln blitzt wieder auf, »… denn ich weiß, dass sie das auf die Palme bringt.«

Er beugt sich vor und reibt behutsam mit dem Daumen einen

Klecks Wimperntusche von meiner Wange. »Schau nicht so traurig. Wenn du willst, gehe ich und hole sie da weg.«

»Das würde ich an deiner Stelle lassen. Sie ist wie ein Blutegel – wenn du sie wegziehst, fängt sie an zu saugen«, murmele ich, obwohl meine Gedanken nicht länger bei Kat sind, sondern bei seinem Daumen, der sanft meine Wange streichelt.

Plötzlich verspüre ich den Drang, mein Make-up aufzufrischen.

Erst als ich aufstehe, wird mir bewusst, wie viel ich getrunken habe.

Wie üblich zu viel.

»Ich muss kurz auf die Toilette.« Ich deute mit dem Daumen über die Schulter auf die Damentoilette.

Ich studiere mein Gesicht in dem hell ausgeleuchteten Spiegel, der eine ganze Wand einnimmt. Ich bin blasser als die Lilien in Sally-Annes Brautstrauß, vor dem ich in Deckung gegangen bin, als sie ihn vorhin als charmanten Wink mit dem Zaunpfahl in meine Richtung geschleudert hat.

Meine Augen sehen riesig aus. Sie glühen wie heiße Kohlen, die in kalten Schnee gefallen sind. Ich versuche, den Lippenstift aufzufrischen, stelle aber fest, dass ich zu stark zittere. Meine ohnehin schon vollen Lippen wirken noch aufgeblähter und geschwollener, als ich sie weit neben ihrem Rand umziehe. Ich sehe aus, als hätte mich jemand auf den Mund geschlagen. Und ich fühle mich, als hätte mich jemand in den Magen getreten.

Was für ein furchtbarer, schrecklicher Tag!

Als ich schwankend von der Toilette zurückkomme, wartet Alex auf mich.

»Würdest du gern tanzen?« Er deutet auf die Tanzfläche.

»Ich weiß nicht, ob ich es kann«, erwidere ich und stelle überrascht fest, dass ich sternhagelvoll bin. »Meine Beine scheinen mir nicht mehr zu gehorchen. Es fällt mir schon schwer, aufrecht zu stehen, ganz zu schweigen davon, mich zur Musik zu bewegen.«

»Nun, du kannst dich ja an mich lehnen.« Er schenkt mir dieses hinreißende, verhaltene, langsame Lächeln, und meine Knie werden noch weicher.

Er führt mich auf die Tanzfläche. Wir werden von allen Seiten beobachtet. Mein Benehmen ist an diesem Abend genauestens verfolgt worden. Alle haben darauf gewartet, dass ich einbreche.

»Es ist sehr mutig von dir, mit mir zu tanzen. Alle starren uns an«, murmele ich und lege den Kopf an seine Schulter.

»Sollen sie ruhig«, sagt er. »Anscheinend haben sie nichts Besseres zu tun.«

»Ich kann das Getratsche schon hören«, flüstere ich ihm ins Ohr. »Diese durchtriebene alte Fliss, kaum hat sie von ihrem zukünftigen Mann den Laufpass bekommen, versucht sie schon, sich den einer anderen zu angeln. Passt auf eure Männer auf, Fliss Blakeney ist unterwegs!« Ich muss kichern, da mich die Vorstellung von mir als männermordendem Vamp amüsiert.

»Sollen wir ihnen wirklich Anlass zum Tratschen geben?« Alex lacht, zieht mich näher an sich und legt seine Hand fest auf meinen Hintern.

Kat entdeckt uns über Richards Schulter. Ihre Augen ziehen sich zusammen.

»Deine Frau sieht ziemlich wütend aus«, murmele ich ihm ins Ohr.

»Sie ist wahrscheinlich eifersüchtig.«

»Auf uns?«

»Genau.«

Psychologie war noch nie meine Stärke, und ich bemühe mich, die Logik dahinter zu erkennen.

»Mal sehen, ob ich das richtig verstehe. Im Grunde will sie Richard, stimmt's?«

»Stimmt. Aber nur, wenn sie meint, sie kann ihn nicht haben.«

»Und auf dich ist sie auch eifersüchtig?«

»Stimmt. Aber nur, wenn sie meint, ich verlöre das Interesse an ihr.«

»Wenn also Richard und du ihr beide hundert Prozent eurer Zeit widmen würdet, würde sie keinen von euch wollen?«

Er lacht. »Unter dem Aspekt habe ich es noch gar nicht betrachtet, aber das stimmt wohl.«

»Wenn ihr also beide gleichgültig wäret, würde sie euch vermutlich beide wollen. Und weil Richard gerade geheiratet hat und du meiner Wenigkeit in der letzten halben Stunde deine ungeteilte Aufmerksamkeit hast zukommen lassen, haben wir ein unglückliches *Kat*-zchen, das die Krallen wetzt, und nicht weiß, wem es zuerst die Augen auskratzen soll. Das könnte kompliziert werden.«

»Ich glaube, das ist es bereits«, sagt Alex. »Sie will ihren Teil vom Kuchen, und den will sie auch essen.«

»Nein, nein, nein«, nuschele ich. »Sie will ihren Teil vom Kuchen, und dann will sie den Teil von jemand anderem, um auch *den* noch zu essen. Von so viel Kuchen müsste sie eigentlich krank werden. Ich glaube auch, dass sie *krank* ist. Hier oben …« Ich poche mir an die Schläfe. »Die hat eine Schraube locker oder sonst etwas. Würde sie sonst auch nur einen Gedanken an diesen Trottel da verschwenden, wo sie doch dich hat?«

Ich erröte, als mir plötzlich bewusst wird, was ich gerade gesagt habe. Doch als ich es wage aufzusehen, lacht er schon wieder leise.

Als ich ebenfalls anfange zu lachen, wird mir erneut bewusst, dass ich sturzbetrunken bin. Ich befinde mich in jenem furchtbaren Stadium der Trunkenheit, in dem man noch klar genug im Kopf ist, um zu wissen, dass man eine Dummheit begehen wird, wenn man weitertrinkt, gleichzeitig aber schon so betrunken ist, dass es einem egal ist.

Gefährlich.

Insbesondere, da ich Alex von Sekunde zu Sekunde attraktiver finde, was keineswegs am Alkohol liegt. Ihm so nahe zu sein, seinen Körper unter der Kleidung zu spüren, ihn zu berühren, meinen Kopf an seine Brust zu legen und seinen Geruch einatmen zu können.

Mir wird schwindelig, und nicht bloß vom Champagner.

Ich versuche, mich zusammenzureißen.

Kat tanzt noch immer mit Richard, also blicke ich mich nach meiner Schwester um. Sie sitzt seitlich der Tanzfläche neben meinem Vater. Beide beobachten Richard und Katherine. Sally sieht unglücklich aus, Dad fingert an seinem unbenutzten Buttermesser herum.

Sally sieht sogar sehr unglücklich aus.

An ihrem Hochzeitstag sollte sie nicht unglücklich sein.

Alex bemerkt, wie ich die Stirn runzele, und sieht ebenfalls zu Sally-Anne hinüber.

»Ich werde dich um etwas bitten, das dir sehr schwer fallen dürfte«, flüstert er mir ins Ohr. »Sag bitte nein, wenn du nicht willst.«

»Schon gut«, antworte ich, »ich glaube, ich hatte gerade dieselbe Idee. Schieß los.«

Ein überwältigendes Gefühl des Abscheus überkommt mich, doch ich schließe die Augen und denke an Sally-Anne, während wir uns quer über die Tanzfläche an Richard und Kat heranpirschen. Ein rasches »Darf ich bitten«, und schon ist sie sicher an der Seite ihres Mannes, während *ich* mich in Richards Armen wiederfinde.

Nie hätte ich gedacht, dass das noch einmal passieren könnte, und schon gar nicht heute.

Richard ist vermutlich genauso erschüttert wie ich.

Er öffnet den Mund, um etwas zu sagen, ehe er ihn ausnahmsweise einfach wieder schließt. Mit ihm um Sals willen tanzen zu müssen, wird dadurch wettgemacht, dass ich ihn sprachlos erleben darf.

Alle starren uns an, also ringe ich mir ein Lächeln ab.

»Glückwunsch«, sage ich zu ihm.

Richard reißt die Augen vor Überraschung noch weiter auf.

»Ich hoffe, ihr beide werdet sehr glücklich zusammen. Nein!«, schneide ich ihm das Wort ab, als er den Mund öffnet. »Ich meine es ernst. Du darfst dich glücklich schätzen, Richard Trevelyan. Sally-Anne ist einer der wertvollsten Menschen, die ich kenne, und ich hoffe von ganzem Herzen, ihr habt ein schönes Leben.«

»Ja, äh, danke.« Richard ist offensichtlich überrumpelt. »Es ist nett zu wissen, dass du so … äh … großherzig sein kannst.«

Ich nicke so huldvoll wie nur möglich, übernehme die Führung und dirigiere ihn reichlich unelegant in Richtung meiner Schwester.

»Ach, und noch etwas …«, flüstere ich, als ich ihn Sally-Anne übergebe. »Falls du ihr auch nur einmal, ich wiederhole, ein *einziges* Mal, wehtust, werde ich persönlich dafür sorgen, dass du *Klein*-Richard«, ich deute mit dem Finger auf seinen Hosenstall, »fortan in der Jackentasche statt in der Unterhose trägst.«

Ich beobachte, wie Sal und Richard sicher auf der Tanzfläche ankommen, kehre dann in meine dunkle Ecke zurück, sichere mir den Rest des Champagners und halte auf die Flügeltüren zu, die aus dem Festsaal auf die lange, gepflasterte Terrasse führen. Plötzlich habe ich das dringende Bedürfnis nach frischer Luft.

Ich schlüpfe über die schwach erleuchtete Terrasse, auf der hier und da ein Pärchen den herrlich lauen Abend genießt, und tauche in der warmen, feuchten Dunkelheit des Gartens unter. Ich husche über den Rasen wie ein entflohener Sträfling, bis ich schlitternd den See an seinem Ende erreiche. Es ist ein mit großer Sorgfalt angelegter See, dem es nicht gestattet ist, sich wild, frei und in dramatischer Schönheit auszudehnen. Zu offensichtlich von Menschenhand geschaffen. Wollen alle Menschen die Natur kontrollieren? Ich will lieber wild, frei und von dramatischer Schönheit sein.

Ich teile das Schilf, lasse mich am Rand des Wassers zu Boden fallen, streife die Schuhe ab und tauche meine Füße ins tintenschwarze Wasser. Kleine Wellen breiten sich aus. Ich versuche, sie zu zählen.

»Er liebt mich, er liebt mich nicht, er liebt mich, er liebt mich nicht … Mist!« Weiter sehe ich nicht. Das bedeutet vermutlich, er liebt mich nicht, aber das ist mir egal, weil ich ihn auch nicht liebe. Nur schade, dass meine Schwester es tut.

Es ist passiert.

Sally-Anne hat Richard geheiratet.

Ich habe es ernst gemeint, was ich zu ihm gesagt habe. Ich wünsche ihnen Glück. Genau genommen wünsche ich es ihnen nicht nur, sondern ich werde wahrscheinlich auch verdammt häufig dafür beten, dass sich für die beiden alles zum Guten wendet.

Zugegeben, ich liebe Richard nicht, aber ich liebe Sal.

Ich sehe zum klaren, dunklen Himmel auf und versuche, den größten Stern zu entdecken. Mein Kopf dreht sich, als ich ihn in den Nacken lege und zum Himmel hinauf starre, sogar so sehr, dass ich mich hinlegen muss. Meine Füße und Knöchel baumeln noch immer im Wasser, und mein Kopf liegt im Gras, das zwar etwas feucht, aber immer noch warm ist von den letzten Sonnenstrahlen, wie Kleidungsstücke, die man etwas zu früh aus dem Trockner zieht.

Plötzlich fällt ein Schatten auf mein Gesicht, dann versperrt ein dunkler Umriss mir den Blick auf den großen Wagen.

»Was machst du denn hier?«, erkundigt sich eine vertraute Stimme amüsiert.

»Wellen zählen statt Blütenblätter«, murmele ich. »Zumindest bis eben. Jetzt warte ich auf eine Sternschnuppe.«

»Und warum?«

»Um mir wahre Liebe und Glück zu wünschen«, sage ich und denke an Sally-Anne.

»Das wünschst du dir?«

»Tun wir das nicht alle?«, sinne ich. »Aber ausnahmsweise habe ich mir das nicht für mich selbst gewünscht.«

Ich sehe zu Alex auf, der über das Wasser blickt wie eine liebevoll geschnitzte Galionsfigur am Bug eines Schiffes.

»Sehe ich da etwa ein Stirnrunzeln«, murmele ich, betäubt

vom Alkohol. »Haben deine Wellen auch mit einer geraden Zahl geendet?«

»Wie bitte?«

»Schon gut, wir machen alle Fehler. Ist Heiraten immer ein Fehler?«

»Wenn man jemanden heiratet, den man nicht liebt, ja.«

»Stimmt.« Ich nicke.

»Oder jemanden, der einen nicht liebt«, fügt er ruhig hinzu.

»Wenn Kat dich nicht liebt, warum hat sie dich dann geheiratet?«

»Weil sie sich über Richard hinwegtrösten wollte.« In seiner Stimme liegt kein Selbstmitleid, das passt auch nicht zu ihm, sondern er sagt einfach nur, was er denkt.

»Dann ist sie bescheuert«, rufe ich. »Man tröstet sich doch nicht mit jemandem wie dir über einen Trottel wie Richard hinweg. Man tröstet sich mit jemandem wie Richard, wenn jemand wie du einen sitzen lässt!«

Wie viel habe ich getrunken?

»Ich glaube, das sollte ein Kompliment sein«, bemerkt er trocken. »Ich bräuchte einen Dolmetscher, um sicher sein zu können, aber danke …«

Ein Frosch, der zweifelsohne von meinen Füßen aufgeschreckt wurde, quakt laut und paddelt in einen ruhigeren Teil des Wassers.

Ich weiß nicht, warum ich trinke, denn dann sage ich immer so dumme Sachen. Als würde mein Mund sich selbstständig machen, während mein Hirn im Vollrausch in der Ecke liegt. Und als sei das Sprechen völlig unabhängig von jeder bekannten Gehirnfunktion.

Ist das etwas Besonderes? Erinnern Sie mich daran, meinen Körper der Wissenschaft zu vermachen, wenn ich meine sterbliche Hülle abschüttele.

Ich sehe zu dem Mann auf, der still neben mir steht. Verdammt, er ist so attraktiv.

»Für jemanden, der dich nicht wirklich liebt, sah sie ganz schön eifersüchtig aus, als du mit mir getanzt hast.«

»Kat ist besitzergreifend. Nur weil sie mich nicht will, heißt das noch lange nicht, dass jemand anderes mich haben darf.«

Das kann ich nur zu gut verstehen.

»Liebst du sie?«

»Was für eine indiskrete Frage.«

»Ich weiß, aber ich bin indiskreter Stimmung. Außerdem hast du mich vorhin dasselbe gefragt. Also, liebst du sie?«

Er vergräbt die Hände tief in den Hosentaschen und blickt zu dem sternenübersäten Himmel auf.

»Sieh mal, da ist der Große Bär.«

»LIEBST du sie?«, beharre ich.

Ich werde nicht zulassen, dass er das Thema wechselt.

Er denkt einen Augenblick nach. »Vermutlich.«

Oje, das wollte ich nicht hören. Habe ich wirklich erwartet, er sagt »Nein, ich liebe sie nicht«? Vermutlich, denn er scheint Kats Flirtversuchen völlig gleichgültig gegenüberzustehen, falls man das, was Richard getan hat, als solchen bezeichnen kann. Wenn ich in jemanden verliebt wäre, der sich so verhält wie sie, würde ich vor Wut explodieren.

Wenn ich verliebt wäre.

Ist es nicht seltsam, wie sich Gefühle anschleichen können? Warum hat es so wehgetan, Alex sagen zu hören, dass er seine Frau liebt?

»Dabei hat sie sich wie ein totales Miststück verhalten«, fügt er nachdenklich hinzu, wodurch ich mich etwas besser fühle. »Ich weiß nicht, was ich für sie empfinde.«

»Sie sieht sehr gut aus«, sage ich wehmütig.

»Du siehst auch sehr gut aus.«

Ich sehe ihn aus zusammengekniffenen Augen an.

»Ich bin vielleicht betrunken«, nuschele ich und wedele mit der Champagnerflasche, als müsste ich diese Behauptung noch untermauern, »aber blöd bin ich *nicht.*«

»Ich meine es ernst«, beharrt er und lässt sich neben mir ins Gras fallen.

»In diesem Fall bist eben *du* betrunken.« Ich biete ihm die Flasche an. »Total voll.«

»Kann sein«, stimmt er zu, nimmt die Flasche und setzt sie mit der vorsichtigen Präzision eines Menschen an die Lippen, der sehr wohl ein bisschen zu tief ins Glas geschaut hat. »Aber du bist trotzdem schön. Von innen und außen, und das ist sehr selten.«

Sein wunderbarer Mund und seine glitzernden blaugrünen Augen lächeln mich an. Sie wirken so flüssig wie der Champagner oder ein aquamarinblauer Pool, der mich einzuladen scheint, die Hüllen fallen zu lassen und hineinzutauchen. Ich starre ihn so angestrengt an, dass alles vor meinen Augen verschwimmt.

»Ich sehe dich doppelt«, murmele ich. »Was echt nicht schlecht ist. Einen für Kat…«, ich zögere und fahre dann ruhig fort, »und einen für mich.«

Wir schweigen beide.

Das Verlangen nach diesem Mann, das mir ganz allmählich bewusst geworden ist, trifft mich mit voller Wucht. Ich habe mich hineinziehen lassen, und jetzt habe ich das Gefühl zu ertrinken. Er ist mir so nahe, dass ich seinen Atem spüren kann. Ich strecke die Hand aus, vergrabe sie in seinem Hemd und ziehe ihn zu mir.

Unsere Lippen berühren sich.

Unfreiwillig schließe ich die Augen.

Ich glaube, ich werde ohnmächtig. Liegt das an der Leidenschaft oder am Alkohol? Ich bin mir nicht sicher. Ich wünschte nur, ich wäre nüchtern genug, um diesen Augenblick richtig genießen zu können, nüchtern genug, um mich hinterher klar daran erinnern zu können. Es ist ein Augenblick, den man hervorholen sollte wie gutes Porzellan, um zu besonderen Anlässen darin zu schwelgen, ihn auszukosten und zu genießen. Doch ich konzentriere mich zu sehr darauf, bei Bewusstsein zu bleiben, um den eigentlichen Kuss registrieren zu können.

In diesem Moment kommt mir ein überaus ernüchternder Gedanke.

Er ist verheiratet. Irgendwo in dem schönen Haus hinter uns ist seine schöne Frau. Sie ist zwar ein Miststück allerersten Güte, aber immer noch seine Frau.

Du sollst nicht ehebrechen.

Plötzlich dringt Lärm zu uns herüber, als die Terrassentüren aufgehen. Stimmen, Gelächter, Menschen, die aus dem überhitzten Saal in die sanfte, laue Wärme der Nacht drängen. Der Augenblick vergeht, die Wirklichkeit hat uns wieder.

Unsere Münder trennen sich. Er sieht schuldbewusst zur Seite und steht hastig auf, um zum Haus zurückzukehren.

Ich glaube, er dreht sich noch einmal um, doch ich sehe nichts durch die heißen Tränen, die in meinen Augen brennen. Tränen der Enttäuschung, der Wut, der Hilflosigkeit. Warum habe ich das getan? Was für ein Dummkopf ich doch bin. Plötzlich sitzt mir der ganze verfluchte Tag wie ein Dämon im Nacken. Seine Hände schließen sich langsam um meine Kehle und drücken zu, bis ich nicht mehr atmen kann.

Ich muss weg hier. Unsicher taumele ich über den Rasen, umrunde das Hotel und lasse mich in ein wartendes Taxi fallen. Ich schwöre tausend Eide, dass ich wirklich die Mrs. Hayes bin, die das Taxi gerufen hat, doch ja, und dass ich nur die falsche Adresse angegeben habe.

Nachdem ich den Rest des Champagners über den armen Taxifahrer geschüttet habe, der aus meinem Verhalten schließt, dass ich tatsächlich betrunken genug bin, um zu vergessen, wo ich wohne, erreichen wir schließlich meine Wohnung. Ich drücke ihm eine Zwanzigpfundnote für acht Pfund Fahrgeld in die Hand und erklimme blind die Treppe.

Nachdem die Eingangstür erst einmal hinter mir verschlossen und verriegelt ist, bleibt mir nur noch eines, und das tue ich dann auch in aller Seelenruhe – ich werde ohnmächtig.

Kapitel 8

Ich schrecke aus dem Schlaf auf. Bis auf die Schuhe, die ich verloren habe, liege ich immer noch voll bekleidet auf dem Küchenboden und halte die leere Champagnerflasche umklammert wie einen Plüschteddy. Meine Katze, eine Fußfetischistin, leckt meine Zehen. Die Küchenuhr tickt lauter als eine Zeitbombe. Sie verrät mir, dass es bereits 11 Uhr 30 ist. Wo zum Teufel bin ich?, schießt es mir durch den Kopf, bevor ein Gedanke alle anderen verdrängt. Alex.

Er wiederholt sich, wie das Ticken der Uhr, und schmerzt mehr als mein Kater. Hinter meiner Schläfe pocht es grässlich, und meine Ohren klingeln entsetzlich, bis mir schließlich klar wird, dass es das Telefon ist.

Ich halte mich an dem stabilen Küchentisch fest und rappele mich hoch. Kalt und steif stapfe ich in die Diele, nicht nur barfuß, sondern dem Schwindel nach zu schließen, der mich überkommt, auch immer noch betrunken. Ich stoße den Hörer mehr oder weniger vom Telefon, bevor ich ihn mit zitternder Hand an mein Ohr pressen kann.

»Hier ist Dad, Fliss. Geht's dir gut?«

Ich denke scharf nach und beschließe, dass es mir nicht wirklich gut geht, nein. »Was meinst du damit?«, knurre ich.

»Du bist gestern so plötzlich verschwunden, deshalb habe ich mir Sorgen gemacht.«

»Ich war müde ...«, sage ich, nicht ganz unwahrheitsgemäß.

»Du hast Sallys Abreise verpasst. Sie und Richard sind vor einer halben Stunde gefahren. Deine Mutter hat sie zum Flughafen begleitet. Ehrlich gesagt glaube ich, sie wäre mit in die Flitterwochen gefahren, wenn man sie gelassen hätte.«

»Sie hätte am liebsten das Hochzeitskleid angezogen und ihm selbst das Jawort gegeben«, fauche ich.

»Dir geht's nicht gut, stimmt's?«, bemerkt Dad. Ich höre ihm an, dass er ernsthaft besorgt ist, bin aber in einer zu miesen Laune, um nett zu sein.

»Wie aufmerksam von dir, das zu erkennen.«

»Es tut dir doch nicht Leid, Fliss? Dass du ihn nicht geheiratet hast?«

»Himmel, nein. Also wirklich, Dad, wenn mir auch nur noch ein Mensch diese Frage stellt, dann… dann…«

»Dann was?«, erkundigt er sich sanft, offensichtlich überzeugt, dass ich schließlich doch schlappgemacht habe.

Ich suche nach etwas angemessen Gemeinem.

»Was weiß denn ich, dann kratze ich ihm die Augen aus, mache ihn einen Kopf kürzer, äh…« Ich entdecke meine Katze, die meinen Füßen wieder gefährlich nahe kommt. »Füttere ihn mit Katzengulasch.«

Angewidert blickt sie mich an und verschwindet in der Küche.

»Ehrlich, es tut mir NICHT Leid, dass ich diesen Schwachkopf nicht geheiratet habe. Ich bedaure nur, dass meine kleine Schwester ihn sich aufgehalst hat. Ich habe andere Probleme, fürchte ich.«

Ich denke an letzte Nacht zurück und spüre diesen Schmerz, der tief in meinem Magen sitzt. Was ist es? Sehnsucht? Schuld? Ich bin mir nicht sicher, aber es tut weh.

»Kann ich dir irgendwie helfen?«

Ich entspanne mich. Dad ist immer für mich da, wenn ich ihn brauche. Ich sollte es nicht an ihm auslassen, dass ich ein verpfuschtes Liebesleben und einen Kater habe.

»Danke, aber ich glaube, da muss ich allein durch«, murmele ich.

»Hör mal«, fährt Dad zögernd fort, »es ist wahrscheinlich kein guter Zeitpunkt, aber ich muss mit dir sprechen.«

Er hört sich merkwürdig an. Ich war so mit meinen eigenen,

verqueren Gedanken beschäftigt, dass es mir zuerst gar nicht aufgefallen ist. Scham und Sorge überkommen mich und verstärken die Übelkeit noch.

»Was ist los, Dad?«

»Ich möchte lieber nicht am Telefon darüber reden. Kann ich bei dir vorbeikommen?«

Jetzt mache ich mir Sorgen.

Ich gehe auf und ab, bis er endlich kommt. Bei Dads normalem Tempo braucht er eine Viertelstunde, heute aber dauert es eine halbe Stunde, an deren Ende ich keine Nägel mehr habe.

Als ich die Tür öffne, fällt mein Blick auf mein Spiegelbild. Mein Gesicht ist blass und ausgezehrt wie das eines Geistes, und meine Augen blicken stumpf und leer.

Dad kommt die Treppe herauf. Er sieht müde aus. Er war immer groß und schlaksig, doch jetzt wirkt er hager.

Ich fühle mich schuldig, weil mir das nicht früher aufgefallen ist. Eine Aura des Schicksals umgibt ihn, als hätte er mir etwas wirklich Entsetzliches zu gestehen. Ich komme mir vor wie ein Priester im Beichtstuhl. Eigentlich wäre es der richtige Zeitpunkt für einen ordentlichen Drink, aber davon hatte ich kürzlich erst viel zu viele.

»Kaffee?«

Ich entscheide mich für das starke Zeug aus der Kaffeemaschine, statt des Instant-Kaffees. Ich versuche, Bohnen zu mahlen, doch das Knirschen der Kaffeemühle verursacht mir Übelkeit. Während die Kaffeemaschine vor sich hin faucht und spuckt wie ein kleiner Geysir, kehre ich zögernd zurück ins Wohnzimmer.

Dad hat sich aufs Sofa geworfen wie ein irischer Wolfshund, der versucht, es sich im Korb eines Schoßhündchens bequem zu machen. Er zerrt ständig an seinem Hemdkragen herum und weicht meinem Blick aus.

»Na, das war gestern vielleicht ein Tag, hm?«, sagt er schließlich, während er anfängt, an seinem Kinn statt an seinem Kragen herumzuzupfen.

»Mhm, so kann man es auch nennen.«

»Ich muss dir etwas sagen, Fliss.« Er hält inne und betrachtet sein Spiegelbild in seinen auf Hochglanz polierten schwarzen Schuhen.

»Jetzt erzähl mir nicht, du bist durchgedreht und hast Mutter ermordet?« Ich lache halbherzig. Seinem Zustand nach zu urteilen, rechne ich fast damit, dass er aufsieht und ja sagt.

Er versucht zu lächeln.

»Wenn es nur so einfach wäre«, sagt er leise.

Er sieht so traurig aus, dass ich mich ihm zu Füßen setze und mein Kinn auf seine Knie stütze, wie ich es als Kind immer getan habe.

»Du machst mir Angst, Dad. Was ist los?«

Keine Antwort.

»Komm schon«, schmeichle ich, »so schlimm kann es doch gar nicht sein, oder?«

»Ich liebe eine andere Frau, Fliss.«

Er stößt die Worte so hastig hervor, sodass sie sich überschlagen und er sie wiederholen muss.

»Was?«

»Ich liebe eine andere … ich bin mit einer anderen Frau zusammen.«

Es dauert etwas, bis die Worte zu mir durchdringen, wo sie schließlich auf den Teil meines Nervensystems treffen, der meine Kinnlade kontrolliert. Sie fällt herunter wie ein kaputter Fahrstuhl.

»Du bist mit einer anderen Frau zusammen?«

Ich weiß nicht, ob ich lachen oder weinen soll. Ich dachte, ich kenne ihn wie meine Westentasche. Was für eine komische Redewendung das ist. Habe ich mir jemals eine Westentasche von innen angeschaut? Ich kenne ihn wie das Innere meines Kühlschranks wäre wohl angebrachter. Obwohl ich völlig schockiert bin, gelingt es mir, meinen Kiefer wieder einzurenken und auf Sprechmodus zu schalten.

»Seit wann?«

»Seit sechs Jahren.« Er wirft mir einen Seitenblick zu, um zu sehen, wie ich reagiere.

»Seit sechs Jahren?«, wiederhole ich ungläubig.

»Es fing an, kurz nachdem du ausgezogen bist. Ich hätte es nie verbergen können, wenn du noch da gewesen wärest, Fliss. Dir wäre es aufgefallen. Du hättest mich ertappt.«

Nachdem sich die Schleusen geöffnet haben, sprudeln die Worte nur so aus ihm heraus.

»Ich wollte es dir schon so lange sagen. Deine Mutter hat mich nie geliebt, Fliss, unsere Ehe war eine Farce. Ich bin nur wegen dir und Sally-Anne geblieben. Jetzt kann ich das nicht mehr. Kaum war Sally heute Morgen zur Haustür hinaus, wusste ich einfach, dass ich nicht den Rest meines Lebens allein mit deiner Mutter verbringen kann. Florence ist so lieb und gut und verständnisvoll …«

»Florence?«, hake ich nach.

»Meine liebe, liebe Florrie …« Einen Augenblick lang werden seine Züge weich, und die Anspannung lässt nach. »Du würdest sie mögen, Fliss. Sie gibt mir alles, was deine Mutter nicht geben kann oder auch nicht will. Du ahnst ja nicht, wie schwer es ist, eine Beziehung weiterzuführen, die völlig steril ist, bar jeder echten Zuneigung.«

»Liebst du sie?«

Er nickt.

»Dann werde ich sie mögen«, erkläre ich. »Alles in Ordnung, Dad, ich verstehe dich.«

»Ja?« In seinen müden grauen Augen flackert ein Hoffnungsschimmer auf.

»Aber natürlich, besser als jeder sonst. Es wundert mich nur, dass du es so lange ausgehalten hast. Ach, Dad, ich wusste ja, dass du unglücklich bist, aber nicht, wie sehr. Warum hast du mir denn nie was gesagt?«

»Ich wollte der perfekte Vater sein. Der Himmel weiß, dass ich dir das schulde. Ich wollte wiedergutmachen, wie deine Mutter dich behandelt hat, Fliss. Ich hätte dich in Schutz nehmen sollen, sie daran hindern müssen, dass sie dich schikaniert und Sally-Anne manipuliert, aber ich habe es nicht getan. Ich alter Dummkopf, nie habe ich ihr die Stirn geboten …« Er bricht mit erstickter Stimme ab und legt den Kopf in die Hände. Seine Schultern beginnen zu zucken.

Sanft ziehe ich seine Hände vom Gesicht. In seinen Augen schimmern Tränen.

»Du *bist* der perfekte Vater«, sage ich tröstend. »Für mich wirst du das immer sein.«

Ich drücke seine Hände, während er sich verzweifelt an mich klammert. Rollentausch. Das Kind nimmt den Platz der Eltern ein und tröstet, während die Eltern zu Kindern werden, abhängig und um Anerkennung bettelnd.

»Ich dachte, du würdest mich hassen.«

»Warum sollte ich dich dafür hassen, dass du versuchst, glücklich zu werden? Wollen wir das nicht alle?«

Er sieht auf und lächelt zögernd.

»Ich glaube, ich habe mein Glück endlich gefunden, Fliss. Findest du es selbstsüchtig, dass ich es nicht wieder aufgeben will?«

Ich schüttele den Kopf.

»Überhaupt nicht.«

»Und findest du das, was ich tue, richtig?«

»Was *wirst* du denn tun, Dad?«

Er atmet tief durch.

»Ich werde zu Florrie ziehen. Ich verlasse deine Mutter … verlasse sie«, wiederholt er, als fiele es ihm selbst schwer, das zu glauben.

»Also gut.« Nachdenklich kaue ich auf meiner Unterlippe. »Und was passiert als Nächstes?«

»Na ja, ich warte, bis Sally aus Mauritius zurückkommt, und dann …«

»Und dann gehst du«, beende ich den Satz an seiner Stelle.

»Und dann gehe ich«, stimmt er mir zu. »Ich weiß, dass es für Sally ein furchtbarer Schock sein wird, aber ich kann nicht mehr.«

Die nächsten vier Tage vergrabe ich mich in meiner Wohnung und gebe vor, an der Vorbereitung des kommenden Schuljahres zu arbeiten. Doch ich bin nicht wirklich mit dem Herzen beim *Wintermärchen*, und Chaucer treibt mich zum Wahnsinn. Ich beschließe, einen Spaziergang zu machen. Ich sollte mir wirklich einen Hund zulegen, wenn man berücksichtigt, wie häufig ich in den letzten Tagen spazieren gegangen bin. Warum ist das Gehen dem Denken förderlich? Bewegt sich das Gehirn nur, wenn sich auch die Füße bewegen? Das kann ich mir nicht vorstellen. In der Zwischenzeit hat der Sommer eine Pause eingelegt, nachdem er eine Weile lang gezögert hat, ob er nicht schon dem Herbst weichen soll, der gegenwärtig einen ersten Testlauf macht.

Das Wetter hat mit atemberaubender Geschwindigkeit umgeschlagen. Die Hitze ist langen Regenschauern und einem wolkenverhangenen Himmel gewichen. Von der Sonne vertrocknete Blätter fallen bereits von den Bäumen und werden vom Wind vor meinen Füßen hergetrieben.

Dieser Sommer war sicher denkwürdig. Wir erwarten Sally in etwas mehr als einer Woche zurück, und dann wird Dad die Bombe vor einer ahnungslosen Nation platzen lassen. Mein Kopf dreht sich noch immer von dieser Neuigkeit. Ich war nicht überrascht, aber gleichzeitig doch irgendwie – falls Sie wissen, was ich meine.

Ich weiß, wie unglücklich mein Vater all die Jahre war – ich meine, Mutter macht mir das Leben schon zur Hölle, obwohl ich nicht einmal mehr dort wohne –, doch obwohl ich immer damit gerechnet habe, dass Dad schließlich eine andere Frau finden würde, war es doch ein Schock, als es wirklich passiert ist.

Das Leben ist so verwirrend. Vermutlich will ich drauf hinaus, dass man nie so gut auf die Wirklichkeit vorbereitet ist, wie man es sich immer einbildet. Heute Morgen habe ich eine Karte aus Mauritius erhalten. Kristallblaues Wasser, weißer Strand, wiegende Palmen, das perfekte Paradies. Sally schreibt, das Wetter sei traumhaft und das Hotel super, und dass sie an mich denkt, was immer das auch heißen mag.

Ich denke die ganze Zeit an Alex, obwohl ich weiß, dass ich es nicht sollte. Beim Gedanken daran, was ich getan habe, würde ich am liebsten vor Scham im Erdboden versinken, doch hinter diesem Gefühl verbirgt sich noch etwas anderes. Dieses erste schwache Beben der Erregung, der Erkenntnis, dass man jemanden gefunden hat, jemanden, der das Leben wirklich verändern könnte.

Eisern versuche ich, mir einzureden, ich sei nicht an ihm interessiert, aber ich glaube mir selber nicht. Eisern versuche ich, mir einzureden, er sei nicht an mir interessiert, was ich leider weitaus glaubwürdiger finde. Was haben wir denn schon gemeinsam? Einen Abend gegenseitiger Geständnisse und einen wunderbaren, obgleich reichlich trunkenen Kuss. Wohl kaum genug für die allumfassende, unsterbliche Liebe, die ich bereit bin zu fühlen.

Verstehen Sie, das ist das Gefühl, das sich angepirscht und sich mit dem Zartgefühl einer Barbara Cartland auf mich gestürzt hat.

Liebe.

Würde Sally mich fragen, »Glaubst du an Liebe auf den ersten Blick?«, müsste ich ihr jetzt antworten, »Na ja, fast«. Zählt Liebe auf den dritten Blick auch? Warum trifft Amor immer dann, wenn er es lieber nicht tun sollte? Ich glaube, Alex hat es mir angetan. Alex ist mit Katherine verheiratet. Katherine ist in Richard vernarrt. Richard ist mit meiner Schwester verheiratet. Warum ist das Leben so kompliziert?

Muss ich wirklich in dieser *Ménage à treulos* aus Richard, Sally-Anne und Katherine noch weiter herumstochern?

Ich rede mir ein, dass es nicht Liebe ist. Ich bin besessen, entweder das, oder ich bin total bescheuert. Am besten, ich vergesse das Ganze einfach und lebe mein Leben weiter. Ich bin nicht verliebt. Obwohl es immer heißt, Liebe sei wie eine Droge, und ich schreckliche Entzugserscheinungen bekomme.

Nächste Woche fängt die Schule wieder an. Zeit, einem anderen Trauma ins Gesicht zu sehen: Caroline. Als ich nach Hause komme, ist wieder mal eine Nachricht von ihr auf dem Anrufbeantworter. Seit jenem Abend hat sie verzweifelt versucht, mich zu erreichen. Zwar habe ich wegen ihr ein schrecklich schlechtes Gewissen, aber ich werde sie trotzdem nicht zurückrufen. Ich weiß nicht, was ich sagen soll. Der Gedanke daran, wie sie auf dem Boden gelegen hat, die Hände in Eloise Gray vergraben, schockiert mich immer noch.

Das also war das Geheimnis ihrer glücklichen Ehe.

Freie Liebe.

Und was haben sie sich immer über Maura lustig gemacht, weil sie so auf die Siebzigerjahre steht!

Allmählich frage ich mich, ob die Worte »glücklich« und »Ehe« überhaupt vereinbar sind – wenn man so an Caro und David denkt, an Mutter und Dad, Sasha und Niall, Sally-Anne und Richard, Kat und Alex … Alex.

Immer wenn ich an ihn denke, werde ich traurig. Wenn das Liebe ist, wer braucht sie dann?

Da ich auf gewisse Weise zu Perversionen neige, ist mir bei diesem scheinbaren Herbstbeginn nach Frühjahrsputz zumute. Depressionen lösen bei mir eine Renovierungswut aus. Meiner Wohnung bleibt nichts erspart.

Es ist der Samstag nach der Hochzeit. Letzte Woche um diese Zeit war ich dabei, mich volllaufen zu lassen und der Lächerlichkeit vor jemandem preiszugeben, dessen Meinung mir wirklich etwas bedeutet und der mich nicht für einen betrunkenen Schwachkopf halten soll.

Heute bin ich nicht zu bremsen. Da ich unfähig bin, mein Leben effizient zu gestalten, habe ich beschlossen, wenigstens meine Umgebung nach meinen Wünschen zu verändern. Ich bin fest entschlossen, aus meinem unordentlichen ein ordentliches Heim zu machen. Alles was nicht niet- und nagelfest ist, kommt in die Mülltüte: Klamotten, von denen ich glaubte, irgendwann mal wieder reinzupassen, Zeitschriften, aus denen ich Rezepte ausschneiden wollte, es aber nie getan habe, Schnickschnack, der mir irgendwann in meinem Leben einmal gefallen haben muss – alles wandert in schwarze Müllsäcke und dann in den Müllschlucker.

Nachdem ich meine Wohnung bis in die letzte Ecke entrümpelt und geschrubbt habe, mache ich mich daran, Wäsche zu waschen.

Zumindest die, die ich habe – mein Koffer ist noch immer bei Caro.

Ich liege in ständigem Kampf mit meiner Waschmaschine. Wünsche ich mir sehnlichst, sie möge laufen, dann tut sie es nicht. Ich muss sie beiläufig befüllen, lässig wirken, sie glauben machen, es sei mir völlig egal, ob sie funktioniert oder nicht. Mich anschleichen und Sachen hineinstopfen. Wenn sie Wind davon bekommt, dass ich meine beste Bluse für den kommenden Tag brauche oder dass mir die Unterhosen ausgegangen sind, wird sie mich umgehend im Stich lassen.

Ein durchtriebenes Miststück.

Gerade ist es mir gelungen, meine schönsten weißen Dessous schäbig blaugrau zu verfärben, als ich die Türklingel höre und mitten im Fluchen innehalte.

Ich erwarte niemanden.

Es muss der Milchmann sein. Er holt das Milchgeld immer Freitag- oder Samstagabend. Diesmal erwischt er mich wenigstens in angezogenem Zustand. Ich schnappe meinen Geldbeutel vom Küchentisch und laufe in die Diele. Wie üblich kämpfe ich mit dem Schloss, bis es mir endlich gelingt, die Tür zu öffnen.

»Entschuldigen Sie, das verdammte Schloss…«

Mir fehlen die Worte. Vor meiner Tür steht Alex Christian. Er lächelt. Ich stehe einfach da, und zwischen Unter- und Oberlippe klafft ein riesiges Loch. Legt Verlangen immer das Gehirn lahm?

»Es gibt wohl nichts, was du nur zur Hälfte erledigst, wie?«, sagt er schließlich.

Verwirrt sehe ich ihn an, als er mir ein Paar Schuhe entgegenstreckt.

»Bei Aschenputtel hat einer gereicht, aber du musstest gleich beide dalassen.«

»Meine Schuhe«, sage ich überflüssigerweise.

»Meine sind es wohl kaum.« Er lächelt freundlich. »Ich habe sie aus dem Garten des Hotels gerettet.«

»Danke.«

Das bedeutet, er ist zurückgekommen, um nach mir zu sehen. Ich bringe mein erstes Lächeln diese Woche zustande.

»War mir ein Vergnügen.« Er blickt auf meinen Geldbeutel. »Du brauchst mich nicht zu belohnen, zumindest nicht mit Geld.« Er lacht trocken.

Ich werde rot.

Wieder sind wir an dem Punkt, wo das Gespräch versiegt. Wir stehen einfach da und sehen uns an. Ich muss daran denken, was das letzte Mal passiert ist, als wir uns einfach so angesehen haben, und die Röte auf meinem Gesicht wird noch intensiver.

»Hör mal, es tut mir wirklich Leid wegen…«, platzen wir beide gleichzeitig heraus.

Wir müssen beide lachen, und das Eis ist, na ja, nicht wirklich gebrochen, aber zumindest angeknackst. Ich trete zurück und öffne die Tür ganz.

»Willst du nicht hereinkommen?«

Wenn ich frage, und er nein sagt, werde ich mir blöd vorkommen, aber wenn ich nicht frage, werde ich mir später ernste Vorwürfe machen, das weiß ich.

Er folgt mir ins Wohnzimmer und sieht sich um. Gott sei Dank habe ich gerade gründlich aufgeräumt. Die Wohnung sieht wirklich gut aus. Minimalistischer Chic.

Was man von mir leider nicht behaupten kann. Putzfrauenstil.

Er trägt verblichene Levis und ein loses weißes Hemd ohne

Kragen. Sein Haar ist zerzaust, und er hat dunkle Ringe unter den Augen, doch er sieht noch immer erstaunlich und unverschämt begehrenswert aus.

Plötzlich werde ich mir meiner alten, zerfetzten Jeans und des verblichenen blauen T-Shirts bewusst, meiner Putzklamotten, meiner schmutzigen, nackten Füße und des ungeschminkten Gesichts.

Einen Moment lang stehen wir uns gegenüber und schweigen unbehaglich, dann erkundigt er sich nach Sally und Richard. Ich zeige ihm ihre Postkarte. Er sagt, sie müssen gemogelt und sie bereits am Flughafen eingeworfen haben, weil sie so schnell angekommen ist.

Wieder verfallen wir in Schweigen.

Mir fällt wieder ein, was sich gehört, und ich biete ihm einen Platz an.

Ich kann ihm nicht in die Augen sehen, sondern werfe ihm immer wieder einen verstohlenen Seitenblick zu, als wäre er das letzte Stück Cremetorte, bei dem man so tut, als wolle man es eigentlich gar nicht, während man ständig den Speichel schluckt, der sich im Mund sammelt.

Er fängt an, über die Hochzeitsfeier zu sprechen, doch ich bin viel zu gefangen von meinem Unbehagen, um richtig zuhören zu können. Die Atmosphäre ist so angespannt, dass man beinahe glauben könnte, ein Summen zu vernehmen.

»Kaffee?«, platze ich plötzlich heraus, als meine Gedanken sich endlich etwas Normalem zuwenden.

Ich lasse ihn einfach auf dem Sofa sitzen, mitten im Satz, und flüchte in die Küche. Ich versuche, die Kaffeemaschine anzuwerfen, doch meine Hände zittern. Verstohlen überprüfe ich mein Gesicht in der spiegelnden Rundung des Edelstahlkessels. Meine Augen sind aufgerissen, die Pupillen riesig. Sagt man nicht, dass die Pupillen sich weiten, wenn man jemanden ansieht, den man attraktiv findet?

»Fliss?«

Beim Klang seiner Stimme zucke ich zusammen.

»Ich bin in einer Minute bei dir …«

»Fliss.«

»Ich mache nur schnell Kaffee.«

»Ich will keinen Kaffee.«

Ich drehe mich um. Er steht im Türrahmen.

»Hör mal, es bringt doch nichts, wir müssen darüber reden, was am Samstagabend passiert ist.«

Ich bin stark versucht, alles abzustreiten und so zu tun, als sei der ganze Abend im Alkoholdunst versunken, als könnte ich mich an rein gar nichts erinnern, doch er sieht so betroffen aus, dass ich es nicht übers Herz bringe.

»Zerbrich dir nicht den Kopf.« Ich versuche, ihn strahlend anzulächeln. »Das war doch nur ein Kuss.«

»Das ist ja das Problem. Es war mehr als nur ein Kuss, und wir beide wissen es.« Er stockt und wendet den Blick ab, ehe er mich wieder ansieht.

»Es mag sich total verrückt anhören. Ich meine, ich kenne dich kaum. Ich weiß auch nicht, woran es liegt. So etwas ist mir vorher noch nie passiert. Da ist nur dieses …« Er zuckt die Achseln und ringt nach Worten. »Es ist einfach da, dieses Gefühl, dass ich unbedingt mit dir zusammen sein muss. Geht es dir nicht auch so?«

Ich sehe zu Boden. Von wegen innerer Konflikt!

»Liebe Kummerkastentante, ich habe bei der Feier, die eigentlich meine Hochzeit sein sollte, den Mann meiner Träume getroffen, doch leider ist er verheiratet. Ich habe versucht, ihn zu vergessen, doch ich kriege ihn nicht aus dem Kopf. Ich denke an ihn, ich träume von ihm, und jedes Mal, wenn ich ihn sehe, will ich mich auf ihn stürzen und ihm die Kleider vom Leib reißen. Was soll ich tun?«

Angriff ist die beste Form der Verteidigung, beschließe ich.

»Warum bist du dann vor mir weggelaufen?«, frage ich vorwurfsvoll. »Ich küsse dich, und du läufst weg. Wohl kaum das Richtige für mein Ego …«

»Fremdgehen ist nicht gerade meine Stärke.«

»Nein, das überlässt du wohl deiner Frau«, stichele ich, ohne nachzudenken.

Er schweigt.

In Gedanken verpasse ich mir eine Ohrfeige. Und zwar eine kräftige.

»Außerdem kann man einen Kuss wohl kaum als Fremdgehen bezeichnen«, stoße ich zornig hervor, um meine Verlegenheit zu überspielen.

»Nein«, stimmt er mir zu. »Nur das, was nach dem Kuss kam.«

»Nach dem Kuss kam gar nichts mehr. Du bist abgehauen, erinnerst du dich?«

»Und als ich zurückkam, hattest du genau dasselbe gemacht.«

Er kommt auf mich zu.

Ich weiche zurück.

Ich spüre, wie die Tischkante sich in meine Wirbelsäule bohrt. Plötzlich interessiere ich mich brennend für die Bodenfliesen.

»Das sollte uns etwas sagen.«

Ich flüstere nur, doch er steht so dicht vor mir, dass er mich deutlich hören kann.

»Normalerweise geht man Leuten aus dem Weg, die man nicht mag.«

»Oder Leuten, die man zu sehr mag«, antwortet er leise.

Sein Gesicht ist so nahe. Ich kann den weichen Flaum auf seiner vollen Oberlippe sehen. Meine Sinne sind so geschärft, dass ich die Wärme seiner Haut spüren kann, obwohl er mich gar nicht wirklich berührt.

»Fliss?« Seine Stimme klingt leise, unsicher, fragend.

Er streicht eine einzelne Haarsträhne aus meinem Gesicht. Als er mich berührt, wird mir klar, dass es zwecklos ist. Ganz egal, wie sehr ich dagegen ankämpfen will, ich kann nicht. Allein seine Fingerspitzen zu spüren, setzt mich unter Strom. Sein Gesicht ist so nahe, meine Sinne sind plötzlich hellwach …

Er ist hinreißend.

Ich will ihn. Und wie.

Er ist verheiratet.

Wie kann etwas so Falsches sich so richtig anfühlen?

Sein Kuss ist hauchzart. Dieses Mal lasse ich die Augen auf. Ich will mich an jede noch so kleine Einzelheit erinnern.

Ich lasse meine Finger über sein Gesicht gleiten wie ein Blinder, der etwas in Braille-Schrift liest. Verzweifelt versuche ich, mir sein Bild einzuprägen. Seine Lippen gleiten über meinen Nacken. Die Wärme seines Atems auf meiner Haut lässt mich erzittern. Als seine Lippen zu meinem Mund zurückkehren und er mich erneut küsst, beginnt mein Magen zu schäumen wie die Waschmaschine, die gerade schleudert.

Meine Hände gleiten unter sein Hemd und tasten sich über seine warme Haut und die glatte, feste Kurve seines Rückens. Er zieht mich enger an sich, fährt mit den Fingern mein Rückgrat hinauf und spielt mit meinem Haar. Ich bin völlig hingerissen vom Gewicht seines sportlichen, sehnigen Körpers, der sich gegen meinen presst. Sein Kuss wird heftiger, nicht mehr zögerlich, sondern leidenschaftlicher. Und in meinem Kopf macht sich eine mahnende Stimme breit.

Es nutzt nichts, ich kann das einfach nicht. Das ist so, als ob man sich zuviel von seinem Lieblingseis gönnt. Ganz egal, wie gut es im Moment auch schmeckt, die Schuldgefühle danach machen einen Großteil des Genusses zunichte.

Äußerst widerstrebend entziehe ich mich ihm.

»Was ist los, Fliss?«

»Das ist falsch.«

Er sieht zu Boden, dann wieder zu mir.

»So fühlt es sich aber nicht an.«

»Ich weiß, aber diese Situation. Katherine, Richard, du, meine Schwester … Das ist mir zu viel, zu kompliziert. Und ganz nebenbei bist du auch noch verheiratet. Ich will keine Ehe zerstören.«

»Selbst, wenn diese Ehe sich als totale Farce herausstellt?«

»Du hast doch selbst gesagt, sie sei eine Verpflichtung, an der du arbeiten musst.«

Er weicht zurück und lehnt sich mit verschränkten Armen an den Küchentisch.

»Wenn du nicht dasselbe fühlst, sag es einfach. Versteck dich nicht hinter falschen Schuldgefühlen.«

Wären sie es doch nur. Ich weiß ganz genau, dass diese Schuldgefühle mich ein Leben lang begleiten, mir nicht von der Seite weichen werden. Ich hätte Katholikin sein müssen, so gut bin ich darin.

Er ist verärgert. Sein Gesicht ist angespannt, und er schaut mir nicht in die Augen. Wie sehr ich mich danach sehne, diesen zornigen Mund wieder zu küssen.

»Es ist wohl besser, wenn ich gehe«, murmelt er.

Wenn er nicht geht, werde ich etwas tun, was ich später bereue.

»Das ist das Beste«, zwinge ich mich zu sagen.

Wie nichtssagend sich diese Worte anhören.

»Vermutlich.«

Im Gehen dreht er sich noch einmal um. Ich muss wegsehen und mir auf die geballte Faust beißen, um ihn nicht zurückzurufen.

Verliebt zu sein, ist angeblich ein Hochgefühl. Ich dagegen fühle mich wie auf dem Boden einer Grube. Also kann ich nicht in Alex verliebt sein. Würde ich ihn wirklich lieben, wäre ich glücklich. Würde ich ihn wirklich lieben, hätte ich ihn nicht weggeschickt, wiederholt eine Stimme ständig in mir. Doch eine andere sagt, eben *weil* ich ihn liebe, habe ich ihn weggeschickt.

»Er ist verheiratet«, sagt mein Kopf unverblümt.

Mein Herz rät mir immer wieder, mich nicht von technischen Details abhalten zu lassen. Kat hält ihr Eheversprechen schließlich auch nicht ein, oder?

»Aber«, sagt mein Kopf, »das bedeutet noch lange nicht, dass ich mich auf ihr Niveau begeben muss. Irgendjemand muss ja hier den Anstand wahren.«

»Und warum muss dieser Jemand unbedingt ich sein?«, fragt mein Herz niedergeschlagen.

»Ich sage nur Schuldgefühle«, seufzt mein Kopf mitfühlend.

»Oh, hallo, Schuldgefühle, seid ihr auch schon wieder da?«, jammert mein Herz.

Es ist jetzt drei Tage her, dass ich Alex weggeschickt habe. Drei ganze Tage habe ich an nichts anderes als an ihn gedacht. An ihn und daran, was hätte passieren können, wenn ich erlaubt hätte, dass er bleibt.

Wenn ich also nicht in Alex verliebt bin, dann hatte ich Recht damit, dass ich besessen von ihm bin. Besessenheit ist eine zerstörerische Form der Liebe/Lüsternheit. Ich weiß das, ich habe *Eine verhängnisvolle Affäre* gesehen. Glenn Close hat nicht gerade voller Frühlingsfreuden gesteckt. Sie war eher selbstzerstörerisch und mörderisch veranlagt.

Ich werde bestimmt nicht seine Haustiere umbringen oder Säure über sein Auto gießen – das würde ich viel eher bei Richard tun –, aber mein Gehirn kann auf keinen anderen Sender schalten.

Ich denke ständig an Alex.

Ich greife etwa zehnmal pro Tag zum Telefon, um den Hörer dann doch wieder aufzulegen. Ich sehne mich verzweifelt danach, mit ihm zu sprechen. Verzweiflung... was für ein trauriger Zustand. Selbst wenn ich den Mut aufbrächte, ihn anzurufen, was zum Teufel könnte ich sagen? Außerdem lande ich immer bei der unausweichlichen, unverrückbaren Wahrheit – er ist verheiratet.

Und sehen Sie nur, mit wem er verheiratet ist.

Wird die *Ménage à treulos* dann zu einem verqueren Quintett?

Das glaube ich nicht. Wenn ich meinen Gefühlen für diesen Mann nachgebe, könnte ich eine Kettenreaktion auslösen. Außerdem ist es nicht mein Ding, Ehen zu zerstören, und ich habe mich nie in der Rolle der Geliebten gesehen. Ich habe mich gerade erst aus einer zerstörerischen Beziehung befreit, und ich will nicht vom Regen in die Traufe geraten.

Nein, ich kann ihn nicht anrufen.

Ich sage mir das immer und immer wieder, während ich stundenlang neben dem Telefon sitze. Ich werde ihn nicht anrufen. Ich will zwar, aber ich kann nicht. Vielleicht ruft ja er mich an.

Als die Tage ohne Neuigkeiten vergehen, werde ich immer deprimierter und trübsinniger, glotze die Wände an, bevor ich sie hochgehe, starre aus dem Fenster und überlege mir, ob ich nicht lieber aus selbigem springen soll. Jedes Mal, wenn das Telefon klingelt, macht sich ein kurzes Hochgefühl breit, und dann Enttäuschung, wenn nicht er es ist.

Das Telefon ist zu meinem Feind geworden. Es steht da und verspottet mich durch sein Schweigen. Ich kann nicht arbeiten, ich kann mich auf nichts konzentrieren. Nachts streife ich durch die Wohnung, unfähig, Schlaf zu finden. Ich kriege dauernd Hitzewallungen, werde fahrig und breche ohne erkennbaren Grund in Tränen aus. Ich hatte Recht, ich bin besessen. Entweder das oder ich bin in den reichlich verfrühten Wechseljahren.

Das vernünftige Stimmchen, das mir ständig einreden will, Alex zu vergessen und zur Wirklichkeit – und damit zu relativer Normalität – zurückzukehren, wird immer leiser. Je länger ich ihn nicht sehe, desto schlimmer wird es. Eines Tages in nicht allzu ferner Zukunft könnte die Vernunft ihre Taschen packen und sich in einen längeren Urlaub verabschieden, und was mache ich dann? Ich wünschte, mein Gewissen packte ebenfalls seine Taschen, um mit der Vernunft durchzubrennen. Dann wäre die Entscheidung wesentlich einfacher.

Einfacher vielleicht, aber wäre es auch die richtige?

Seit neuestem weiß ich einfach nicht mehr, was ich tue, doch was immer es ist, es muss das Falsche sein. In den letzten Monaten habe ich meinen zukünftigen Ehemann verloren (kein *großer* Verlust, ich weiß), meine beste Freundin, bald wird auch mein Vater seine Sachen packen und gehen, und jetzt verliere ich auch noch den Verstand. Sogar meine Katze hat mich verlassen. Sie ist mehr oder weniger bei meiner Nachbarin von oben eingezogen, die stets einen Whiskas-Vorrat hat, brav die Zentralheizung aufdreht und kein seelisches Wrack ist. Und wenn ich dann schließlich einen Mann finde, der mich antörnt, den ich lieben könnte, einen Mann, der mir wirklich und wahrhaftig *gefällt*, ist er verheiratet.

Sash ist keine große Hilfe.

Mitte der Woche kommt sie auf einen Kaffee vorbei, um das Neueste zu erfahren und die Hochzeitsfotos anzusehen, die meine Mutter unbedingt vorbeibringen musste, nachdem sie sie all ihren Busenfreundinnen gezeigt hatte.

Sash kommt anscheinend immer noch nicht in den Genuss von Nialls Libido, die laut ihrer Aussage auf Nimmerwiedersehen in der Mitte des Bermudadreiecks verschwunden ist, das auch als sein Gehirn bekannt ist.

»Das solltest du mitnehmen, Fliss«, bedrängt sie mich, als sie ein Foto entdeckt, auf dem, o grausames Schicksal, auch Alex zu sehen ist. »Ich würde es tun, wenn er sich mir als Opfer anbieten würde. Mit dem kannst du es mal richtig krachen lassen.«

»Bei euch hängt der Haussegen wohl immer noch schief, was?«

»Wie hast du das erraten? Ehrlich gesagt ist es noch schlimmer geworden. Niall ist einfach immer so erledigt. Das bin ich zwar auch, aber wenigstens gebe ich mir noch Mühe, soweit es noch etwas nutzt. Sein Schwanz trägt im Moment ein Schild »Zutritt verboten«. Stell dir vor, neulich habe ich nachts einfach mal die Hand draufgelegt, um Hallo zu sagen und zu sehen, ob er noch mit mir spricht. Du hast noch nie jemanden so zusammenzucken sehen. Das war der größte Körpereinsatz, den ich seit Monaten bei ihm gesehen habe. Ich weiß nicht, was ich noch tun soll. Vielleicht bin ich es, dessen er überdrüssig ist, und nicht der Sex.«

»Komm schon, Sash, ich bin mir sicher, dass das nicht stimmt. Wir wissen doch alle, wie sehr Niall dich und die Kinder liebt.«

»Ich weiß, dass er mich liebt, Fliss, aber steht er auch noch auf mich? Manche Männer reagieren so seltsam, weißt du. Kaum hat man Kinder, hört man auf, für sie sexuell interessant zu sein. Stattdessen wird man zu einem Muttertier, von dem der Mann die Finger lässt.«

»Ich bin mir sicher, dass das nicht so ist. Ihr habt beide einen anstrengenden Beruf…«

»O ja, er macht jede Menge Überstunden, dass muss ich zugeben, und Jack ist im Moment total auf seinen Daddy fixiert. Er will, dass Niall sich ständig um ihn kümmert, wenn er zu Hause ist… Aber ich bin so frustriert, Fliss.«

»Wem sagst du das!« Ich grinse sie schief an.

»Ich weiß. Was willst du tun?«

»Oh«, ich seufze tief, »keine Ahnung. Ich will ihn sooo sehr, aber es geht nicht. Am besten ist es wohl, wenn ich erst mal gar nichts tue.«

»Ehrlich gesagt…« Sash stellt ihre Tasse ab und wirft mir einen Seitenblick zu, während ein Lächeln um ihren roten Mund spielt. »Auch ich habe dir etwas zu sagen.«

»Ach ja?« Dankbar für jede Ablenkung von meinen Sorgen reiche ich ihr noch einen Keks, ziehe die Füße unter meinen Körper und lausche. »Ich bin ganz Ohr.«

»Ich habe eine Verabredung.«

»Ehrlich?«, hauche ich fasziniert. »Mit wem?«

»Mit meinem neuen Arbeitskollegen…«

»Aber du gehst doch nicht etwa hin, oder?«

»Ich weiß nicht, Lust hätte ich schon. O Mann, und wie ich Lust habe! Er ist hinreißend, und er ist erst zweiundzwanzig.«

»Na, dann hat er seine Blüte schon hinter sich. Heißt es nicht immer, Männer sind mit neunzehn am besten?«

»Tja, in diesem Fall muss ich ihn wohl versetzen.«

»Ihn versetzen? Soll das heißen, dass du etwa schon zugesagt hast?«

Sash nickt und beißt sich vor Aufregung auf die Unterlippe. Sie sieht glücklich und schuldbewusst zugleich aus.

»Und wann?«

»Tja, das ist das Schwierige. Ich brauche einen Vorwand, um wegzukommen.« Sie unterbricht sich und stupst mich an. »Fliiiisss…«, bettelt sie.

»Ich soll dir einen Gefallen tun, was?«

»H-hm.« Sie nickt. »Kannst du mein Alibi sein?«

Ich zögere. Ich mag Niall wirklich, doch Sash ist eine meiner engsten Freundinnen.

»Bitte! Kann ich Niall sagen, dass wir zusammen was trinken gehen oder so? Ich meine, ich habe noch nicht wirklich entschieden, ob ich das Ganze durchziehe oder nicht, aber wenn ja, deckst du mich dann… Ich weiß, dass ich viel von dir verlange, schließlich verstehst du dich sehr gut mit Niall, aber du könntest es auch so sehen, dass du unserer Beziehung hilfst…«

»Ach ja, und wie willst du das begründen?«

Sie grinst.

»Na ja, wenn ich nicht bald Sex habe, bringe ich ihn wahrscheinlich um.«

Meine Rückkehr in die Schule lenkt mich ein wenig ab. Hier habe ich alles unter Kontrolle, ein seltenes Gefühl in letzter Zeit. Ein wenig deshalb, weil ich jetzt der Wahrheit ins Gesicht sehen muss, zumindest was meine Schülerinnen betrifft.

Wie heißt es so schön bei uns? Neugier ist der Katze Tod.

Hastings ist der lebende Beweis für diese Theorie. Sie hat bereits einige ihrer neun Katzenleben dafür vergeudet, ihren pelzigen Hintern an Orten auszubreiten, die sie tunlichst meiden sollte: so hat sie zum Beispiel am Waschtag in der Waschmaschine ein Nickerchen gehalten.

Doch Neugier ist durchaus nicht der Tod Fünfzehnjähriger. Sie heizt ihrer übereifrigen Vorstellungskraft ein wie vertrocknetes Moos einem Lagerfeuer. Es dauert nicht lange, bis die Neuigkeit vom spektakulären Fehlen des Eherings durchsickert. Ganz abgesehen von der ziemlich eindeutigen Tatsache, dass ich noch immer denselben Nachnamen trage wie letztes Schuljahr.

Ich sage mir wieder und wieder, dass mein zweifelhafter Ruhm von kurzer Dauer sein wird, und versuche, mich darauf zu freuen, die Sensation von gestern gewesen zu sein. Die bevorstehende Ankunft eines neuen, jungen, attraktiven, *männlichen* Sportlehrers lässt mich hoffen, dass dieser Tag eher früher als später kommen wird, da die Aufmerksamkeit der Mädchen sich von meinem gescheiterten Liebesleben auf sein potenzielles Liebesleben verlagert. Leider bin ich noch mit etwas anderem gescheitert. Eine weitere Konfrontation erwartet mich, ein weiteres Problem auf meiner langen Liste.

Caroline.

Ich kann nicht leugnen, dass ich sie wirklich vermisst habe. Ich habe sie beide vermisst: Davids ruhige Art und Caros durchtriebenen Sinn für Humor sowie ihre unerschütterliche Treue. Sie war immer für mich da, wenn ich sie gebraucht habe, und ich komme mir ziemlich mies vor, weil ich ihr in den letzten vier Wochen so konsequent aus dem Weg gegangen bin. Hätten sie doch nur nicht versucht, mich in ihr Sexleben mit einzubeziehen.

Ich halte mich nicht für prüde, nicht wirklich, aber Orgien sind entschieden nicht mein Fall. Es ist ja in Ordnung, seine Weichteile auf einer Basis von eins zu eins zu entblößen, aber nicht vor seinen Freunden. Soweit es mich betrifft, ist Sex kein Zuschauersport. Die Geheimnisse und Verlockungen eines bekleideten Körpers sind viel faszinierender als die Realität eines nackten Körpers. Kleider sind eine wunderbare Tarnung. Man kann seine drallen Hüften gekonnt mit einem A-förmigen Rock kaschieren, aber kaum zieht man ihn aus, sind sie für alle Welt sichtbar.

Ich kann es mir lebhaft vorstellen …

He, sieh doch nur, findest du nicht, Anna Harrington hat zugenommen? Ich bin mir sicher, ihr Hintern war bei der letzten

Orgie noch nicht so breit... Und hast du bemerkt, wie Jontys Beine aussehen? Ich dachte immer, was für ein toller Typ er ist – aber diese spindeldürren Beinchen wären ja für ein unterernährtes Huhn noch eine Beleidigung. Kein Wunder, dass er immer so ausgebeulte Jeans trägt... Ach, und sieh nur, Fliss Blakeneys Bauch! Der schwabbelt ja wie Wackelpeter...«

Sich auf seine erste Orgie vorzubereiten, muss genauso hart sein wie ein Training für die Olympischen Spiele. Einen Monat vorher darf man nichts essen und muss jede freie Minute mit Joggen, Rad fahren oder Krafttraining verbringen.

Nein, Orgien sind wirklich nicht mein Ding, und nicht nur, weil ich etwas schüchtern bin. Ich war immer eine sehr freigiebige Person, doch auch ich teile nicht alles.

Ich habe mich immer für ziemlich aufgeschlossen gehalten. Ich verdamme Caro und David ja gar nicht – soll der, der ohne Sünde ist und so weiter. Aber was soll ich zu ihnen sagen? Ich kann nicht so tun, als wäre das Ganze nicht geschehen. Wie also können wir zu der wunderbaren, entspannten Freundschaft zurückkehren, die wir vorher hatten?

Können die Dinge jemals so werden wie früher? Ich weiß es nicht.

Ich denke an die Pornoszene im Wohnzimmer von Angels Court zurück, und ein Lachen steigt in mir auf. Vermutlich ist das der erste Schritt in die richtige Richtung.

Zuerst gelingt es mir, Caroline aus dem Weg zu gehen, indem ich meine Besuche im Lehrerzimmer mit militärischer Präzision kalkuliere, um ihr nicht in die Arme zu laufen. Ehrlich gesagt habe ich mir eine Kopie ihres Stundenplans besorgt und schleiche durch die Gänge des alten Gebäudes wie ein zweiter James Bond. Einmal tauche ich sogar auf der Herrentoilette ab, um ihr zu entgehen. Bei der Männerknappheit, die eine Mädchenschule mit sich bringt, sollte man meinen, ich hätte das Glück, sie leer anzutreffen.

Weit gefehlt.

Mr. Carver, unser runzliger, alter Lateinlehrer, lehnt an einem der Pissoirs und hält seinen ebenso runzligen, alten kleinen Freund in Richtung Becken. Er sieht zu mir auf und seufzt.

»Nil bastardo carborandum«, murmelt er.

Keine Ahnung, ob er mit mir oder mit sich selbst spricht.

Doch meine Ausweichmanöver können nicht ewig so weitergehen.

Irgendwann passt sie mich im verlassenen Lehrerzimmer ab.

»Sollten wir nicht mal miteinander reden, Fliss?« Unsicher lächelt sie mich an.

»Keine Zeit, hab 'ne Doppelstunde Englisch. Bin in Eile«, flöte ich und grinse verkrampft.

Ich weiß, ich bin eine totale Memme, weil ich mich immer vor den unangenehmen Seiten des Lebens drücke.

»Biiitte, Fliss. Wir müssen das klären.«

»Es gibt nichts zu klären, wirklich.« Dümmlich grinse ich sie an, und plötzlich wird mir klar, warum mir jener Abend so im Magen liegt.

Ich bin zutiefst verlegen.

Ich weiß, dass ich eigentlich souverän genug sein sollte, um eine kleine Orgie wegzustecken, aber ich bin es nicht. Als ich meine beste Freundin auf dem Boden und in den Armen einer anderen Frau sah, war ich, na ja, um ehrlich zu sein, ich war einfach schockiert. Und, wie ich bereits sagte, anschließend war ich einfach verlegen.

Ich weiß nicht, wie ich mit der Situation umgehen soll. Ich weiß nicht, ob ich das *kann*. Ich meine, was soll man auch zu jemandem sagen, den man zuletzt nackt auf einer Orgie gesehen hat?

»Äh, hattest du schöne Ferien?« Das dürfte ein Anfang sein.

»Also willst du so tun, als wäre nichts geschehen?«, fragt sie unverblümt.

Das hört sich für mich nach einer guten Idee an. Absichtlich lasse ich meine Unterlagen fallen, sodass ich ihr nicht ins Gesicht sehen muss, und fummele dann auf dem Boden herum, um sie wieder einzusammeln.

»Fliss!«, sagt sie verzweifelt. »So antworte doch.« Ich krieche noch immer auf Knien herum. »Ich brauche deine Freundschaft, Fliss, bitte tu mir das nicht an.«

Ich dachte immer, ich sei diejenige, die sie braucht. Caro, meine Freundin, mein Fels in der Brandung, meine zweite Schwester. Ich wusste immer, dass sie mich mag, mich sogar liebt, aber dass sie mich braucht? Das ist neu.

»Hannah ist schwanger.«

Das lässt mich aufhorchen.

»Du machst Witze!«

»Ich fürchte, nein. Wir haben es gerade erst erfahren.«

»Wie?«

»Wie wohl?« Sie lächelt trocken.

Nein, Lächeln trifft es nicht richtig, es erinnert eher an eine schmerzliche Grimasse.

»Ich bin zwar Englisch- und nicht Biologielehrerin, aber ich glaube, die Grundlagen kenne ich inzwischen. Ich wollte wohl eher fragen, wer?«

»Wer wohl? Jake.«

Jake?

Lieber Gott.

Schuldbewusst – wie üblich – komme ich mühsam auf die Beine und presse die Unterlagen an mich.

»Ach Caro«, flüstere ich, »es tut mir so Leid. Das ist alles meine Schuld. Ich habe sie ermutigt, sich mit ihm zu treffen.«

Sie schüttelt den Kopf.

»Hannah macht doch nur, was sie will… Es ist nicht deine Schuld.«

»Wie geht es ihr?«

»Bemerkenswert gut, nachdem sie erst mal den ersten Schreck überwunden hat. Es ist ja noch sehr frisch, aber sie scheint dem Ganzen erstaunlich gelassen gegenüber zu stehen.«

»Maura, der Freigeist, ist vermutlich überglücklich, wie? Eine weitere Seele, die die wundersame Reise durchs Universum antritt.«

Caroline schüttelt den Kopf.

»Ehrlich gesagt ist sie stinksauer.«

»Na, wenn das keine Kehrtwendung ist.«

»Sie hat Hannah rausgeworfen.«

»Das ist nicht dein Ernst!« Ich bin entrüstet. »Oh, diese scheinheilige …«

»Keine Sorge, wir kümmern uns um sie.«

»Was wird sie machen?«

»Sie ist wild entschlossen, es zu behalten. Eine Abtreibung kommt nicht in Frage. Aber sie ist noch so jung. Man weiß nie, was kommt … Aber mal angenommen, sie kriegt das Baby, dann haben David und ich … na ja, wir haben angeboten, uns darum zu kümmern.« Errötend sieht Caroline zu Boden. »Wir werden sie oder ihn aufziehen. Hannah gefällt diese Idee sehr gut. Sie will es nicht abtreiben, aber sie will auch nicht die Verantwortung tragen … Sie will etwas aus ihrem Leben machen, die Schule abschließen, studieren …«

Ungläubig sehe ich meine Freundin an.

»Aber du magst doch keine Kinder.«

»Das habe ich mir immer versucht einzureden, Fliss. Aber nur, weil ich wusste, dass ich nie eigene würde haben können.«

»Du hast mir nie gesagt, dass …«

»Ich weiß es selber noch nicht sehr lange. Vermutlich war es noch zu frisch für mich, um darüber reden zu können.«

»Also deshalb hat David so gereizt reagiert, als die Kinder dich wegen eines Babys aufgezogen haben?«

Sie nickt.

»Und jetzt, da ein neues Kind kommt … na ja, da habe ich erst erkannt, wie sehr ich mich nach einem gesehnt habe. Nicht, dass ich vorhabe, es Hannah wegzunehmen«, fügt sie hastig hinzu. »Obwohl David und ich das Kind großziehen wollen, wird es doch immer ihre Tochter oder ihr Sohn bleiben. Und wenn ich erst einmal Ersatzmutter bin, werde ich mich auch benehmen…«, sie bricht ab und wirft mir einen bedeutungsvollen Blick zu, »… und mehr Verantwortung tragen müssen.«

Ich bin sprachlos.

»Und dir, Fliss, wie geht es dir?«, fragt sie ruhig. »Ich habe von Sally-Anne und Richard gehört. Es war ein Schock für mich. Der Himmel weiß, was das für dich bedeutet haben muss. Ich habe versucht anzurufen…«

»Ich weiß«, erwidere ich und senke den Kopf, »es tut mir Leid.«

»Schon gut, ich verstehe das. Wie fühlst du dich?«

»Verwirrt«, erwidere ich. »Ich hoffe nur, er macht sie glücklich.«

Die Klingel ruft zur nächsten Stunde.

»Hannah würde sich freuen, dich zu sehen… Das würden wir alle. Wir vermissen dich. Ich vermisse dich.«

»Ich habe dich auch vermisst, Caro«, murmele ich.

»Dann komm doch mal wieder vorbei… ja?«

Ich nicke langsam.

Sally und Richard kommen aus den Flitterwochen zurück. Sie sind braun und entspannt und wirken sehr glücklich. Ich werde aus Anlass der »Rückkehr aus den Flitterwochen« zu einem Sherry und einer Fotosession bei Mutter vorgeladen. Richard ist Sally gegenüber in einer Weise aufmerksam und liebevoll, die selbst ich gutheißen muss.

Das übliche selbstgefällige Lächeln taucht nicht ein einziges Mal auf.

Und zum ersten Mal seit Ewigkeiten kann ich auf Richard zugehen, als wäre er ein normaler Mensch. Er ist wie ausgewechselt. Aber vielleicht sehe ich ihn auch in einem neuen Licht. Das ist es wohl, was ich tun muss – ihm dieselbe Chance geben wie jemandem, dem ich zum ersten Mal gegenüberstehe, und in ihm nicht meinen Exverlobten, sondern Sallys Ehemann sehen.

Ich sollte versuchen, die Vergangenheit ruhen zu lassen und Richard als meinen Schwager willkommen zu heißen. Er behandelt mich ganz anders als früher und versucht nicht den ganzen Abend über, mich aufzuziehen. Stattdessen konzentriert er sich ganz auf Sally-Anne und ist, mangels eines besseren Wortes, *höflich* zu mir. Ich hatte mit der üblichen arroganten, streitlustigen Haltung gerechnet, aber meine Bedenken sind unberechtigt. Oder wenn schon nicht unberechtigt, so doch nebensächlich, denn im Moment stehen andere Dinge im Vordergrund.

Dad wartet noch über eine Woche, nachdem Sally ihren letzten Koffer in Richards Wohnung gebracht hat, ehe er beschließt, dass er es nicht länger aushält. Er gesteht mir, dass sein Leben noch unerträglicher geworden ist, seit er allein mit Mutter zu Hause ist und keine Sally-Anne als erfahrene Diplomatin mehr Frieden stiften kann. Schließlich sagt er Mutter, dass er sie verlässt.

Seine Entscheidung scheint sie seltsam unberührt zu lassen. Nicht, dass sie sich mir anvertrauen würde, wenn sie in dieser Sache etwas anderes außer verbitterter, unbeugsamer Resignation empfände – ihrem gegenwärtigen Geisteszustand.

Ich erinnere mich daran, dass ich als kleines Mädchen meinen Vater gefragt habe, warum er sie geheiratet hat. »Weil andere es erwartet haben« schien auf seiner ziemlich bescheidenen Liste ganz oben zu stehen. Ich habe nie gewagt, meiner Mutter dieselbe Frage zu stellen, doch wenn ich es getan hätte, hätte ich vermutlich eine überraschend ähnliche Antwort erhalten.

Meine Mutter ist jemand, der stets korrekt handelt. Ich sage nicht richtig, denn das ist es nicht immer. Ich spreche vom gesellschaftlich akzeptierten Weg. Ich glaube, sie hat gehorsam die Richtung eingeschlagen, die man von ihr erwartete. Doch ihr Leben wurde von den unausweichlichen Enttäuschungen vergiftet, die daraus resultierten, dass sie nie das bekommen hat, was sie eigentlich wollte.

Sie hat geheiratet, weil das von jungen Frauen erwartet wurde. Stellte sich die Ehe als Erfolg heraus, hatte man Glück gehabt, zumindest glaubte man das damals. Falls nicht, blieb man trotzdem zusammen.

Ich glaube nicht, dass Sally-Anne von Dads Entscheidung überrascht war. Wie ich ist sie in einer Familie groß geworden, in der es nur einem Idioten entgehen konnte, dass die elterliche Einheit alles andere als einheitlich und alles andere als glücklich war. Dennoch ist sie sehr erschüttert. Am Anfang ihrer Ehe steht das Ende der Ehe ihrer Eltern. Sie kommt nicht umhin, die beiden Vorkommnisse zu verknüpfen und sich zu fragen, ob es eine Art böses Omen ist.

Sally und ich helfen Dad beim Packen. Es ist schon bedenklich, wie wenig Sachen in diesem Haus ihm gehören. Eine kleine Kiste, in der sich hauptsächlich Krimskrams aus dem Schuppen befindet, ein kleiner Koffer und der fette Roger. Nach all den Jahren sollte man meinen, sie hätten eine gemeinsame Geschichte, gemeinsame Erinnerungen.

Das Traurige daran ist, dass sie so lange in einem Gefühlsvakuum gelebt haben. Jetzt weiß ich, dass es die richtige Entscheidung war, Richard nicht zu heiraten. Er und ich hätten in dreißig Jahren genauso dagestanden.

Ich hoffe nur, es ist nicht das Schicksal, das Sally und Richard erwartet. Doch allmählich glaube ich, ich könnte mit meiner Befürchtung falsch liegen.

Es ist Montagabend, und Richard macht Überstunden. Doch er scheint Sally jede halbe Stunde anzurufen, um sicherzugehen, dass alles in Ordnung ist.

Mutter spielt die heilige Johanna auf dem Scheiterhaufen. Sie sitzt auf dem Sofa, blickt finster drein wie eine böse alte Krähe und beobachtet aus scharfen kleinen Augen genau, ob Dad auch ja nichts mitnimmt, was ihrer Meinung nach ihr gehört.

Glenys ist als Vermittlerin herbeizitiert worden.

Ohne Unterlass säuselt sie, wie stark Miriam doch sei.

Sie ist nicht stark, was Dads Weggehen betrifft.

Es ist ihr einfach egal.

Sie genießt es, die Märtyrerin zu spielen, eine Rolle, die sie über die Jahre perfekt einstudiert hat. Jede Gelegenheit, ihr Talent unter Beweis zu stellen, wird dankbar angenommen. Was meine Mutter betrifft, ist Dad ein unnützer Teil ihres Lebens. Für sie ist das so, als entferne man eine Warze. Man hat sich vielleicht daran gewöhnt, dass sie da ist, aber man wird sicher nicht behaupten, sie fehle einem, nachdem sie erst mal weg ist. Nur als Dad ein ziemlich wertvolles Gemälde einpacken will, ein Hochzeitsgeschenk seiner Familie, zeigt sie eine Reaktion – traurigerweise einen Ausdruck reiner Gier.

»Stell das zurück, Drew!«, kreischt sie. »Es war ein Geschenk an uns beide. Du musst mir die Hälfte des Wertes ersetzen, wenn du es mitnehmen willst.«

Wir winken zum Abschied, als Dad und Roger die Straße hinabfahren. Als sie am Ende ankommen, bleibt Dad stehen und wirft uns eine Kusshand zu. Erleichtert sehe ich, dass sowohl er als auch Roger lächeln.

Sally weint still vor sich hin.

»Es ist für alle das Beste«, versuche ich, sie zu trösten. »Sie waren nicht glücklich, Sal. So haben sie wenigstens die Möglichkeit, noch etwas Freude zu erleben.«

»Ich weiß, dass sie nicht glücklich waren, und ich weiß, dass es für beide das Beste ist. Und ich weiß, dass es egoistisch ist, aber für uns wird es nie mehr so sein wie früher, Fliss. Unser Elternhaus wird mir nicht mehr wie unser Elternhaus vorkommen.«

In diesem Elternhaus habe ich mich nie besonders wohl gefühlt, doch ich verstehe Sals Reaktion. Sie hakt sich bei mir unter, als wir langsam ins Haus zurückkehren. Schweigend betreten wir das Wohnzimmer, wo Mutter die verbleibenden Ziergegenstände mit seltsam befriedigter Miene neu arrangiert.

»Gott sei Dank ist es vorüber«, sagt sie, als spräche sie von einem langweiligen Fernsehprogramm.

»Meinst du den Auszug oder eure Ehe?«, kann ich nicht umhin, sie anzufahren. »Wie kannst du ihn einfach so gehen lassen?«

Ich weiß, die Frage klingt merkwürdig, wo ich doch ihre Trennung befürwortet habe, aber ich habe nie verstanden, warum meine Mutter den Gefühlen meines Vaters so gleichgültig gegenüberstand, obwohl er ein so herzensguter Mensch ist.

»Ich flehe ihn doch nicht an zu bleiben«, entgegnet sie und starrt mich eisig an.

»Aus Stolz oder weil er dir einfach schnuppe ist?«

Sie antwortet nicht. Stattdessen starrt sie mich weiter wütend an. Ihre Augen sind so kalt wie ihr anscheinend tiefgefrorenes Herz.

»Hast du ihn je geliebt?«, beharre ich. »Los, sag es mir, warum hast du ihn geheiratet?«

»Weil er mich gefragt hat.«

»Und das ist alles? Willst du damit sagen, du hast ihn nie geliebt?«

»Ich will damit sagen, was ich dir schon tausendmal gesagt habe, obwohl du nie auf mich gehört hast. Zu einer Ehe gehört mehr als das einfältige Ideal von Liebe und Romantik.«

»Ja, Vertrauen und Respekt zum Beispiel, aber die hattest du ja nie, oder?«

»Ich glaube es einfach nicht«, zischt sie. »Die ganze Zeit erzählst du mir, was für eine Farce meine Ehe war, und dann fragst du auch noch, warum ich deinen Vater nicht gebeten habe zu bleiben! Du glaubst vielleicht, du wüsstest alles, was es über die Liebe und das Leben zu wissen gibt, Felicity, aber du hast noch eine ganze Menge zu lernen. Aber auf mich hörst du ja nicht. Du kannst einfach nicht verstehen, was Sicherheit und Stabilität wirklich wert sind. Die Liebe ist ein unbeständiges Gefühl ohne Dauer, darauf kann man kein gutes Leben aufbauen.«

»Nennst du dein Leben etwa ein gutes Leben? Es ist dir total egal, dass dein Mann, mit dem du dreißig Jahre verheiratet warst, dich gerade verlassen hat. Stattdessen verlangst du, ich soll mir für mein künftiges Glück an dir ein Beispiel nehmen! Du hast mir ein Beispiel gegeben, das ich nie vergessen werde! Du hast mich davon überzeugt, dass ich nie ein so elendes Leben wie du führen will!«

Zitternd vor Wut stürze ich aus der Tür. Sally folgt mir nach draußen und schlingt die Arme um mich.

»Das ist für uns alle schwierig«, murmelt sie und legt kurz die Stirn an meine Schulter, bevor sie mich loslässt und mit einem resignierten Lächeln aufzumuntern versucht.

»Ich weiß, ich weiß. Aber Dad scheint ihr einfach egal zu sein.«

»Sie ist nicht wie du, Fliss, sie hat ganz andere Wertvorstellungen. Dafür solltest du sie nicht hassen.«

»Sie hassen?« Mit Tränen in den Augen drehe ich mich zu Sally um. »Das ist das Seltsame daran, ich hasse sie nicht. Ehrlich gesagt tut sie mir Leid.«

Kapitel 9

Das einzig Gute an dieser ganzen vertrackten Angelegenheit ist, dass Sally-Anne und ich uns jetzt viel näher stehen. Obwohl wir immer gut miteinander klargekommen sind, haben wir uns gegenseitig als selbstverständlich betrachtet. Seit Dad weg ist, brauchen und schätzen wir uns noch ein wenig mehr.

Mutter macht Sally wahnsinnig. Nachdem Sally zu Richard gezogen ist, sieht es aus, als wolle Mutter es ihr gleichtun und hat sich quasi bei ihnen breitgemacht. Das Gästezimmer ist nicht länger Gästezimmer, sondern Mutters Zimmer. Jedes Mal, wenn sie zu Besuch kommt, was in den drei Wochen, seit sie aus den Flitterwochen zurück sind und Vater ausgezogen ist, etwa neunzig Prozent der Zeit der Fall war, deponiert sie etwas anderes dort.

Sie ist wie eine umgekehrte Kleptomanin, die Besitztümer in der Reisetasche mitbringt. Es ist schon so weit, dass Sally sie am liebsten jedes Mal filzen würde, wenn sie zur Tür hereinkommt, um sicherzugehen, dass sie nicht wieder versucht, etwas hereinzuschmuggeln. Eine ganz hinterhältige Methode, sich irgendwo einzuschleichen.

Sally hat ihrerseits begonnen, sich in meine Wohnung zurückzuziehen, nur um ihr zu entkommen.

»Richard denkt wahrscheinlich, er hätte uns beide geheiratet«, seufzt sie häufig. »Ich weiß ja, dass Mutter sich einsam fühlt, aber wir sind erst seit fünf Wochen verheiratet. Ich kann mir nicht vorstellen, dass ihm die Idee gefällt, unser Gästezimmer bereits jetzt in eine Einliegerwohnung für die Großmutter zu verwandeln.«

Ich habe ein schlechtes Gewissen, weil ich mich nicht gut genug mit Mutter vestehe, um einen Teil der Last von Sallys

Schultern zu nehmen. Doch selbst wenn ich sie einladen würde, das Wochenende bei mir zu verbringen, würde sie mich wahrscheinlich nur auslachen. In unserer Beziehung ist es nicht vorgesehen, etwas zusammen zu unternehmen. Zumindest nicht freiwillig.

Wir haben in etwa so viel gemeinsam wie ein Schokoriegel und eine Selleriestange. Beide sind essbar, aber einer davon ist schwer genießbar.

Es ist schon traurig, wirklich.

Andererseits habe ich Dad immer so nahe gestanden, dass ich nie wirklich das Gefühl hatte, etwas zu vermissen.

Er ist jetzt seit drei Wochen weg, obwohl es mir vorkommt wie eine Ewigkeit. Wir telefonieren häufig, aber das ist etwas anderes, als ihn in fünfzehn Minuten Entfernung zu wissen. Die mysteriöse Florrie lebt in Kent, was erklärt, warum Dad dort in den letzten Jahren so viel Zeit beim »Fischen« verbracht hat. Ich weiß, dass es eigentlich nicht weit entfernt liegt, doch im Moment kommt es mir vor wie das andere Ende der Welt.

Auch von Alex habe ich nichts mehr gehört. Nicht dass ich es erwartet hätte. Ich hatte meine Chance, und ich habe sie vertan. Ich weiß, dass ich es tun musste, mir war nur nicht klar, wie schlecht ich mich dadurch fühlen würde. Was hat Sash gesagt? Ist es besser, etwas zu tun, was man vielleicht bedauert, als etwas zu bedauern, das man nicht getan hat? Wir sind immer noch nicht einig in dieser Frage.

Anscheinend stellt ihr der tolle Zweiundzwanzigjährige immer noch nach. Sie ist ihm noch nicht erlegen, aber das Ganze tut ihrem Ego enorm gut.

Vielleicht ist es das, was ich brauche: Mich hemmungslos von einem unglaublich durchtrainierten, sexy Zweiundzwanzigjährigen umgarnen zu lassen. Leider ist der Einzige, von dem ich zur Zeit verfolgt werden möchte, ein unglaublich durchtrainierter, zum Verrücktwerden verheirateter Fünfunddreißigjähriger.

Sechs Wochen nach den Flitterwochen ruft Sally an, um mich einzuladen. Ich lehne so liebenswürdig wie möglich ab. Obwohl ich anscheinend immer noch nicht klar sehe, wohin mich mein Weg führt, scheine ich über die selbstzerstörerische Phase hinweg zu sein. Ich verstecke mich abends nicht mehr unter meiner Bettdecke und zappe, und auch im Kühlschrank finden sich erstaunlicherweise seit zwei Wochen keine Marsriegel mehr.

Doch zur Zeit will ich noch nicht einmal zum Supermarkt gehen, geschweige denn zu einer Party, bei der, obwohl von meiner entzückenden Schwester veranstaltet, zweifelsohne ihr grässlicher Ehemann und diverse seiner genauso grässlichen Freunde anwesend sein werden.

Abgesehen davon, dass ich Sie-wissen-schon-wen vermisse, ist die Arbeit schrecklich – oder sollte es meine neue Schulklasse sein, die schrecklich ist? Die Mädchen haben sich meine gegenwärtige, wie soll ich sagen, mehr als laxe Haltung zunutze gemacht und führen sich auf, als hießen sie alle Damien und hätten 666 auf der Stirn eintätowiert. Ich weiß, es ist meine Schuld. Normalerweise kann ich einen Haufen hormongestörter Halbwüchsiger mit Zuckerbrot und Peitsche ganz gut im Zaum halten, doch die Erkenntnis, dass es meine Schuld ist, wenn ich zur Zeit ein Waschlappen bin, verschlechtert meine Stimmung nur noch.

Am liebsten würde ich den ganzen Kram hinschmeißen.

Der Gedanke, mich zu Wigs zu gesellen, die im Moment an einem Ort herumhängt, den sie als »beängstigend schön« beschreibt, einer kleinen Insel vor der Küste Sri Lankas, wird immer verlockender. Unglücklicherweise reicht meine Waschlappigkeit so weit, dass ich unfähig bin, mich zu solch einer bedeutsamen Entscheidung durchzuringen.

Leider ist auch Sally nicht abzuschütteln, da sie zur Zeit über viel mehr Willenskraft verfügt als ich, was nicht schwer ist, wenn man bedenkt, dass sogar ein Pommes frites aus dem Backofen über mehr Willenskraft als ich verfügt. Deshalb bröckelt mein Widerstand bald.

»Natürlich kommst du, Fliss. Das ist meine erste Dinnerparty und du musst dabei sein.« Sie schlägt einen bittenden Tonfall an.

»Ehrlich, Sal«, stöhne ich. »Lieber nicht, ich würde mir nur wie das fünfte Rad am Wagen vorkommen.«

»Keine Sorge, wir finden einen netten Begleiter für dich.«

»In diesem Fall komme ich erst recht nicht«, entgegne ich angriffslustig.

»Biiiitte, Fliss!«, bettelt Sally-Anne. »Ich brauche dich doch, wirklich.«

Sie hört sich seltsam an.

»Alles in Ordnung, Sally?«

Sie schweigt einen Augenblick.

»Natürlich. Ich brauche nur ein bisschen moralische Unterstützung, das ist alles.«

»Moralische Unterstützung? Gibt's dafür einen Grund?«

»Nein.« Sie hört sich nicht besonders überzeugend an. »Ist wohl nur die Aufregung. Jetzt sag schon ja, Fliss, bitte.«

Ich gebe nach.

»Also gut, aber versprich mir, dass du nicht versuchst, mich mit einem von Richards Freunden zu verkuppeln, okay? Das wäre einfach zu erniedrigend.«

»Aber du solltest wirklich einen Tischnachbarn haben, damit die Zahl gerade ist.«

»Kannst du diesen Brauch nicht für einen Abend vergessen? Muss unbedingt ein Männlein auf ein Weiblein kommen?«

»Du hast doch gesagt, dass du dir sonst wie das fünfte Rad am Wagen vorkommst. Vertrau mir, Fliss.«

Woran mag es nur liegen, dass man instinktiv das Gegenteil tun will, wenn andere »Vertrau mir« sagen?

»Na gut, aber keinen von Richards dämlichen Freunden, versprochen?«

»Richards Freunde sind nicht alle furchtbar. James magst du doch, oder?«

»Jeder mag James.«

»Ich weiß, er ist hinreißend, nicht wahr?«

»Stimmt, aber das bedeutet noch lange nicht, dass ich mit ihm verkuppelt werden will.«

»Keine Sorge«, Sally lacht, »ich habe ihn bereits für jemand anderen vorgesehen.«

»Das wird ihn freuen«, antworte ich trocken und denke an die Hochzeit zurück, bei der Erica ihm wie ein Hündchen gefolgt ist. »Versprich mir, Sal, dass du nicht versuchst zu kuppeln, ja? Es macht mir nichts aus, neben jemandem zu sitzen und höflich zu plaudern, aber bitte keine Kuppelei.«

»Na gut«, seufzt sie. »Wer käme denn dann in Frage? Um neben dir zu sitzen?«

»Wie wäre es mit Roger? Damit wäre das höfliche Gelaber überflüssig, das vorgibt, ein Gespräch zu sein. Er würde sich auch nicht betrinken und zudringlich werden, und das Einzige, worüber er am Ende des Abends sein Bein heben würde, wäre ein Laternenpfahl.«

»Ich kann mir nicht vorstellen, dass seine Tischmanieren den Gepflogenheiten entsprechen«, Sally lacht, »aber ich verstehe, worauf du hinauswillst. Du willst jemanden, der gehorsam und zärtlich ist, der bei deinem Anblick ins Sabbern gerät und sich riesig freut.«

»Hört sich nach dem perfekten Mann an, solange ich ihm nicht den Bauch kraulen und den ganzen Abend Fangen mit ihm spielen muss. Soll ich etwas mitbringen?«

»Nur dich selbst«, erwidert sie spitz.

»Keine Sorge, ich werde da sein. Um wie viel Uhr?«

»Na ja, Essen gibt es um halb neun, aber wenn du etwas früher kommen könntest, wäre ich dir ewig dankbar«, fleht sie.

»Schon klar, ich soll die Tür aufmachen und die Mäntel in Empfang nehmen, während du die reizende Gastgeberin spielst, was?«

»Es wäre einfach gut zu wissen, dass du da bist, falls ich in Panik gerate, weil es klingelt, während ich gerade versuche, etwas zu flambieren.«

»Damit ich die Feuerwehr rufe?«

»So in der Art. Sagen wir halb acht?«

Samstagabend. Punkt halb acht stehe ich vor Richards Tür – Entschuldigung, vor Sallys und Richards Tür. Ich habe mich in Schale geworfen und das obligatorische kleine Schwarze angezogen, zu dem ich eine bezaubernde, blau-weiß gestreifte Küchenschürze trage. Seit der Hochzeit habe ich Richards Wohnung nicht mehr betreten. Genau genommen war ich seit jener schicksalhaften Nacht im Juli nicht mehr hier, die eher drei Jahre als drei Monate zurückzuliegen scheint.

Als Sally die Tür aufmacht, würde ich am liebsten fragen: »Was machst du denn hier?« Sie wirkt in dieser Umgebung seltsam fehl am Platz, als hätten wir die Rollen getauscht.

Sally ist ähnlich angezogen wie ich, nur das Kleid scheint sie vergessen zu haben. Sie trägt blassrosa Seidendessous unter einer rosa geblümten Schürze. Sonst nichts. Ihr Gesicht glüht und ihr dunkles, hochgestecktes Haar beginnt, sich zu lösen, während sie einen verkohlten Kochlöffel schwingt, als wolle sie mir damit eins überziehen.

»Fliss«, stammelt sie atemlos, »Gott sei Dank bist du da. Alles läuft schief. Ein einziges Desaster … Ich habe mein neues Kleid mit der Meeresfrüchtesoße bekleckert, die Küchengardinen in Brand gesetzt, die Kartoffeln verkocht und eine ganze Schachtel mit silbernen Serviettenhaltern in den Müllschlucker gekippt. Und das Schlimmste – o Fliss, es ist grauenhaft – die Vorspeise lebt noch!«

»Wie bitte?«

»Die Vorspeise«, jault sie, »lebt noch und läuft durch die Küche! Du musst etwas tun, Fliss!«

Im Geiste sehe ich mich eine irrsinnige Kuh muhend durch die Küche jagen. Ich blinzele. Das Bild verschwindet.

»Äh, was genau essen wir denn?«

»O Fliss!«, schluchzt sie. »Es war alles Richards Idee, und natürlich musste er heute arbeiten und kommt spät nach Hause. Und ich muss jetzt dieses kleine Biest massakrieren. Dabei ist es gar nicht so klein, sondern sogar ziemlich groß. Ich hab noch nie ein größeres Exemplar gesehen!«

Nun, damit meint sie ganz sicher nicht das, was Richard in der Hose hat.

»Wovon redest du, Sally?«

Wenn sie noch hysterischer wird, werde ich ihr eine Ohrfeige verpassen müssen.

»Es ist furchtbar! Richtig gruselig und bösartig, und dann diese fiesen kleinen Augen …«

»Mutter ist aber nicht hier, oder?« Die Ironie erreicht Sally nicht.

»Nein«, antwortet sie mit aufgerissenen Augen.

»Na, vermutlich sollte ich dankbar sein für dieses kleine Glück. Dann lass mal sehen.«

Sally schiebt mich vor sich her in Richtung Küche. Welch schreckliches, teuflisches Ding sich wohl hinter den Schwingtüren verbirgt? Ich kann es nirgends sehen. Dann entdeckt Sally es und springt kreischend auf einen Stuhl.

»Da unten, Fliss, da unten!«

Ich gehe in die Hocke und blicke unter den Küchentisch.

Zwei schwarze Knopfaugen in einem harten braunen Gesicht erwidern meinen Blick. Unter Sallys Küchentisch hockt der größte Hummer des Universums und wedelt bedrohlich mit einer seiner Kneifzangen. Ich könnte schwören, er runzelt finster die Stirn.

»Er ist unsere Garnitur. Es gibt Pfannkuchen mit Meeresfrüchten. Aber als ich die Schachtel aufmachte, habe ich mich total erschrocken. Ich dachte, das Ding wäre bereits …, na ja, du weißt schon …«, sie fährt sich mit dem Finger quer über die Kehle, »… tot.«

Was für eine Art, sein Leben zu beenden – als Garnitur für ein Abendessen! Kein Wunder, dass er ziemlich übellaunig aussieht.

»Er erinnert mich ein bisschen an Richard«, sage ich nachdenklich und betrachte das kleine, harte braune Gesicht mit den fiesen kleinen Augen. »Es wird mir ein Vergnügen sein, ihn lebendig ins kochende Wasser zu werfen!«

Natürlich meine ich das nicht ernst. Ich bin nicht gerade zart besaitet, doch selbst ich finde den Gedanken nicht verlockend, etwas zu kochen, das sich noch bewegt.

»Es tut mir Leid, Sally.« Ich gebe mich geschlagen. Nachdem es mir endlich gelungen ist, das verdammte Biest mittels eines Salatbestecks und eines Kehrblechs samt Besen wieder einzufangen, kneife ich, als es daran geht, es in das kochende Wasser auf dem Herd zu werfen. Wir werden uns etwas anderes einfallen lassen müssen.

»Wir könnten ihn in der Badewanne ertränken«, schlägt sie zögernd vor.

»Ertränken? Also ehrlich, Sally, wo hat dieses Ding denn deiner Meinung nach wer weiß wie viele Jahre gelebt?«

»Keine Ahnung«, jammert sie. »Auf der Schachtel stand Portsmouth.«

»Ich finde, wir brauchen einen Drink.« Ich werfe den Hummer zurück in seinen Holzsarg und mixe uns beiden einen großen Gin-Tonic.

Drei weitere, sehr große Gin-Tonics später sind wir wesentlich entspannter, der Hummer hört inzwischen auf den Namen Ethelred, der Ungekochte, und wir sind der Lösung, wie man das verdammte Ding auf humane Weise um die Ecke bringt, keinen Schritt näher. Sally schlägt vor, es mit der Pistole zu erschießen, die Richard in der obersten Schublade seines Schreibtischs aufbewahrt, doch eine Vorspeise mit einem frischen Einschussloch im Schädel zu servieren, erscheint uns auch nicht als die feine Art.

Bei meinem Glück würde die Kugel sowieso an seinem panzerartigen Körper abprallen und stattdessen mich treffen. Nach einem weiteren großen Gin kommen wir auf die glorreiche Idee, zu versuchen, ihn zu ersticken, doch die Vorstellung von einer Plastiktüte, die einsam durch die Küche läuft, ist nach so viel Alkohol eher abschreckend. Schließlich tauchen wir ihn in einen Eimer voller Whisky und Wasser, schieben das Ganze in den Ofen und drehen das Gas auf, was erstaunlicherweise zu funktionieren scheint.

»Wenigstens hatte er einen schönen Tod«, erklärt Sally und schwenkt ihr Glas. »*Salute*, Vorspeise.«

»Prost«, stimme ich zu und nehme mir insgeheim vor, Vegetarier zu werden – falls ich den Heißhunger auf Schinkenbrote unter Kontrolle kriege.

Ich schicke Sally-Anne ins Schlafzimmer, um sich anzuziehen, während ich die Vorbereitungen wieder aufnehme. Gegen zehn vor neun werde ich allmählich wieder nüchtern, Richard, dieser Drecksack, ist immer noch nicht aufgetaucht, dafür ist der Tisch schön gedeckt, muss ich mich selbst loben, und alles ist bereit. Der Hummer thront auf einem silbernen Tablett, umgeben von einer Garnitur aus grünem Salat, Lollo Rosso und Zitronen.

Die Knopfaugen sind während des Kochens herausgefallen. Das freut mich, denn sein Blick schien einem unablässig zu folgen, genauso wie bei Mona Lisa. Gelächelt hat er dabei allerdings nicht, ob nun geheimnisvoll oder sonstwie. Doch nun ist der böse Blick verschwunden. Ich bin mir sicher, jetzt lächelt er – das sollte er auch, wenn man bedenkt, dass er soeben in fast einer ganzen Flasche Jack Daniels plantschen durfte.

Es klingelt. Es überrascht mich, dass Richard keine Melodie installiert hat, die zu den anderen elektronischen Mätzchen gepasst hätte, mit denen er sein Heim ausstaffiert hat. »Mr. Vain« wäre durchaus angebracht gewesen oder auch Hot Chocolate, die ihm jedes Mal »You Sexy Thing« vorsingen, wenn er zur Tür hereinkommt.

»Fliss!«, jammert Sally-Anne im Schlafzimmer.

»Nur die Ruhe. Ich mache schon auf.«

Typisch Richard. Kommt zu seiner eigenen Party zu spät.

Der erste Gast ist Sals beste Freundin Erica, die ich seit der Hochzeit nicht mehr gesehen habe. Ganz offensichtlich hat sie sich große Mühe mit ihrem Outfit gegeben. Auch wenn das jetzt vielleicht gemein klingt: Wie schade, dass es nicht funktioniert hat.

Ihr übermäßig geschminktes Gesicht kann nur das Werk einer der übereifrigen ortsansässigen Kosmetikerinnen sein. Der Kajalstrich um ihre Augen ist so akkurat, als wäre er mit dem Kompass gezogen worden, die Grundierung gleicht einem Pudding, und das Rouge besteht aus zwei roten Streifen auf ihren nicht vorhandenen Wangenknochen. Das dunkle Haar hat sie *à la* Jennifer Lopez zurückgegelt, was sie aussehen lässt wie eine dicke, lachende Matroschka mit Julia-Roberts-Grinsen.

Sie hat eine Flasche Pouilly Fumé mitgebracht und lächelt aufgeregt. Als ich die Tür öffne, haut mich das Parfüm, das sie großzügig auf ihrem Dekolleté verteilt hat, fast um.

Sie trägt ein Killerkleid, ein kleines rotes Nichts, das vorne und hinten ungeahnt tiefe Einblicke gestattet. Ihr knallroter Lippenstift passt exakt dazu. Deshalb überrascht es mich nicht, als es fünf Minuten später erneut klingelt und James mit einer einzelnen roten Rose vor der Tür steht.

»Für Erica?«, frage ich ihn. »Wie passend.«

»Äh, nein.« Sein Lächeln verschwindet. »Eigentlich war sie für Sally.« Nervös späht er an mir vorbei ins Wohnzimmer. »Erica ist doch nicht etwa schon da, oder?«

Ich nicke.

Er legt einen Finger an die Lippen, winkt mir schweigend zu und beginnt den strategischen Rückzug. Doch es ist zu spät. Sally-Anne taucht aus dem Schlafzimmer auf.

»James, wie schön, dass du kommen konntest!« Sie ergreift seine Hand und küsst ihn auf die Wange.

»Finde ich nicht!«, flüstert er mir zu, als Sally ihn ins Wohnzimmer führt wie ein Lamm zur Schlachtbank.

Wenn der gute, alte James Erica aufgehalst bekommen hat, wen kriege dann ich ab? Vielleicht sollte ich mich eiligst zurückziehen, solange noch Zeit dazu ist.

Sally hat James neben Erica aufs Sofa gedrückt. Es ist ein langes schwarzes Ledersofa, das ich quietschen hören kann, als er sich verstohlen bemüht, so weit wie möglich von ihr fortzurobben.

Ich folge Sally zum Schrank mit den Getränken, wo sie James einen extragroßen Whisky eingießt.

»Äh, Sally, erinnerst du dich daran, dass du mir versprochen hast, einen netten Tischpartner für mich zu finden? Das war ein Scherz, oder?«

»Na ja, wir mussten jemanden finden, damit es eine gerade Zahl ergibt, Fliss«, murmelt sie ausweichend.

»Und wer genau sorgt für diese gerade Zahl?«, hake ich nach.

Sally reicht James sein Glas und lächelt nervös.

»Äh, ich seh nur mal nach, ob der Hummer auch wirklich tot ist …« Sie will sich verdrücken, doch ich packe sie am Arm.

»Ihm sind die Augen ausgefallen, Sally«, zische ich mit zusammengepressten Lippen, »und er hat sich seit zehn Minuten nicht mehr bewegt. Wahrscheinlich hat schon die Leichenstarre eingesetzt. Wenn der nicht tot ist, fresse ich einen Besen. Apropos tot, auch du wirst es sein, wenn du nicht sofort meine Frage beantwortest.«

Wieder geht die Türklingel.

»Gerettet«, murmelt Sal. »Wahrscheinlich ist er es sowieso. Warum siehst du nicht selber nach?« Hastig entwindet sie sich meinem Griff.

Zögernd nähere ich mich der Tür. Als ich sie öffne, überkommt mich plötzlich das Verlangen, mir die Augen zuzuhalten.

»Feliiiicity …«, grollt eine tiefe Stimme, und die Zunge gleitet lüstern über die Konsonanten in meinem Namen, wie bei einem Kind, das ein Eis leckt.

Ich bin tot und in der Hölle. Das muss die Strafe für meinen

Anteil am Mord eines unschuldigen, obgleich übellaunigen Hummers sein. Im Türrahmen lehnt Ollie Barton-Davis.

Ollie, die Krake. Ein Mitglied des Meeresdezernats, gekommen, um Rache zu nehmen für Ethelred, den Ungekochten.

Glatzköpfig, fett und fünfzig, das ist Ollie, Richards Kanzleichef.

Er hält sich für Gottes Geschenk an die Frauen.

Ich halte ihn für Gottes Mahnung an die Frauen, anständige Männer zu würdigen.

Ollie ist nicht anständig. Er ist ein geiler, alter Sack – die Art, die schon als Kind den Mädchen die Röcke hochgerissen und am Gummibund ihrer Höschen gezupft hat, um sich aufzugeilen. Apropos: Er ist einer von denen, die als Mann den Frauen die Röcke hochreißen und am Gummibund ihrer Höschen zupfen, um sich aufzugeilen.

Ich kann nicht den ganzen Abend neben ihm sitzen. Das ist nicht nett, und ganz bestimmt nicht sicher. Es sei denn, ich verstecke eine Mausefalle in meinem Slip.

»Du siehst mal wieder au-ßer-ge-wöhn-lich gut aus, meine Liebe. Als Richard mir erzählt hat, du bräuchtest für das heutige Essen noch einen Begleiter, habe ich mich sofort aufs Ross geschwungen und bin hergaloppiert. Ha, ha, ha! Na ja, genau genommen habe ich mich in Richards BMW geschwungen, er parkt gerade. Er hat mich vor der Tür abgesetzt, weil ich es nicht *erwarten* konnte, dich zu sehen… Jetzt, wo wir beide jung, frei und Single sind, wie?« Er zwinkert mir zu.

Vergessen Sie den Hummer, in Wirklichkeit werde ich auf einem Tablett serviert. Typisch Richard, sich beim Chef einzuschleimen, indem er mich als Bonus anbietet. Sein Kopf steckt so tief in Ollies Hintern, dass er vielleicht nie mehr das Tageslicht erblickt, sondern nur noch die Rückseite zweier Reihen perfekter Jacketkronen.

Ollie beugt sich vor und ergreift meine Hand. Mein Arm ist so steif wie der eines einarmigen Banditen, als er meine Hand an seinen Mund zieht und sie küsst. Ich unterdrücke ein Schaudern, wenn auch mit Mühe. Als er sich vorbeugt, kann ich sehen, dass seine Glatze schweißbedeckt ist.

Ich habe nichts gegen Glatzköpfe im Allgemeinen, nur gegen diesen Glatzkopf im Besonderen.

Außerdem hat er Schlabberlippen. Nicht wie ein Mick Jagger, eher im Stil von *Planet der Affen* – blass und welk und schwabbelig. Das Gefühl, wie sie meine Hand berühren und sich dann langsam über meinen Arm tasten, erinnert mich spontan an Nacktschnecken, die eine Schleimspur auf der Haut ziehen.

Seine Lippen von mir zu lösen, ist so, als würde man einen übereifrigen Blutegel losschweißen. Doch es gelingt mir, und ich bugsiere ihn widerstrebend ins Wohnzimmer, wo ich ihn auf den freien Platz drücke, den James irgendwie zwischen sich und der verstimmten Erica hat entstehen lassen.

Fünf Minuten nach Ollies unwillkommenem Auftauchen erscheint Richard. Er lächelt glücklich und reibt sich in gieriger Vorfreude auf den Abend die Hände. Ich werfe ihm einen Blick zu, der wahrhaftig töten könnte, und folge ihm auf dem Fuße, als er sich hastig in die Küche verdrückt. Neben dem Herd, auf dem noch immer das Rindfleisch für den Hauptgang vor sich hin köchelt, treibe ich ihn in die Enge.

»Du widerlicher Kerl!«, zische ich giftig. »Wie kannst du mir nur diesen Schleimscheißer aufhalsen!«

Richard weicht zurück, holt Eis aus dem Gefrierfach und dreht sich mit einem aufreizenden Grinsen zu mir um.

»So, so, das Blatt hat sich gewendet«, spottet er. »Du warst doch sonst immer so ein gefälliges Mädchen, Felicity.«

Er holt eine Flasche zwölf Jahre alten Whisky aus dem Hängeschrank, während James mit einem anderen vorlieb nehmen musste. Er schenkt die goldene Flüssigkeit großzügig in einen Whiskyschwenker aus Kristall und fügt eine Hand voll Eis hinzu.

»Sei so lieb und bring das Ollie.«

Herausfordernd hält er mir das Glas hin.

Es klingelt.

»Tut mir Leid.« Ich lächele süßlich. »Muss zur Tür. Bring's ihm doch selbst.«

Und weg bin ich.

Obwohl sie eiserner als ein Mönch darüber geschwiegen hat, wer heute Abend eingeladen ist, was ich im Nachhinein nur zu gut verstehe, hat Sally schließlich doch zugegeben, dass wir zu acht sein würden. Das Szenario erinnert ein bisschen an Agatha Christie.

Wer kommt als Nächster?

Wer es auch immer ist, nach Ollie Barton-Davis kann eigentlich nichts Schlimmeres kommen. Ich zwinge mich, freundlich zu lächeln und greife nach dem Türknauf.

Plötzlich stehe ich Katherine Christian gegenüber, die ungeduldig mit ihren pink lackierten Nägeln gegen den Türrahmen trommelt und ein tadellos sitzendes, knallrosa Escada-Kostüm trägt. Hinter ihr steht Alex.

Der Augenblick, den ich abwechselnd gefürchtet und herbeigesehnt habe. Ich wusste, dass wir uns irgendwann wieder begegnen würden. Es war unvermeidlich, denn unsere Leben scheinen unauflösbar miteinander verwoben zu sein. Ich hatte die verschiedenen Möglichkeiten unzählige Male im Kopf durchgespielt. Wo wir uns über den Weg laufen würden, und wann. Üblicherweise war ich am Anfang jedes Mal spröde und heroisch, schien aber stets unausweichlich nackt und im Bett zu enden.

Kat allerdings kam in keiner dieser Szenen vor. Doch hier ist sie, so egozentrisch und unausstehlich wie immer.

»Der Ehrengast ist da«, verkündet sie ohne den freundschaftlichen Unterton, der daraus einen Scherz gemacht hätte.

Sie marschiert geradewegs an mir vorbei auf Richard zu, der aus der Küche gekommen ist und jetzt herbeischlendert, um sie viel zu beiläufig auf beide Wangen zu küssen.

»Kat, meine Liebe, wie schön, dass du kommen konntest.«

Er zieht sie durch den Gang ins Wohnzimmer. Ich bleibe mit

dem Türknauf in der Hand zurück, während Alex unbehaglich im Rahmen steht. Wir versuchen verzweifelt, uns nicht anzusehen, wir begrüßen uns noch nicht einmal. Ein viel versprechender Anfang.

Richards Wohnung ist genauso wie früher. Sally muss den Räumen erst noch ihren Stempel aufdrücken, mit Ausnahme des Badezimmers, wo jetzt ihr Dune fein säuberlich neben Richards Safari steht, und der Küche, die in Richards Augen sowieso das Reich der Frau ist. Alle anderen Zimmer zeugen eindeutig von Richards Geschmack, und nur von seinem, obwohl die Verbindung zwischen Richard und wirklichem Geschmack eine zweifelhafte ist, da er eisern an Bang & Olufsen und schwarzem Junggesellenleder festhält.

Abgesehen von den zwei langen schwarzen Ledersofas, die das Wohnzimmer dominieren, gibt es wenig andere Möbel: keine Bilder, keine Pflanzen, nicht einmal die Fotografie des glücklichen Hochzeitspaares.

Ein ausladendes Fenster nimmt die gegenüber liegende Wand ein und gibt den Blick auf die Schönheiten der Stadt frei. Ich fand schon immer, dass dieser Blick auf Oxfords Turmspitzen das Beste an der Wohnung ist, der in scharfem Kontrast zu der Konstruktion in Schwarz und Chrom steht, die Richards Sammlung elektronischer Spielereien beherbergt – Hifi-Anlage, Lautsprecher, Fernseher und einen CD-Turm. Die Fernbedienungen allein nehmen ein ganzes Regalbrett ein. Es gibt nicht nur für jedes Gerät eine, sondern auch eine für die Jalousien, die nachts lautlos die Fenster verschließen.

Von diesem Raum führt ein Torbogen ins Speisezimmer mit einem langen Tisch in der Mitte, der von acht schmiedeeisernen Stühlen von irgendeinem Hufschmied umgeben ist, der offensichtlich fand, dass Pferde beschlagen nicht der ultimative Weg sei, um im einundzwanzigsten Jahrhundert zu Reichtum zu gelangen.

Sie sind verschnörkelt, aber nicht zierlich, sehr schön und sehr teuer und würden hervorragend in einen SM-Kerker mitten in Soho passen.

Die dicke Tischplatte besteht aus fast schwarzem Rauchglas, wahrscheinlich deshalb, damit man nicht sehen kann, welche Füße mit welchen anbandeln und welche Knie von wem befummelt werden. Die Wände sind, wie in der ganzen Wohnung, in cremigem Weiß gehalten.

Im Wohnzimmer lehnt Richard am Kamin aus schwarzem Marmor und spielt den Hausherrn. Beiläufig hat er einen Arm um Sallys Schultern gelegt und krault mit dem Daumen ihren Nacken. Wahrscheinlich macht er das nur, um Kat zu provozieren.

Falls es bei Kat nicht funktioniert, bei mir tut es das jedenfalls.

Für meine Begriffe ist dieses für Richard vollkommen untypische Verhalten der Beweis, dass Sally nur als Schachfigur in einem Spiel benutzt wird, das viel komplizierter als Schach ist. Es kommt noch schlimmer: Als sie in die Küche zurückgeht, versucht Richard, mich Alex vorzustellen. Erica und Ollie sitzen plaudernd auf dem Sofa, also tut er es wahrscheinlich, um sich ungestört an Kat ranmachen zu können.

»Das ist meine *Schwägerin.*« Er lacht und weidet sich an meinem Unbehagen.

»Wir kennen uns bereits«, sage ich hastig. »Wie du sehr wohl weißt«, würde ich ihm gerne nachrufen, als er und Kat sich unter dem Vorwand entfernen, einen Blick auf seine Hifi-Anlage zu werfen.

Alex und ich unterhalten uns völlig gestelzt.

»Es tut gut, dich wiederzusehen«, sage ich ruhig.

Im Grunde bedeutet das, »Ich habe dich wahnsinnig vermisst«, aber ich bin mir sicher, dass es nicht so rüberkommt.

»Wie geht es dir?«, fragt er und weicht meinem Blick aus.

Wir prallen aneinander ab wie zwei Magneten mit derselben Polarität.

James kommt wieder ins Zimmer, umrundet Erica, als hätte sie eine ansteckende Krankheit, und gesellt sich zu mir.

»Du siehst nicht gerade glücklich aus«, sagt er nach einem Blick auf mein verdrießliches Gesicht.

»Na ja, das hier ist nicht gerade das, was ich unter einem netten Abend verstehe.«

»Warum bist du dann da?«

»Weil ich es Sally versprochen habe.«

»Ich auch.« Er spielt mit seinem Glas und reibt einen nicht vorhandenen Fleck vom Rand ab. »Dabei verdient sie so eine Loyalität gar nicht«, fügt er düster hinzu und wirft einen ängstlichen Blick in Ericas Richtung.

»Stimmt.« Ich folge seinem Blick. »Aber ich finde, dein Date ist immer noch besser als meins, oder?«

Er nickt.

»Aber nicht viel.«

Er zieht sich zurück, als Erica sich vom Sofa erhebt und versucht, auf ungewohnt hohen Absätzen zu uns herüber zu stelzen.

»Muss mal wohin«, murmelt er.

»Schon wieder?«, spotte ich. »Kleine Blasenschwäche, was?«

Richard legt eine CD ein.

Er steht auf Phil Collins.

»Das ist unser Lied«, seufzen Sally und Kat einstimmig, als »A Groovy Kind of Love« aus den Lautsprechern erklingt. Obwohl ich beide hören kann, hört glücklicherweise keine von beiden die andere.

Das ist Richards Lied, würde ich am liebsten sagen.

Diejenige, die ihn am wenigsten liebt, ist diejenige, die ihn am besten kennt.

Meine Scheuklappen sind mit den letzten Resten meiner Zuneigung verschwunden. Er hört diese CD schlicht und ergreifend mit dem Menschen, der zufällig gerade zur Verfügung steht. Das macht es für seine wenigen grauen Zellen leichter, denke ich gehässig.

Er hat sie endlos rauf- und runtergespielt, als wir uns kennen lernten. Ich hasse diese CD von ganzem Herzen.

Während James noch immer auf Tauchstation ist, scheint Erica von anderer Seite Interesse entgegengebracht zu werden. Ollie wirft ihr feurige Blicke zu. Kein schöner Anblick.

»Ich glaube, du hast einen Bewunderer«, sage ich zu ihr und deute mit einer Kopfbewegung auf seinen Schmollmund und die auffordernd blickenden Augen.

»Ja?« Sie wirkt überrascht, aber erfreut.

»Ist doch nicht zu übersehen, oder? Sieh nur, wie er dich anstarrt. Er sabbert ja förmlich.«

»Du machst dich über mich lustig, oder?«

»Überhaupt nicht! Ich meine es todernst, sieh doch selbst.«

Erica wagt einen schüchternen Blick in Ollies Richtung und wird mit einem für seine Verhältnisse ziemlich netten Lächeln belohnt.

»Na, was habe ich dir gesagt?«

Erica läuft rot an. Offensichtlich gefällt es ihr, bewundert zu werden.

»Ollie ist eigentlich ganz süß, findest du nicht?«, murmelt sie und spielt nervös mit einem ihrer Ohrringe.

Süß ist nicht gerade das Wort, das sich mir in Verbindung mit Ollie Barton-Davis aufdrängt.

»Nur schade, dass er nicht der Richtige ist«, seufzt sie.

»Oh, ja. James«, sage ich.

»Ja, James«, wiederholt sie und reckt den Hals hoffnungsvoll Richtung Flur.

»Bist du sicher, dass er der Richtige für dich ist?«, frage ich taktvoll.

»Oh, aber ja doch. Nur *er* weiß es noch nicht. Aber die Wege wahrer Liebe sind eben unergründlich«, fügt sie philosophisch hinzu.

»Ich habe es immer als Zeit- und Energieverschwendung empfunden, jemandem nachzulaufen, der einen nicht will.«

Dies ist der taktvollste Weg, der mir einfällt, um ihr zu vermitteln, dass James definitiv nicht interessiert ist, ohne direkt werden zu müssen.

»Wahre Liebe hat eine größere Chance, wenn beide Seiten sie empfinden. Glaub mir, ich spreche aus Erfahrung.«

Erica folgt meinem Blick.

Richard führt Alex seine »Spielsachen« vor und schickt Phil Collins in die Endlosschleife auf seiner Hifi-Anlage, die stromlinienförmiger aussieht als ein Rennwagen.

»Ja, ähm, ich habe dir nie gesagt ... das heißt ... es tut mir Leid, was zwischen dir und Richard vorgefallen ist. Das muss dich sehr mitgenommen haben«, poltert sie.

»Hat es auch«, entgegne ich, obwohl ich dabei nicht an Richard denke.

Ich wünsche mir sehnlichst, Alex möge Notiz von mir nehmen, doch er tut es nicht. Das macht mich so wütend, dass ich am liebsten brüllen würde, »Sieh mich an! Sprich mit mir!«, aber natürlich kann ich nichts Derartiges tun. Wie frustrierend. Wir können vielleicht keine Beziehung haben, aber ich kann ihm schließlich immer noch meine Freundschaft anbieten, oder?

Ich muss mich davon überzeugen – wie ich hoffentlich ihn davon überzeugt habe –, dass das alles ist, was ich anbieten will.

Sally bemerkt mein Stirnrunzeln und glaubt, ich sei sauer wegen Ollie, was zum Teil tatsächlich stimmt. Sie versucht, mich zu beschwichtigen.

»Das Essen ist fertig, wenn ihr also ins Speisezimmer gehen wollt ... Du gehst und setzt dich.« Sie berührt mich am Arm. »Du hast mir bereits genug geholfen. Ich möchte, dass du den Rest des Abends genießt und dich entspannst.«

Wie zum Teufel soll ich den Rest des Abends genießen, wenn ich Alex und der entzückenden Katherine gegenübersitzen muss?

Kat sitzt natürlich im rechten Winkel neben Richard.

Ich hätte nicht übel Lust, meine Serviette fallen zu lassen und mich hinunterzubeugen, um zu sehen, ob sie miteinander füßeln.

Ich gleite auf meinen Stuhl. James, der sich die letzten zehn Minuten im Bad verschanzt hatte, eilt herbei, dicht gefolgt von Erica.

»Stört es dich, wenn ich neben dir sitze?«, tuschelt er. »Sally mag entschlossen sein, mich mit Erica zu verkuppeln, ich bin entschlossen, dass das nicht passieren wird.«

Arme Erica. Ich weiß nichts über angebliche Dreiecksgeschichten, dieser Tisch dagegen beherbergt eher eine Achteckgeschichte, in der jeder die falsche Person will.

Erica zuliebe sollte ich wirklich ablehnen, dass James sich neben mich setzt.

Wie hat sie es so schön ausgedrückt? Die Wege wahrer Liebe sind unergründlich, und wenn sie ein klein wenig Starthilfe braucht, sollte ich mein Möglichstes tun, um ihr behilflich zu sein.

Beschämt gestehe ich jedoch, dass mein Egoismus siegt. Ich kann einfach die Vorstellung nicht ertragen, den ganzen Abend neben Ollie bleiben zu müssen, insbesondere, wenn mir gegenüber auch noch Kat und Alex sitzen. Ich kann Kats Kommentar schon hören.

»Wie schön, dass du endlich jemanden gefunden hast, der eher dein Typ ist, meine Liebe.«

Man weiß ja nie, sage ich mir, entschlossen, mein schlechtes Gewissen zu beruhigen. Oliver und Erica könnten ja durchaus ein Traumpaar werden. Es ist nicht zu übersehen, dass er bereits richtig in sie verschossen ist. Ich beobachte, wie er gerade ihr üppiges Dekolleté bewundert, während sie mir bitterböse Blicke zuwirft, weil ich James mit Beschlag belege.

»James!«, zischt Sally und deutet mit dem Kopf auf den leeren Stuhl am Kopfende des Tisches, der rein zufällig neben Erica steht. »Dein Platz ist eigentlich dort.«

»Ich will neben der schönen Fliss sitzen«, verkündet er und platziert seinen Hintern auf den Stuhl neben meinem. Die Tatsache, dass er auch neben mir sitzen würde, wenn er den Stuhl am Kopfende gewählt hätte, ist unübersehbar.

Alle starren James an, bis auf Ollie, der anscheinend höchst entzückt von dieser Ankündigung ist und sich mit einem breiten Grinsen auf dem freien Platz neben Erica niederlässt. James jedoch ignoriert die bitterbösen Blicke, lässt den Kopf dreist an meine Schulter sinken und blickt herausfordernd in die Runde.

Kat, die bereits eine Nacktschneckenbehandlung von Ollie über sich ergehen lassen musste – »ein ganz alter Freund, meine Liebe« –, hat offensichtlich erwartet, dass James ihr als Königin des Abends die Ehre erweist. Endlich wird ihr klar, dass sie den ersten Schritt machen muss. Also wirft sie ihr langes, dunkles und viel zu glänzendes Haar zurück und lächelt ihn verführerisch an.

»James, mein Guter, wie geht es dir?«

»Kat.« Er nickt ihr knapp zu.

»Es scheint dich zu überraschen, mich hier zu sehen?«

»Ganz im Gegenteil, du kommst immer zurück, Katherine. Wie die sprichwörtlichen bösen Geister, die man rief.«

Er wendet sich wieder mir zu und unterbindet so jede weitere Unterhaltung.

»Das war aber ganz schön fies«, flüstere ich bewundernd.

»Das ist Flüstern auch«, knurrt er und starrt Katherine wütend an. »Ich kann sie nicht ausstehen. Sie hat einen schlechten Einfluss auf Richard.«

»Ich dachte immer, du hättest einen schlechten Einfluss auf Richard«, necke ich ihn.

»Ich ermutige ihn vielleicht, auszugehen und einen draufzumachen, aber nicht zu lügen und zu betrügen, insbesondere, wenn es um Sal geht.«

Der sonst so gelassene James sieht ziemlich sauer aus. Meine Alarmglocken schrillen erneut.

»Ach ja? Weißt du mehr als ich?« Ich versuche, ihm in die Augen zu sehen, doch er weicht meinem Blick aus.

»Vergiss es«, murmelt er verdrießlich und blickt stattdessen in sein leeres Glas. »Ich hätte nichts sagen sollen.«

»Hör zu, James«, ich umklammere sein Handgelenk und

zwinge ihn, mich anzusehen, »ich kenne ihre Geschichte. Wenn da etwas ist, will ich es wissen. Das ist Sally-Anne gegenüber nicht fair.«

Er sieht mich an. Ganz offensichtlich sollte ich nicht wissen, dass sich zwischen Richard und Kat etwas abgespielt hat. Ich sehe ihm deutlich an, dass er sich fragt, woher ich es weiß, ehe er sich entschließt, es mir trotzdem zu erzählen.

»Ich weiß nicht, ob etwas läuft... noch nicht. Ich weiß nur von früher«, flüstert er, während er seinen Blick hastig über den Tisch schweifen lässt, um sicherzugehen, dass uns auch niemand zuhört.

»Früher?«

»Sie sind ständig aufeinandergeprallt wie zwei verdammte Gummibälle. Und ich befürchte, dass sie wieder aneinandergeraten.« Er wirft Kat einen finsteren Blick zu.

Ich denke an ihre Tirade bei der Hochzeit– »er liebt mich und nur mich« –, und plötzlich schießt mir ein Gedanke durch den Kopf, auf den ich zuvor nie gekommen bin.

»Er hat mich betrogen, richtig?«

James antwortet nicht.

»Richtig?«, frage ich mit rauer Stimme.

Er weicht meinem Blick aus. Das ist Antwort genug. Wie konnte ich nur so blind sein? Ich bin zu erleichtert, Richard los zu sein, um mich verletzt zu fühlen, doch gleichzeitig komme ich mir unendlich dumm vor. Er erhält einen Extrapunkt auf meiner Liste der größten Dreckskerle.

»Das ist mir egal. Ich habe Richard seit langem durchschaut. Nichts, was er tut, kann mich verletzen. Aber um Sally mache ich mir Gedanken.«

»Keine Sorge, Fliss. Ich habe immer ein Auge auf Sal«, sagt er zärtlich, und als sein Blick auf sie fällt, ist er nicht mehr wütend, sondern voller Zuneigung.

»Dieser Hummer hat einen sehr ungewöhnlichen Geschmack«, lässt sich Ollie vernehmen.

Sally verschluckt sich an ihrem Wein. Wir wechseln einen Blick. Ihre Mundwinkel zucken, als sie mühsam ein Lachen unterdrückt.

»Du musst mir unbedingt das Rezept geben. Hoffentlich ist es nicht zu kompliziert, ich bin so ein schlechter Koch. Was ich eigentlich bräuchte, ist jemand, der mich an der Hand nimmt.« Er wirft Erica einen bedeutungsvollen Blick zu.

Bilde ich es mir nur ein, oder klimpert sie tatsächlich mit den Wimpern?

»Ich glaube fast, da haben sich zwei gefunden«, flüstere ich James zu.

»Dem Himmel sei Dank«, entgegnet er. »Wenn sie mit Ollie was anfängt, lässt sie mich vielleicht in Ruhe.«

»Sie würden ein sehr seltsames Paar abgeben.«

»Es sind schon ganz andere Dinge passiert. Oft finden doch genau die zusammen, bei denen man es nie für möglich gehalten hätte. Die Liebe geht verschlungene Pfade.«

»Wem sagst du das«, seufze ich und sehe zu Alex hinüber, der sofort den Blick abwendet.

»Weißt du, ich hatte immer gehofft, Sally und ich … du weißt schon.« James blickt auf den Boden seines Glases und seufzt. Dann grinst er mich an. »Aber *que sera, sera* und so weiter.«

»Sally?« Aha, also gab es außer der Tatsache, dass er nicht neben Erica sitzen wollte, noch andere Gründe für die Änderung der Tischordnung. Nach seinem Versprechen, sie zu verteidigen und zu respektieren, hätte ich mir das eigentlich denken können.

»Wirklich?«

Er nickt.

»Tut mir Leid, das wusste ich nicht.«

»Ich habe meine Gefühle sorgfältig verborgen.« Er lacht trocken. »Zu sorgfältig. Ich hatte mir alles so schön für eure Hochzeit ausgemalt: Trauzeuge mit Brautjungfer und all das. Doch am Ende hat es nicht so ganz gepasst, nach diesem plötzlichen Rollenwechsel.«

»Dabei wärest du sicher besser für sie als der da!« Ich werfe einen giftigen Blick in Richards Richtung.

Einer der Gründe, warum ich gerade so sauer auf Richard bin, ist der, dass ich ihm fast auf den Leim gegangen wäre. Ich hatte wirklich geglaubt, er und Sally könnten glücklich miteinander werden. Die Tatsache, wie gut sie sich seit der Verlobungsfeier verstanden hatten und wie nett Richard seitdem zu ihr war, hatte ihn mir beinahe wieder sympathisch gemacht.

Von diesem netten Verhalten ist heute Abend nichts zu sehen.

Er plaudert mit Kat, oder sollte ich eher sagen, er baggert sie an, indem er sich zu ihr hinüberlehnt, sodass niemand hören kann, was er sagt. Mit der linken Hand schaufelt er Meeresfrüchte in sich rein. Die Rechte ist unter dem Tisch.

James folgt meinem Blick.

»Ich frage mich, was er mit der anderen Hand macht«, wispert er mir ins Ohr, sodass Sally, die auf der anderen Seite neben ihm sitzt, es nicht hören kann.

Ich verschlucke mich an einem Stück Tintenfisch und laufe tiefrot an.

»James!«, zische ich, als ich endlich die Fassung wiedererlangt habe. »Reiß dich zusammen.«

»Ach, Liebling, muss ich wirklich?«, säuselt er affektiert und lässt seine Finger sanft über meinen Arm gleiten.

Alex wirft uns einen finsteren Blick zu.

James wirft Richard einen finsteren Blick zu.

»Er ist vielleicht mein bester Freund, aber manchmal ist er echt ein Arschloch!«, grollt James und schenkt uns Wein nach.

Neben mir am Kopfende lungert Ollie herum und leckt sich die wulstigen Schleimschneckenlippen wie eine erregte Echse. Als Mann der Tat hat er seinen schwarzen Gucci-Schuh aus Glanzleder ausgezogen und drückt seinen Quadratlatschen gegen ihren Knöchel.

»Erzähl doch mal ein bisschen von dir.« Er schenkt ihr ein

Zahnpastalächeln. »Was machst du denn so den ganzen Tag, außer hübsch sein?«

»Ich bin PA«, sagt Erica kichernd.

»Ich wette, das steht für perfekt und anbetungswürdig?«

Mich schüttelt es, doch Erica ist derart hemmungslose, abstoßende Komplimente anscheinend nicht gewöhnt. Sie wird rot und lächelt schüchtern.

»Ich könnte eine neue PA, eine persönliche Assistentin, brauchen«, fährt er fort und beugt sich zu ihr hinüber. »Warum arbeitest du nicht für mich? Ich könnte mir vorstellen, dass wir zwei ein tolles Team wären, solange du nichts gegen FICKtate einzuwenden hast.«

Er lacht. Es hört sich an wie ein kleiner Esel mit zu großen Lungen. I-aa, i-aa.

Richard lacht, weil Ollie lacht. Alex und ich sehen uns an. Er schüttelt halb amüsiert, halb konsterniert den Kopf, und ich entspanne mich ein bisschen. Wenigstens weichen wir unseren Blicken nicht mehr aus wie zwei verknallte Teenager.

Ollie baggert Erica immer noch an.

»Du könntest bei mir ganz neue Einblicke gewinnen über flotte Nummern.«

Erica kichert. Wie gut, dass sie so etwas komisch findet, ich hätte diesem Schleimer längst eine Ohrfeige verpasst.

»Er ist so ein Schwachkopf«, teilt James mir nicht gerade leise mit.

Sally sieht James streng an, trotzdem entgeht mir nicht, dass sie sich selbst ein Lachen verkneifen muss. Ollie fummelt sich mit dem überraschend langen Nagel seines linken kleinen Fingers Meeresfrüchte aus den Zähnen.

»Mal im Ernst«, haucht er und lächelt Erica mit seinem gereinigten Gebiss an, »ich brauche wirklich eine anständige persönliche Assistentin.«

»Ich dachte, das wäre Richard schon für ihn«, murmele ich vor mich hin. »PA wie popeliges Arschloch.«

»Und, wie ist es, nach so schönen langen Sommerferien wieder zu arbeiten, Fliss?« Richard lehnt sich auf seinem Stuhl am Kopfende der Tafel zurück und sieht mich an. »Wie lange unterrichtest du schon wieder? Endlose sechs Wochen? Ich weiß wirklich nicht, warum unsere Lehrer sich immer über ihr Gehalt beschweren, wo sie doch nur acht Monate im Jahr arbeiten. Mal sehen, wann hast du denn das nächste Mal Ferien? Ich glaube fast, nächste Woche sind schon Herbstferien. Was für ein Glück, hm? Du musst völlig erschöpft sein, nachdem du so lange ohne Unterbrechung gearbeitet hast…«

Ich ignoriere ihn. Ich weiß, das ist unhöflich, aber er will mich nur provozieren, und ich werde ihm nicht die Genugtuung verschaffen, mich auf seine lächerlichen Sticheleien einzulassen.

»Ich habe mir immer eingebildet, es wäre unglaublich bereichernd, aufgeweckten jungen Menschen Wissen zu vermitteln«, seufzt Erica, deren glücklichste Zeit die als Schulsprecherin an der Mädchenschule war, die auch Sally und ich besucht haben. »Was unterrichtest du denn gerade?«

»Ich helfe achtundneunzig von der Pubertät befallenen Teenagern, Shakespeare zu meucheln«, antworte ich alles andere als begeistert. Nicht Shakespeare ist mir verhasst, ganz im Gegenteil, sondern die Pubertät. Es war schlimm genug, sie selbst durchstehen zu müssen, ganz zu schweigen davon, diesen Horror mit Fünfzehnjährigen noch einmal zu erleben.

»Oh, ich liebe Shakespeare!« Erica klatscht in die Hände wie ein Kleinkind – eine Bewegung, die ihre Brüste aneinanderprallen lässt wie zwei Basketbälle, die zur selben Zeit im Korb landen. Ollie fallen fast die Augen aus seinem Billardkugelkopf. »Welches Stück nehmt ihr gerade durch?«

»*Ein Sommernachtstraum*, aber es erinnert mich mehr an einen Albtraum. Ständig brechen sie in Gekicher aus.«

Alex sieht auch nicht gerade glücklich aus. Er ist eingekeilt zwischen Kat, die Richard mit Beschlag belegt oder von ihm mit Beschlag belegt wird, da bin ich mir noch nicht ganz sicher, und

Erica, die tatsächlich hin und weg ist von diesem grauenhaften Ollie.

Ich lächele ihm zu.

Er verdreht die Augen und lächelt zurück.

Das Eis ist endlich gebrochen, doch jetzt kann ich den Blick nicht mehr abwenden. Alex hat, was Sally und ich immer als Atomaugen bezeichnen. Sie lösen eine sofortige Reaktion aus, die das vollständige Dahinschmelzen des Körpers und jeder einzelnen grauen Zelle zur Folge hat.

»Es ist unhöflich, so zu gaffen«, sagt James laut, sieht Alex an, wirft mir einen Seitenblick zu und lenkt seinen Blick wieder auf Alex.

Errötend wende ich mich ab. Alex interessiert sich plötzlich auffällig für die Tischdecke.

»Wie läuft es denn so im Verlagswesen, Alexander?«, erkundigt Richard sich und lässt kurz von Kat ab, um ihren Ehemann bei Laune zu halten.

»Ich persönlich finde ja, das Niveau der Literatur hat in den letzten zehn Jahren gewaltig nachgelassen …«, setzt Richard zu einer langen Schmährede über die neuesten Bücher an, die bis weit in den Hauptgang hinein andauert.

Alex heuchelt höfliches Interesse, während er jedoch immer häufiger zu mir herübersieht.

»Ein Blick sagt mehr als tausend Worte …«, nickt James, der sich vertraulich herübergebeugt hat. »Ich habe dich beobachtet, Fliss Blakeney, wie du Mr. Christian da drüben schöne Augen gemacht hast. Ich glaube, ich sollte Kat warnen. Meuterei liegt in der Luft.«

»Mach dich nicht lächerlich!«, fauche ich. »Das bildest du dir ein.«

»›Die Dame, wie mich dünkt, gelobt zu viel‹«, zitiert er. »Na, aus welchem von Shakespeares Stücken war das? *Romeo und Julia* vielleicht?«

»Du weißt genau, dass es aus *Hamlet* ist.«

»Stimmt.« Er grinst. »Aber Hamlet passt hier nicht so gut, wie? Also, was läuft hier, Fliss? Füßelst du etwa auch ein bisschen unter dem Tisch?«

»Natürlich nicht. Und hier ›läuft‹ überhaupt nichts, wie du es so nett formulierst.« Ich ringe mir ein Lächeln ab und versuche, so beiläufig wie möglich zu klingen.

»Ehrlich?«

»Ehrlich.«

Stimmt doch, oder etwa nicht? Alex ist verheiratet, also kann nichts »laufen«, richtig?

»Gut, denn das bedeutet, dass ich freie Hand habe, dich anzubaggern.«

Während des Hauptgangs macht er sich laut und hemmungslos an die Verwirklichung dieses Vorhabens. James hat immer schon gern ein bisschen viel getrunken. Alkohol facht ihn anscheinend an. Je mehr Wein er trinkt, desto weiter tasten seine Hände sich vor.

Richard, der bereits vor einer Viertelstunde den Rinderbraten vollends zerstückelt hat, fuchtelt noch immer mit dem Tranchiermesser, während er angeregt mit Kat und Sally plaudert, die zu seiner Linken sitzt. Ich bin schockiert, aber nicht überrascht, weil ich mir in Gedanken ausmale, wie ihm die Klinge ausrutscht. Das Besteck ist schuld, Euer Ehren. Ich bin doch nicht bitter, oder?

Erica hat sich von Ollie abgewandt und ist stattdessen in ein Gespräch mit Alex vertieft. Ollie sieht ziemlich verärgert aus. Alex sieht noch verärgerter aus, als James seine Hand unter den Tisch und reichlich auffällig über meinen Oberschenkel gleiten lässt. Er lächelt lüstern, als sie die Seide verlässt und auf nackte Haut stößt.

»Seidenstrümpfe«, murmelt er glücklich, »mag ich am liebsten. Uhhhhh!«

Der Ausruf des Entzückens verwandelt sich in einen Schmerzensschrei, als ich meine Gabel in seine Hand ramme.

»Äh, schön, sind alle fertig?« Sally versucht, wieder etwas Ordnung herzustellen, indem sie anfängt, die leeren Teller abzuräumen.

»Warum hast du das getan?«, knurrt James und reibt seine aufgespießte Hand.

»Steht auf meiner Stirn etwa ›Zutritt für jedermann‹?« Hochmütig sehe ich ihn an.

»Nein.« Angestrengt starrt er auf mein Gesicht. »Nichts, gar nichts. Vielleicht steht es ja auf deinem Höschen!« Er tut so, als wolle er unter den Tisch kriechen.

Sally kommt mit dem Dessert zurück: Passionsfruchtsorbet mit einem geradezu widerwärtig lecker aussehenden Coulis aus Himbeeren und Orangen.

»Nehmen alle Nachtisch?«

Kat übt sich in tugendhafter Enthaltsamkeit.

»Oh, nein. Es sieht wundervoll aus, aber ich sollte lieber verzichten. Das ist sicher eine echte Kalorienbombe, und ich muss wirklich auf meine Figur achten …«

»Du brauchst dir keine Gedanken zu machen«, schnurrt Richard. »Du hattest immer eine Traumfigur.«

Sie grinst zufrieden. »Dann will ich mich nicht kasteien.«

»Kastrieren? Wen?«, sagt James, der sie absichtlich missversteht, und bricht in schallendes Gelächter aus.

»Trink noch was.« Er schüttet mehr Wein in mein Glas. »Hat dir schon mal jemand gesagt, wie attraktiv du bist?« Er stellt die Flasche ab und versucht, sein Kinn auf die Hand zu stützen, rutscht jedoch ab, sodass sein Kopf auf meiner Schulter landet. »Ich glaube, ich brauche einen Kaffee. Wie wär's, wenn du und ich uns davonmachen und zu mir fahren?«

Ich sehe zu Alex hinüber.

Seine Miene ist so eisig wie das Sorbet.

Ich drücke James zurück auf seinen Stuhl.

»Sieht das nicht lecker aus?«, frage ich strahlend und lasse mir eine viel zu große Portion von dem Dessert geben.

»Nicht ausweichen.« Er wirft mir einen Seitenblick zu und grinst hinterhältig. »Hättest du nicht Lust, mich über den Verlust dessen, was eine wunderbare Beziehung hätte werden können, hinwegzutrösten, jetzt, wo Sally nicht länger zur Verfügung steht?«

»Soll das ein Angebot sein?«

»Was sonst.«

Ich könnte schwach werden. Obwohl er im Augenblick den Lüstling gibt, *ist* James sehr attraktiv. Aber ich will kein Trostpreis sein.

Selbst ich, die ich normalerweise viel zu sehr in meiner Fliss-Welt lebe, um das Unglück anderer wahrzunehmen, kann erkennen, dass er sich volllaufen lässt und sich an mich ranwirft, weil er wegen Sally-Anne unglücklich ist. Ich will gar nicht erst versuchen, den Platz meiner Schwester bei ihm einzunehmen. Ich will erste Wahl eines Mannes sein. James sieht gut aus, er ist Single, hat Geld, ist unterhaltsam und findet mich attraktiv – mithilfe von zwei Flaschen Wein. Was kann ich mehr wollen?

Leider weiß ich sehr wohl, was ich will.

Alex.

Er ist so süß, dass mir bei seinem Anblick das Wasser noch mehr im Mund zusammenläuft als bei dem Sorbet. Doch Alex ist eine verbotene Frucht wie jener reife, saftige, leckere Pfirsich, der am Baum in Nachbars Garten hängt.

James ist ein Freund, ein guter Freund, aber ihm fehlt dieses gewisse Etwas, das aus einem Freund ein Objekt der Begierde macht. Alex dagegen hat dieses gewisse Etwas im Übermaß.

Das ist nicht fair.

Ich versuche, mich an unseren ersten Kuss zu erinnern, doch es will mir nicht gelingen, ich war zu betrunken. Ich meine, ich weiß sehr wohl, dass er stattgefunden hat, aber ich weiß nicht mehr, wie er sich angefühlt hat. Ich fühle mich betrogen. Ich habe das Risiko auf mich genommen, mit dem Mann einer anderen »anzubandeln«, und jetzt kann ich mich nicht einmal mehr an die schönen Seiten erinnern.

In Gedanken gehe ich weiter zu dem zweiten Kuss, bei dem ich völlig nüchtern in meiner Küche stand. Mein Magen und andere Körperteile ziehen sich vor Verlangen zusammen. (Entweder ist es das Verlangen oder der Hummer *au* Jack Daniels, was diese seltsame Wirkung auf meine Eingeweide ausübt.)

Ich weiß, dass ich das Richtige getan habe, aber ich könnte mir eine dafür runterhauen, dass ich ihn abgewiesen habe. Ich spüre, wie sich ein Fuß an meinem Bein reibt. Unter diesem Tisch findet so viel unerlaubtes Fußgereibe statt, dass es jeder sein könnte. Ich überschlage die Beinlängen und tippe auf James.

Ollie ist nahe genug, doch er ist viel zu sehr damit beschäftigt, die albern lächelnde Erica mit Sorbet zu füttern.

Seit wann kann Erica albern lächeln?

Als ich aufstehe, um zur Toilette zu gehen, wird mir erst bewusst, wie viel Wein ich im Verlauf der letzten zwei Stunden getrunken habe. Das ist nicht meine Schuld. Jedes Mal, wenn ich mein Glas zurück auf den Tisch gestellt habe, hat James mir nachgeschenkt. Unsicher tappe ich zum Badezimmer, als Kat mir entgegenkommt, die gerade zehn Minuten lang ihr Make-up runderneuert hat.

»Ach, du bist es«, sagt sie enttäuscht, als sie in dem engen, dunklen Korridor gegen mich stößt. Sie hat todsicher gehofft, ich sei Richard, der ihr hinausgefolgt ist, doch sein Spiel ist viel zu eindeutig, um in dieser Hinsicht eindeutig zu sein.

»Hast du einen schönen Abend?« Ich kann der Versuchung nicht widerstehen, mich von ihr in den Schmutz ziehen zu lassen, und Kat ist normalerweise nur zu gern bereit dazu.

»Oh, es ist nett, alte Freunde wiederzusehen, findest du nicht?« Sie setzt ihr falsches Lächeln auf. »Und die alte Wohnung. Sie hat sich nicht sehr verändert, seit ich das letzte Mal hier war.«

Wenn das keine Spitze war. Richard ist zwei Monate, nachdem wir uns kennen gelernt haben, hier eingezogen. Wieder sage ich mir, ich müsse über den Dingen stehen, was mir angesichts der Alkoholmenge, die ich intus habe, glücklicherweise nicht schwerfällt.

»Ich genieße den Abend, weil ich in Erinnerungen schwelge«, fügt sie hinzu, »nur mit Alex scheint etwas nicht zu stimmen, er ist richtig schlechter Laune.« Sie lächelt selbstgefällig. »Aber es ist wohl auch ziemlich grausam von mir, ihn hierher zu bringen, wo er doch über meine und Richards Vergangenheit Bescheid weiß.«

Und eure Gegenwart, möchte ich am liebsten hinzufügen, tue es aber nicht.

»Alex kennt sich sowohl in Geschichte als auch in *aktuellen* Fragen aus«, sage ich beiläufig, aber sie hat sich bereits umgedreht und geht den Gang hinab, während sie sich erneut mit Parfüm besprüht.

Ich wanke ins Bad und schließe hinter mir ab. Dann erneuere ich vor dem Spiegel meinen Lippenstift. Meine Augen glänzen, und meine Wangen sind gerötet. James mag ja ein Ersatz sein, aber es ist trotzdem nett, mal wieder angemacht zu werden.

Balsam für mein Ego und meine Libido.

Doch was soll ich wegen Kat und Richard unternehmen? Ich kann nicht einfach zusehen, wie Sal alles abbekommt. Nachdem ich mich an ihrem Parfüm vergriffen habe, verlasse ich das Bad und kreische auf, als jemand mir im dunklen Korridor den Weg versperrt. Als meine Augen sich an das Zwielicht gewöhnt haben, erkenne ich, dass es Alex ist.

»Mach das nicht noch einmal!«, keuche ich. »Du hast mir wirklich Angst eingejagt …«

Er lehnt an der Wand, die Hände in den Hosentaschen vergraben. Seine Augen funkeln gefährlich im schwachen Licht.

»Was zum Teufel sollen diese Spielchen, Fliss?«, zischt er.

»Wie bitte?«

Ein Überraschungsangriff?

»Was für ein Spiel spielst du – mit James?«

»Ich versuche, mich zu amüsieren.«

»Ach ja, und darunter verstehst du, dich von einem Betrunkenen begrabschen zu lassen?«

»Das solltest du eigentlich wissen«, gifte ich. »Denk mal an die Hochzeit zurück!«

Er sieht niedergeschmettert aus. Entsetzt schlage ich die Hand vor den Mund.

»Oh, nein, Alex, das habe ich nicht so gemeint. Es tut mir Leid, du weißt, dass ich es nicht so gemeint habe. Vor allem, weil ja hauptsächlich ich gegrabscht habe und viel mehr getrunken hatte als du …« Verzagt breche ich ab, da mir bewusst ist, dass ich mich mit jedem weiteren Wort nur noch mehr reinreite.

Er lehnt sich gegen die Wand und reibt sich aufgewühlt die Stirn.

»Du treibst mich zum Wahnsinn, Fliss. Glaubst du wirklich, ich will dasitzen und zusehen, wie du vor allen Leuten mit einem anderen rummachst?«

»Ich würde mir eher über deine Frau den Kopf zerbrechen. Denn genau das macht *sie*!«

Oje, ich muss wirklich lernen, meine Zunge im Zaum zu halten. Ich atme tief durch und mache einen neuen Versuch.

»Sieh mal, James ist doch nur ein Freund. Das ist alles. Wir haben uns immer gut verstanden.«

»Zu gut, wenn du mich fragst!«

»Wenn du es unbedingt wissen willst, er hat ein Auge auf Sally-Anne geworfen, nicht auf mich. Und außerdem, wer bist du, dass du mir Vorträge hältst? Du bist verheiratet, ich nicht, also kann ich ja wohl machen, was ich will.«

»Ich weiß, ich weiß.« Seine Stimme klingt angespannt, und seine Augen sind zu Schlitzen verengt. »Ich kann nichts dafür, Fliss, aber was du mit mir machst … Ich kann nicht aufhören, an dich zu denken.«

Warum musste er das sagen? Das alles ist so schwierig. Nur mit Mühe widerstehe ich der Versuchung, mich in seine Arme zu werfen.

»Was willst du von mir, Alex?«, frage ich und weiche vor ihm zurück, falls mich die Selbstbeherrschung verlässt und ich mich auf seine Unterhosen stürze.

Er scheint seine Fassung teilweise wiederzuerlangen.

»Mehr, als ich sollte«, erwidert er. »Entschuldige, ich hätte dir nicht hierher folgen sollen, und ich hätte dich nicht runterputzen sollen. Es stimmt schon, ich habe kein Recht auf dich.«

»Nein, aber ich stehe in deinem Bann, nicht wahr?«

Hört sich meine Stimme bitter an? Kann schon sein, aber ich habe das hier auch nicht gewollt.

»Bist du das, Fliss?«

»Das muss ich ja wohl nicht extra betonen, oder? Du weißt doch sicher, wie es um mich steht«, murmele ich widerstrebend und in dem Bewusstsein, dass ich mich vielleicht nicht mehr zurückhalten kann, wenn ich einmal anfange, mich ihm anzuvertrauen.

»Nein, ich weiß nicht, wie es um dich steht! Das ist ja das verdammte Problem. In der einen Sekunde kriegst du nicht genug von mir, in der nächsten stößt du mich weg.«

»Willst du wissen, was ich fühle? Willst du das wirklich? Ich denke jeden Tag an dich. Du gehst mir nicht mehr aus dem Kopf. Das treibt mich zum Wahnsinn. Ich glaube, ich werde noch verrückt. Kaum eine Minute vergeht, in der ich mich nicht frage, wo du gerade bist, was du tust, ob du an mich denkst oder ob ich dich wiedersehe. Es kommt mir vor, als hätte ich dich seit Ewigkeiten nicht gesehen, jeder Augenblick kommt mir endlos vor. Und die ganze Zeit über weiß ich, dass es total falsch ist, so zu fühlen …«

Mir fällt auf, dass meine Stimme immer schriller wird. Reiß dich zusammen! Selbstbeherrschung ist meine einzige Rettung. Ich halte inne und atme tief durch.

»Entschuldige«, murmele ich und schüttele den Kopf, kaum in der Lage, ihn anzusehen.

Auch Alex schüttelt den Kopf, ein Lächeln auf den Lippen.

»Wie kommt es nur, dass du jedes Mal, wenn ich dich sehe, betrunken bist oder dich entschuldigst?«

»Oder beides.« Ich lache beschämt. »Tut mir Leid, ich sollte lieber nichts mehr trinken.«

»Nein, ich sollte mich entschuldigen.«

»Wofür?«

»Dafür ...«

Er legt zwei Finger unter mein Kinn, hebt sanft mein Gesicht und küsst mich. Mit offenen Augen beobachtet er mich und wartet auf eine Reaktion.

»Das hättest du nicht tun sollen«, murmele ich.

»Ich weiß, darum habe ich mich ja auch entschuldigt.«

Ich lasse meine Fingerkuppen vorsichtig über seine Wange und die Wölbung seiner vollen Lippen gleiten.

»Ich glaube, du musst dich noch mal entschuldigen.«

Wir stehlen uns aus dem Korridor und laufen prompt Sally-Anne über den Weg, die einen Stapel leerer Teller zur Küche trägt und zuerst mein gerötetes und zerknirschtes Gesicht und dann Alex betrachtet.

»Wusstest du, dass du mehr von ihrem Lippenstift im Gesicht hast als Fliss selbst?«, murmelt sie.

Ich grinse verlegen. Alex wirft mir einen Seitenblick zu und fängt an, sich wie wild den Mund abzuwischen. Beide sehen wir Sally an. Sie ist am Zug.

Sal zwinkert uns fast unmerklich zu und verschwindet in der Küche.

Fragend sehe ich Alex an. Offensichtlich weiß Sally etwas über Richard und Kat, sonst hätte sie uns das nicht einfach durchgehen lassen. Ich gehe ihr nach.

»Sally?«

Sie ist über die offene Spülmaschine gebeugt und räumt die Teller hinein. Als sie mich hört, blickt sie auf und streicht sich die Haare aus den Augen. Sie sieht müde aus.

»Sal?«

»Frag lieber nicht«, seufzt sie niedergeschlagen.

»Was weißt du?«

»Man muss blind und naiv sein, um zu übersehen, wie mein Mann und Kat heute Abend übereinander herfallen, und ich bin sicher nicht blind.«

»Und naiv bist du auch nicht.«

»Glaubst du? Mir kommen nämlich allmählich Zweifel. Ich weiß nicht, ob schon etwas zwischen ihnen läuft«, zitiert sie James, »aber sie spielen ihre Spielchen auf meine Kosten, und das gefällt mir nicht.« Sie knallt die Lade der Spülmaschine zu und dreht sich zu mir um. »Du hast mich gewarnt, Fliss, aber ich wollte ja nicht auf dich hören.«

»Na ja, wir wissen ja nicht, ob zwischen den beiden tatsächlich etwas läuft, nicht wahr? Sie haben immer gern miteinander geschäkert. Und dass sie es vor deinen Augen machen …«

»Bedeutet, dass sie es nicht hinter meinem Rücken tun?« Sie zieht die Augenbrauen hoch.

»Solange es dich nicht verletzt, Sal. Das ist alles, was mich interessiert.«

»Ach, ich bin sicher, alles kommt wieder in Ordnung«, seufzt sie, greift nach der Kaffeekanne und lächelt ironisch. »Er wird meiner schließlich nicht so kurz nach der Hochzeit überdrüssig sein. Außerdem war er noch nie ohne mich weg, abgesehen von der Arbeit. Er hatte also keine Gelegenheit, etwas anzustellen. Wahrscheinlich braucht sein Ego das.«

»Na ja, ein so riesiges Ego wie das von Richard braucht eine ganze Menge«, bemerke ich in dem Versuch, unbekümmert zu klingen.

Sally lacht leise, doch sie ist immer noch nicht wirklich glücklich.

»Und was ist mit dir, Fliss?« Sie legt eine Hand auf meinen Arm. »Was, wenn du verletzt wirst?«

»Ich?«

»Tu nicht so unschuldig, ich weiß, was ich gerade gesehen habe. Was geht da vor?«

»Ich will verflucht sein, wenn ich es weiß.«

Ich helfe ihr, den Kaffee ins Wohnzimmer zu tragen, wo sich inzwischen alle versammelt haben. Das Licht ist gedämpft, und Ollie hat den ewigen Phil Collins durch etwas noch Schmalzigeres ersetzt. Er sitzt Knie an Knie neben Erica auf dem Sofa. Alex und Richard unterhalten sich. Kat schmollt, weil Richard sich nicht ihr widmet, während sie die Locken ihres unglaublich seidigen Haares mit den Fingern zwirbelt.

Unglaublich seidiges Haar, unglaublich schmollendes Gesicht.

James schenkt sich mit alles andere als ruhigen Händen noch einen Whisky ein. Er versucht, das Glas an seinen Mund zu führen, scheitert jedoch. Der Schwenker aus Kristall entgleitet ihm und fällt mit einem dumpfen Laut zu Boden, während sich der Inhalt in einem Bogen über den Wohnzimmerteppich ergießt, der unglaublich dick und wie die Wände unwirklich cremig ist und goldene Flüssigkeit aufsaugt wie Wasser von einem Schwamm.

James hebt das leere Glas auf und sieht niedergeschlagen dem teuren Whisky nach, wie er versickert.

»Hat jemand einen Strohhalm?« Er lacht. »Fliss, mein Engel, wo warst du denn?«

Er vergisst den verschütteten Alkohol und läuft quer durchs Zimmer auf mich zu, schwankend wie ein erfahrender Trinker.

»Komm, meine Süße, ich bringe dich nach Hause. Auf einen Kaffee und Leck-kör. Welches Auto nehmen wir, deins oder meins?«

»Lass den verdammten Unsinn.« Alex starrt ihn wütend an. »Du bist nicht in der Lage zu fahren, und Fliss auch nicht.«

»Umso besser, dann teilen wir uns eben den Rücksitz eines Taxis.« Lüstern sieht James mich an und schlingt einen Arm um meine Taille.

»Ich bringe Fliss nach Hause«, sagt Alex entschlossen, packt meinen Arm und blickt James eisig an, der mich eilig loslässt.

»Ich will aber noch nicht gehen«, sagt Kat bockig. »Ich will mir mit Richard ein paar alte Fotos ansehen.«

»Von wegen«, murmele ich im Hintergrund, verärgert darüber, dass niemand sich die Mühe macht zu fragen, ob *ich* schon aufbrechen will.

Alex' Griff wird noch fester.

»Warum nimmst du nicht Fliss mit, und ich bringe Kat später nach Hause?« Richard lächelt Kat zu, die prompt aufhört zu schmollen und ihm glühende Blicke zuwirft.

Ich sehe zu Sally hinüber, die bleich und mitgenommen aussieht. James, der sie ebenfalls ansieht, dreht sich zu mir um, blickt auf Alex' Hand auf meinem Arm hinab, mustert mein gerötetes Gesicht und zwinkert uns vertraulich zu.

»Wenn das so ist, bleibe ich und helfe Sal beim Abwasch«, verkündet er. »Auf geht's, Kleine, wollen doch mal sehen, wie viele Teller wir zerdeppern können.«

»Aber wir haben eine Spülmaschine!«, protestiert sie schwach, als er sie zur Küche schleppt.

Richard schiebt Kat Richtung Arbeitszimmer, während Alex mich zur Tür dirigiert. Als wir aufbrechen, kommen wir an Erica und Ollie vorbei, die begeistert auf dem Sofa schmusen. Endlich haben Amors Pfeile das richtige Ziel getroffen. Beide sind Single, und somit steht es ihnen frei, eine unkomplizierte und wundervolle Liebesaffäre zu erleben. Ich unterdrücke den Drang zu applaudieren.

Schweigend stehen Alex und ich nebeneinander. Seine Hand liegt noch immer auf meinem Arm, als hätte er Angst, ich könne Reißaus nehmen, während der Aufzug uns ins Erdgeschoss bringt. Fast rechne ich damit, dass unter dem K für Keller ein kleines rotes Licht aufleuchtet – mit einem großen H für Hölle, denn genau dorthin begebe ich mich gerade.

»Eigentlich sollte ich Sally moralisch den Rücken stärken«, murmele ich, als er mich aus dem Haus und über die Straße zu seinem Auto führt. »Aber wie kann ich jemanden moralisch den Rücken stärken, wenn ich selber unmoralisch bin?«

Schweigend fahren wir zu meiner Wohnung.

Trotz meiner Einwände genieße ich jeden Augenblick und vertiefe mich in den Anblick seines Profils, während er lässig den großen Wagen durch die dunklen, leeren Straßen steuert. Durch das schwache Licht werden die anderen Sinne geschärft. Ich registriere das Surren des Motors, das monotone Klicken des Blinkers, als er ohne Anweisung in die richtige Straße einbiegt. Allein sein Geruch ist erotisch. Ist es nicht sonderbar, dass der Geruchssinn mehr Erinnerungen weckt als alle anderen Sinne? Nicht das Gesehene oder das Gehörte, sondern der Geruch.

Als wir bei mir ankommen, hält er an und stellt den Motor ab. Seine Hände umklammern noch immer das Steuer, und er starrt geradeaus. Das Schweigen scheint eine Ewigkeit zu dauern, bevor er etwas sagt.

»Weißt du eigentlich, wie sehr ich mich beherrschen musste, um dich nicht anzurufen?«

Er sieht mich mit diesen umwerfenden, glitzernden, intelligenten Augen an, die vor Wärme sprühen.

»Ich habe mich so sehr beherrscht, dass ich mich, glaube ich, nicht länger beherrschen kann.«

Sein angespannter Ausdruck weicht einem Lächeln, als er mich an sich zieht.

Vermutlich musste es so kommen.

Die Vorhänge im Schlafzimmer sind offen, so dass der Raum vom Mondlicht beschienen ist. Langsam zieht er den Reißverschluss an meinem Kleid auf und streift es von meinen Schultern.

Schweigend öffne ich sein Hemd, Knopf für Knopf, bis es ebenfalls zu Boden fällt und neben meinem weggeworfenen Kleid liegen bleibt. Offensichtlich ist er kein erfahrener Ehebrecher, denn sonst hätte doch sicher einen Kleiderbügel zur Hand, um dafür zu sorgen, dass die Kleider falten- und beweisfrei bleiben.

Als nächstes die Unterwäsche. Ich bin überrascht, wie unbefangen er sich ihrer entledigt, und wie schüchtern ich plötzlich bin, doch mit ein wenig Nachhilfe von Alex sinken wir schließlich nackt aufs Bett.

Wir lachen, streicheln und küssen uns zärtlich.

Er ist schlank, sehnig, braun, gut gebaut und gut bestückt. Seine Haut ist wunderbar glatt, ein Magnet, der meine Hände und meinen Mund unwiderstehlich anzieht.

Ich wollte ihn schon so lange und so sehr.

Seine Hände gleiten über meine Brüste und meinen Bauch, und ich werde von einem Verlangen erfasst, das stärker ist als alles, was ich vorher erlebt habe.

»Normalerweise gehe ich nicht gleich bei der ersten Verabredung mit dem Mann ins Bett«, flüstere ich, als seine Zunge den gleichen Weg nimmt wie kurz zuvor seine Hände.

»Wir hatten ja nicht einmal ein erstes Date«, murmelt er, während sein Mund und seine Wimpern über meine Haut streifen.

»Oh. Stimmt, hatten wir nicht, oder? Vermutlich ist es so viel besser. Lieber gleich zum Sex übergehen, und wenn sich herausstellt, dass er nichts taugt, haben wir keine Zeit und keine Kraft darauf verschwendet, miteinander auszugehen.«

Er hält inne, schiebt sich wieder auf eine Höhe mit mir und lächelt amüsiert. Mit der Fingerspitze fährt er zwischen meinen Brüsten entlang über meinen Hals und meinen Mund. Er streichelt meine Wange, nimmt mein Gesicht in beide Hände und sieht mich aus funkelnden Augen an.

»Fliss.«

»Hm?«

»Halt die Klappe.«

Er bringt mich mit einem Kuss zum Schweigen.

Kapitel 10

Ich erwache, eingehüllt in einen Schleier des Wohlbehagens. Auf dem Kissen zeichnet sich noch der Abdruck seines Kopfes ab. Ich kann ihn auf den Laken und auf meinem Körper riechen. Wenn ich die Augen schließe, kann ich noch immer den brennenden Abdruck seiner Finger und die zarte Berührung seiner Lippen spüren.

Träge werfe ich einen Blick auf den Wecker und stelle überrascht fest, dass es bereits zehn ist. Wenn man bedenkt, dass er vor neun Stunden noch neben mir gelegen hat. Genüsslich räkele ich mich und fahre mit der Hand über meinen Körper, die Schwellung meiner Brüste und die Wölbung meines Bauches, um seine Berührungen noch einmal zu erleben. Benommen vor Freude komme ich mir fast ätherisch vor, als würde ich träumen, obwohl ich wach bin.

Diese erfreulichen Gedanken werden auf unerfreuliche Art gestört.

Es klingelt wie wild. Seufzend, doch immer noch dümmlich grinsend, schlüpfe ich in mein Kleid und tappe barfuß hinaus in die Diele. Der gebohnerte Holzboden fühlt sich unter meinen Fußsohlen kalt an, doch ich werde immer noch von der brennenden, feurigen Wärme geschützt, die durch meinen Körper pulsiert wie ein Stromschlag.

Ohne nachzufragen, wer da ist, drücke ich auf den Türöffner, und als ich Fußtritte oben auf dem Treppenabsatz höre, öffne ich meine Wohnungstür. Davor steht eine kleine, zitternde Gestalt mit weißem Gesicht und tränenverquollenen Augen, deren Haar klatschnass ist vom Regen.

»O Fliss«, schluchzt Sally, taumelt herein und vergräbt ihr

schmerzverzerrtes Gesicht an meiner Schulter, »er wird mich verlassen. Das ertrage ich nicht.«

Ich setze die zitternde, schluchzende Sally-Anne auf das Sofa und hole erst einmal den Brandy.

»Was ist passiert?«, forsche ich sanft, schenke mir zwei Finger breit ein, für Sally jedoch eine ganze Hand breit.

Sally nimmt einen Schluck, verzieht das Gesicht, putzt sich die Nase mit einem Kleenex von mir und unterbricht ihr Schniefen lange genug, um etwas sagen zu können.

»Nachdem du gestern Abend gegangen bist, Fliss, war es furchtbar, einfach furchtbar. Kurz nachdem Alex und du aufgebrochen wart, haben sich Ollie und Erica zusammen ein Taxi genommen. Richard hat nicht einmal auf Wiedersehen gesagt, er hat Nase an Nase mit *ihr* auf dem Sofa gesessen. Als James um zwei gegangen ist, haben sie immer noch in Erinnerungen geschwelgt, gelacht und sich ständig betatscht. Sie haben sogar aus demselben Weinglas getrunken. Stell dir vor, ich kam mir wie das fünfte Rad am Wagen vor. *Ich* kam mir so vor, *seine* Frau!« Ungläubig schüttelt sie den Kopf. »Sie ist noch ewig geblieben, nachdem du weg warst. Stundenlang!«

»Stundenlang?«, hake ich nach und schäme mich gleichzeitig, weil mich die Erkenntnis erleichtert, dass Alex vor Kat nach Hause gekommen sein muss, da er meine Wohnung kurz nach eins verlassen hat.

»Und natürlich musste Richard sie nach Hause bringen«, faucht Sally. »Obwohl er viel zu viel getrunken hatte. Er wollte nicht, dass ich ein Taxi rufe. Es war vier, als er endlich ins Bett kam. Man braucht doch keine ganze Stunde, um einmal durch die Stadt zu fahren, oder? Und heute Morgen hat er sich mit einer lahmen Ausrede verdrückt.«

»Hat er gesagt, wohin er wollte?«

»Er hat behauptet, er müsse wegen irgendeiner Angelegenheit ins Büro. Er arbeitet Sonntags nie, Fliss, nie, aber als ich ihm das vorgehalten habe, ist er echt wütend geworden. Er hat gesagt, er hätte einen wichtigen Fall und müsste ein paar Recherchen anstellen, solange es im Büro ruhig sei, und wenn ich ihm nicht glaubte, sollte ich Ollie anrufen.«

»Und hast du Ollie angerufen?«

»Wozu?« Sally dreht mit zitternden Händen ihr Glas. »Ollie würde Richard immer decken, und ich würde dastehen wie die dämliche, eifersüchtige Ehefrau. Andererseits, was macht das schon, denn genau das bin ich ja, oder? Die dumme, eifersüchtige Ehefrau.« Ihre Nasenflügel blähen sich vor Entrüstung, während sie spricht. Sie fährt sich mit der Hand über die Augen und kneift sie gequält zusammen.

»Ich weiß, er liebt mich, Fliss, wir brauchen einfach mehr Zeit. Wenn uns die anderen doch nur in Ruhe lassen würden!«

Sie kippt den Brandy hinunter, stellt das Glas auf den Couchtisch und fängt an, aufgebracht an ihrem Ehering zu drehen. Sie sind erst seit acht Wochen verheiratet, doch er ist ihr bereits viel zu groß.

»Diese verfluchte Katherine Christian! Noch nie habe ich jemanden gehasst, Fliss, aber sie hasse ich. Du ahnst gar nicht, wie sehr ich diese Frau verabscheue. Es ging uns gut, bis sie aufgetaucht ist. Wir waren glücklich, wirklich glücklich. Aber jetzt warte ich nur darauf, dass er geht, und nur wegen *ihr*. Ihm wäre jede Ausrede recht, um zu ihr zu laufen, Fliss, ich weiß es. Wäre sie frei, schwups, weg wäre er.« Sie schnippt mit den Fingern. »Wenn Alex eine andere findet …« Sie bricht ab und sieht mich an.

Sie muss nicht weitersprechen. Ich verstehe, worauf sie hinaus will.

Als Sally geht, klingelt das Telefon. Alex. Ich schäme mich dafür, dass ich so glücklich bin, seine Stimme zu hören, denn mein Glück steht in scharfem Kontrast zu Sallys Elend.

»Ich muss dich sprechen. In einer halben Stunde hole ich dich ab.«

Allein der Klang seiner Stimme lässt meinen Magen vor Verlangen Purzelbäume schlagen.

Eine verbotene Frucht. Man verschlingt das weiche, süße Fruchtfleisch eines reifen Pfirsichs, spürt, wie der Saft einem über Lippen und Zunge rinnt, genießt den Geschmack und die Berührung – doch man sollte darauf achten, sich nicht an dem scharfen Kern zu verletzen, denn wenn das Fruchtfleisch weg ist, bleibt nur er übrig.

Er kommt, als ich noch unter der Dusche bin. Er zieht mich an sich und küsst mich zärtlich. Seine Hände stehlen sich in meinen Bademantel, umfassen meine feuchten Pobacken und ziehen mich näher heran.

Hungrig erwidere ich seine Liebkosungen, doch Alex weicht zurück.

»Zieh dich an«, sagt er lachend. »Ich führe dich zum Mittagessen aus.«

»Ich würde lieber hier bleiben«, murmele ich enttäuscht.

»Und was ist mit besagtem ersten Date?« Er lächelt. »Ich möchte doch nicht, dass du dich darum betrogen fühlst.«

Trotz des starken Verlangens, ihn gleich wieder ins Bett zu ziehen, lächele ich, da mich seine Worte rühren.

»Wohin gehen wir? Irgendwohin, wo es dunkel ist und uns niemand erkennt?«, scherze ich und wühle in meinem Kleiderschrank. »Wo wir uns in einer Nische verstecken oder durch die Hintertür flüchten können, falls jemand hereinkommt, den wir kennen?«

Wir fahren zu einem alten Hotel am anderen Ende der Stadt, das »Zu den drei Schwänen« heißt. Die alte Herberge liegt am Stadtrand und hat noch immer einen hohen Torbogen, der zu den früheren Ställen führt, die inzwischen allerdings zu einem sehr guten, sehr exklusiven und sehr intimen Restaurant umgebaut worden sind. Es besteht aus einem Mittelteil, der Platz für ungefähr zwölf kleine runde Tische und einen Dschungel exotischer

Pflanzen bietet. Außerdem sind die Holzboxen mit Eisengittern entlang der Wände, in denen einst die Pferde standen, inzwischen in diskrete Nischen umfunktioniert worden.

Wir werden über den federnden, gebohnerten Holzboden zu einer dieser Nischen geführt. Vor dem Tisch stehen zwei Rattanstühle, während an der Wand entlang eine Holzbank verläuft. Es ist für zwei Personen gedeckt.

»Das ist aber sehr zurückgezogen für jemanden, der mich nicht verstecken wollte«, ziehe ich Alex auf.

Er lächelt und streicht mit dem Daumen über meine Hand, die er zugegebenermaßen ganz offen gehalten hat.

»Ich will dich nicht verstecken. Ich will mit dir allein sein«, antwortet er. »Außerdem gefällt mir die Ecke, und ich wollte sie mit dir teilen.«

Ich setze mich auf die Bank hinten in der Nische. Alex nimmt mir gegenüber mit dem Rücken zum Restaurant Platz. Die größte Zimmerpalme, die je aus dem Boden geschossen ist, schirmt ihn teilweise vor neugierigen Blicken ab. Der lächelnde Ober reicht uns die riesigen Speisekarten aus blauem Leder, wobei mir auffällt, dass auf meiner keine Preise stehen. Alex bestellt eine Flasche Pouilly Fuissé.

Der Ober verschwindet. Ich beobachte, wie er unterwürfig rückwärts geht, als würde er eine Audienz der Königin verlassen. Mein Blick wandert zu Alex, den ich gierig mit den Augen verschlinge. Ich sehne mich danach, ihn zu berühren. Er erwidert meinen Blick. Die Intensität meines Verlangens muss geradezu lächerlich deutlich sein. Peinlich berührt sehe ich weg und betrachte die Umgebung. Alles ist besser als dieser durchdringende Blick.

Unser Ober kehrt mit einem silbernen Kübel und zwei Gläsern zurück. Als er an einer der anderen Nischen vorbeikommt, ruft ein Gast nach ihm, der dort sitzt. Er bleibt stehen, legt die zwei Gläser auf das Eis im Kübel und zieht ein Päckchen Streichhölzer aus der Tasche. Als eines davon aufflammt, greift die junge

Frau nach seinem Handgelenk, um es still zu halten, während sie ihre Zigarette anzündet. Das orange Glühen erhellt ihr Gesicht.

»Ich fasse es nicht!« Meine Kinnlade fällt herunter. Ein Gefühl der Panik steigt von meinem Magen in meine Kehle auf, die reagiert, indem sie den Kontakt zu meinen Stimmbändern abbricht.

»Was ist los?«, fragt Alex besorgt und lässt die Karte sinken. »Du siehst aus, als hättest du ein Gespenst gesehen.«

Meine Antwort besteht darin, dass ich mich auf meinem Sitz tiefer gleiten lasse, mit einer Hand mein Gesicht abschirme und mit der anderen zu dem Tisch in der anderen Nische deute.

»Was denn, Fliss?«, bedrängt Alex mich, nun ehrlich beunruhigt.

Ich bedeute ihm, leiser zu sprechen und lenke seinen Blick auf das Objekt meiner Besorgnis.

Alex dreht sich um. Es ist schummrig im Restaurant, doch die lange, glänzende Mähne und der schmale Rücken von Kat Christian sind unverwechselbar. Sie trägt einen kirschroten Blazer mit Gürtel und einen kurzen Rock, der nur bis zur Hälfte ihrer Oberschenkel reicht und ein Übermaß an langen, gebräunten Beinen enthüllt, an deren Ende sich Bally-Pumps befinden, mit denen sie gereizt auf den Boden trommelt.

Sie sitzt mit dem Rücken zu uns in der gleichen Position wie Alex da, doch jedes Mal, wenn die Tür aufgeht, dreht sie sich um. Offensichtlich wartet sie auf jemanden.

Meine Stimme kehrt zurück, hört sich jedoch dünn und erstickt an.

»Glaubst du, sie hat uns hereinkommen sehen?«, flüstere ich.

Alex schüttelt den Kopf.

»Würde sie noch dasitzen, wenn es so wäre? Sie muss kurz nach uns gekommen sein.«

»Was machen wir jetzt?«

Er schiebt sich von seinem Platz neben mich auf die Bank, so dass ich die beruhigende Wärme seines Oberschenkels an meinem spüren kann. Sofort überkommt mich der Drang, meine Hand an seiner Innenseite entlanggleiten zu lassen. Begierde kennt kein Anstandsgefühl.

»Nicht zu fassen, von allen Kaschemmen der Welt...«, hebt Alex in Humphrey-Bogart-Manier an und grinst mich trocken an. Doch mir ist nicht nach Lachen zumute. Ebenso wie Kat starre ich zur Tür und auf die Person, die hereinkommt. Sie drückt ihre Zigarette aus und steht auf, als er neben ihr stehen bleibt. Er ergreift ihre Hand und küsst sie flüchtig auf die Wange, hält dann inne, sieht ihr tief in die Augen und beugt sich vor, um sie auf die Lippen zu küssen.

Sie schlingt einen Arm um seinen Nacken und zieht ihn enger an sich. Verlegen lassen sie voneinander ab, und gemeinsam gleiten Richard und Kat in den Schatten ihrer Nische.

Auch Alex hat Richards Auftritt beobachtet. Seine Augen verengen sich wie die einer Kobra vor dem Angriff.

»Was zum Teufel macht *der* hier!«, knurrt er und schüttelt den Kopf. »Das hätte ich mir denken können.« Der Ober, der unsere Flasche Wein geöffnet hat, schenkt Alex einen Schluck ein und wartet auf seine Zustimmung. Er wirkt reichlich verdutzt, als ich mir das Glas packe und den Inhalt in einem Schluck hinunterstürze, als handele es sich um Wasser.

»In Ordnung, danke«, entlässt Alex ihn und sieht wieder zu seiner Frau und ihrem Liebhaber hinüber, die eng umschlungen im Halbdunkel sitzen. Richard und Kat schmusen jetzt ganz unverhohlen. Entsetzt und fasziniert zugleich beobachte ich, wie seine Hand in ihre Bluse gleitet und anfängt, ihre vollen Brüste wie Teig zu kneten.

Ich kann nicht fassen, was ich da sehe. Es mag ja dämmrig und abgeschirmt sein, doch es ist immer noch geradezu lächerlich eindeutig, was sie da treiben. Vermutlich haben sie nicht damit gerechnet, so genau beobachtet zu werden. Ich komme mir wie ein schäbiger kleiner Voyeur vor, der Zeuge einer Live-Peepshow wird.

»Glauben sie denn wirklich, dass keiner sie sehen kann?«, hauche ich ungläubig, als Richards Hand zwischen Kats Beinen verschwindet.

»Das kümmert sie vermutlich wenig.«

»Hätte ich gewusst, dass er so ein Draufgänger ist, hätte ich ihn vielleicht aufregender gefunden.« Ich lache verlegen.

Alex bedenkt mich mit einem finsteren Blick.

»Komm, wir gehen.« Er springt auf und wirft ein Bündel Geldscheine auf den Tisch, ohne sie zu zählen.

»Das geht nicht! Was ist, wenn sie uns entdecken?«, stoße ich panisch hervor.

»Glaubst du wirklich, die nehmen irgendetwas um sich herum wahr?«, grollt er.

Er packt meine Hand und zieht mich hastig hinter sich her zum Notausgang, der näher liegt als der Haupteingang und von einer weiteren gigantischen Palme sowie einem zwei Meter hohen Blumengitter verdeckt wird, über das sich üppige, blassrote Passionsblumen ranken. Wie im Treibhaus. Als wir gehen, erhitzen sich hinter uns erst recht die Gemüter.

Die schwere Tür fällt leise ins Schloss. Wir befinden uns in einer schmalen Gasse an der Seite des Restaurants, und ich kann hören, wie am einen Ende mit Töpfen hantiert und laut gesprochen wird, während am anderen Ende der Verkehr rauscht.

Es regnet stark. Das Stück Himmel über uns, das durch eine zwei Meter breite Lücke zwischen den Gebäuden zu sehen ist, ist schmutziggrau. Alex umklammert noch immer meine Hand. Sein Griff ist so fest, dass es fast schmerzt.

Es ist schwer, die Gefühle zu deuten, die sich in seinen Augen und auf seinem Gesicht widerspiegeln, doch plötzlich fühle ich mich zutiefst verunsichert. Er streicht mir mein bereits durchweichtes Haar aus dem Gesicht. Ich kann die feinen Tropfen erkennen, die auf seinen Wimpern sitzen.

Zögernd ziehe ich ihn an mich und presse meinen Mund auf seinen. Sanft und zärtlich erwidert er den Kuss, während er mir unablässig in die Augen blickt, als suche er nach etwas. Plötzlich wird sein Kuss intensiver. Er drängt mich gegen die Mauer, schiebt die Daumen unter meinen Rocksaum und zieht ihn bis über die Hüften hoch. Ich kann den harten Druck seines Oberschenkels zwischen meinen Beinen spüren.

Die Mauer hinter mir ist rau und drückt sich durch meine dünne Bluse, die vom Regen bereits völlig durchweicht und durchsichtig ist. Er küsst mich so heftig, dass ich keine Luft mehr bekomme, und seine Finger krallen sich in die nackte, weiche Haut meiner Oberschenkel.

Ich reagiere gegen meinen Willen. Mein Mund öffnet sich unter seinem, meine Finger streicheln seinen Nacken. Ebenso plötzlich werden seine Berührungen wieder zärtlicher, seine Küsse weniger fordernd. Vor Verlangen werde ich ganz schwach, meine Beine zittern, und trotz des kalten Windes, der über uns hinwegstreicht, und des Regens, der wie ein Wasserfall herabströmt, spüre ich, wie sich eine glühende Hitze in mir ausbreitet… Doch mit einem Mal muss ich an Sally-Anne denken, die mich stumm aus großen, traurigen Augen anfleht. Ich sehe Alex' Gesicht bei Richards und Kats Anblick vor mir, glühend vor Wut… oder war es Eifersucht?

Ich weiche zurück.

»War das für mich oder für Kat?«, flüstere ich.

»Was?«

Ich muss es wissen.

»Willst du mich wirklich oder willst du es nur deiner Frau heimzahlen?«

Er macht einen Schritt zurück und schüttelt ungläubig den Kopf, während er mich enttäuscht ansieht.

»Werd endlich erwachsen, Fliss.«

»Ich will nur, dass du ehrlich zu mir bist«, bettele ich, plötzlich völlig verunsichert.

Ist es etwa das? Ist das alles nur ein einziges Spiel für die beiden? Bin ich Alex' Rache für Katherines Verhalten? Geht es immer nur Auge um Auge? Sie treibt sich in geschmacklos eindeutiger Weise mit Richard herum, also kontert er? Egal, ich will zumindest kein weiteres Opfer in einem Spiel sein, das Leben zerstören könnte.

»Hast du Veranlassung zu glauben, ich wäre es nicht?«, fragt er mich kopfschüttelnd.

»Ich will die Wahrheit wissen. Ich will wissen, ob dir wirklich etwas an mir liegt oder ob du nur irgendwelche Spielchen spielst wie Katherine? Bin ich das für dich, Alex, deine kleine Rache? Ich habe gesehen, wie wütend du warst, als du die beiden eben da drin entdeckt hast.«

»Was zum Teufel erwartest du denn – Freude? Soll ich mich etwa darüber freuen, was ich gerade gesehen habe?« Er fährt sich mit der Hand durchs Haar. Warum ist er nur so verdammt unwiderstehlich?

»Viele Männer macht es an, ihre Frauen dabei zu beobachten, wie sie mit einem anderen zusammen sind«, flüstere ich.

»Aber nicht in einem überfüllten Restaurant und mit einem heimlichen Liebhaber, o nein!«

»Wem wollen wir denn etwas vormachen? Wir sind doch genauso schlecht wie sie, wir haben genau dasselbe getan«, fahre ich ihn an.

»Siehst du uns etwa als schmutzige kleine Affäre, Fliss? Glaubst du, ich bin wie Kat oder Richard und benutze dich nur? Um dämliche Spielchen zu spielen?«

»Ich weiß es nicht«, schluchze ich.

»Du bist doch diejenige, die mit mir spielt, Fliss. Du kannst mich nicht ständig anziehen, um mich dann wieder von dir zu stoßen, du musst dich endlich entscheiden.«

»Ich weiß, aber… aber…«

»Aber was? Was willst du tun?«

»Das Richtige.«

Wie abgedroschen es sich anhört, wenn ich das sage.

»Und was zum Teufel ist das Richtige?«, murmelt er verärgert.

»Ich weiß nicht. Ich weiß nur, dass du verheiratet bist, also ist das hier falsch.«

»Verheiratet!« Er spuckt das Wort beinahe aus. »Glaubst du nach dem, was wir gerade erleben durften, immer noch, dass meine Ehe irgendetwas bedeutet? Komm schon, Fliss, wenn du mich nicht mehr sehen willst, sag es mir wenigstens. Sei ehrlich zu mir, das ist das Mindeste, was ich verlangen kann.«

»Ich bin ehrlich zu dir.«

»Zu mir? Ich bin mir nicht einmal sicher, ob du ehrlich zu dir bist.«

Er wendet sich ab und geht. Ich stehe wie angewurzelt da und blicke ihm nach, durchgeweicht bis auf die Haut und vollkommen aufgewühlt. Er hat Recht. Wie lange hat es gedauert, bis ich mir eingestanden habe, was ich für ihn empfinde? Und jetzt lasse ich ihn wieder einfach so gehen. Ich zittere – vor Kälte, Frust, Hilflosigkeit und vor Angst.

Nach wenigen Schritten dreht er sich um.

»Komm, ich bringe dich nach Hause.«

Schweigend fahren wir zu meiner Wohnung.

Als er am Straßenrand hält, greife ich hastig nach dem Türgriff, doch er beugt sich über mich und hält meine Hand fest.

»Nein, geh nicht.«

Ich halte inne.

»Ich muss wissen, was du für mich empfindest, Fliss. Was erwartest du von mir? Was erwartest du von *uns*?«

Ich werfe ihm einen Seitenblick zu, während ich verzweifelt mit meinem Verlangen nach ihm ringe.

»Ich weiß nur eins, so etwas habe ich noch nie für jemanden empfunden, aber es ist alles so furchtbar kompliziert.« Ich spüre, wie die Tränen mir über die Wangen strömen, so wie der Regen, der gleichmäßig über die Windschutzscheibe rinnt. Beschämt wende ich mich ab.

»Bitte hör auf zu weinen.« Seine Stimme klingt sanft und bekümmert. Er zieht mich an sich und streichelt mir übers Haar, wie bei einem Kind, das man tröstet.

»Du warst so wütend, also dachte ich, du bist vielleicht eifersüchtig auf Kat und Richard«, schluchze ich.

»Nein.« Er schüttelt den Kopf. »Ich war nicht glücklich, aber ich war auch nicht eifersüchtig. Ich habe nur plötzlich klar gesehen, das ist alles. Du hattest Recht, Fliss, als du sagtest, wir seien genauso schlecht wie sie. Dadurch wirkte alles so armselig – *wir* wirkten so armselig. Ich will nicht, dass es so läuft, Fliss. Ich will keine heimlichen Treffen in entlegenen Restaurants oder seelenlosen Hotelzimmern. Für mich ist das nichts Falsches oder Verwerfliches. Was ich für dich empfinde, ist nicht schäbig oder schmutzig, sodass man es verbergen müsste wie ein dunkles und abstoßendes Geheimnis.«

Der Ausdruck in seinen Augen ist unsicher, als er mich ansieht.

»Ich weiß, was ich will. Ich werde Kat verlassen, Fliss.« Er küsst mich unendlich zärtlich. Mein Magen löst sich auf wie ein Aspirin in einem Glas Wasser. Das Verlangen steigt in Perlen aus meiner Lendengegend in die Kehle auf und macht sich in einem unfreiwilligen, lustvollen Stöhnen Luft.

»Weißt auch du, was du willst, Fliss?«

Ich weiß, was ich will. Ich will, dass dieser Augenblick eingefroren wird, sodass ich für immer hier bleiben kann, in seinen Armen, ganz nahe bei ihm.

Doch plötzlich muss ich an Sally-Anne denken, die tränenüberströmt vor meiner Tür steht und mich stumm anfleht, Kat nicht den Anstoß zu geben, den sie braucht, um sich Richard endgültig zu angeln.

Ich entwinde mich Alex' Griff, als würde mir der körperliche Abstand helfen, mich auch gefühlsmäßig von ihm zu distanzieren.

»Ich will, dass du nach Hause fährst, Alex, zurück zu Katherine, und die Sache in Ordnung bringst.« Ich ersticke fast an diesen Worten, und ein beinahe unerträglicher Schmerz überkommt mich, als ich sehe, wie überrascht und verletzt er aussieht.

»Was? Aber ich dachte ...«

Ich lege zwei Finger auf seine Lippen, um ihn zum Schweigen zu bringen.

»So ist es für alle Beteiligten besser.«

»Wie kannst du das behaupten?«

»Ich weiß, dass Kat dich lieben muss, Alex.« Ich ringe mir ein Lächeln ab. »Wie könnte es anders sein?« Ich zögere kurz. »Und Sally-Anne liebt Richard ...«

Bei den letzten Worten nickt er langsam und atmet tief und hörbar aus, ein langer, ergebener Seufzer.

»Ich denke, ich habe verstanden.«

»Wirklich, Alex? Ich muss es wissen.«

»Sicher.« Zögernd streichelt er mir über die Wange. Ich spüre, wie seine Hand zittert.

Der Rest des Tages kommt mir wie eine Ewigkeit vor, die sich jenseits des Erträglichen erstreckt. Ich würde am liebsten schlafen, kann aber nicht. Ich bin seltsam ruhig, völlig leer geweint, doch innerlich aufgewühlt. Meine Gefühle liegen mir wie ein Stein in meinem Magen und bereiten mir fast körperliche Schmerzen. Können Sie sich vorstellen, wie es sich anfühlt, wenn man jemanden so schrecklich will und so sehr braucht, dass jede Sekunde, die man ohne ihn auskommen muss, sich wie eine Ewigkeit anfühlt?

Draußen hat sich der Himmel über und über rosa gefärbt. Er taucht die Häuser in einen rosigen Schimmer und breitet sein riesiges, weiches Tuch am Horizont aus. Es ist wunderschön, doch noch während ich das Schauspiel ehrfürchtig betrachte, verblasst das Rosa allmählich und wird grau, bis es schließlich zu einem bedrohlichen Schwarz übergeht.

Gefährlich und Unheil verkündend.

Doch immer noch schön.

Erst jetzt, da es zu spät ist, wird mir klar, was genau ich fühle.

»Ich liebe dich, Alex«, flüstere ich gen Himmel, und wie zur Antwort beginnt er für mich zu weinen, und der Regen klatscht auf den Boden wie Tausende von Peitschenhieben.

Am nächsten Tag fühle ich mich beim Aufwachen furchtbar leer. Der Regen hat aufgehört, und eine blassgelbe Sonne lächelt schwach von einem azurblauen Himmel, wie ein Patient auf dem Wege der Besserung. Ich bedenke die Sonne mit einer obszönen Geste, weil sie so glücklich aussieht. Ich will die düsteren Wolken zurückhaben, sie passen zu meiner Stimmung. Ich will, dass der Regen gegen meine Fenster prasselt.

Als das Telefon klingelt, stürze ich mich darauf wie ein Verhungernder auf eine Brotkruste.

Es ist Dad.

Er ist glücklich, entspannt und genießt das Leben. Er will mich daran teilhaben lassen, umso mehr, als er merkt, dass ich mich im Augenblick genau in der gegenteiligen Geisteshaltung befinde.

»Diese Woche sind doch Herbstferien, oder? Warum kommst du uns nicht besuchen, Fliss? Du fehlst mir, und es würde dir gut tun, für ein paar Tage rauszukommen. Außerdem fände ich es schön, wenn du Florrie kennen lernst.«

Sicher, aber will auch Florrie mich kennen lernen? Schließlich gebe ich nach und verspreche, sie zu besuchen. Wie üblich laufe ich weg. Ich fahre in die Stadt, um mir einen Koffer zu kaufen – mein einziger anständiger ist noch immer bei Caroline, zusammen mit der Hälfte meiner Klamotten. Wahrscheinlich behält sie ihn, um mich zu einem Besuch zu zwingen.

Als ich zurückkomme, blinkt das Lämpchen an meinem Anrufbeantworter wie verrückt. Ein Hoffnungsschimmer, doch es ist nur Wiggy, die sich aus irgendeiner Strandbar meldet, um Hallo zu sagen. Im Hintergrund kann ich Musik und Gelächter hören. Sie klingt glücklich, entspannt und reichlich betrunken. Einen Moment lang wünsche ich, ich hätte meinen Plan in die Tat umgesetzt und wäre ihr gefolgt.

Als ich halb mit dem Packen fertig bin, klingelt das Telefon erneut. Ich stürze mich darauf wie ein aufgeregter Hund, der darauf wartet, den Schlüssel seines Herrchens im Schloss zu hören. Werde ich jetzt immer so nervös sein, wenn das Telefon klingelt?

Doch wieder ist es nicht Alex.

Aber warum sollte er mich auch anrufen, wo doch ich diejenige war, die ihn in die Wüste geschickt hat? Ich habe ihn ab- und aufgespult wie ein Jo-Jo, das man um den Finger wickelt, habe ihn auf – und abtanzen lassen wie die Pferdchen in einem Kinderkarussell.

Dieses Mal ist es Sash.

»Hi!« Ihre fröhliche Stimme dröhnt schmerzhaft in meinem unglücklichen Ohr. »Was treibst du so, du alte Nuss?«

Natürlich strömt alles aus mir heraus, klar, oder? Fragen Sie nie einen unglücklichen Menschen, wie es ihm geht, es sei denn, Sie wollen einen detaillierten Bericht über den Kummer, der ihn gerade zufällig befallen hat.

Natürlich wusste Sash nicht, dass ich unglücklich bin, als sie anrief. Also war sie nicht vorgewarnt und darf nun ihre ganze Kaffeepause, die eine Viertelstunde dauert, einer Heulsuse zuhören, obwohl sie eigentlich nur ein bisschen quatschen wollte. Doch als verdammt gute Freundin hört sie geduldig zu, bis ich ihr mein Herz ausgeschüttet habe, und verkündet dann, dass sie vorbeikommt.

»Aber du musst doch arbeiten«, schniefe ich.

»Nun, ich leide ganz plötzlich ernsthaft an PMS. Mein Chef hat furchtbare Angst vor PMS, der schickt mich bestimmt sofort nach Hause.«

Eine halbe Stunde später steht Sash vor meiner Tür, eine Flasche Brandy und eine Schachtel Pralinen im Arm.

»Die blutigen Details will ich zuerst«, verlangt sie, während sie Kaffee für uns macht und in jede Tasse einen großzügigen Schluck von Napoleons Bestem gibt. Meinen Einwand, dass es erst drei Uhr nachmittags ist, ignoriert sie.

»Du meinst den Sex, oder?«

»Na klar. Komm schon, Fliss, wir hatten beide so lange keinen, dass darüber zu reden beinahe so gut ist wie ihn zu haben.«

Ich schüttele den Kopf.

Ich kann nicht verhindern, dass sich ein etwas selbstgefälliges Lächeln langsam auf meinem Gesicht ausbreitet.

»Na ja, sagen wir mal, bis Samstagnacht… Sonntagmorgen, um genau zu sein… hätte ich dir vielleicht zugestimmt. Ich wäre vielleicht sogar soweit gewesen zu behaupten, darüber zu reden wäre *besser* als ihn zu haben…«

»Aber jetzt nicht mehr?«, hakt sie nach.

»Ganz sicher nicht.«

»So gut war es?«

»Noch besser. In gewisser Weise wäre es besser gewesen, wenn es nicht so gut gewesen wäre, dann würde es mir leichter fallen, jetzt darauf zu verzichten. Ach, Sash, es ist ja alles so furchtbar.«

»Du könntest versuchen, es von der positiven Seite zu sehen…«

»Gibt es die deiner Meinung nach?«

»Na ja, ich reite ja nur ungern darauf herum, aber jetzt weißt du wenigstens, wie es ist, tollen Sex zu haben.«

»Stimmt, aber das macht es eindeutig schlimmer. Ich habe vielleicht nie wieder umwerfenden, alles andere vergessen machenden, hinreißend tollen Sex.«

»Das kann ich gut nachvollziehen.« Sie prostet mir mit der Tasse zu.

»Ach, Sash, es tut mir Leid. Ich habe wirklich ein schlechtes Gewissen, weil ich die ganze Zeit nur über mein trauriges Leben jammere, und dabei hast du selbst genug Probleme. Ich habe dich noch nicht mal gefragt, wie es dir geht.«

Sie schüttelt den Kopf.

»Zerbrich dir nicht den Kopf. Eigentlich müsste ich dir sogar dankbar sein.«

»Wofür?«

»Na ja, einer der Gründe, warum ich dich heute angerufen habe, ist der Gefallen, um den ich dich gebeten hatte.«

Ich beiße mir auf die Lippe.

»Verstehe. Du wolltest, dass ich dir ein Alibi verschaffe, stimmt's?«

»Stimmt, aber ich habe meine Meinung geändert.«

»Ich kann nicht behaupten, ich sei enttäuscht. Ich hätte Niall nur ungern angelogen. Aber warum? Was ist in der letzten halben Stunde vorgefallen, das dich zu dem Entschluss gebracht hat, es nicht durchzuziehen?«

»Du bist vorgefallen.« Sash lacht. »Oder sollte ich sagen, dein Liebesleben? Ich sollte dir wirklich dankbar sein, weil du mir bewusst gemacht hast, was für ein Glück ich habe. Mein Leben ist mir in letzter Zeit so banal vorgekommen. Immer nur Kinder, Arbeit, Hypotheken und Rechnungen, und dazu ein Mann, den ich zwar liebe, aber im Augenblick ein bisschen satt habe. Ich habe mich nach Abwechslung gesehnt wie jemand, der ständig auf Diät ist, sich nach einem Stück Torte sehnt.«

»Und jetzt?«

»Na ja, du hast mir bewusst gemacht, dass man manchmal auch zu viel Abwechslung haben kann. Was die Sache verkompliziert. Und ich will nicht verlieren, was ich habe. Wenn ich aber anfange herumzuspinnen, ist das Risiko groß, dass genau das passiert, am Ende bin ich unglücklich statt frustriert oder sogar beides. Mein Gott, stell dir das nur mal vor! Nein, wenn ich mein eigenes Leben ein bisschen aufpeppe, kann ich, glaube ich, sehr glücklich werden.«

»Dann kannst du ja von Glück sagen, dass du es nicht getan hast.«

»Eigentlich schon, ja. Vergiss den Zweiundzwanzigjährigen, ich glaube, ein Ausflug in den Sexshop und eine Gehaltserhöhung für die Babysitterin sind gar kein schlechter Anfang.«

»Statt einer heißen Affäre mit einem jungen Draufgänger?«

»Du hast den Nagel auf den Kopf getroffen.«

»Es freut mich, wenn ich dir geholfen habe.«

»Ist es nicht schön zu wissen, dass die eigenen schrecklichen Fehler etwas Gutes für jemand anderen haben können?«

»Du machst dich über mich lustig, oder?«

»Wer, ich?«

»Ja, gib's zu.«

»Ein klitzekleines bisschen. Aber dafür sind Freunde schließlich da, oder?«

Am nächsten Morgen mache ich mich auf den Weg nach Kent zu meinem Vater. Für Notfälle hinterlasse ich zur Sicherheit eine Nachricht auf meinem Anrufbeantworter, sodass der Rest der Welt meine Handynummer hat.

Als ich die Katze über die schmale Treppe zu meiner Nachbarin trage, beginnt sie zum ersten Mal seit Wochen wieder zu schnurren. Als ich sie ihr überreiche, wird das Schnurren noch lauter.

»Am besten behältst du sie, ihr seid anscheinend füreinander geschaffen«, sage ich reumütig.

Beide sehen hocherfreut aus.

»Ich konnte Katzen sowieso noch nie leiden«, murmele ich, als ich, zwei Stufen auf einmal nehmend, die Treppe in einem Anfall von Leichtsinn hinunterhopse. »Ich glaube, es wird Zeit, dass ich mir einen Hund zulege – einen dummen, liebenswerten, putzigen Köter.«

Eine halbe Stunde später kann ich zwar immer noch nicht glauben, dass ich es wirklich tue, bemühe mich aber zu ignorieren, dass ich eine Etagenwohnung habe und Vollzeit arbeite, was dem Thema Hundehaltung eher widerspricht, und durchstreife den Block H des örtlichen Tierheimes, in dem Zwinger an Zwinger ungewollte, ungeliebte, traurige, aufgeregte Hunde untergebracht sind.

»Kann ich sie alle haben?«, frage ich die Pflegerin, die mich herumführt. Ich habe Tränen in den Augen.

Sie lächelt nachsichtig. Offensichtlich ist sie an durchgeknallte, einsame Weibsbilder gewöhnt, die nach einem Männerersatz suchen.

Ich gehe im Gang auf und ab wie ein werdender Vater, der auf die Geburt seines Kindes wartet, unentschieden und voller Mitleid.

Und dann sehe ich ihn.

Eine braune, fette und völlig undefinierbare Promenadenmischung. Er sitzt allein im hintersten Winkel eines Zwingers, während der Rest der Bewohner am Gitter herumtobt, um mich auf sich aufmerksam zu machen. Und er sieht unglücklich aus.

Ich sehe ihn an. Er sieht mich an.

»Das ist er.« Ich deute nicht auf ihn, das wäre unhöflich.

»Sind Sie sicher?« Die Pflegerin sieht mich an, als wäre ich durchgedreht.

Ich nicke begeistert. »Der oder keiner.«

»Er ist ein Welpe und wird noch größer.«

»Noch größer als jetzt?«, frage ich ungläubig. »Ist das ein Hund oder ein Packesel?«

»Ich dachte, Sie wollten einen kleinen Hund, Madam, weil Sie nicht so viel Platz haben?«

»Ich ziehe um«, sage ich entschlossen.

Ich erkenne etwas in diesen tieftraurigen, hoffnungsvollen braunen Augen. Mich selbst.

Ich gehe in die Knie, sodass ich auf einer Höhe mit ihm bin, gebe ermutigende Geräusche von mir und rüttele mit den Fingern am Maschendraht. Er blickt zu mir, bevor er sich umsieht, als wolle er sagen, »Sicher meint sie nicht mich, sondern einen anderen«. Schließlich kommt er zögernd angetrottet, wobei er versucht, nicht zu hoffnungsvoll auszusehen. Er schnüffelt vorsichtig an meinen Fingern, dann sieht er mich aus seinen braunen Samtaugen an und grinst.

Ich verliebe mich auf den ersten Blick in ihn.

Schmachtend erwidere ich sein Lächeln.

Er leckt meine Hand.

»Kann ich ihn gleich mitnehmen?«, frage ich die Pflegerin.

»Ich fürchte, das geht nicht so schnell …«

»Biiiitte«, bettele ich. »Ich bin doch Lehrerin – und das bedeutet, dass ich zuverlässig bin.«

Auf dem Weg aus der Stadt – Reisetasche im Kofferraum und Hund Eric auf einer Decke auf dem Rücksitz – wird mir bewusst, dass ich den Weg vorbei an Alex' Büro gewählt habe. Ich kann sein Auto auf dem Parkplatz sehen. Welches der Fenster, die im morgendlichen Sonnenlicht blitzen, gehört wohl zu seinem Büro? Wo er wohl gerade ist, was er wohl gerade tut, woran er wohl gerade denkt? Denkt er genauso oft an mich wie ich an ihn? Spürt er den gleichen dumpfen Schmerz, weil es so sinnlos ist, jemanden zu begehren, den man nicht haben kann, die unaufhörliche Angst, ihn vielleicht nie wiederzusehen, die Sehnsucht, diese endlose, unversöhnliche, zerstörerische Sehnsucht?

Ich zittere, obwohl es alles andere als kalt ist, und wische ungeduldig eine Träne fort, die es gewagt hat, aus meinem rechten Auge zu kullern. Ich bin entschlossen, nicht länger Fliss, der Waschlappen zu sein, sondern Fliss, die Furchtlose, die allem entgegentritt und mit allem fertig wird, was das Leben ihr bietet.

Eric, der so tut, als schlafe er, hört mich schniefen und öffnet ein Auge. Er quetscht sich zwischen den Vordersitzen durch und klettert auf meinen Schoß, wo er es sich mit einem tiefen, zufriedenen Seufzer bequem macht. Er muss an die zwanzig Kilo wiegen, und jedes Mal, wenn ich den Gang wechsele, rutscht er fast von meinen Beinen und knallt gegen das Gaspedal, doch er fühlt sich warm, solide und beruhigend an.

Es muss für ihn höchst unbequem sein, mit dem Kopf an der Tür und dem fetten Hinterteil auf der Handbremse zu liegen, doch er macht keinerlei Anstalten, sich zu bewegen, und ich verspüre nicht die geringste Absicht, ihn zu vertreiben. Es ist nett, zur Abwechslung einmal so bedingungslos angebetet zu werden.

Kapitel 11

Der Weg zu Florences Cottage führt mich durch die hügelige Landschaft der Chilterns, fast direkt an Angels Court vorbei. Ich fahre noch eine Meile weiter, bevor mir die Argumente ausgehen und ich kehrt mache. Als ich vor dem Tor stehe, zögere ich. Ich kann das Dach des alten Gebäudes über den Bäumen sehen, die das Grundstück säumen. Auf dem Giebel sitzt eine Schar leise gurrender Ringeltauben.

Es ist halb zehn. David wird bereits vor vier oder fünf Stunden aufgebrochen sein, um auf seinem geliebten Bauernhof zu arbeiten. So muss ich wenigstens nicht ihm und Caro gemeinsam gegenübertreten, was das Ganze etwas erleichtert.

Langsam fahre ich die geschotterte Auffahrt entlang und halte neben Caros makellos sauberem Golf GTI, neben dem mein schlammbedeckter Wagen keine besonders gute Figur macht. Ich habe mich immer gefragt, wie sie es schafft, ihr Auto so sauber zu halten, obwohl sie auf dem Land lebt. Aber sie hatte auch immer mehr von einer Gutsbesitzerin als von einer Bäuerin.

Oder sollte sie eine zweite Lady Chatterley sein? Doch Lady Chatterley beschränkte ihre außerehelichen Aktivitäten immer auf den Jagdaufseher, nicht wahr? Vermutlich sollten sie auch Angus Macready umbenennen. Sexverwalter wäre wesentlich passender als Hofverwalter.

Als ich einen Blick in den Rückspiegel werfe, stelle ich überrascht fest, dass ich grinse.

Der frühe Morgen, der erstaunlicherweise nach Sonnenschein aussah, hat sein Versprechen mehr als gehalten. Als ich aussteige, brennt mir die Sonne auf den Kopf. Eine einsame Biene summt in den dichten Gruppen von Buddleia und Rosen auf dem vorderen Rasen, und zwei Blaumeisen sausen vorbei, um sich im kühlen, grünen Schatten einer Stechpalme niederzulassen. Der Altweibersommer ist eingekehrt und lässt das feuchte Gras so schnell trocknen wie Löschpapier verschüttete Tinte aufsaugt.

Ich zögere, bevor ich auf die Klingel drücke, die wie eine Brustwarze aus Messing in der Wand sitzt. Warum kommt sie mir nur plötzlich so verdammt phallisch vor? Ich reiße mich zusammen, und schließlich gelingt es mir, sie zu betätigen.

Die alte Klingel hallt melodiös im ganzen Haus wider. Ich höre das Tappen von Füßen auf der Holztreppe und das Schleifen von Metall gegen Metall, als die dicken Bolzen zurückgeschoben werden. Caro reißt die Tür auf. Sie trägt ein altes Hemd von David, das mit gelber Farbe bekleckert ist, abgeschnittene Jeans und verblichene Espadrillos. Ihr goldenes Haar ist locker mit einem alten Hermès-Schal im Nacken zusammengebunden, und ihr Gesicht ist ungeschminkt. Wie üblich sieht sie einfach umwerfend aus.

»Hi.« Ich lächele unsicher.

Die Überraschung auf ihrem Gesicht weicht augenblicklich Entzücken.

»Fliss! Wie schön!«

Sie will mich umarmen, zögert aber und ergreift stattdessen meine Hand, um mich ins Haus zu ziehen.

»Hannah ist unterwegs. Sie wird traurig sein, dass sie dich verpasst hat.«

»Ich kann nicht lange bleiben.« Ich deute auf Eric, der hechelnd aus dem Rückfenster meines Autos sieht. »Bei diesem Wetter kann ich ihn nicht da drin lassen. Ich bin auf dem Weg, um Dad zu besuchen. Da habe ich mir gedacht, ich halte kurz an, um zu sehen, wie es euch geht.«

Eric erweist sich bereits als nützlich für Ausreden.

»Du hast einen Hund? Seit wann denn das?«, fragt Caroline.

»Seit etwa einer Stunde.«

»Aber warum hast du einen Hund? Was hast du denn mit ihm vor?«

»Nun … das Übliche, Gassi gehen und so was.«

»Du weißt genau, dass ich das nicht meine. Du hast nicht mal einen Garten, Fliss.«

»Ich weiß. Keine Sorge, es wird sich schon eine Möglichkeit finden. Außerdem würde ich sowieso gerne irgendwo hinziehen, wo ich etwas mehr Platz habe. Und Edwin, der Hausmeister an unserer Schule, nimmt seinen Hund jeden Tag mit. So könnte ich es doch auch machen.«

»Schon, aber das ist etwas anderes. Er verbringt viel Zeit im Freien, aber du bist ständig in einem Klassenzimmer.«

»Na ja, Eric gelingt es sehr gut, aufmerksam auszusehen. Ich könnte ihn der Klasse als gutes Beispiel vorführen und ihm Shakespeare beibringen. Wahrscheinlich würde er mehr verstehen als die meisten meiner Schüler.«

»Was ist mit der Katze?«

»Wir haben uns in aller Freundschaft getrennt«, antworte ich.

Caro lacht laut auf und schlägt sich die Hand vor den Mund, während sich ihre blassen Wangen vor Vergnügen röten.

»Du bist verrückt, Fliss.«

»Ich weiß«, murmele ich. Doch ich denke dabei nicht an Eric oder Hastings, die sich mit dem größten Vergnügen aus meinem Leben verabschiedet hat, sondern an Alex, Sally, Richard, Kat und all die anderen, die in dieses ganze Fiasko verwickelt sind.

»Komm, sieh dir das Kinderzimmer an. Ich habe mich so danach gesehnt, es endlich jemandem zu zeigen.«

Sie führt mich nach oben zu dem Zimmer neben ihrem.

»Ich weiß ja, dass ich ein bisschen früh dran bin, es sind ja erst wenige Monate, und man kann noch nicht einmal sehen, dass Hannah schwanger ist, worüber sie höchst erfreut ist, das darfst du mir glauben. Trotzdem dachte ich, ich fange schon einmal an.«

»Von wegen anfangen, es sieht aus, als wärest du fast fertig.«

Das freie Zimmer ist in eine Kinderstube verwandelt worden, mit zitronengelben Wänden, genug Spielzeug, um eine Krippe zu eröffnen, Mobiles aus seltsamen, mythischen Figuren, die in der

Brise tanzen, die durch das offene Fenster hereinweht, und einem pastellgelben Gitterbettchen und einem passenden Schrank.

»Du kennst mich doch. Sobald ich mir etwas in den Kopf gesetzt habe… Mir ist klar, dass Hannahs Schwangerschaft noch nicht weit fortgeschritten ist und dass alles Mögliche passieren könnte.«

Abergläubisch pocht sie auf die hölzerne Ecke des Bettchens, wobei noch ein wenig von der gelben Farbe, die noch nicht ganz trocken ist, an ihren Händen kleben bleibt.

»Aber David und ich haben beschlossen, dass wir versuchen wollen, selber ein Baby zu bekommen, falls es mit diesem nichts wird.«

»Aber ich dachte…«

»Künstliche Befruchtung, Adoption, egal was. Bis jetzt war mir gar nicht bewusst, wie sehr ich mir ein Kind gewünscht habe«, sagt sie wehmütig, ehe sie sich ein Lächeln abringt und sich stolz umsieht.

»Das habe ich alles ganz allein gemacht. Ich glaube, für so etwas habe ich eine Ader.«

»Toll«, stimme ich zu, »es sieht echt professionell aus.«

»Könnte zu einem guten Nebenverdienst werden, wenn ich mal nicht gerade Windeln wechsle, was meinst du? Caroline Hunter Interieurs hört sich doch gut an, oder?«

»Und was ist mit der Schule?«

»Darüber wollte ich eigentlich längst mit dir reden, aber du hast mir ja keine Gelegenheit gegeben.«

Zerknirscht schüttele ich den Kopf.

»Ich habe mehr als dreißig Jahre meines Lebens in der Schule verbracht, deshalb ist es, finde ich, an der Zeit, etwas anderes zu tun«, erklärt Caro. »Also habe ich beschlossen aufzuhören.«

»Das habe ich mir fast gedacht«, entgegne ich. »Ich werde dich vermissen.«

»Ja?« Sie sieht mich von der Seite an.

»Natürlich.«

»Gut«, sagt Caro. »Aber du kommst uns doch oft besuchen, oder?«

Sie neigt den Kopf und sieht mich fragend an.

»Natürlich«, willige ich ein, worauf sie erleichtert lächelt.

Wie es aussieht, leidet Hannah an all den unangenehmen Begleiterscheinungen der Schwangerschaft wie morgendlicher Übelkeit, während die strahlende Caroline sich über die Ausstrahlung und wunderschönes, schimmerndes Haar freuen kann, die sonst mit einer Schwangerschaft einhergehen. Sie kommt mir so aufgeregt vor und weit entfernt von der Caro, die immer geschworen hat, sie wolle nie im Leben Kinder.

»Warum hast du mir nie erzählt, dass du keine Kinder bekommen kannst?«, frage ich neugierig und lehne mich gegen die Fensterbank, um hinaus in den Garten zu sehen, ehe ich feststelle, dass auch dort die Farbe noch feucht ist.

»Wahrscheinlich, weil ich es mir selbst nicht eingestehen wollte, ganz zu schweigen von anderen.« Lächelnd reicht sie mir einen Lappen für die Hände. »Aber schließlich gibt es so einiges über mich, was du nicht weißt«, neckt sie.

»Ich dachte, inzwischen wüsste ich alles«, erwidere ich in gespieltem Entsetzen. »Was für schreckliche Geheimnisse lauern denn noch in deinen pastellgelben Wandschränken?«

Sie grinst.

»Keine Sorge, da ist weiter nichts. Du weißt und kennst alles, bis hin zur kleinsten Falte.«

Einen Moment lang herrscht Schweigen.

»Du siehst großartig aus«, sage ich schließlich. »Hannahs Schwangerschaft steht dir.«

»Ich kann es selbst kaum glauben, wie aufgeregt ich deswegen bin.« Sie lächelt, ehe sie mit besorgter Miene die dunklen Ringe unter meinen Augen betrachtet.

»Und du, Fliss? Ich muss sagen, du siehst müde aus.«

In der Schule hängt ein Aushang. »Kennen Sie die folgenden Symptome?«, heißt es da. Ich habe sie der Reihe nach abgehakt.

Antriebslosigkeit? Ja.

Weinkrämpfe? Ja.

Schuldbewusstsein? Ja.

»Sie könnten depressiv sein«, lautet die zufriedene Schlussfolgerung.

»Mein Leben ist im Moment ziemlich durcheinander«, sage ich ausweichend. Ich bin nicht in der Stimmung, ihr mein Herz auszuschütten, und Caro ist viel zu einfühlsam, um im falschen Moment etwas aus mir herauszukitzeln. Doch ich fühle mich wohl genug hier, um die Ausrede zu vergessen, ich hätte es eilig. Also geben wir einen Schuss Pimm's in einen Krug voll Saft, gehen nach draußen und setzen uns auf die verschnörkelten Eisenstühle mit den blassgelben Kissen unter den knorrigen, alten Apfelbäumen, wie zu Beginn des Sommers.

Wie lange das her ist.

Eric, befreit und mit Wasser versorgt, streift über den Rasen und schnüffelt ungläubig herum, als hätte er nie zuvor so aufregende Dinge wie Bäume oder Gras gesehen. Schwankend hebt er das Beinchen an allem, was aufrecht steht, und pinkelt, als bekäme er nie wieder Gelegenheit dazu.

»Er ist gerade erst aus dem Hundegefängnis entlassen worden«, erkläre ich Caroline, die nachsichtig lächelt – ob über mich oder Eric, ist mir nicht ganz klar.

»Wer hätte gedacht, dass wir Ende Oktober noch mal so ein Wetter bekommen?«, murmelt sie zufrieden. »Vor allem, weil ich gestern noch in meinem dicksten Wollpulli vor dem Ofen gesessen habe, um mir die Zehen zu rösten.«

Sie sieht mich an und legt eine Hand auf meine. Aus ihren blauen Augen sprechen Offenheit und Zuneigung.

»Ich bin so froh, dass du gekommen bist, Fliss. Ehrlich.«

»Ich auch«, erwidere ich und drücke ihre Hand. »Ich musste wohl erst das eine oder andere Schreckgespenst vertreiben.«

»Besser, als es mit den Nachbarn zu treiben«, antwortet sie kichernd.

Kurz vor Mittag fahre ich schließlich weiter, komme halbwegs glatt über die M 40, bevor ich mühsam die grässlich volle M 25 entlangkrieche, auf der sich wegen der Herbstferien Stoßstange an Stoßstange reiht. Kurz nach drei erreiche ich endlich die kultivierte Schönheit von Royal Tunbridge Wells. Ich bin völlig verschwitzt und habe das Gefühl, dass ich im nächsten Augenblick entweder einen Autokoller kriege oder einen riesigen Drink brauche. Beides ist im Moment keine sehr gute Idee.

Zehn Meilen weiter wird es reichlich ländlich. Die Straße, der ich folge, ist kaum mehr als ein Feldweg; alle fünf Minuten halte ich an, um ein Gatter zu öffnen oder zu schließen, wenn ich nicht gerade über einen Viehrost rattere. Eric hält es für ein tolles Spiel, jedes Mal, wenn ich aussteige, ebenfalls aus dem Auto zu springen und sich von mir mehrere Runden über die Felder jagen zu lassen, bevor er wieder einsteigt.

Dieser Köter hat anscheinend einen perfiden Sinn für Humor.

Das gefällt mir.

Ich erreiche mein Ziel, als die Kirchturmuhr fünf schlägt. Bishops Cross ist ein kleiner Weiler, der versteckt in etwas liegt, das mehr einer Salatschüssel denn einem Tal gleicht und von dichten Wäldern umgeben ist.

Neben der Kirche, die auf dem Grund des Landguts Wakeley Hall steht, gibt es einige verstreut stehende Cottages, die sich um einen Dorfpark in Taschentuchgröße gruppieren, der sogar über einen Teich und die obligatorischen Enten verfügt.

Außerdem gibt es einen Pub wie aus dem Bilderbuch – Dad würde nie hier leben, wenn es nicht mindestens einen davon gäbe – sowie eine kleine Poststelle, in der alles von Briefmarken bis hin zu exotischen Gewürzen verkauft wird und die über und über mit knallbunten Blumenampeln geschmückt ist.

Beim Anblick eines solchen Fleckchens Erde fühlt man sich sofort besser. Wenn es etwas so Hinreißendes auf der Welt gibt, kann sie doch nicht ganz so schlecht sein, oder?

Florences Haus hat früher zu Gut Wakeley gehört. Es liegt am

Ende einer kleinen Straße, die sich anscheinend endlos unter einem Baldachin aus goldgelb verfärbten Buchen dahinschlängelt. Dads Wegbeschreibung war nicht leicht zu entziffern, doch schließlich halte ich vor Bluebell Cottage – nur um festzustellen, dass ich nicht aussteigen kann.

Ich bin müde, erhitzt und durstig, und höchst erleichtert, endlich da zu sein, doch plötzlich entsetzlich nervös.

So viele Gefühle in so kurzer Zeit.

Plötzlich bin ich wieder die Sechsjährige, die vor Schüchternheit wie gelähmt ist.

Als ich es endlich über mich bringe auszusteigen, sitze ich weitere zehn Minuten auf der Motorhaube und versuche, den Mut aufzubringen zu klingeln.

Was, wenn ich die große Liebe meines Vaters nicht mag?

Schlimmer noch: Was, wenn sie mich nicht mag?

Bluebell Cottage ist ein langes flaches Gebäude mit Mauern aus bröckelndem Sandstein, an denen sich Efeu emporrankt und mit gekrümmten Fingern an die Fenster der Schlafzimmer klopft. Ein einzelner Mauersegler, zweifellos beschwingt von der Sonne, macht Jagd auf die Fliegen, die in einer Wolke über meinem Kopf stehen. Im Sturzflug schnappt er zu, verschwindet unter der Dachrinne und kehrt einen Augenblick später mit einem seiner dunklen, geschmeidigen Artgenossen zurück, um erneut auf die Jagd zu gehen.

Ich sehe genauer hin. Unter der Dachrinne hängen kopfüber mehrere lehmverkrustete Iglus.

»Wie ich sehe, bewunderst du meine Mauersegler. Sind sie nicht anmutig? Jahr für Jahr kehren sie zu mir zurück, meine kleinen Freunde. Ohne sie wäre ich ganz verloren.«

Florence kommt über den tadellosen Rasen auf mich zu.

Das muss Florence sein. Dad hat mir voller Stolz erzählt, wie schön sie sei. Wie es aussieht, hat er nicht übertrieben, wie Verliebte das normalerweise tun, wenn sie alles am anderen in den Himmel loben, angefangen von den blitzenden Augen bis hin zu der Art, wie der geliebte Mensch an der Nagelhaut seiner Zehen knabbert.

Die Sonne scheint Florrie quer durch den Garten zu folgen und lässt ihr weißblondes Haar wie einen Heiligenschein leuchten. Sie bewegt sich etwas steif, doch sehr anmutig. Als sie näher kommt, kann ich erkennen, dass sie etwas jünger als mein Vater sein muss, dass ihr Gesicht faltig, ihr Lächeln herzlich und das Blau ihrer Augen so strahlend ist wie der frühe Abendhimmel.

»Normalerweise haben sie mich um diese Jahreszeit bereits verlassen, aber vielleicht wussten sie, dass dieses herrliche Wetter kommt. Du musst Fliss sein. Ich darf doch du sagen, oder? Dein Vater spricht so oft von dir, dass ich das Gefühl habe, dich bereits zu kennen.«

Sie streckt mir eine schlanke Hand entgegen. Sie hat lange Finger, die bar jeden Schmucks sind. Ihre Nägel sind sorgfältig manikürt, und obwohl ihre Haut sich weich anfühlt, als ich höflich ihre Hand ergreife, kann ich die Schwielen einer passionierten Gärtnerin fühlen.

»Du musst mich Florrie nennen. Wir sitzen hinten im Garten, dein Vater und ich, und genießen dieses wunderbare Wetter.«

Sie führt mich über den Rasen zu einem Weg, der seitlich am Cottage vorbeiführt. Der Garten gleicht einem Meer aus Herbstblumen, die zwar von den letzten Stürmen reichlich mitgenommen sind, sich nun aber in der freundlichen Sonne des Altweibersommers erholen.

Dad sitzt an einem weißen, verschnörkelten Tisch aus Eisen und liest einen Roman von Dick Francis. Roger liegt hechelnd zu seinen Füßen. Dad sieht stark und braun aus. Wie eine Schlange ihre Haut abstreift, scheint er die Jahre hinter sich gelassen zu haben. Er erinnert mich ein bisschen an die Blumen – er musste unter einem Leben mit der stürmischen, frostigen Miriam leiden, doch nun wird er von der sonnigen, spätsommerlichen Florrie gesundgepflegt.

Er steht auf, als er uns kommen sieht. Auf seinem kantigen

Gesicht erscheint ein Grinsen, das von einem Ohr zum anderen reicht. Er schlingt die langen Arme um mich und drückt mich vor Freude so fest an sich, dass ich beinahe keine Luft bekomme.

»Meine Süße! Wie schön, dich zu sehen.«

Er riecht beruhigend nach Kindheit, nach Pfeifentabak, würzigem Aftershave und dem unverkennbaren Geruch von Wollpullovern. Als er mich küsst, kitzelt sein Bart mich im Gesicht.

»Und, was sagst du zu meiner Tochter, Florrie?«, verkündet er stolz, als er mich loslässt und zu ihr herumdreht. »Habe ich dir nicht gesagt, wie schön sie ist?«

»Über dich hat er dasselbe gesagt«, bemerke ich schüchtern.

Florrie lacht. Ihre Augen blicken kokett, wie bei einem jungen Mädchen, das zum ersten Mal verliebt ist.

»Er ist ein unverbesserlicher Schmeichler«, tadelt sie ihn, doch ihre Stimme ist sanft und voller Zuneigung. Als sie lächelt, vertiefen sich die ungezählten Lachfältchen um ihre Augen. Es sieht so aus, als würde sie häufig lachen.

»Ich hoffe, es stört euch nicht, dass ich einen weiteren Gast mitgebracht habe«, sage ich zögernd.

»Ach ja?« Dad hört sich neugierig, aber nicht unangenehm überrascht an. »Etwa einen männlichen Gast?«, hakt er süffisant nach.

»Offen gesagt, ja«, spotte ich. »Er wartet im Wagen. Er ist ein bisschen nervös, weil er nicht oft rauskommt. Ist noch nicht so sicher im Umgang mit anderen …«, gestehe ich flüsternd.

Dad nickt verständnisvoll und reibt sich erwartungsvoll die Hände.

»Na, dann wollen wir den armen Kerl mal aus seiner misslichen Lage befreien, hm? Je eher wir uns vorgestellt haben, desto besser.«

Wir gehen ums Haus zurück zum Wagen. Dad legt mir eine Hand auf die Schulter.

»Ich muss sagen«, er lächelt glücklich, »es freut mich, dass du einen anderen Freund gefunden hast …« Er bricht ab, als wir das Auto erreichen.

Freundlich lehnt Eric sich aus dem Fenster.

»Es tut mir Leid, wenn ich euch so überrumpele, aber es war wirklich eine spontane Entscheidung.«

Dad fängt an zu lachen.

»Bleibt zu hoffen, dass er leichter erziehbar ist als ein neuer Mann.«

»Und treuer«, füge ich hinzu.

Florrie kommt den Weg entlang und gesellt sich zu uns.

»Was für ein süßer kleiner Kerl«, murmelt sie und streichelt seinen Kopf.

Eric schließt die Augen und grunzt zufrieden.

»Ich würde ihn wohl kaum als klein bezeichnen.« Dad trocknet sich mit dem Taschentuch die Augen. »Was ist das, Fliss?«

»Ein Hund«, verteidige ich ihn.

»Bist du sicher? Er sieht mir mehr nach einem Hängebauchschwein aus.« Er lacht schallend, ehe er mir einen entschuldigenden Blick zuwirft, als er meine verkniffene Miene sieht.

»Ich finde ihn wundervoll«, sagt Florrie und lächelt mir aufmunternd zu. »Offensichtlich ein guter Charakter.«

Auch Florrie hat meiner Meinung nach einen guten Charakter. Eric belohnt sie mit einem schlabberigen Kuss auf die Innenseite des Handgelenks.

»Es macht euch doch nichts, dass ich ihn mitgebracht habe, oder?«, frage ich unsicher.

»Überhaupt nicht, nicht wahr, Liebling?« Dad drückt Florries Arm. »Was aber Roger zu ihm sagt, weiß ich noch nicht!«

Wir kehren in den Garten zurück. Erics Nase sucht sofort die Bekanntschaft mit Rogers Hinterteil.

Würdevoll entzieht Roger sich Erics nasaler Aufdringlichkeit und umkreist ihn wie ein fetter schwarzer Geier, wobei er langsam und abwartend mit dem Schwanz wedelt.

»Wir machen zusammen mit ihnen einen Spaziergang«, schlägt Dad vor. »Mal sehen, wie sie miteinander klarkommen. Dann kann ich dir auch gleich ein bisschen die Umgebung zeigen. Kommst du mit?« Er sieht Florrie an, die den Kopf schüttelt.

»Geht ihr nur, ich kümmere mich um das Abendessen.«

Dad und ich betreten durch ein Tor weiter hinten den Wald, der an den Garten grenzt. Wir folgen einem gewundenen, mit Blättern übersäten Pfad, die in der ungewohnten Wärme trocken und brüchig geworden sind. Dann durchqueren wir die wunderschöne Parklandschaft des Gutssitzes.

Stattliche Rasenflächen, riesige Eichen, weite Ausblicke. Wie schön das alles ist. Stolz zeigt Dad mir die Besonderheiten der Gegend.

Er bedrängt mich nicht, das Neueste von zu Hause zu berichten, sondern plaudert einfach über die Umgebung, über seinen neuen Garten und darüber, wie glücklich Roger ist, auf dem Land zu leben. Wir werden uns aussprechen müssen, aber im Augenblick bin ich ihm dankbar für seine Zurückhaltung.

Arm in Arm schlendern wir zum Haus zurück, während die Sonne langsam hinter den Bäumen untergeht, wobei sie den Rasen und die verfärbten Blätter in ein warmes Licht taucht. Florries pfeilschnelle Mauersegler haben den Fledermäusen Platz gemacht, die blind über uns hinwegschießen wie kleine schwarze Schatten. Allmählich wird es kühl. Als wir uns dem Haus nähern, schimmern die erleuchteten Fenster von Bluebell Cottage hinter den Bäumen auf wie die willkommenen Lichter eines Hafens am Meer.

Vor dem Haus bleibt Dad stehen und ergreift meine Hand.

»Dieser Ort ist für mich viel mehr ein Heim, als es The Beeches jemals war«, erklärt er. »Vergiss nie, dass es nicht die Steine und der Mörtel sind, sondern die Menschen, die einem Ort eine Seele verleihen. Florrie und ich wollen, dass du das Cottage als deine zweite Heimat betrachtest, Fliss.«

Sie erwartet uns mit einem einladenden Lächeln. Ich bin ihr gegenüber immer noch befangen. Wir umkreisen uns, lächelnd, höflich, unsicher.

Nach dem Essen trinken wir Kaffee am offenen Feuer, das tanzende Schatten an die Wände wirft. Aus dem alten Grammophon ertönt Mozart. Dad und Florrie versuchen, mich ins Gespräch zu ziehen, doch mein Gehirn und mein Mund harmonieren einmal mehr alles andere als gut miteinander. Dabei habe ich nicht einmal getrunken!

Roger hat sich auf dem Teppich vor dem Kamin ausgestreckt. Ich sitze auf dem Boden, den Rücken gegen das blumige Chintzsofa gelehnt. Eric ruht schwer auf meinen Beinen und schnarcht friedlich. Dad und Florrie sitzen nebeneinander und halten diskret Händchen. Sie lehnen aneinander wie Buchstützen ohne Bücher dazwischen. Als die Kaminuhr schließlich Mitternacht schlägt, wird mir plötzlich bewusst, wie erschöpft ich bin.

Ich denke daran, wo ich vor vier Tagen um diese Zeit war, und seufze schwer. Könnte ich nach Belieben durch die Zeit reisen, so würde ich ständig zu eben diesem Augenblick zurückkehren, als ich nackt in den Armen eines ebenso nackten Alexander Christian lag.

Aus irgendeinem Grund denke ich an Sashs »Wow«, als sie ihn zum ersten Mal gesehen hat. Ich frage mich, wo sie im Moment gerade alle sind? Was machen sie? Ist es ihr gelungen, Niall aus seiner selbstgewählten Enthaltsamkeit zu locken? Vielleicht mit Hilfe eines essbaren Massageöls und eines scharfen Schulschwesternoutfits? Ist Richard zu Hause bei Sally-Anne oder lässt er es mit Shitty-Kitty-Kat krachen?

Ich nehme mir vor, sie beide morgen früh anzurufen, vor allem aber Sal, um sicherzugehen, dass alles in Ordnung ist. Doch ich weiß, dass ich es nicht tun werde, weil ich zu große Angst vor der Wahrheit habe.

Dad sieht mich aufmerksam an.

»Alles in Ordnung, Fliss? Da ist doch etwas im Busch, oder?«, drängt er sanft.

»Aber nein, überhaupt nicht«, lüge ich und kraule Eric hinter den Ohren. »Mir geht's gut, bin nur etwas müde, das ist alles.«

Dad schüttelt den Kopf; er glaubt mir kein Wort.

»Mir kannst du nichts vormachen. Ich bin immer noch dein Vater, vergiss das nicht. Ich kenne dich viel zu lange und viel zu gut, um nicht zu merken, wenn etwas dich beschäftigt. Du warst den ganzen Abend über so ruhig.«

»Es geht um einen Mann, stimmt's?«, sagt Florrie intuitiv. »Es muss um einen Mann gehen, die sind nämlich die Quelle allen Elends.«

Dad sieht sie mit hochgezogenen Brauen an.

»Ach ja? So denkst du also?«

»Und natürlich die Quelle allen Glücks.« Sie lacht. »Wenn man Glück hat. Wie in meinem Fall.«

Sie drückt die Hand meines Vaters. Beide lächeln nachsichtig.

»Also, Fliss?«, fragt er besorgt.

»Kein Grund zur Sorge, wirklich. Ich bin nur etwas müde, wie ich schon sagte. Es war ein langer Tag.« Als Beweis gähne ich laut. »Ich glaube, ich gehe lieber ins Bett.«

»Natürlich.« Eilfertig erhebt Florrie sich. »Ich helfe dir, deine Sachen nach oben zu bringen.«

Ich habe ein hübsches kleines Zimmer unter dem Dach. Die schräge Decke ist so niedrig, dass Dad nicht aufrecht stehen kann, nicht einmal am höchsten Punkt. Die Wände sind in zartem Rosa gehalten, und der Bettüberwurf sowie die Gardinen vor dem kleinen Sprossenfenster, das unter dem wuchernden Efeu schwarz hervorblitzt, haben ein zartes Rosenmuster.

Ein großer beiger Töpferkrug voller Wiesenblumen steht auf der Kommode und verbreitet einen zarten Duft im Zimmer. Auf den nackten Dielen liegt ein Bastteppich in zartem Pistaziengrün.

»Ich hoffe, es gefällt dir«, sagt Florrie besorgt. »Das ist Elliott.« Sie deutet auf einen großen, schäbigen braunen Teddy, der auf einem Korbstuhl in der Ecke sitzt. »Drew fand es blöd, aber ich dachte, du würdest dich über Gesellschaft freuen.«

»Na dann, gute Nacht, mein Liebes.« Dad gibt mir einen Kuss

auf die Wange und zerzaust mein Haar, als wäre ich wieder zehn Jahre alt. »Schlaf gut.«

Eine Tür am anderen Ende führt in ein kleines Gästebad, in dem gerade genug Platz für eine Dusche, eine Toilette und ein Eckwaschbecken ist.

Eigentlich will ich nur noch ins Bett und schlafen, doch ich fühle mich verschwitzt und schmutzig und scheußlich, also schleppe ich mich unter die Dusche. Ich wünschte, ich hätte mich in den letzten vier Tagen nicht waschen müssen. Nicht, weil ich ein widerlicher Penner bin, der gerne stinkt, sondern weil ich den Geruch und die Berührungen von Alex nicht von meinem Körper spülen wollte.

Deshalb habe ich auch den Kissenbezug nicht gewechselt, auf dem sein Kopf lag.

Der Geruch ist zwar schwächer geworden, doch ich kann ihn immer noch wahrnehmen.

Ich muss ein trauriges Geständnis machen.

Ich ignoriere meinen neuen Koffer, nehme stattdessen die Reisetasche und öffne den Reißverschluss. Anstelle der üblichen Kleidung liegt darin besagtes Kopfkissen. Vorsichtig ziehe ich es heraus, vergrabe das Gesicht in der weichen Baumwolle und atme tief ein. Ich fühle mich wie eine Perverse, die an benutzten Unterhosen schnüffelt. Ja, stimmt, wenn ich gekonnt hätte, hätte ich *seine* auch behalten.

Doch es hätte wohl etwas seltsam ausgesehen, wenn er ohne nach Hause gekommen wäre, und ein »Hm, seltsam, der Rest deiner Klamotten liegt doch noch da, wo wir sie haben fallen lassen, nur deine Unterhose habe ich anscheinend verschlampt« hätte Alex wohl nicht überzeugt.

Zu meinem Kummer fängt das schwache Lächeln, das bei diesem Gedanken aufkeimt, erbärmlich an zu wanken, und prompt kommen mir wieder die Tränen.

Fliss, der Waschlappen, ist wieder da.

Am nächsten Morgen beim Aufwachen umklammere ich noch immer das Kopfkissen, als hinge mein Leben davon ab. Ich muss mich in den Schlaf geweint haben. Ich komme mir dumm und jämmerlich vor, fühle mich aber entschieden besser, eben weil ich so dumm und jämmerlich bin.

Ich dusche wieder, doch diesmal genieße ich die scharfen Nadeln des Wassers, die meine Lebensgeister wecken. Dann ziehe ich mich an und gehe nach unten. Ich kann Dad im Garten arthritisch vor einem Beet knien sehen, wo er den Rittersporn mit einer professionellen Routine kappt, die selbst Tante Vera in Erstaunen versetzen würde. Noch nie habe ich ihn so zufrieden und glücklich erlebt, insbesondere nicht bei der Gartenarbeit. Zu Hause hat er den Garten immer als Fluchtmöglichkeit vor Mutter genutzt, hier dient er dem Vergnügen.

Erleichtert stelle ich fest, dass es in diesem Garten keinen Schuppen gibt.

Ergeben und faul liegt Roger an Dads Seite. Eric jagt Rogers Schwanz, der träge ausschlägt wie ein Pendel. Er springt unermüdlich hin und zurück, und es sieht aus, als würde er dieser fruchtlosen, monotonen Jagd niemals überdrüssig werden. Hätte ich doch ebenso viel Energie.

Und wieder ist es ein schöner Tag. Die Sonne scheint durch die hauchdünnen Vorhänge auf die alten, dunklen Eichenmöbel, die nach Jahren liebevollen Polierens warm schimmern. Oben auf dem Klavier, das den Blickfang am anderen Ende des Zimmers bildet und so majestätisch aussieht wie eine Königin, die Hof hält, stehen mehrere gerahmte Fotografien.

Ich schlendere hinüber und greife nach einem alten, sepiafarbenen Bild, das einen gut aussehenden, lachenden jungen Mann zeigt, der an der Motorhaube eines Morgan aus der Vorkriegszeit lehnt.

»Das ist mein Mann Alan. Er ist vor langer Zeit gestorben.«

Ich drehe mich um. Florrie steht hinter mir und blickt über meine Schulter auf das Foto in meiner Hand.

»Ein gut aussehender Mann«, sage ich und blicke erneut auf die lachenden Augen und das charmante Lächeln.

»Oh, sehr sogar.« Sie lächelt.

Sie greift nach einem anderen Bild.

»Das ist meine Tochter Helen. Meine entzückende, erwachsene Tochter. Findest du nicht, dass sie ganz nach ihrem Vater kommt? Es stammt von ihrem dreißigsten Geburtstag letztes Jahr. Ihr Mann Peter, der schlaksige, dunkelhaarige Bursche hinter ihr, ist Amerikaner. Sie leben in Florida, also sehe ich sie nicht besonders häufig.« Ihre Stimme klingt wehmütig, doch gleichzeitig sehr stolz, als sie mir das nächste Foto von einem ausgesprochen hübschen Kind zeigt.

»Und diese zauberhafte kleine Dame ist meine Enkelin, Abbie. Sie ist jetzt vier.«

»Sie müssen dir fehlen.«

»O ja, und wie. Ich habe sie nicht mehr gesehen, seit dieses Bild entstanden ist. Aber Helen schreibt mir häufig. Wir haben einen ziemlich lebhaften Briefwechsel! Ich sollte Anteile an der Post haben, so viele Briefmarken kaufe ich jeden Monat …«

Ich nehme ein Foto von einem braunäugigen kleinen Mädchen mit goldener Haut und goldenem Haar in die Hand. Ich brauche einen Moment, um zu erkennen, dass ich ein Bild von mir selbst betrachte. Daneben steht in einem schweren Silberrahmen ein Bild von Dad, Sally-Anne und mir. Ich glaube, es stammt aus einem Sommerurlaub in Frankreich. Ich war siebzehn, braun gebrannt, hatte eine Löwenmähne und lange, schlaksige Beine, die in abgeschnittenen Jeans steckten. Wow, wie schlank ich damals war! Sally war gerade mal zehn, klein und dünn, mit großen, dunklen Augen in dem blassen Gesichtchen, aber dennoch reizend und hübsch. Dad steht zwischen uns. Er hat die Arme um unsere Schultern gelegt und grinst breit. Sein bereits damals ergrauendes blondes Haar fällt ihm ins Gesicht, er sieht jung, braun gebrannt und sehr gut aus.

Dahinter finden sich ein Foto von mir beim Schulabschluss

und eines von Sally als Kind, wie sie einen Engel im Weihnachtsmärchen spielt. Dann Dad, wie er am Flussufer in der Umgebung stolz einen preisgekrönten Karpfen in die Kamera hält, und schließlich eines mit uns dreien, wie wir auf einem Löwen zu Füßen der Nelson-Säule in London hocken.

Das alles sind vertraute Szenen, doch keine vertrauten Bilder. Das einzige Foto, das jemals zu Hause aufgestellt wurde, ist das Hochzeitsfoto von Sally und Richard, das inzwischen in einem neuen und sehr teuren Rahmen über dem Kaminsims thront. Richard in seinem Smoking ist sehr gut getroffen, Sally hingegen weniger, da ihr hübsches Gesicht zum Teil von ihrem Schleier verdeckt wird. Mutter entstaubt es jeden Tag. Sie wird die Vergoldung des Rahmens in Rekordzeit abgerieben haben.

»Wie du siehst, kenne ich euch indirekt alle.«

Florrie beobachtet mich ängstlich, als ich mich ungläubig durch eine Familiengeschichte in Bildern arbeite. Sie lächelt sanft und unsicher, und plötzlich wird mir klar, dass sie genauso ängstlich darauf hofft, von mir gemocht zu werden, wie ich von ihr.

»Ihr wart fast so etwas wie eine zweite Familie für mich«, erklärt sie entschuldigend.

Florrie hat sogar Bilder von Sallys Hochzeit. Auch von mir ist eines dabei, auf dem praktisch nur Hut, Mund und Beine zu sehen sind, doch Gott sei Dank kein Gesicht, wie vorhergesagt.

»Dein Vater hat sie für mich gemacht«, sagt sie wehmütig. »Ich wäre wirklich gern gekommen.«

»Das wäre schön gewesen.« Ich schenke ihr ein strahlendes Lächeln. »Ich hätte eine Freundin gebrauchen können.«

»Die Sonne ist an der Umzäunung vorbei«, verkündet Dad und hievt seinen hochgewachsenen Körper von dem niedrigen Chintzsofa. »Hat jemand Lust auf ein Bierchen?«

»Himmel!« Florrie wirft einen Blick auf die hübsche Standuhr, die still in einer Ecke vor sich hin tickt. »Ist es etwa schon so spät? Geht ihr zwei ruhig, ich muss mich um das Mittagessen kümmern.«

»Bist du sicher?«, frage ich. Mir ist bewusst, dass sie sich den ganzen Morgen im Hintergrund gehalten hat, sodass ich allein mit meinem Vater sein kann. »Ich fände es schön, wenn du mitkommst.«

Sie sieht erfreut aus, lehnt aber dennoch ab.

»Aber natürlich. Ihr zwei habt eine Menge nachzuholen.« Sie wechselt einen Blick mit Dad. Mit anderen Worten: Er soll ein bisschen Zeit mit mir allein verbringen, um zu versuchen, das schreckliche Geheimnis aus mir herauszukitzeln, das seiner älteren Tochter so zusetzt.

»Wir sollten hier bleiben und dir mit dem Essen helfen«, sage ich, da ich mir nicht sicher bin, ob ich so in die Zange genommen werden will.

»Unsinn, du bist zu Gast hier. Außerdem hält es meine Finger geschmeidig, Erbsen zu pulen. Das ist gut gegen Rheuma.«

»Warum kommst du nicht einfach nach, wenn du fertig bist?« Ich drücke ihre Hand. »Das würde mich wirklich freuen.«

Das White Horse ist ein schmales, flaches Gebäude aus bröckelndem weißen Kalk, der von schwarzen Balken zusammengehalten wird, ähnlich wie die Walknochen des Korsetts einer vornehmen alten Dame. Als wir unter dem niedrigen Türbalken hindurchtauchen und den gemütlichen, verrauchten Schankraum betreten, wird Dad von allen Seiten begrüßt. Offensichtlich ist er Stammgast. Es ist schon seltsam, sich vorzustellen, dass diese Menschen meinen Vater seit mehr als sechs Jahren kennen. Er ist ein alter Freund von ihnen, obwohl dieser Teil seines Lebens für mich völlig neu ist.

»Hallo, Evan«, ruft Dad dem stämmigen, dunkelhaarigen Mann mit Schnauzer hinter dem Tresen zu. Der Wirt grinst breit und entblößt dabei eine Reihe schöner weißer Zähne, die wie Perlen in dem rosa Zahnfleisch sitzen.

»Tag, Drew. Das übliche?« Obwohl er aussieht, als sei er aus den *Glorreichen Sieben* entsprungen, spricht er mit tiefer Stimme und ausgeprägtem Akzent. Er holt eine Flasche Whisky vom Regal über seinem Kopf.

»So ganz ohne Roger?«, erkundigt er sich.

»Heute habe ich bessere Gesellschaft.« Lächelnd drückt Dad meine Hand.

»Das sehe ich.« Evans breites, strahlend weißes Grinsen gilt nun mir. »Willst du uns nicht bekannt machen?«

»Das ist meine ältere Tochter, Fliss.«

»Deine Tochter? Nein! Das glaube ich nicht. Wie konnte so ein alter Knabe wie du denn ein so hübsches junges Mädchen zustande bringen?«

Wir nehmen unsere Gläser mit nach draußen und setzen uns auf eine der mit Bierflecken übersäten Bänke, von denen aus man die Dorfwiese überblicken kann.

»Prost.« Dad hebt sein Glas. »Und, was sagst du zu meiner Florrie?«

In seiner Stimme und diesem »meiner« schwingt Stolz mit.

»Sie ist toll«, erwidere ich und bin froh darüber, wahrheitsgemäß antworten zu können.

»Ich wusste, dass du sie mögen würdest.« Er lächelt erleichtert. »Sie mag dich auch, sehr sogar, das sehe ich. Seit ich hierher gezogen bin, war ich so glücklich, dass ich mich frage, wie ich es so lange mit deiner Mutter aushalten konnte.«

Das habe ich mich auch oft gefragt.

Ich picke die Zitronenscheibe aus meinem Gin-Tonic und sauge genussvoll das saure Fruchtfleisch aus. Es passt zu meiner säuerlichen Stimmung. In letzter Zeit habe ich mich auch gefragt, warum Dad nie das Gefühl hatte, er könne mir das mit Florrie anvertrauen. Um ehrlich zu sein, verletzt mich das ein bisschen.

»Warum hast du mir nie von ihr erzählt, Dad?«, frage ich zögernd.

»Was ist los, Fliss?« Mein angespannter Tonfall ist ihm nicht entgangen.

»Nichts. Ich freue mich für dich, wirklich, aber...«

Es ist schwer, meine Gefühle in Worte zu fassen. Angesichts von Dads zweiter Existenz kommt alles wieder hoch. Gefühle, die ich verdrängt hatte, weil ich glaubte, sie nicht haben zu dürfen, weil ich weiß, was für ein grässliches Leben ohne Zuwendung er ertragen musste.

»Ich dachte, wir hätten das hinter uns. Du hast behauptet, du würdest mich verstehen, Fliss.« Dad sieht verletzt aus.

»Ich verstehe dich ja auch. Ich verstehe, warum du dieses unglückliche Dasein an *ihrer* Seite beenden...« Die Begeisterung, mit der ich auf meine Mutter anspiele, ist genauso groß wie die einer Kuh für Ronald McDonald, »... und mit jemandem glücklich werden wolltest, der dich liebt. Aber ich verstehe nicht, warum du mir nie erzählt hast, was los war. Es ist vielleicht nicht fair, aber ich habe das Gefühl, du hast mich getäuscht. Ich dachte, wir stehen uns nahe und du könntest mir alles sagen. Warum also hast du mir nicht früher von Florrie erzählt?«

Er starrt versonnen nickend in sein Glas.

»Du hast ja Recht. Ich hätte es dir erzählen sollen, aber ich habe mich geschämt, Fliss. Sieh mal, völlig unabhängig von den Umständen ist es doch immer noch falsch, eine Affäre zu haben, oder? Ganz egal, wie schlecht ich mich mit deiner Mutter verstanden habe, sie war... ist... doch immer noch meine Frau. Das zieht eine Menge Schuldgefühle nach sich.«

Das sagt *er* mir! Dabei kreisen die Schuldgefühle immer tiefer über meinem Kopf, wie ein ewig gegenwärtiger Geier auf der Lauer.

»Es tut so gut, sich nicht mehr verstecken zu müssen«, fährt Dad fort. »Ich habe immer noch ein schlechtes Gewissen, aber wenigstens schleiche ich nicht mehr herum, entschuldige mich und erzähle Lügen darüber, wo ich war und wohin ich will.«

Ich schweige.

Er nippt an seinem Whisky, reißt eine Tüte Chips auf und beginnt, die Enten damit zu füttern, die auf der Suche nach Futter vom Teich herübergewatschelt sind.

»Wie geht es deiner Mutter?«, fragt er und streut die Chips auf den Boden, ohne mich anzusehen.

»Oh, sie ist vollauf damit beschäftigt, Sally das Leben schwer zu machen, wie üblich.«

»Oje«, seufzt Dad.

»Sie lässt die beiden einfach nicht in Ruhe. Richard denkt wahrscheinlich, er hat Sal und Mutter geheiratet, nicht nur Sal. Liebst du mich, liebst du auch meine Mutter.«

»Oje«, wiederholt Dad und nimmt einen weiteren Schluck Whisky.

»So wie die Dinge liegen, haben sie keine Chance. Ihre Situation ist schon verfahren genug wegen dieser anderen Geschichte, also braucht Mutter ihnen nicht auch noch die ganze Zeit im Nacken oder vielmehr im Gästezimmer zu sitzen.«

»Eine andere Geschichte? Was für eine andere Geschichte?« Er wendet den Blick von der hübschen kleinen Stockente ab, die hoffnungsvoll mit ihrem schuhlöffelförmigen Schnabel um seine Füße herumpickt.

Ich schlage die Hand vor den Mund, wie ein Schulmädchen, dem gerade ein Geheimnis entschlüpft ist.

»Fliss?« Er sieht besorgt aus.

»Ich hätte nichts sagen sollen«, murmele ich errötend.

»Wenn es ein Problem gibt, habe ich wohl ein Recht, es zu erfahren, oder?«

Verzagt nicke ich mit dem Kopf.

»Wer weiß, vielleicht kann ich dir helfen.«

»Na gut«, sage ich widerstrebend. »Ich erzähle es dir. Das Problem ist nur, wo soll ich anfangen?«

Kapitel 12

»Versteht ihr, wenn Alex und ich … wenn er Kat verließe, würde sie nichts mehr daran hindern, sich Richard geradewegs in die Arme zu werfen«, ende ich verzagt und blicke von Dad zu Florrie, die ihren Braten in den Ofen geschoben und sich zu uns gesellt hat.

Sie tauschen einen Blick. Dad schüttelt den Kopf.

»Oh Fliss«, seufzt er, »was für ein Durcheinander. Wäre ich nur nicht so selbstsüchtig gewesen … ich hätte bleiben und dafür sorgen müssen, dass es euch allen gut geht.«

»Sei nicht albern, Dad, all das hat doch nichts mit dir zu tun. Was hättest du denn tun können, wenn du da gewesen wärst?«

»Ich hätte zum Beispiel deine bornierte Mutter daran hindern können, sich in Sallys und Richards Ehe zu mischen«, erklärt er wütend. »Ich hätte wissen müssen, dass sie sie nicht in Ruhe lassen wird. Ich mache mir solche Vorwürfe.«

»Wem sagst du das«, grolle ich. »Ich fühle mich hundsmiserabel wegen Sal. Falls überhaupt jemand Schuld hat, dann ich. Als ich Richard verlassen habe, hätte ich nicht im Traum daran gedacht, dass die Konsequenzen so verheerend sein würden.«

»Du konntest doch nicht wissen, was passieren würde«, ergreift Dad eilig für mich Partei.

»Schon, aber ich wusste von Kats und Richards Beziehung, bevor ich … also, bevor Alex und ich …«

Ich verstumme und versuche es dann erneut.

»Ich will damit sagen, es ist schlimm genug, dass Alex verheiratet ist, ganz zu schweigen davon, mit wem!« ›Du sollst nicht begehren deines Nächsten Weib‹ und so weiter. Ich könnte es ja wortwörtlich nehmen und behaupten, dass nirgends geschrieben steht, nicht seiner Nächsten Mann zu begehren, aber wir wissen doch alle, worum es in Wahrheit geht, nicht wahr?« Seufzend stütze ich das Kinn auf die Hand.

Florries Blick wandert kurz zu Dad hinüber und dann zurück zu mir. Sie sieht verlegen aus.

»Entschuldige«, stammele ich, als mir die Bedeutung dieser Anspielung aufgeht. »Das ging nicht gegen dich, ehrlich nicht. Habe ich dich beleidigt? Das wollte ich bestimmt nicht.«

»Natürlich nicht, Fliss«, versichert sie mir, »ich weiß doch, dass du es nicht so gemeint hast. Erzähl mir mehr von Alex. Was empfindest du für ihn? Liebst du ihn?«

»Ja … nein … ich weiß es nicht. Doch, ja. Ich glaube wirklich, dass ich ihn liebe, aber vielleicht wäre es besser, im Augenblick nicht darüber nachzudenken.«

Ich reibe mir die Augen. Sie schmerzen. Mein Kopf schmerzt. Mein Gehirn schmerzt, obwohl das nicht an der Überbeanspruchung liegen dürfte, wenn man auf die letzten Tage zurückblickt.

»Ich bin so durcheinander! Ich weiß nur, dass ich mit ihm zusammen sein will, aber das geht nicht. Ich kann nicht aufhören, an ihn zu denken. Ich würde ihn so gerne berühren, ihn spüren, und zwar nicht nur in Gedanken, sondern in meinen Armen …«

Verlegen breche ich ab.

»Ich klinge schon wie ein wandelnder Kitschroman, was?«

Florrie lacht. »Es ist die Aufrichtigkeit, die zählt. Also hast du den Mann, den du liebst, um Sally-Annes und Richards Beziehung willen geopfert?«, stellt sie ruhig fest. »Wie schade, dass Richard solch einen Großmut gar nicht wert ist.«

»Oh, ich habe es nicht für ihn getan«, sage ich hastig. »Keinesfalls! Wenn ihr mich fragt, geben er und Kat ein verdammt gutes Paar ab. Sie haben sich gegenseitig verdient. Ich habe es für Sally getan, weil sie ihn liebt und ich nicht will, dass sie verletzt wird.«

Zumindest hoffe ich, dass Sally ihn liebt. Sie behauptet es schließlich, obwohl es mir immer schwer fiel zu glauben, dass jemand, der so unendlich einfühlsam ist wie sie, einen Menschen wie ihn lieben könnte.

»Glaubst du an Liebe auf den ersten Blick?«, frage ich Florrie, als mir Sallys Worte wieder einfallen.

»Oh, ich glaube an Liebe auf den ersten Blick. Dein Vater behauptet immer, ich sei eine unverbesserliche Romantikerin. Aber ich muss an ein gutes Ende glauben können. Es war dieser Glauben, der mir geholfen hat, all die Jahre auf Drew zu warten.«

»Warum hast du denn auf ihn gewartet, wenn ich fragen darf? Ich meine, du weißt doch, dass er … entschuldige, aber es würde mir wirklich helfen, es zu wissen, es wirklich zu verstehen.«

Florries warme Hand umschließt meine kalte Hand und drückt sie. Es ist eine vertrauliche Geste, die von echter Zuneigung zeugt, und ich weiß sie zu würdigen.

»Ich wusste, dass deine Mutter ihn nicht liebt. Hätte ich geglaubt, dass sie es täte, hätte ich ihn ihr nie wegnehmen können. Es war keine Rolle, auf die ich versessen war, Fliss, die der ›Anderen‹. Es ist einfach passiert, fürchte ich. Ich habe mich in Drew verliebt. Es ist sehr schwer, gegen starke Gefühle anzukämpfen. Ich wusste einfach, dass ich mit ihm zusammen sein muss, ganz egal wie.«

»Aber Dad war so unglücklich, und du hast ihn geliebt … warum dann so lange warten?« Ich sehe ihn an. »Genau das habe ich doch zu dir gesagt, als du mir von Florrie erzählt hast. Ich verstehe nicht, warum du so lange bei Mutter geblieben bist.«

»Pflichtgefühl, falsch verstandene Treue, blanke Dummheit …« Dad zuckt die Achseln und lächelt reumütig.

»Und er hatte dich und Sally«, fügt Florrie sanft hinzu. »Ich weiß, du warst bereits erwachsen und hast nicht mehr zu Hause gewohnt, doch als ich deinen Vater kennen lernte, war Sally-Anne erst sechzehn. In dem Alter kommt man sich zwar furchtbar erwachsen vor, aber im Grunde ist man immer noch ein Kind. Wäre Drew damals gegangen, hätte sie das völlig aus dem Gleichgewicht gebracht.«

»Florrie war meine Rettung«, sagt Dad und sieht sie liebevoll an. »Mein Licht am Ende eines sehr dunklen Tunnels.«

Er legt den Arm um ihre Taille und drückt sie an sich.

»Ich weiß nicht, was ich ohne sie gemacht hätte.«

Florrie legt ihre andere Hand auf sein Knie und sieht lächelnd zu ihm auf.

»Ich bin deiner Mutter zwar nie begegnet, Fliss«, sagt sie, »aber ich glaube, ich verstehe sie. Das hört sich vielleicht furchtbar blasiert an, aber ich kenne Drew in- und auswendig, und durch ihn kenne ich deine Mutter. Ich weiß, was sie ihm angetan hat, Fliss, indem sie ihm ein liebloses, freudloses Dasein beschert hat, und ich weiß, was sie dir angetan hat. Sie hat euch allen so viel Unglück bereitet, trotzdem glaube ich, dass das nur eine Folge ihrer eigenen Unzufriedenheit war. Ich will mich nicht herablassend anhören, aber im Grunde tut sie mir ehrlich Leid.«

Ich nicke zustimmend. »Mir geht es genauso. Und ihr Beispiel ist mir eine Lehre. Die Fehler, die sie gemacht hat, will ich nicht auch begehen.«

»Also, was hast du vor, Fliss?«

»Wisst ihr, das werde ich ständig gefragt. Dabei habe ich nicht die leiseste Ahnung. Ich weiß nur, dass ich versuche, das Richtige zu tun. Wenn ich einfach allen aus dem Weg gehe, Sally und Richard, Alex und Kat, dann gelingt es ihnen vielleicht, alles in Ordnung zu bringen. Ich bin doch nur ein zusätzliches Ärgernis in einer Situation, die bereits eine Katastrophe ist.«

»Hat Alex Kinder?«, fragt Florrie.

»Nein. Ich kann mir seine Frau kaum als Mutter vorstellen, es sei denn, es ist plötzlich der letzte Schrei, ein Kind zu haben.«

»Du magst sie nicht besonders, wie?«

»Ist das so deutlich? Nein, ich mag sie nicht. Ich weiß, dass meine eigene Weste nicht gerade weiß ist, aber wie ich es sehe, spielt sie ein überaus gefährliches Spiel, das die Leben einer Menge Menschen zerstören könnte. Aber wer bin ich, so etwas zu sagen? Schließlich ist niemand perfekt, nicht wahr?«

Dad und Florrie wechseln einen Blick.

»Ich glaube, es würde mir helfen zu wissen, was sie will – Kat meine ich. Will sie nur ihr Ego hätscheln oder liebt sie Richard tatsächlich. Ich glaube, ich mache einen kleinen Spaziergang. Um den Kopf frei zu bekommen.« Ich stehe auf.

»Bist du sicher?«, fragt Dad besorgt.

»Doch, ich darf schon allein über die Straße gehen. Alles in Ordnung, wirklich, Dad. Ich muss nur ein bisschen allein sein, um nachzudenken …«

»Gut, Liebes.« Er nickt. »Dann bis später zu Hause. Aber vergiss eines nicht, Fliss. Wenn man älter wird, verändert sich die Perspektive. Man erkennt, dass der Versuch, das Richtige aus den richtigen Gründen zu tun, manchmal bedeutet, dass man das tut, was für alle anderen falsch ist …«

Gut Wakeley ist der ideale Ort, um seinem Liebeskummer zu frönen. Eine Stunde später – eine Stunde, in der ich selbstvergessen durch einsame Haine gewandelt bin, die Stirn gegen Baumstämme gepresst und theatralisch schluchzend an Statuen gelehnt habe, die hier und da im Park stehen wie mythologische Kreaturen, die sich vor der Außenwelt verstecken – fällt mir auf, dass ich mich verlaufen habe.

Typisch.

Gerade, als ich dachte, mein Selbstwertgefühl könne nicht noch weiter sinken, muss ich mich verlaufen.

Das Bermudadreieck von Bishops Cross.

Meinem Vater ist es gelungen, über Jahre hier abzutauchen, ohne je entdeckt zu werden. Vielleicht sollte ich Kat hierher locken und sie im Gebüsch aussetzen, auf dass sie nie wieder gesehen werde. Dann hätten Sally und Richard die nötige Ruhe, um ihre Ehe ins Reine zu bringen, was zudem den Vorteil hätte, dass eine bestimmte Person plötzlich frei wäre.

Könnte es die Lösung sein, Kat Christian um die Ecke zu bringen?

Vielleicht könnte ich Eric abrichten – frei nach dem Motto, bei Anblick Zubiss. Allerdings habe ich so meine Zweifel. Das Einzige, in das der gutmütige Eric seine Baby-Zähne haut, ist Futter.

Ich wünschte, er wäre jetzt bei mir. Wahrscheinlich könnte er den Weg nach Hause allein am Duft des Mittagessens erschnüffeln, der langsam durch die Luft wabert.

Wo zum Teufel bin ich?

Ich versuche krampfhaft, nicht wieder loszuheulen, was ich in letzter Zeit sowieso viel zu häufig getan habe. Wenn ich so weitermache, werden meine Wangen noch rosten von all dem Salzwasser, das darüber läuft.

Ich drehe mich um mich selbst wie ein Satellit, der versucht, Funkwellen einzufangen, und seufze erleichtert, als ich endlich etwas wiedererkenne. Hinter den goldenen Baumkronen ist der Kirchturm zu sehen, der mir den Weg weist wie ein Leuchtfeuer.

Im Innern der Kirche ist es kühl und schattig. Es riecht intensiv nach Weihrauch und Möbelpolitur, nach alten, modrigen Gesangbüchern und muffigen Kniekissen. Ich werde magnetisch von einer höheren, vollkommenen Macht angezogen, die zu vergeben vermag, wo wir uns nicht mehr vergeben, die liebt, wo wir uns nicht mehr lieben.

Ich durchquere den Mittelgang und streiche mit einer kalten Hand über die glatten Enden jeder Kirchenbank.

Das letzte Mal, als ich in einer Kirche war, hat Sally Richard geheiratet. Ich hätte nie geglaubt, ich könne noch unglücklicher werden, doch hier bin ich, das Elend in Person.

Im Moment mag ich mich selbst nicht, und ebenso wenig will ich von unglücklichen Menschen umgeben sein.

Lieber Gott, bete ich, gib mir die Kraft, das Richtige zu tun und der Versuchung zu widerstehen. P.S. Könnte ich bitte eine Menge Kraft bekommen, da die Versuchung in meinem Fall verdammt unwiderstehlich ist?

Ich dachte immer, Liebe sei etwas Gottgegebenes, aber mir ist klar, dass es falsch ist, einen verheirateten Mann zu lieben. Wie verwirrend. Wahrscheinlich sollte ich versuchen, meine Gefühle für Alex auf eine höhere, spirituellere Ebene zu verlagern, doch es ist sehr schwer, das Geistige vom Körperlichen zu trennen, zumindest was ihn betrifft.

Mein einziger Trost ist, das Richtige getan zu haben.

Das Richtige für wen?, winselt mein Herz niedergeschlagen.

Ich fahre vor Schreck fast aus der Haut, als die düstere Stille der alten Kirche durch das Klingeln meines Handys durchbrochen wird, das endlich wieder Empfang hat und verkündet, dass ich Nachrichten auf der Mailbox habe. Ich entspanne mich ein wenig, als ich höre, dass die erste Anruferin eine fröhlich klingende Sash ist.

»Hallo, Süße. Heute ist Dienstag. Es ist Mitternacht, und ich wollte dich nur wissen lassen, dass ich in einem schrillen, scharfen Schulschwesternoutfit im Bett sitze, von oben bis unten mit essbarem Massageöl beschmiert bin und die erste Zigarette meines Lebens rauche. Und was noch viel besser ist, die Kinder sind bei meiner Mutter. Sobald Niall aus dem schönsten Schlaf erwacht, den er je genossen hat, fangen wir gleich wieder von vorne an! Einen dicken Kuss für dich. Hoffe, dir geht's gut. Ciao!«

Die gute alte Sash.

Wie schön, dass sie glücklich ist. Hoffen wir, dass Niall das Ganze aufrecht erhalten kann, im wahrsten Sinne des Wortes!

Ich kichere noch immer, als die nächste Nachricht kommt, und plötzlich ist mein Lächeln wie weggewischt.

Es ist Sally-Anne.

Sie sagt nicht viel, eigentlich nur hallo, fragt, ob es mir gut geht und ob ich sie so bald wie möglich zurückrufen kann. Es geht nicht darum, was sie sagt, sondern, wie sie es sagt.

Sie ist so ein fröhlicher Mensch, von der Sorte, die man normalerweise beneidet oder liebend gern schlagen würde, weil sie immer mit einem Lächeln aufwachen, und das selbst an dunklen, verregneten Montagmorgen im tiefsten Winter.

Heute hört sie sich an, als hätte sie soeben ihr erstes graues Haar, ihre erste Zellulitisdelle und ihre erste wirkliche Falte entdeckt, und zwar alles zur gleichen Zeit.

Besorgt rufe ich sie im Büro an, erfahre aber nur, dass sie krank ist.

Sal ist *nie* krank. Dafür ist sie viel zu gesund.

Ich kann hier nicht einfach rumsitzen, mich vor allen verstecken und hoffen, dass der Sturm vorbeiziehen wird und anschließend alle bis an ihr Lebensende glücklich sind. So funktioniert das nicht. Das kann es gar nicht in einer Situation wie dieser. Einer wird das Opfer sein.

Ich hatte angenommen, ich könne das einzige Opfer sein, wenn ich mich so verhalte, wie ich es getan habe. Jetzt aber sehe ich, dass dem nicht so ist. Ich habe Sally-Anne einfach mit ihren Problemen allein gelassen.

Ich muss zurück.

Als ich endlich wieder in Bluebell Cottage eintreffe, wollen Dad, Roger und Eric sich gerade auf die Suche nach mir machen. Niedergeschlagen sitzen sie alle am Gartentor und erwarten meine Rückkehr. Dad sieht bekümmert und mit gerunzelter Stirn auf die Uhr. Roger spitzt wachsam die Ohren, um auf meine Schritte zu lauschen. Eric ist damit beschäftigt, seinen Bauch zu lecken, doch sobald er mich entdeckt, versucht er, stattdessen mit seiner Zunge mein Gesicht zu bearbeiten – eine zärtliche Geste, die ich zwar durchaus zu würdigen weiß, obwohl ich sie ihm natürlich nicht durchgehen lassen darf.

Das Mittagessen verläuft sehr still.

Ich erzähle von meiner Absicht, nach Hause zurückzufahren. Dad und Florrie versuchen, mich zum Bleiben zu überreden. Sie bemühen sich so sehr, dass ich schließlich einwillige, bis zum nächsten Morgen zu warten, statt noch am selben Nachmittag zu fahren.

Nach dem Essen erbiete ich mich, den Abwasch zu erledigen, während Eric und Roger, die Zwillingsmülleimer, zu meinen Füßen sitzen und den Abfall entsorgen.

In weniger als vierundzwanzig Stunden sind sie die besten Freunde geworden. Wie einfach doch das Leben für einen Hund ist. Fressen, schlafen, Gassi gehen, schnüffeln, kratzen, das sind ihre fünf Sinne, überaus vernünftig und bei weitem nicht so kompliziert wie das menschliche Gefühlsleben.

Nachdem ich den letzten Teller abgetrocknet und weggeräumt habe, gehe ich in den Garten. Der Altweibersommer war vielleicht doch nur ein Altweibersommertag, denn der strahlende Sonnenschein verblasst wie ein falsches Versprechen. Es ist vier Uhr nachmittags. Die letzten Strahlen der Sonne wärmen nur noch schwach, und der Himmel bedeckt sich bereits mit einem blassen Taubengrau.

Aus Norden weht eine schwache Brise, doch im Windschutz des Hauses ist es im Garten, der nach Süden geht, noch relativ warm. Ich setze mich an seinem Ende auf eine Bank. Durch die Flügeltüren kann ich Dad und Florrie sehen, die engumschlungen im Wohnzimmer auf dem Sofa sitzen. Ihr Glück gleicht einer Idylle, und obwohl mich ihr Anblick unglaublich glücklich macht, kann ich doch einen leisen Seufzer der Eifersucht nicht unterdrücken.

Dabei hat Florrie fast sechs Jahre auf diesen Mann warten müssen. Sie verdient es, glücklich zu sein. Es ist mir unbegreiflich, wie sie das durchgestanden hat. Es ist gerade einmal vier *Tage* her, dass ich Alex zum letzen Mal gesehen habe, und nun sehen Sie selbst, in was für einem jämmerlichen Zustand ich bin.

In einem Lavendelstrauch neben mir summt schläfrig eine Biene, ein stilles, gleichmäßiges Brummen wie von einer Mutter, die jeden Samstagmorgen wie besessen Staub saugt. Ich werde von der sanften Wärme eingehüllt, und die zarte Brise streicht wie ein Flüstern über mein Gesicht. Vogelgezwitscher lullt meine müden Gedanken ein.

Ich schließe die Augen, und die zwei Flaschen Wein, die wir zum Mittagessen getrunken haben, tun ein Übriges, um mich müde zu machen. Ich spüre, wie ich in den Schlaf sinke. Flüchtige, verschwommene Bilder sausen vor meinem inneren Auge vorbei wie die Mauersegler.

Ein Schatten fällt auf mein Gesicht. Ich sehe auf und lächele Alex schläfrig zu, der mein Lächeln liebevoll erwidert, während seine blauen Augen funkeln wie die Sonne über dem Meer. Was für ein schöner Traum. Er ist so lebhaft, dass ich sogar den intensiven, berauschenden Duft seines Aftershaves wahrnehmen kann.

»Hallo, Fliss.« Seine Stimme klingt zärtlich.

»Hallo, Süßer«, murmele ich.

»Fliss?«

Er beugt sich herunter und berührt mein Gesicht, streicht mir die Haare aus den Augen. Seine Hände fühlen sich warm und fest an. Verschlafen blinzelnd greife ich nach dem überaus wirklichen Stoff seines Sakkos und begreife erschrocken, dass ich nicht träume.

»Alex?« Ich schieße in die Höhe, sodass Eric, der wieder einmal auf meinen Knien gelegen hat, ins Gras zu meinen Füßen purzelt.

»Ich glaube, Süßer gefällt mir besser.«

Ich fahre mir mit dem Handrücken über die Augen.

»Was machst du denn hier?«

»Na, das ist ja eine nette Begrüßung. Freust du dich denn nicht, mich zu sehen?«

Ein Verdurstender freut sich, eine Oase zu sehen, bis er erkennt, dass es sich um eine Fata Morgana handelt.

Alex setzt sich neben mir ins Gras und fängt an, den etwas verstimmten Eric zu streicheln, der mir einen verächtlichen Blick zuwirft, während er sein gesamtes Gewicht auf Alex' Schoß verlagert und es sich dort mit einem zufriedenen Seufzer bequem macht.

Alex sieht müde aus. Unter seinen schönen Augen sind tiefe Schatten, und sein Haar ist zerzaust, doch ich finde ihn immer noch Atem beraubend begehrenswert.

Ich rücke von ihm ab und atme so heftig ein, dass mir schwindelig wird. Ich kann ihn auf keinen Fall berühren, denn ich weiß genau, was dann passiert: meine Selbstbeherrschung verabschiedet sich. Sie verabschiedet sich selbstzufrieden in dieses kleine, graue Bermudadreieck in meinem Kopf, in dem der Anstand jedes Mal verschwindet, wenn ich betrunken bin.

Schweigend sieht Alex mich prüfend an.

»Und, willst du mich nicht fragen, was ich hier mache?«

»Was machst du hier?«, frage ich verständnislos.

Abwesend krault er das borstige Fell auf Erics Kopf.

»Ich habe es ihr gesagt«, erklärt er schließlich.

»Was hast du ihr gesagt?« Meine Stimme ist nicht einmal ein Flüstern.

»Dass unsere Ehe eine Farce ist. Dass ich mich in eine andere Frau verliebt habe …«

Er liebt mich.

Eine Woge der Hoffnung, eine neue Welle der Schuld.

Freude und Schmerz, was für eine wunderbare Mischung.

»Doch dass ich bereit wäre, es noch einmal zu versuchen, falls sie es auch ist.«

Die Freude verschwindet, der Schmerz bleibt und verdoppelt sich, quantitativ und qualitativ.

Er ist gekommen, um mir zu sagen, dass er und Kat an ihrer Beziehung arbeiten wollen, dass ich ihn vergessen soll. Ich habe mir immer wieder gesagt, dass es richtig so ist. Die heilige Felicity hatte sich eingeredet, dass sie genau das wollte. Warum also schmerzt es dann so?

»Oh.« Ich seufze tief, und die Luft entweicht aus meinen Lungen wie aus einem angestochenen Luftballon.

»Es freut mich aufrichtig, dass ihr euch zusammengerauft habt.«

»Wirklich?«

»Wirklich. Ich will doch nur, dass du glücklich bist, Alex.«

Das stimmt. Obwohl es ganz nett wäre, wenn auch ich glücklich sein könnte. Leider hat genau das mir in den vergangenen Wochen solche Sorgen bereitet – ich weiß nicht, ob ich ohne ihn leben kann.

Doch wie heißt es so schön? »If you love somebody, set them free.« Wenn man jemanden liebt, soll man ihn freigeben. Ich fand diesen Text immer blöd, doch leider hatte Sting nur allzu Recht. Das Beste, was ich tun kann, ist, gute Miene zum bösen Spiel zu machen und ihm alles Gute zu wünschen. Das richtige Verhalten ist oft aber auch das schwierigste Verhalten. Die gute Miene fällt daher etwas dürftig aus.

»Du *bist* doch glücklich?«, kann ich mir nicht verkneifen zu fragen.

»Oh, ich denke, das werde ich sein, und wie.«

»Das freut mich für dich«, nuschele ich und kreuze die Finger der Hand, die am weitesten von ihm entfernt ist. Ich zwinge mich, zu ihm aufzusehen. In diese lachenden Augen zu blicken, in das Gesicht des Mannes, den ich so sehr liebe, dass sich mein Magen jedes Mal vor Sehnsucht zusammenkrampft, wenn ich auch nur an ihn denke.

Er sieht wahrhaftig glücklich aus.

Seine Augen funkeln und blitzen so sehr, dass er damit für Augentropfen werben könnte. Ein Lächeln spielt um seine Lippen, als wolle er jeden Moment in schallendes Gelächter ausbrechen.

»Das sieht aber nicht gerade so aus, Fliss«, sagt er spöttisch.

Was erwartet er denn?

Ein Feuerwerk?

Einen Purzelbaum?

Für ihn mag es ja durchaus löblich sein, seiner Ehe noch eine Chance zu geben, doch für mich ist das kein Grund zum Feiern. Ich habe jemanden verloren, den ich liebe. Das ist zu viel. Ich wollte stark sein, ich wollte mich freuen, und ich freue mich auch, aber …

Es gelingt mir nicht, die Tränen zurückzuhalten.

Das Lächeln verschwindet von seinem Gesicht.

»Fliss.« Seine Stimme klingt leise und unsicher.

Er berührt mein Gesicht und wischt mit dem Daumen sanft eine Träne fort.

»Liebst du mich?«

Ich schließe die Augen. »Du sollst nicht begehren« kämpft einen verzweifelten Kampf mit »Du sollst nicht lügen«.

»Nun?«

Das Begehren zieht den Kürzeren.

»Das weißt du doch«, hauche ich.

»Oh, Fliss, es tut mir so Leid.«

»Schon gut, ich werde drüber hinwegkommen.«

Das Begehren rächt sich. Jetzt lüge ich auch noch.

»Sieh mich an, Fliss.«

Das tue ich. Er lächelt erneut, ja, er grinst geradezu, stelle ich verwirrt fest. Es passt nicht zu ihm, andere absichtlich zu verletzen.

»Ich will nicht, dass du darüber hinwegkommst. Ich liebe dich, Fliss.«

»Aber ich dachte … was ist mit dir und Kat?«

»Das mit Kat und mir ist vorbei. Entschuldige, ich hätte dich nicht aufziehen sollen. Ich habe ihr angeboten, es noch einmal zu versuchen, aber nur, weil du es von mir verlangt hast. Ich wäre bereitwillig durch die Hölle gegangen, um dich glücklich zu sehen, doch so weit kam es Gott sei Dank gar nicht erst. Kat hat schließlich den Rat ihres Anwalts befolgt und mich verlassen.«

»Ihres Anwalts?«

Er nickt langsam.

»Kennst du irgendwelche guten Anwälte?«

»Nein«, antworte ich beunruhigt, »aber ich kenne einen schlechten. Was ist passiert, Alex?«

Ich zittere.

»Richard hat schließlich doch bekommen, was er wollte: Kat hat sich entschieden. Wie es scheint, war seine Heirat mit deiner Schwester der richtige Schachzug in ihrem endlosen Spiel.«

»O nein.« Ich schlage die Hand vor den Mund. »Arme Sally-Anne!«

»Keine Sorge, Fliss, Sally geht es gut. Natürlich ist sie aufgewühlt, aber es geht ihr gut.«

»Hast du sie etwa gesehen?«

»Nein.« Er schüttelt den Kopf. »Du wirst es nicht glauben, wer heute Morgen bei mir war – deine Mutter.«

»Meine Mutter?«, wiederhole ich ungläubig.

Er nickt. »Ja. Stell dir vor, sie wollte sich entschuldigen. Sie glaubt, alles sei ihre Schuld. Sie hat mir auch gesagt, wo ich dich finden kann. Anscheinend hat dein Vater sie angerufen, um ihr zu sagen, dass du hier bist, und um sicherzugehen, dass bei Sally und Richard alles in Ordnung ist, was es natürlich nicht war.«

»Aber sie hat ihm doch sicher erzählt, was passiert ist! Warum hat er mir nichts verraten? Kein Wort hat er gesagt.«

»Weil er wusste, dass ich auf dem Weg hierher bin. Miriam hat ihn gebeten, dich hier festzuhalten, bis ich komme. Sie dachte, es sei das Beste, wenn du alles von mir erfährst. Sie hat mir das hier für dich mitgegeben.«

Er reicht mir einen Umschlag. Einen Moment lang starre ich ihn hilflos an. Meine Hände zittern so stark, dass ich den Brief einreiße, als ich den Umschlag öffne. Mutters enge, säuberliche Handschrift ist vertraut und seltsam beruhigend.

> Liebe Fliss,
> Was soll ich sagen? Du hattest Recht, ich dagegen habe mich geirrt. Richard hat Sally-Anne wegen einer anderen Frau verlassen. Ich kann noch gar nicht glauben, dass sie nicht einmal zwei Monate verheiratet waren und bereits die Scheidung einreichen. Die arme

Sally wirkt seltsam unberührt. Ich glaube fast, die Bedeutung dessen ist ihr noch nicht wirklich klar, schließlich ist es ja auch erst gestern passiert. Aber mach dir bitte keine Sorgen um sie. Ich passe schon auf sie auf, das verspreche ich. Das ist das Wenigste, was ich tun kann, wenn man bedenkt, dass ich den Großteil der Verantwortung für dieses ganze Durcheinander trage.

Ich bin sicher, dass Sally Richard wirklich geliebt hat. Doch ich muss auch zugeben, dass du Recht hattest. Ich hätte sie nicht dazu drängen sollen, so schnell zu heiraten. Wir wussten offensichtlich viel weniger über ihn, als wir angenommen hatten.

Viel mehr zu schaffen macht mir jedoch, dass ich sie wohl aus den völlig falschen Gründen zu dieser Heirat gedrängt habe. Es ging mir um mich, nicht um sie. Ich wollte unbedingt diese pompöse Hochzeit in Weiß, den erfolgreichen Ehemann, die schicke Wohnung, die rosige Zukunft. Nun, ich musste erkennen, dass nicht alles, was glänzt, Gold ist, und dass Richard ein … du weißt, was er ist, und ich weiß es jetzt ebenfalls. Ich hoffe nur, dass Sally mit der Zeit erkennt, dass sie ohne ihn vermutlich weit besser dran ist.

Ich verreise eine Woche mit ihr, um zu versuchen, ihr dabei zu helfen, über die letzten Monate hinwegzukommen. Wir brauchen beide etwas Abstand. Ich habe Erica unsere Adresse hinterlassen, falls du uns erreichen willst, doch du wirst noch Gelegenheit haben, mir die Meinung zu sagen, wenn wir zurück sind.

Bitte mach dir keine Vorwürfe, Fliss. Alex hat mir erzählt, wozu du bereit warst, damit sie zusammenbleiben, und ich möchte, dass du weißt, wie stolz ich auf dich bin. Ich habe wirklich kein Recht, das zu sagen,

aber Alex ist ein guter Mann. Doch ich bin überzeugt, dass du wie üblich längst von selbst darauf gekommen bist und keine weitere Einmischung meinerseits brauchst.
In Liebe
Mutter.

Alex wartet, bis ich zu Ende gelesen habe, ehe er mir einen weiteren Umschlag reicht.

»Noch etwas«, sagt er und lächelt aufmunternd, »Sally lässt fragen, ob du ihr ebenfalls einen Gefallen tun könntest. Sie meinte, du wüsstest schon, worum es geht.«

Mit zitternden Fingern öffne ich den Umschlag und kippe den Inhalt in meine Hand. Sallys Verlobungsring und ihr Trauring.

Schlagartig fällt mir der Moment ein, als ich sie bat, Richard meinen Verlobungsring zurückzugeben.

»Oh, arme, arme Sally«, flüstere ich erneut und reibe mir mit der anderen Hand über die Augen.

»Keine Sorge, ich habe so ein Gefühl, dass am Ende alles gut wird, Fliss«, sagt Alex sanft.

»Meinst du wirklich? Sie muss am Boden zerstört sein.«

»Ohne ihn ist sie garantiert besser dran, und obwohl es sicher das Letzte ist, was sie im Moment hören will, bin ich überzeugt, dass mit der Zeit... übrigens wurde James zuletzt gesichtet, als er Erica die Adresse von Sally-Annes Hotel abgerungen hat, bevor er wie der Teufel über die M 1 davon gerast ist.«

»James?«

Er nickt. »Alte Liebe rostet nicht.«

»Na ja, er hat mir geschworen, für sie da zu sein«, stimme ich zu. »Ich fand immer, dass er besser für sie wäre als Richard.«

»Er liebt sie, Fliss«, murmelt Alex. »Man sollte meinen, dass das ein guter Anfang für eine Beziehung ist.«

Er legt eine Hand unter mein Kinn und zwingt mich, zu ihm aufzusehen.

»Was meinst du, jetzt, wo es keine Hindernisse mehr gibt, kriegen wir wohl unser Happy End?«

Verbotene Früchte schmecken süß, hinterlassen aber den bitteren Nachgeschmack des schlechten Gewissens. Alex' Lippen schmecken ebenfalls süß bei diesem sehnsüchtigen, zärtlichen Kuss, der nicht mehr von meinem schlechten Gewissen verdorben wird, sondern von der Tatsache, dass ich, obwohl ich das Gefühl habe, tot und im Himmel zu sein, immer noch lebe und deshalb irgendwann wieder atmen muss.

Jeder Mensch sucht nach etwas. Das Problem ist nur, dass wir meistens gar nicht wissen, wonach. Ich habe lange gebraucht, um die richtige Spur zu finden. Ich mag zwar Umwege gemacht, zurückgegangen und schließlich beinahe zusammengebrochen sein, doch als Alex und ich atemlos, widerstrebend und lachend den Kuss beenden, weiß ich, dass ich endlich gefunden habe, wonach *ich* gesucht habe.

Es fühlt sich ausgesprochen seltsam an, als ich Richards Wohnung betrete. Alles ist still. Die Art Stille, die man fühlen kann – kalt und leer. Sogar der unbändige Eric, der nie von meiner Seite weicht, schüttelt sich und drängt seinen haarigen Körper dichter an meine Knöchel.

Sally hat eine Wärme in Richards Leben gebracht, die nur ein Dummkopf wie er aufgeben konnte. Und er muss schon verdammt viel Glück haben, um so etwas noch einmal zu finden, insbesondere mit dieser unterkühlten Katherine Christian.

Ich gehe geradewegs ins Schlafzimmer, denn ich habe vor, Sallys Ringe an denselben Platz zu legen wie meinen Zettel und die Schlüssel in jener Nacht, als *ich* Richard Trevelyan sitzen gelassen habe.

Ziemlich symbolträchtig, ich weiß, doch das alles geschieht mit großer Traurigkeit über das Vorgefallene und auch mit großer Erleichterung darüber, dass ich diesen Trottel Richard endlich aus unser beider Leben verbanne.

Die Schränke, in denen Sallys Kleider hingen, stehen offen. Wo zuvor dicht an dicht ordentlich gebügelte, perfekt zueinander passende Outfits hingen, herrscht gähnende Leere. In Richards Schrank hängen noch einige Sachen, doch mein Blick bleibt an etwas auf der anderen Seite des Bettes hängen.

Richards Seite des Bettes.

Ich umrunde das Bett und entdecke einen großen Koffer auf dem Boden, aus dem der Inhalt von Richards Schubladen quillt: seidene Unterwäsche, Socken, Taschentücher, Pullover.

Richard ist dabei, aus- und weiterzuziehen. Ein unübersehbares Schild »Zu verkaufen« im Fenster versperrt den herrlichen Panoramablick über Oxfords Altstadt, das einzig wirklich Schöne, das dieser spartanischen Wohnung nach Sallys Auszug geblieben ist.

Ich hätte nicht übel Lust zu warten, bis Richard nach Hause kommt, um den Rest seiner Sachen abzuholen.

Ich denke an das schicksalhafte Abendessen und Ethelred den Ungekochten zurück. Armer, alter Hummer. Richard hätte Ethelreds Ende weit mehr verdient als Ethelred selbst. Vor meinem inneren Auge sehe ich mich genussvoll Richards Kopf in einen Gasofen halten, bis er aufhört, mit seinen kurzen, stämmigen Beinen zu strampeln.

Ich schüttele den Kopf, und die Bilder verschwinden.

Es wäre nett, ihn leiden zu sehen. Doch nachdem ich die ganze letzte Woche mit Alex Christian verbracht habe, ist der Knast nicht länger eine verlockende Alternative, um dort den Rest meines Lebens zu verbringen. Außerdem habe ich so eine Ahnung, dass Kat Richard viel mehr leiden lassen wird, als ich es je könnte.

Ich beschließe, dass es an der Zeit ist für meinen endgültigen Abgang.

Alex wartet draußen im Wagen auf mich. Wir sind auf dem Weg zu einem Willkommensessen in The Beeches, mit Mutter, Sally … und James.

Doch während ich in Richtung Tür gehe, fällt mir auf, dass

Eric plötzlich fehlt. Er klebt mir nicht wie üblich an den Fersen und kommt auch nicht, als ich nach ihm pfeife. Also kehre ich dahin zurück, wo ich ihn zuletzt gesehen habe.

In Richards Schlafzimmer.

Von dem Moment an, als ich Eric das erste Mal gesehen habe, wusste ich, dass er der richtige Hund für mich ist.

Als ich die Tür zum Schlafzimmer aufstoße, entdecke ich ihn, wie er sich zufrieden in Richards Koffer breitgemacht hat, das Gesicht vor Konzentration ganz angespannt. Ich könnte schwören, dass er mir zuzwinkert, als er die Überreste seines Mittagessens in Form einer ordentlichen, stinkenden Wurst auf Richards Lieblingspulli aus Kaschmir platziert.

Dank

Wie immer möchte ich mich bei meiner verrückten Bande aus Familie und Freunden bedanken – ich kann von Glück sagen, dass jeder von ihnen leicht zu beiden Kategorien zählen könnte; bei Luigi, John und Amelia von Sheil Land; beim gesamten Headline-Verlag, vor allem aber Clare und Sherise für ihre Hilfe, ihre gute Laune und die Ratschläge in Sachen Sonnenbräune; Dank auch an Germ, Btart und GoGo für ihren dauerhaften schlechten Einfluss, und an Bearded Wonder und den anderen Fat Bird für die lustige Unterhaltung.